KB262056

이효석문학상 수상작품집
2011

이효석문학상 수상작품집 2011

1판 1쇄 발행 2011년 8월 23일
1판 2쇄 발행 2011년 12월 16일

지은이 윤고은 외

발행처 문학의숲
발행인 고세규

신고번호 제300-2005-176호
신고일자 2005년 10월 14일

주소 (121-896) 서울특별시 마포구 동교로13길 34(서교동 474-13)
전화 02-325-5676
팩스 02-333-5980

값은 표지에 있습니다.
ISBN 978-89-93838-15-2 03810

이효석문학상 수상작품집 2011

윤고은 외

문학의숲

차례

수상작

해마, 날다_윤고은 7

수상작가 자선작

Q_윤고은 35

추천 우수작

진짜 진짜 좋아해_권여선 65

어디로 갈까요_김서령 91

막차_김숨 123

마르께스주의자의 사전_손홍규 157

눈사람_윤성희 187

파견 근무_정미경 209

플러스마이너스_전아리 243

열대야에서 온 무지개_한지수 269

기수상작가 자선작

론도_성석제 291

수상작가 문학적 자전 320

수상소감 329

심사평 332

작가론_강유정 339

해마, 날다

윤
고
은

1980년 서울에서 태어나 동국대학교 문예창작학과를 졸업했다. 대학 재학 중이던 2004년 「피어싱」으로 제2회 대산대학문학상을 받으며 문단에 나왔다. 2008년 『무중력증후군』으로 제13회 한겨레문학상을 받았으며, 소설집 『1인용 식탁』과 장편소설 『무중력증후군』을 펴냈다.

사용자의 혈중 알코올 농도가 0.05% 이상이면 발신이 정지되는 휴대폰이 등장했다. 이 같은 '음주 통화 방지' 기능은 최근 휴대폰 발전 방안 공모전에서 대상의 영예를 안은 아이디어로, 사용자의 입김이 닿는 부분에 음주 측정 센서가 부착되어 있다. 사용자가 음주 통화를 한다고 판단되면 휴대폰 발신이 제한되고, 사용자의 알코올 농도가 0.05% 아래로 희석되면 다시 발신 기능이 회복된다. 음주 통화가 음주 운전 못지않은 정신적·물질적 피해를 불러오는 점을 고려할 때 획기적인 아이디어가 아닐 수 없다. (후략)

이것은 실제 신문 기사가 아니라 사장이 만든 홍보 문구로, 사실상 음주 통화 방지 기능을 광고하는 것이 아니라 음주 통화를 권장하는 내용으로 마무리되고 있다. 휴대폰에 음주 통화 방지 기능이 장착되자 이 같은 기능이 없는 구형 휴대폰이 중고 시장에서 거래되거나 공중전화카드가 불티나게 팔렸다는 식의 이야기가 바로 뒤에 등장하기 때문이다. 결국 음주 통화는 어쩔 수 없는 인간의 본능이므로, 타박하거나 외면할 것이 아니라 아예 양성화하자는 것이 이 글의 요지다. "그 음주 통화 양성화의 길목에 바로 '해마005'가 있습니다."가 마지막 문장이다.

어느 조사에 따르면 술 먹고 하는 '진상 짓' 중 최고봉이 술 먹고 전화하기, 술 먹고 이메일 보내기, 술 먹고 팩스 보내기라고 한다. 그 중에서도 전화는 늘 휴대한다는 점에서 가장 위험하다. 음주 통화가 음주 운전처럼 법적인 구속력을 갖고 있지 않다는 것도 위험을 높이는 요소다. 근절하려는 의지가 생기지 않아서다.

휴대폰 배터리는 밤사이 어느 지점에서 끊어진 당신의 기억보다도 수명이 질겨서 다음 날 아침 인정하고 싶지 않은 통화 내역을 고스란히 보여 주기도 한다. 게다가 엎친 데 덮친 격으로 기록되어 있는 통화 시간은 한 시간인데 대화 내용이 하나도 기억나지 않을 수도 있고, 3분 미만의 통화 내역이 같은 번호로만 열 번 넘게 찍혀 있을 수도 있으며, 그것들이 모두 '발신' 내역일 수도 있다. 당신의 말은 이미 지구를 벗어나 있고, 당신은 여기 지구에 남겨져 있는 어색한 상황. 그때의 억울함은 기억을 '흘린' 것이 아니라 '도난 당한' 것 같은 기분에서 기인한다. 아무리 휴대폰을 손에 쥐고 노려보거나, 집어 던지거나, 종료 버튼을 꾹 누르거나, 여기저기 문자 메시지를 보내 휴대폰을 과로사 시키려고 해 봐도 이미 엎질러진 물. 공범처럼, 혹은 주모자처럼 느껴지더라도 실제 휴대폰은 증인이나 범행 도구 정도일 뿐, 형을 언도받는 것은 당신이다.

당신이 술을 먹고 해서는 안 될 전화를 하는 것은 알코올이 세로토닌을 죽이기 때문이다. 세로토닌이 죽으면 기분이 가라앉거나 지나치게 들뜨고, 우울해지고 외로워진다. 알코올은 감정과 충동을 조절하는 전두엽을 건드린다. 알코올은 측두엽의 해마를 건드린다. 해마 안의 기억 입력 장치가 고장 나면, 당신의 끊어진 필름은 후에 최면을 건다 해도 재생되지 않는다. 입력조차 되지 않은 시간이기 때문이다.

끊어진 필름을 친구나 애인, 가족, 혹은 직장 동료가 보관하는 것보다는 전문적으로 폐기 처분해 주는 곳에 맡기는 것이 어떤가. 그런 점에서 해마005는 당신에게 유용할 수 있다. 당신이 이곳에 소비한 시간은 통화가 종료됨과 동시에 사라진다. 누구도 기억하지 않기 때문이다. 한마디로 해마005는 음주 통화를 위해 열려 있는 전화번호다. 말이 통하는지 아닌지는 그다지 중요하지 않다. 발신인과 수신인이 확실하고, 두 사람이 입과 귀를 상대방을 향해 열고 있다면 대화는 이루어진다. 1분에 1,500원씩, 거의 해외 로밍 수준의 요금이 부과되지만 사람들이 초 단위로 계산되는 시간을 기꺼이 사는데에는 다 이유가 있다. 알코올 농도를 체온처럼 유지하기 위해 성실하게 알코올을 주입하는 사람들, 그렇게 적정 알코올 농도를 지키는 사람들, 당신들이 이 밤을 견디는 법은 세 가지다.

마시거나, 잠들거나, 말하거나.

밤이 오기 전, 해마005의 전화번호는 떠들썩한 거리 위로 삐라처럼 떨어진다. 자동차 앞 유리, 술집 화장실, 노래방 입구, 지하철 벽면, 버스 정류장, 공중전화 부스에서 해마005의 광고를 볼 수 있다. 술집에서 계산을 마친 후 해마005의 할인 쿠폰을 받을 수도 있다. 소주의 병뚜껑 뒷면, 혹은 맥주의 라벨 아래쪽도 잘 찾아보라. 첫 5

분 무료 체험이라든지 10분 이후 통화료 30퍼센트 할인 등의 쿠폰이 숨어 있을 수도 있으니. 해마005는 보는 사람에게만 보인다.

어쩌면 이미 당신의 휴대폰에 저장되어 있는지도 모른다. 단축 번호 0번, 혹은 1번으로. 술만 마시면 전화하는 습관을 버리기 위해서 당신들은 술기운이 없을 때 휴대폰 안의 기억을 조작한다. 0번, 혹은 1번, 무의식에 가장 가까운 자리에 해마005를 저장해 놓고 알코올의 무게가 온몸을 누를 때 0, 혹은 1을 누른다. 우리는 당신의 끊긴 필름에 대해 추궁하지도, 타박하지도, 외면하지도 않는다. 그저 동참할 뿐이다.

밤 9시부터 새벽 5시 사이, 나는 당신의 시간을 훔친다. 최대 두 시간까지 훔쳐 본 적도 있다. 얼마 전, 내게 두 시간을 도둑맞은 당신은 일주일이 지나서 전화를 걸어 왔다. 지난주 금요일 이 시간쯤에 전화를 걸었는데요, 제가 혹시 무슨 말을 했는지 기억하세요? 이런 적은 처음이라.

이런 일은 부지기수다. 가끔 어떤 사람들은 이렇게 술 취해 토해 놓은 말들을 다시 확인하고 싶어 한다. 자신이 지난밤에 한 이야기를 요약해 줄 수 없겠느냐고 묻기도 한다. 녹음된 자료나 자신의 신상 정보가 남아 있는 것은 아닌지 확인하기도 한다. 그러나 나는 당신이 내 고객이었는지, 아니면 다른 상담원과 통화를 했던 것인지조차 알지 못한다. 우리는 고객의 이름을 적지 않는다. 목소리를 기억하지 않는다. 잠시 기억이 머물러도 금세 다른 전화벨이 울리면 당신의 기억 위에 또 다른 기억이 덮이기 때문이다. 그렇게 몇 분 몇 시간이 쌓이면 돈이 된다. 그게 내가 이 일을 하는 이유다.

내 기억도 과로로 손상되어 있다는 것을 알고서 당신은 한숨을 쉰다. 안도인지 실망인지 구분되지 않는 한숨 속에서 알코올 냄새가 난다. 당신은 전화한 목적을 확인했지만 통화를 얼른 끝내지는 않는다. 당신은 느닷없이 오늘 먹은 안주 이야기를 한다. 이야기는 전화선을 타고, 주먹고기에서 광어카르파초, 땅콩과 한치, 그리고 여명 808로 이어진다. 그 안주들을 먹고 자란 것처럼 당신의 목소리가 점점 커진다. 당신은 아마 통화가 끝날 즈음 내 이름을 물어볼 것이다. 아니면 내 이름을 기억했다가 다음번에도 나를 찾을 것이다. 물론 그러지 않을 수도 있지만, 이제 그럴 가능성이 더 높아졌다. 지금 내가 당신에게 내 이름을 말하는 중이니까. 해마8.

이제 당신은 해마8의 단골이다. 단골 고객이 생기면 수당을 더 받게 된다. 그리고 내가 당신의 이야기를 조금은 더, 기억하게 된다.

전화가 걸려 온다. 취기가 섞인, 흔들리는 통화음. 몇 통은 연결되자마자 끊어지기도 한다. 호기심이 두려움으로 바뀌는 순간, 통화는 끊어지지만 사람들은 알고 있다. 두려움보다는 외로움이 훨씬 크고, 자주 반복하는 행동이 당신의 두려움을 희석시킨다는 걸. 나는 걸려온 전화를 붙들고 우주에 교신을 보내듯이 말한다. 어, 디, 세, 요.

절대 누, 구, 세, 요, 혹은 여, 보, 세, 요, 라고 묻지 않는다. 왜, 요, 라고 묻지 않는다. 그러면 답신이 온다. 이제 나의 '당신'이 된다.

자정부터 부쩍 늘어나기 시작한 전화는 가파른 오르막을 그리다가 새벽 3시를 기점으로 다시 경사진 길을 터덜터덜 내려온다. 점점 전화가 걸려 오는 횟수가 줄어든다. 어쩌다 한 통, 또 어쩌다 한 통. 새벽 4시쯤, 옆자리 혹은 앞자리의 누군가가 편의점에 다녀온다. 컵라면, 초콜릿, 샌드위치, 아이스크림, 짭쪼름한 과자들이 배식처럼,

우리의 부스 안으로 나눠진다. 밤이 저물고 있다. 창밖으로 보이는 도심의 하늘이 멍든 것처럼 붉고, 푸르다. 하루가 저물고 새 하루가 시작되면서 겪는 진통이다. 간헐적으로 걸려 오는 몇 통의 전화, 몇 통의 소음, 그리고 몇 통의 침묵.

내가 다음 소속을 정하지 못한 채로 대학을 졸업하자 아버지는 이력서의 규격에 맞춰 나를 의심하기 시작했다. 학벌, 외모, 외국어 실력, 관련 분야 경력, 화법, 성격, 그 모든 것들을 '객관화'하던 아버지는 내 밋밋한 이목구비 앞에서 고개를 갸우뚱, 했다. 대학 등록금을 자율적으로 해결했던 우리 집에서 내 성형수술 이야기가 등장했다. 쌍꺼풀과 코가 거론되었다. 고슴도치도 제 새끼는 예뻐한다던데, 라고 말하면 아버지는 그런 애들은 멸종 위기를 겪는다고 대답했다. 인정하고 발전시킨 종이 살아남는다며. 아버지는 진지했다.

"자꾸 면접에서 떨어지니까 하는 말이다. 아니면 목소리로 하는 일을 찾아봐. 너 목소리 하나는 좋잖냐."

"못생긴 게 아니라 아버지 취향이 아닐 뿐이에요."

"김 과장도 동의했어. 이 부장도."

아버지는 견적이나 뽑아 와라, 고 덧붙였다. 책임감 있는 A/S 기사 같은 모습이었다.

나는 성형외과에 견적을 뽑으러 가는 대신 63번째 회사에 면접을 보러 갔다. 다음 날은 64번째, 65번째, 그러다가 68번째 이력서가 살아남았다. 가장 말 같지도 않은 곳이라고 생각했던 업체였다. 그러나 돈은 떨어져 가고 있었고 체면도 말이 아니었고 무엇보다도 대학을 졸업한 지 꼭 1년이 지나 있었다. 내가 면접까지 통과한 유일한 업체였다는 점도 중요했다. 선택의 여지가 없었다.

그렇게 나는 해마8이 되었다. 잠시 머무른다던 게 벌써 몇 개월째, 눌러앉아 있다. 아버지 말대로 내가 외모 때문에 취업 경쟁력이 떨어진 것은 아니었다. 꽤 예쁜 외모의 해마들도 저기 저 부스에 앉아 있는 걸 보면, 취업난은 외모나 학벌 같은 부분적이고 단편적인 조건들을 초월한 것이 분명했다. 전 국민적·전 지구적인 문제 말이다.

전 지구적? 그게 말이나 됩니까? 될 놈은 다 되고 있다고요.

당신은 그렇게 말한다. 나는 당신의 인적 사항을 본다. 단골 고객이 된 후로 나는 당신을 기억하려 애쓴다. 필요한 만큼만. 대화에 유용한 만큼만. 당신은 주로 금요일에 전화를 건다. 공무원 시험을 준비 중이며, 나이는 서른일곱, 아니, 지난주에는 서른넷이었고, 그 전 주에는 그 사이 어디쯤인 것 같았다. 어쨌거나 그건 별로 중요한 것이 아니다. 술은 나이를 늘리기도 하고 줄이기도 한다. 오늘은 서른일곱인 당신이 몇 번이나 강조한다. 어차피 될 놈은 다 되고 있다고.

될 놈은 다 되고 있다는데 왜 내 주변엔 그 된 놈들이 하나도 안 보이는지. 된 놈들은 꼭 부모님 주변에만 모여 있다. 아버지의 친구 아들, 어머니의 친구 딸, 원래 그들은 그런 족속인가, 아니면 된 놈들의 서식 환경은 여전히 부모 곁인 건가.

해마24가 잘렸다. 새벽 2시, 사장은 해마들을 위한 간식을 나눠주면서 그 소식을 전했다. 치즈가 두 겹 들어간 햄버거다. 일을 시작한 지 4개월째, 근무 기간과 몸무게가 비례하고 있다. 한 달에 1킬로그램씩, 살이 불어난다. 해마24가 잘린 이유는 소주를 한 병 이상 마시고 음주 통화를 했기 때문입니다, 라고 사장이 말한다. 음주 통화업체에서 음주 통화한 게 뭐가 문제, 라고 생각하지만 입 밖으로 내지는 않는다. 사장이 말한다. 우리는 음주 통화하는 사람들을 위해 프로 근성으로 일해야 하는 사람들인데, 여기 상담원들이 이렇게 해롱해롱해서야 되겠습니까. 용납이 안 돼요, 용납이.

해마들은 숙연하게 햄버거를 먹는다. 적당히 데워진 빵을, 소스에 절여진 양상추를, 고기 패티를, 그리고 그 위로 늘어진 치즈 두 장을. 해마24의 음주 통화 내역이 밝혀진 것은 고객의 항의 때문이었다. 불행하게도, 해마24에게 전화했던 고객은 알코올 농도가 거짓말처럼 옅었다. 음주 통화는 술을 마신 후에만 가능한 것이 아니다. 술을 마시지 않아도 음주 통화는 가능하다. 술을 마신 해마24와 술을 거의 마시지 않은 고객은 싸웠다. 해마24의 목소리가 그렇게 거칠었던 것은, 해마24가 그렇게 충동적이 되었던 것은 알코올이 전두엽을 마비시키기 때문이다. 어쨌거나 그 일은 나와 상관없는 일이다. 해마들은 열심히 햄버거를 먹는다. 사장이 곧 나와 관계있는 소식을 전한다.

회사가 자라기 위해서는 외국어 서비스가 필수입니다. 일단은 영어부터 정복하세요.

영어라뇨, 라는 말이 튀어나오는 걸 가까스로 입안으로 집어넣는다. 면접 때는 분명 긍정적인 마인드면 된다더니, 회사는 자꾸 변한다.

영어 학원, 부품 공장, 베이비시터, 산후조리원, 식당 등 모든 업종을 다 통틀어서 외국인 노동자들이 기하급수적으로 늘어나는 요즘이죠. 게다가 한국으로 시집온 외국인들, 여행 온 외국인들도 있습니다. 요즘 술과 말을 소비하는 사람들은 한국인만이 아닙니다. 한국어가 전부는 아니라는 거죠. 극히 많은 언어의 일부분이라는 거죠. 술 먹는 모든 사람들이 우리의 고객입니다.

영어로 출발하지만 곧 베트남, 중국, 일본 등지의 언어로도 확대될 예정이라고 한다. 최종적으로는 외국에 지점을 내는 것이 사장의 목표다. 고로, 앞으로는 외국어를 못하는 해마들은 도태될지도 모른다. 몇몇 해마들이 외국어 회화 책을 산다. 외국어 학원에 등록한 해마도 있다. 나도 무언가를 해야 한다. 아버지 말대로 멸종하지 않으려면.

30분 동안 당신의 배경은 거리에서 택시, 택시에서 골목길, 골목길에서 아파트 복도, 복도에서 현관문 안으로 바뀐다. 새벽 3시의 귀갓길이 무서운 세상이지만 그 시간의 전화 통화는 더 무서운 세상이다. 다음 날 출근해야 하는 친구들을 둔, 화요일의 당신이 전화할 곳은 나밖에 없다. 당신은 가끔씩 자신의 하이힐 소리에 놀라면서 말한다.

다들 하나씩 거래처가 정해지고 있어요, 다들, 아르바이트를 전전하는 애들이 줄어들고 있다니까요, 다들 계약직이라도 된다 그거죠, 2년 이상 되면 정규직으로 전환해 주든가, 아니면 자르든가, 둘 중의 하나로 결판이 나야 되는 거 아니에요? 현행법상, 그게 맞잖아요.

내가 진심으로 동조하자 당신이 내 나이를 묻는다. 당신이 위지만, 호칭은 그대로다. 당신은 내게 묻는다. 언니는 거래처 있어요? 거래처 말이야, 거래처. 사귀는 사람 있느냐고요. 나는 두 달 전에 거래처랑 쫑이 났거든요. 2년 사귀었는데 정규직 전환도 안 시켜 주지, 자르지도 않지, 질질 끌기에 그냥 제가 사표 쓰고 나왔어요.

"취업이 아니라 연애 얘기였어요?"

취업이니 연애니 다 똑같아요, 다 한통속이니까 알아서 들어요, 나는 이 꼴인데 친구들은 하나씩 거래처를 잡고 2년 안에 정규직으로 전환된 애들도 있고.

"결혼했다는 말이죠?"

어라, 이 언니 참, 찰떡같이 말해도 콩떡같이 알아들으시네, 아무튼 나는 이게 뭐냐고요, 제 친구 말이에요, 결혼을 하는데 신혼여행지 때문에 고민하더라고요, 언니, 그게 말이나 돼요? 요즘 세상에 신혼여행을 한 번 갈지 두 번 갈지도 모르는데 여행지 고르느라 다른 일을 못 하고 있다니, 계속 보라카이랑 발리 사이에서 고민하더라고요. 그래서 제가 말했죠, 이번에는 보라카이 가고 다음번 신혼여행 때 발리 가라, 그랬더니 뭐 악담을 하네 어쩌네 하면서 울고불고, 결국 저 먼저 일어나서 나왔어요, 아 짜증 나, 듣고 있어요? 그죠? 언니 생각도 그렇죠? 남편 있다 이거야 뭐야, 언니 남편이 인생의 필요조건이에요? 충분조건이에요? 필요충분조건이에요? 아 뭐가 뭔지 모르겠어, 왼쪽에서 출발하는 화살표가 있는 건 기억이 나는데 어느 쪽이 충분이고 어느 쪽이 필요인지 뒤섞여 버렸어, 아아 짜증 나.

당신이 택시에서 내리는 소리가 들린다. 나는 당신이 회사원인지 아닌지 궁금하다. 나는 묻는다.

"회사 일은 많아요?"

드럽게 많죠. 당신이 대답한다. 당신은 광고 회사에서 일한다고 말한다. 당신은 모른다. 당신 자신이 다음 열찻간에 운 좋게 탑승해 있다는 사실을. 초등학교-중학교-고등학교-대학교로 칙칙폭폭 흘러가는 열차들에 대해, 당신은 아마 한 번도 의심해 본 적이 없을 것이다. 다음 칸으로 넘어가기 위해 객실 문을 벌컥 열었는데 다음 객실은커녕, 암흑 같은 어둠만 꼬리처럼 따라붙는 그런 상황을, 본 적이 없는지도 모른다. 당신이 그런 막연함을 누린 적이 있는지 없는지는 그다지 중요하지 않다. 확실한 건 당신은 지금 취업난을 기껏 비유의 도구로 사용할 만큼 여유가 있고, 나는 그런 당신의 화법이 사치스럽게 느껴진다는 사실이다. 그러나 나는 당신의 의견에 동조한다. 적절히 맞장구를 친다. 해마는 어찌 보면 방청객과도 비슷하다. 내 마음을 아는지 모르는지 당신의 혀는 더 느슨하고 요염하게 꼬부라진다.

지금 서류 전형은 몇 군데 넣어 둔 상태예요. 이번 달 내내 주말마다 면접이 잡혀 있는데, 지난 주말에도 하나 봤고요. 어찌나 회사가 구린지. 거긴 돼도 내가 안 갈 거고, 다음 주말에 또 면접 두 군데 있어요, 면접을 통과하게 되면, 그죠, 그죠. 면접이 곧 소개팅이라니까. 그걸 통과하면 수습 기간을 거쳐 계약을 하게 되겠죠, 어쩌면 나도 거래처가 정해질지도. 아아.

삑삑삑삑삑, 빠른 속도로 비밀번호를 누르는 소리가 들린다. 당신이 문 안으로 들어간다. 언니도 잘 들어가요, 당신이 말한다.

아직 '들어가려면' 세 시간이 남았다. 들어갈 곳이 집이라면 말이다. 나는 집으로 바로 가지 못하고 여러 사람들의 이야기 속을 거쳐야 한다. 이 시간대에는 대략 한 통화를 끝낸 후 7분 안에 새로운 당신이 등장한다. 당신들은 대부분 이동 중이다. 술자리에서 집으로, 2차에서 3차로, 혹은 1차에서 2차로, 화장실에서 술집 밖 골목으로, 혹은 친구1에서 친구2로, 친구2에서 친구3으로, 친구3에서 친구4로, 간혹 전화를 받지 않는 사람들을 징검다리처럼 건너뛰며 메뚜기처럼 여기저기에 잠시 머문다. 그러나 나만큼 반갑게 전화를 받아 줄 수 있는 사람은 아마도 찾기 힘들 것이다. 왜 이렇게 늦은 시간에 전화했느냐며 타박하지도 눈치 주지도 않는다.

이야기의 대부분은 시작과 종말에 관한 것이다. 회사 생활의 시작과 종말, 연애의 시작과 종말, 결혼 생활의 시작과 종말, 그 외에도 아주 사소한 시작과 종말들이 밤과 낮의 경계를 가르고 달린다. 그렇게 달려가다가 아침이 오기 전에 당신들은 제자리로 돌아간다. 몸이 술에서 깨어나는 것처럼, 시작도 종말도 어떤 것도 마무리 짓지 못한 채.

술잔이 최초의 주인을 떠나 이 손에서 저 손으로 옮겨지다 보면 나중에는 술잔의 주인을 구분하는 것이 무의미해지는 것처럼 말도 최초의 주인을 떠나 이 혀에서 저 혀로 옮겨지다 보면 경계가 모호해진다. 내 이야기가 네 것이 되고 네 이야기가 내 것이 되고, '제 친구가요', '내 친구 얘긴데', 하면서 시작했던 말들이 '제가요', 혹은 '내 얘긴데', 로 변환되거나 더 나아가 고객의 이야기에 내 일상이 뒤섞이는 경우도 생긴다.

금요일의 당신이 묻는다. 50도 이상 되는 술 먹어 봤어요? 나는 마셔 본 적이 없지만 상상으로 충분히 당신과 교집합을 만들 수 있다.

"몇 달 전에 먹어 본 적이 있는데, 목에 칼이 들어오는 것 같더군요."

당신은 목에서 꽃이 피는 것 같았다고 말한다. 목에서 꽃이 피는 당신의 이미지가 내 아버지로 연결된다. 지난해 봄, 난이 꽃대를 올리지 않자 아버지는 소주를 물에 희석해서 화분에 뿌렸다. 왜 소주가 거름 역할을 하는지 묻자, 아버지는 꽃들이 술에 취해서라고 했다. 꽃이 취기를 거름 삼아 꽃대를 올리는 동안, 아버지의 봄도 지나 갔다.

아버지가 구조 조정의 바람에 휩쓸린 것은 올해 봄이 끝날 무렵이었다. 이번 꽃은 술을 마시지 않고도 절로 폈다. 취기를 거름 삼아 마음을 달랜 것은 오히려 아버지였다. 술은 확실히 몇 시간 정도는 거름 역할을 했다. 아버지의 일과는 술, 아니면 잠, 이었다. 아버지는 지난 몇십 년간 그 외의 취미를 익히지 못했다.

"술에 취하면 꽃이 피잖냐. 너도 술 좀 먹어라. 그렇게 먹어 가지고 쓰겠냐. 예뻐지려면 사발로 마셔야지. 그나저나 이제 어쩐다냐."

한 집당 품을 수 있는 백수의 수는 최대 한 명인데, 이제 우리 집에는 백수 한 명이 늘어났으니 큰일 났다고, 아버지는 말했다. 결국 내가 밤에 전화 상담하는 일을 하고 있다고 말하고서야 아버지의 얼굴빛은 조금 나아졌다. 그게 네 달 전의 일이었다. 아버지의 얼굴빛은 나아졌지만, 여전히 아버지는 조급했다. 멸종된 게 아니라고 말해 주고 싶었으나 아버지는 자주 멸종 위협을 받는 천연기념물 같은 표정을 지었다. 지금의 당신처럼.

봄이 지나갔고 꽃은 더 이상 꽃을 피우지 않아도 괜찮았다. 그러나 아버지는 봄이 지나갔어도 죄책감을 느끼고 있었다. 자꾸 술을 마시고 말수가 줄어드는 것이 그 증거였다. 아버지는 자주 꽃처럼 누워 있었다. 벌이나 나비가 아니라면 절대 방해해서는 안 될 것처럼 고요히, 이 세계로부터 수혈을 받듯이. 아버지 더 이상 꽃을 피우지 않아도 괜찮아요, 직장이 꽃은 아니잖아요, 라고 말하고 싶었으나 그 대사가 너무 어려웠다. 직장은 확실히 꽃은 아니어도 직장 없는 삶은 그게 의도한 바가 아니라면 외로웠다. 그리고 더 이상 꽃을 피우지 않아도 괜찮다고 말할 만큼 우리의 가계부가 믿음직스럽지는 않았다. 무엇보다도 내 대사를 내뱉을 기회를 잊을 만큼, 아버지와 나는 마주칠 일이 없었다. 나와 아버지의 시계는 정반대였고, 엄마는 새롭게 시작한 보험 설계로 바빴다. 우리는 한집에 살아도 너무 멀었다.

어떤 사람들은 해마에 대해 아는 척을 한다. 그게 기억 저장 장치라죠, 하고 말이다. 그러나 해마는 정확히 말하자면 기억을 저장하는 곳이 아니라 기억을 입력하는 곳이다. 해마는 누구나의 뇌 속에 웅크리고 있지만, 술을 많이 마실수록 성능이 떨어진다. 내 이름을 묻는 사람들은 왜 내가 해마8인지에 대해서도 묻는다. 그거야 내가 여덟 번째로 입사했으니까. 지금은 내 뒤로 얼마나 많은 해마들이 번식하고 있는지 셀 수 없다. 사장은 해마005를 확장하기 위해 고군분투한다. 일정 시간대에 전화하는 단골 고객들에게 해마들이 먼저 전화를 걸어 주는 서비스, 대리운전 회사와의 협력, 라디오 광고, 낮술 마시는 고객들을 위한 주간 음주 통화반……. 밤을 새우는 해마들의 관심은 주간반으로 쏠린다. 더 이상 지하철 첫차를 타고 퇴근하지 않아도 된다면, 이라는 상상을 하다 보면 엉덩이가 무거워진다. 해마005에 어떻게든 붙어 있어야 한다고, 집착하게 된다. 나는 더 열심히, 당신의 전화를 받는다.

당신과 나는, 우리는 왜 지구가 둥근지에 대해 이야기를 나눈다. 공무원 시험을 준비 중이라는 당신은 늘 네모난 책상 앞에 앉아 있어야 하기 때문에 각이 없는 것들, 지구라든지 우주라든지 태양이라든지 달이라든지 하는 것들을 발음하기 좋아한다. 알코올은 당신의 입을 더 동그랗게 만든다. 각이 허물어진 당신의 입에서는 각이 없는 단어들이 등장한다. 우주와 태양과 달과 지구, 그리고 당신의 얼굴, 누군가의 얼굴. 지구가 둥근 이유는 누군가를 잘 미끄러지도록 하기 위한 거죠, 알아요? 지구의 구조대로 이 세상에는 미끄러지는 사람들과 억세게 운이 좋아 잘 버티고 있는 사람들이 있을 뿐인데, 그쪽은 어디에 속하는 것 같아요? 당신은 스스로가 전자 쪽이며 후자 쪽으로 가기 위해 억세게 노력하는 쪽이라고 말한다.

신이 있다고 믿어요? 신이 이성적이라고 믿어요? 개뿔, 신이 있다면 그거야말로 축출할 대상이지. 한번 선거 잘못했다가 대통령이 장기 집권한다고 눌러앉은 꼴이랄까, 그러니 별다른 수가 있나, 그 신의 치하에 있는 거지, 우리 같은 조무래기들이, 안 그래요? 난 신을 믿지는 않을 겁니다.

그러나 당신은 매주 일요일 교회에 간다. 신을 믿지 않지만 교회에는 빠지지 않는다. 마치 담배처럼, 혹은 금요일 밤, 내게 전화하는 것처럼 일요일의 교회는 당신이 끊지 못하는 습관 중 하나일 뿐이다. 끊으면 금단증세가 오니까.

해마들이 통닭을 한 조각씩 들고 사장의 이야기를 듣는다. 누군가는 닭다리를, 누군가는 몸통을, 누군가는 날개를, 누군가는 정체불명의 부위들을 퍼즐 조각처럼 들었다. 모두 합치면 닭 세 마리가 완성된다. 해마들이 별것 아닌 이유로 자주 교체된다. 성희롱하는 고객에 대해 극과 극의 반응을 보인 해마 두 명이 모두 사라졌다. 비슷한 극과 극의 반응을 보인 다른 해마 두 명은 무사했다. 기준은 고객의 항의였다. 항의가 지속적으로 들어오면 해마005로서도 어찌

할 도리가 없다는 거였다. 사장은 우리 일은 어디까지나 서비스업이라는 것을 강조했다. 고객은 왕이죠, 비록 술 취한 고객도 왕은 왕입니다, 컴플레인도 외로울 때 거는 거죠, 나도 그랬거든요. 외로우면 컴플레인을 걸어요. 음식점에서든 인터넷 쇼핑몰에서든. 평소엔 관대하다가도 외로우면 그런다니까요.

사장의 말대로라면 아버지는 위험한 상태였다. 말수가 없어진 아버지의 한 달 전화 요금이 지나치게 많이 나와서 엄마가 언성을 높였다. 아버지는 별 변명을 하지도 않았다. 전화선 이편에는 아버지가 있고, 저편에는 얼굴 없는 상담원이 있었다. 홈쇼핑 판매원이거나 다산콜센터 직원이거나 114 안내원이거나―119나 112가 아닌게 어디인가―시청자 사연을 받는 라디오 디제이들이었다. 아버지는 스팀다리미 홈쇼핑을 보다가 그것의 필요성이나, 아니면 그것의 필요성에 관한 대화가 지금 자신에게 절실하다는 것을 깨닫고 전화를 걸었다. 스팀다리미를 팔려는 상담원과 세심한 대화를 하고 다림질에 관한 문의도 하는 아버지의 모습이 지나치게 열심이어서 어쩐지 쓸쓸했다. 어쩌면 아버지에게도 고해소가 필요한지 몰랐다. 아버지는 스팀다리미에 관해 실컷 물어보다가도 그것을 구매하지는 못했다. 12종 남성 화장품에 대해서도, 만능 세제에 대해서도, 마찬가지였다. 예, 잘 알겠습니다. 생각해 보고 다시 연락드리죠, 아버지의 통화는 그렇게 끝났다. 해마005의 고객 유형으로 보자면 '메뚜기'였다. 이 상담원, 저 상담원을 오가며 한 통화당 2분 미만을 유지하는, 그러면서도 수화기를 놓지는 않는, 메뚜기.

아버지가 잠든 사이에, 아버지의 지갑 안에 해마005의 할인 쿠폰을 넣어 둔다. 부적처럼.

얼마 전에 외국인과 얘기할 기회가 있었는데요, 저한테 고향이 어디냐고 물어서 제가 포항이라고 했거든요, 제 고향 포항입니다. 참, 모르시지? 아, 아세요? 내가 그것도 얘기했었나? 아무튼 외국인이 저한테 거기서 얼마나 살았느냐고 묻더라고요, 그래서 트웬티 이얼즈, 라고 대답했더니 깜짝 놀라더라고요. 전 포항에서 얼마나 살았느냐고 물은 건 줄 알았는데, 그게 아니었던 거죠. 여기서 포항까지 얼마나 걸리느냐고 물은 거였는데, 으어어, 여기서 포항까지 가는 데만 20년이 걸린다니, 하하, 그 사람은 내가 달에서 온 줄 알았을 거야, 아니지, 달까지도 20년은 안 걸리지 않아요? 허, 참.

당신은 수화기가 깨질 듯이 크게 웃지만 나는 그게 우스갯소리가 아님을 안다. 당신은 2년째 고향에 못 가고 있다. 20년까지는 아니지만, 당신에게 2년, 네 번의 큰 명절은 잔인하다. 내려가도 잔인하고 내려가지 않아도 잔인하다. 당신은 이번 추석에 내려가지 못하지만, 이번이 마지막이라고도 장담할 수 없다.

거기서도 달 보여요? 당신이 묻는다. 보이지 않지만 보인다고 대답을 한다. 보나 마나 보름달일 테니까. 당신은 달은 그저 구멍일 뿐이라고 말한다. 찌그러진 구멍, 얄팍한 구멍, 동그란 구멍, 그렇게 벌어진 틈의 정도가 다를 뿐, 모두 구멍이라고 말한다.

실체라고 생각하면 곤란해요. 그 구멍으로 누군가가 눈을 들이대고 우리를 엿보는 겁니다. 달이 그 통로예요. 이 사실을 아는 사람은 딱 두 사람뿐이에요.

나는 짐짓 심각하게 누구냐고 묻는다. 당신이 대답한다. 나, 그리고 엘리자베뜨 여왕.

"엘리자베스, 여왕? 영국에 있는?"

표면적으로는 그렇습니다만.

"엘리자베스 여왕이 왜요?"

당신이 대답한다. 그 이유는 그분밖에 모릅니다.

"엘리자베스요?"

엘리자베뜨!

당신의 말을 농담으로 치부하거나 비웃는다거나 아니면 너무 진지하게 침묵을 지킴으로써 당신을 의혹에 몰아넣지 않기 위해서 내가 애쓰던 찰나, 당신이 입을 연다.

아, 이제 한 사람 더 생겼네. 그쪽.

세 사람이지만 엘리자베뜨를 없는 셈 치면 단둘뿐, 우리는 같은 공범이 된다. 퇴근길에 본 새벽하늘에는 달이 둥글게 익어 가고 있다. 세상의 모든 각을 그 안에 숨긴 채로, 시한폭탄처럼 차오른다. 그리고 깜박, 달이 윙크를 한다.

해마는 기억 입력뿐 아니라 기억을 분류하는 일도 한다. 단기 기억과 장기 기억으로 구분하는 과정 중에 물론 사라지는 기억도 있다. 중요하지 않다면, 기억하지 않는다. 사장이 우리를 차례대로 부른다. 해마1부터 몇까지인지는 몰라도, 특정 시간에 근무한 몇 사람이 불려 간다. 나도 불려 간다. 당신이 사라졌다고 한다. 남아 있는 것은 당신의 휴대폰과 휴대폰에 기록된 해마005의 번호들, 그리고 청구서. 당신의 남편이 묻는다. 한국말도 못하는 여자가 여기서 대체 누구와 어떤 통화를 했느냐고 묻는다. 나의 해마가 시달린다. 남은 사람들이 당신의 기록을 추적한다. 당신이 무슨 말을 했는지, 당신이 얼마나 전화했는지, 당신이 왜 울었는지, 당신이 왜 웃었는지.

그러나 미안하지만 나의 해마 속에 당신의 자리는 없다. 어떤 당신을 말하는 겁니까, 라는 말을 혀 속으로 말아 넣고, 나는 시야를 좁혀 간다. 수많은 당신 중에 외국인, 외국인 중에 여자, 몇몇 당신들로 시야가 좁혀진다. 그러나 당신이 사라진 자리, 내가 기억할 수 있는 당신의 말은 한 마디도 없다.

아마도 당신은 우리말을 잘하지 못했을 것이다. 당신이 생각하는 우리말은 한국어가 아니니까. 당신은 당신의 언어로 이야기했을 테고, 당신의 이야기는 내가 읽어 낼 수 없었지만, 당신의 기분은 읽어 낼 수 있었을지도 모른다. 나는 당신의 호흡을 읽어 냈다. 해독 불가능한 언어로 혹시 당신이 유서라도 읊은 게 아닌가, 당신은 울먹였을지도 모른다. 당신은 한참 중얼거리고 한참 울고 한참 떠들다가 금세 잠잠해졌을 거다. 그런 당신에게 내가 해 줄 수 있었던 말은 고작 미안해요 정도였을 것이다. 당신의 언어를 몰라서 미안하다고. 이런 전화가 요즘에는 종종, 온다. 그러므로 당신은 혼자가 아니다. 그러므로, 나는 당신을 구분하지 못한다.

내가 당신의 모습을 기억해 내지 못해 괴로웠던 날, 또 다른 당신은 나를 위로한다. 당신은 내 상황을 모르고 당신은 당신의 말을 하지만, 그게 위로가 된다. 당신은 같은 말을 반복한다. 돈을 뜯는 사람에게서 도망친 적이 있고, 수상해 보이는 행인에게서 도망친 적이 있고, 귀찮은 일에서 도망친 적이 있고, 가끔은 신에게서도 도망친 적이 있지만, 가장 힘든 것은 지난 기억에서 도망치는 일입니다. 얼마 전 영국에서 망각의 알약을 시판할 거라는 이야기를 들었어요. 이미 됐을 수도 있죠. 그 알약의 발명 뒤에도 엘리자베뜨의 특명이 깔려 있는 겁니다. 망각을 유행시키려는 그 음모가 두렵지만, 다 뜻이 있을 거예요. 그 전까지는 우리는 술을 마셔야 해요.

당신의 말은 반복된다. 벌써 당신의 필름은 끊겨 있는지도 모른다. 그러나 반복되는 당신의 말이 내게는 위로가 된다. 당신의 말을 들으며 나는 약한 취기를 느낀다. 나는 이렇게 말한다.

"만약에 정말 그 알약에 효능이 있다면, 그 속에는 긴 시간을 꽉 눌러 압축한 성분이 들어가 있을 거예요. 망각을 이루는 성분이 있다면, 오로지 시간이니까요."

아니요, 술입니다. 술은 단축시킬 수 있어요. 망각을 독촉할 수 있어요. 당신은 말이 많아진다. 이상한 절실함이 당신을 부지런하게 만들고 서두르게 만들고 초조하게 만들고 결과적으로 술에서 깨어나도록 만든다. 당신이 서둘러 말한다. 저기요, 같이 술 한잔 안 할래요?

술 한잔 할래요, 가 아니라 술 한잔 안 할래요, 라고 묻는 마음을 안다. 부정 속에 쑥스러움과 망설임을 숨길 수밖에 없는 그 마음을, 나도 안다. 내 대답을 듣지 못한 채 전화가 끊어졌지만 당신은 다시 전화하지 않는다.

사장의 말대로, 추석에도 고객은 있다. 내가 명절에도 근무한다는 사실에 아버지는 조금 위안을 받았다. 당신들처럼. 라디오에서는 귀성길이 시작되었다는 뉴스가 흘러나온다. 꽉 막힌 도로처럼 당신들이 하고 싶은 말도 식도 밑에 웅크리고 있다. 식도 위로 올라오는 말은 어쩌면 그 말들이 아닐 수도 있고, 그 말들일 수도 있다. 구분해 낼 자신은 없다. 누군가는 내게 119를 불러 달라고 말한다. 누군가는 내게 대리운전 번호나 지금 문 연 카페 번호를 알려 달라고 말한다. 누군가는 알아듣지 못할 외국어로, 혹은 외계어로 말한다. 아마도 누군가가 그립다는 얘기겠지, 아니면 배가 고프거나. 그리고 또 몇 통의 침묵, 후에 걸려 온 누군가의 이야기는 나를 긴장시킨다. 아버지 또래의 아저씨, 아버지 처지의 아저씨다. 당신과 통화하는 동안 나는 아버지가 언젠가 나의 당신이 될까 봐, 그것이 조금 두렵다. 아버지와 전화 통화를 해 본 건 정말, 까마득하니까.

모두 바쁜 밤, 고향 가는 길은 아직도 멀다. 느릿느릿 모두가 귀가하는 밤, 연휴의 마지막 밤, 전화 한 통이 걸려 온다. 금요일의 당신이 금요일이 아닌 날 전화를 걸어 온 것은 처음이다. 당신이 말한다. 저기요, 진짜로 같이 술 안 할래요?

지하철은 스캐너처럼 움직인다. 많은 사람들 틈에 묻힌 나의 발자국을, 동선을 읽어 낸다. 지하철이 어딘가로 고자질하듯 달려간다. 시청에서 강남으로 강남에서 교대로 교대에서 논현으로 논현에서 홍대입구로 홍대입구에서 신촌으로, 고자질하듯 달려간다. 나는 당신을 만나러 가는 중이다.

고객 많은 금요일에 월차를 쓰겠다고 하자 사장이 말한다. 창사 이래 주말 앞두고 월차를 쓰는 직원은 자네가 여섯 번째일세. 나는 어쨌거나 영광입니다, 라는 말이 튀어나오려는 것을 가까스로 참고 월차를 낸다. 아버지가 알면 기절할 노릇이지만, 내게도 유흥이 필요하다. 당신에게는 내가 필요하다. 목소리 아닌 실체가.

당신은 카페 플럼에서 기다리겠노라고 말했다. 카페 플럼은 당신이 늘 말하던, 365일 24시간 쉬지 않는 술집이다. 플럼은 그 자리에 있다. 내가 모르는 거리, 당신을 통해 알게 된 거리, 그 거리에 플럼이 이정표처럼 보인다. 나는 플럼으로 들어간다. 당신은 아직 오지 않았다. 나는 플럼의 한구석에 자리 잡는다. 일단 500 한 잔, 한 시간 후 500 한 잔 더, 30분 후 노가리 한 접시, 안주는 오고 당신은 오지 않는다. 나는 기다린다. 이름도 나이도 직업도 모르는 당신을. 심지어 전화번호도 모르는 당신을. 그러나 어쩌면 우리는 서로를 한 눈에 알아볼 수 있을지도 모른다. 나는 당신에게 말한 것처럼 붉은 옷을 입고 왔다. 나는 붉은 신호등처럼 앉아 있다. 그러나 누구도 내 앞에 멈춰 서지 않는다. 스쳐 지나간다. 나는 다른 테이블에서 오가는 이야기들에 귀를 기울인다. 이상하게도 다 내가 들었던 내용들이다. 왜 나는 그들의 사연을 다 알고 있는 걸까.

손님 죄송하지만 영업시간이 끝나서요, 그 말들이 바람처럼 들린다.

"24시간 아닌가요?"

11시까지만 해요.

플럼의 불이 꺼진다. 키 큰 건물들이 혹처럼 뿔처럼 솟아난 밤, 달을 보기 위해서는 조금 걸어야 한다. 횡단보도를 건너 골목을 지나 몇 번 하늘을 두리번거리고 다시 몇 걸음 뒤로 가서야, 혹 달린 도시, 뿔 난 도시의 달밤이 보인다. 불쾌한 눈동자, 누군가 끔뻑, 동공을 감았다 뜬다. 엘리자베뜨, 당신은 왜, 오지 않는가.

내가 궤도를 벗어나 플럼에서 붉은 신호등처럼 멈춰 있을 때, 당신은 여전히 해마005에 취기를 발산했다. 하도 별난 이야기를 해서 기억이 나더라 예전에 너가 말한 적 있잖아 네 단골 아니었니? 이게 유행어인가, 라고 당신과 통화한 해마가 말한다. 달이 엘리자베뜨의 눈동자라나 뭐라나.

"혹시 지구가 왜 둥근지에 대해서도 이야기했어? 공무원 시험 준비하는 사람이래?"

내 질문에 해마 6인지 7인지 114인지가 자신의 해마를 점검 중이다. 지구가 미끄러지게 하기 위해서 둥글다고 하던가, 그런데 공무원 시험 어쩌고는 모르겠고 S 전자 다닌다던데.

그리고 그거 알아? 너 쉰 날, 그 여자 남편이 또 왔었어. 캄보디아 여자, 자살이었대.

해마 6인지 7인지 114인지가 친절하게 전해 준다.

예상대로 출근하자마자 사장이 나를 부른다. 해고 통보다. 창사 이래 여섯 번째로, 금요일에 월차를 낸 게 문제였는지, 아니면 캄보디아 여자와의 통화 내용을 기억하지 못한 게 문제였는지, 자살을 막지 못한 게 문제였는지, 외국어를 못한 게 문제였는지, 나는 알지 못한다. 회사를 나서자, 집에서 전화가 온다. 아버지다. 아버지는 일자리를 구했다고 말한다. 면접 본 곳에서 오늘 전화가 왔다고. 아버지에게 전한 해마005의 번호는 유용했다. 아버지도 목소리가 좋았다. 이제 아버지는 한 달에 1킬로그램씩 살이 찔지도 모른다. 얼마 후에는 주간반이 될지도 모른다. 낮술 먹는 사람들은 점점 늘어 가고, 말이 고픈 사람들도 늘어 가니까. 아버지는 월차를 내지 않을 것이다. 멸종되지 않을 것이다.

나는 멈추고, 지하철은 계속 달린다. 지하철이 대숲으로 들어간다. 보이지 않는 대숲을 향해, 임금님 귀는 당나귀 귀, 임금님 귀는 당나귀 귀……. 고자질, 혹은 고백, 혹은 고해성사를. 그렇게, 술에

취한 이 도시의 밤을 다 불어 버리고 싶다. 내 손가락은 이미 오래
전에 장기 기억으로 분류된 번호를 누른다. 해마005와 연결이 되는
동시에, 나의 해마가 사라진다. 취한다. 잠든다. 말한다. 낯선 목소리
의 당신이 전화를 받는다. 어디예요?

나는 아마도, 내가 잃어버린, 지금 내 몸에서 사라지고 있는 해마
의 꼬리 부분을 붙잡고 있는 중일 거다. 나는 자꾸 뇌를 벗어나는,
손상되는 해마의 꼬리를 잡고 말한다. 모, 르, 겠, 어, 요.

당신이 묻는다. 말해 봐요, 어디예요.

암전. 나는 무엇이 되어 볼까 상상한다. 공무원 시험을 준비하
는 남자가 되어 볼까, 정규직으로 받아 줄 곳을 찾아 끊임없이 면접
을 보는 여자가 되어 볼까, 고향에 대한 그리움으로 외로운 외국인
이 되어 볼까, 선택은 내 몫이다. 당신이 묻는다. 말해 봐요, 많이 마
셨나요? 나는 조금도 취하지 않았지만 취기에 무너진다. 제 친구가
결혼을 하는데 거래처를 얻은 셈이죠, 평생의 거래처, 아니 또 모르
잖아요, 몇 년 안 가 거래처를 바꾸게 될지도. 저요? 저는 지금 서류
전형은 몇 군데 넣어 둔 상태예요. 이번 달 내내 주말마다 면접이 잡
혀 있는데, 지난 주말에도 하나 봤고요. 어찌나 회사가 구린지. 거긴
돼도 내가 안 갈 거고, 다음 주말에 또 면접 두 군데 있어요, 면접을
통과하게 되면, 그죠, 그죠. 면접이 곧 소개팅이라니까. 그걸 통과하
면 수습 기간을 거쳐 계약을 하게 되겠죠, 어쩌면 나도 거래처가 정
해질지도. 아아.

누군가의 입을 거쳐 내 귀에까지 전달된 말들이 술기운을 타고
다시 누군가의 귀로 흘러갈지도 모른다. 유효기간은 봄꽃처럼 짧지
만 전염성은 강한 말들이다. 무게감은 없지만 어디에나 어울릴 말들

이다.

거기서도 달 보여요? 내가 묻는다. 당신이 대답한다. 보여요. 보름 달이죠. 당신이 거짓말을 한다. 나처럼. 나는 해마들의 건물 안에서 달이 보이지 않는다는 사실을 알지만, 그 기억은 해마가 걸러 낸다.

그건 그냥 구멍일 뿐이에요. 찌그러진 구멍, 얄팍한 구멍, 동그란 구멍, 그렇게 벌어진 틈의 정도가 다를 뿐, 모두 구멍이죠. 실체라고 생각하면 곤란해요. 그 구멍으로 누군가가 눈을 들이대고 우리를 엿보는 거죠. 달이 그 통로예요. 이 사실을 아는 사람은 딱 두 사람뿐이에요.

나는 다음 대사도 알고 있다. 내 대사도, 그리고 당신의 대사도. 나는 이 대본을 너덜너덜해질 때까지, 꼬질꼬질해질 때까지 읽어서 달달 외운 사람이다. 그러나 지금, 대본대로 흘러가는 우리의 대화가, 나는 싫지 않다. 누구냐고 당신이 묻기도 전에, 나는 짐짓 심각하게 대답한다. 나, 그리고 엘리자베뜨 여왕. 알코올이 나를 가면처럼 감싼다. 혀가 내 안의 취기를 동그랗게 말아 꽃대처럼 밀어 올린다. 우리는 함께 2인용 자전거의 페달을 밟는다. 함께 발을 굴리고 있지만 사실 발을 떼어 보기 전까지는 이 자전거를 굴리는 힘이 내 발끝에서 나오는지 다른 사람의 발끝에서 나오는지 두 사람 모두에게서 나오는지 확인할 길이 없다. 나 혼자 굴리고 있었던 것을 확인하는 결과가 올까 봐 두려워서 나는 더 열심히 페달을 밟는다.

그런데, 당신 이름이 뭐죠?

내가 묻자 당신이 대답한다. 해마8, 앞으로 해마8을 찾으세요.

해마8은 이제 당신의 이름. 암전. 당신의 목소리가 들리지 않는다. 휴대폰 배터리가 깜박깜박하더니 이제 암전. 휴대폰이 꺼짐과 동시에 나도 방전된다. 길 건너 편의점이 비상구처럼 보인다. 뛴다. 방전되는 해마를 달고 편의점을 향해 뛴다. 충전을 해야 한다. 무심코, 쳐다본 하늘의 달이 벌써 일그러져 있다. 엘리자베뜨가 졸리다는 듯, 동공을 반쯤 감았다 뜬다. 나는 편의점을 향해 뛰어가면서, 당신에게 할 말들을 생각한다. 그러나 몇몇 단어가 떠오르지 않는다. 알코올이 나의 베르니케 영역에 문제를 일으켰기 때문이다. 혀가 자꾸 꼬부라진다. 브로카 영역에 문제가 생겼기 때문이다. 감정적이 된다. 변연계에 문제가 생겼기 때문이다. 비틀비틀 몸이 흔들린다. 소뇌에 문제가 생겼기 때문이다. 그리고 암전, 필름이 끊긴다. 해마, 해마가 아프기 때문이다. 그러나 당신은 나의 끊긴 필름에 대해 추궁하지도, 타박하지도, 외면하지도 않는다. 그저 동참할 뿐이다.

수상작가 자선작

Q

윤고은

개의 업무 시간은 아침 6시부터 밤 9시까지다. 개는 열차처럼 정해진 노선을 성실하게, 적당한 긴장과 이완을 제공하며 걷는다. 사람보다 한 발 앞서 걷지만 너무 멀리 떨어지지는 않는다. 사진을 찍거나 커피를 사는 틈을 위해 적당히 멈출 줄도, 뒤돌아볼 줄도 안다. 암컷을 만나도 슬쩍, 눈길만 줄 뿐 묵묵히 지나간다. 수컷을 만나도 슬쩍, 눈길만 줄 뿐 묵묵히 지나간다. 지금은 업무 중. 놀 때가 아니라는 걸, 개도 안다.

도시 안에 존재하는 산책로들은 길이도 소요 시간도 분위기도 다르지만, 모두 쉼터에서 시작해 쉼터에서 끝난다. 많은 산책자들이 0미터 지점에서 개를 한 마리씩 대여하고, 각도가 다른 35갈래로 도시를 재생한 후 다시 출발점으로 되돌아온다. 도시의 골격이 점점 커지고 있다는 것, 또 내부가 점점 정교해지고 있다는 것은 자고 일어나면 탄생하는 산책로로도 알 수 있다. 그가 처음 Q에 왔을 때 네 갈래에 불과했던 산책로는 이제 35갈래로 늘어났고, 번식은 지금도 계속되고 있다.

　개 산책은 Q의 명물 중 하나다. 단지 개를 대여하기 위해서 이 도시로 찾아오는 사람들도 있다. 개와 산책하고 싶어서 찾아오는 사람들도 있지만, 개와 산책하는 자신의 모습을 감상하거나 노출하고 싶어 찾아오는 사람들도 있다. 그리하여 이곳, 0미터 지점에 모인 이들은 걷는다. 어떤 사람은 흰 털이 복슬복슬한 개와 함께 걷는다. 각도만 달리한다면 아래로 솜사탕을 늘어뜨리고 가는 것처럼 보인다. 개의 목줄을 낚싯대처럼 드리우고 개를 미끼처럼 매달고 가는 사람도 있다. 개를 핸드백처럼 옆에 끼고 뛰는 사람도 있다. 여러 마리의 개들을 풍선처럼 엮어 가는 사람도 있다. 그리고 다른 이들의 산책을 엿보는 사람도 있다. 그도 그들 중 하나다.

　그는 늘 '오늘의 개'를 선택한다. 쉼터의 모든 개들 중에 일할 차례가 된 개들을 129분의 1 확률로 만나는 것이다. 그런 우연이 싫다면 열두 가지 질문을 통과해서 보다 자신에게 맞는 개를 고를 수도 있다. 크기나 품종―특별히 선호하거나 특별히 기피하는 게 있다면―, 성격, 색깔, 성별, 나이부터 시작해서 옷을 입히고 싶은지 아닌지, 신발을 신기고 싶은지 아닌지 등등을 적으면 잠시 후 그에 맞는 개가 나타난다. 많은 사람들이 개를 선택하는 그 세심하고 까다로운 과정을 즐긴다. 어떤 종류의 개를 원하는가, 하는 문제가 곧 나는 어떤 사람인가, 에 대해 알려 주는 과정처럼도 느껴질 수 있다. 그것을 벌써 간파한 쉼터에서는 이제 끊임없이 질문들을 만들어 낸다. 산책자의 혈액형이나 체질, 키나 몸무게, 피부 빛깔이나 옷 취향도 개를 선택하는 데 있어서 중요한 기준이 될 수 있다.

　그는 '오늘의 개'와 함께 서서 산책할 각도를 가늠해 본다. 그사이에 시간이 1분, 줄어든다. 0미터, 1미터, 2미터, 산책이 시작된다.

　그에게 날아오는 우편물의 수신지는 거의 2년, 짧으면 1년에 한 번씩 바뀌었다. 8개월 전, 그는 간단한 짐을 들고 Q로 왔다. 이 도시의 541번지가 그의 새 공간이었다. 열 상자쯤 되는 A4 용지, 이 도시의 지역신문과 시정 홍보물, 출처가 구분되지 않는 명함들이 그를 기다리고 있었다. 계약서에는 원고지 1,000매 내외의 장편소설이라는 주문과 마감일자가 적혀 있었다. Q를 배경으로 한 내용이라는 전제하에, 그에게 9개월의 시간과 공간이 제공되었다.

　Q에 온 후로 그의 몸무게는 4킬로그램이 불어났다. 간식까지 챙겨 주는 친절한 이웃들 때문이었다. Q는 이웃조차도 협찬해 준 것처럼, 친절한 사람들이 많은 도시였다. Q에서는 그의 소설이 완성되면 곧 영화로도 만들 계획을 갖고 있었는데 그것이 소문이 났는지 어떤 이웃들은 벌써 캐스팅에 대해 거론했다. 물론 그의 소설 속에 어떤 인물들이 들어 있는지는 아무도 몰랐다. 그조차도 몰랐다. 8개월이 지나갔지만, 그가 써 놓은 분량은 전체의 10분의 1도 채 되지 않았다.

　그가 살찌는 동안 그의 말들은 말라 갔다. 책상 앞에서 그는 사진작가의 요구에 따라 이런저런 포즈를 취하는 모델처럼 몸을 뒤틀었다. 셔터 소리가 시계 소리와 겹쳤다. 방 안에는 카메라도 시계도 없지만, 그는 분명 무언가에 들키고 있었고 무언가에 쫓기고 있었다. 겨우 발을 뻗고 누우면 천장에 그의 몸보다 더 크게 그림자가 졌다. 몸이 아니라, 말의 그림자였다.

　꿈을 꾸면 종종 8개월 전으로 되돌아갔다. 그가 이곳에 오기 전까지 살았던 곳은 P였다. 지대가 너무 높아서 재개발에 난항을 겪고 있다는데, 재건축 허가가 안 난대, 라고 그는 선배에게 말했다. 그러나 포크레인으로 땅의 높이를 낮추는 것은 순식간이었다. 그의 전셋집 바로 앞에 로데오거리가 생겼다. 준공식은 그의 전셋집 계약이 만료되기 한 달 전에 열렸다. 집주인은 예상 가능한 동선대로—마치 상식처럼—움직였다. 그가 예상한 인상분보다 훨씬 비쌌다. 그와 관계없는 잔치를 뒤로하고 짐을 꾸렸다. 늘 이런 식이었다.

그즈음 선배의 연락을 받았다. 선배는 지자체와 협력하는 창작, 에 대해 열을 올리고 있던 중이었다. 말주변이 좋고 부지런한 선배는 지원을 원하는 작가와 이야기를 원하는 지자체를 연결해 주는 사업을 해 보고 싶다고도 말했다. 마침 Q에서 이야기를 찾고 있었다. 선배가 그를 추천했다. 그렇게 작가와 공간이 만났다. 계약서를 쓴 날 저녁에는 이른바 Q 프로젝트의 인력들이 모였다. 그와 영화감독을 제외하면 모두의 명함에 Q가 새겨져 있었다. 그들 중 하나가 말했다.

"그 왜 겨울 뭐 있지 않습니까, 제가 얼마 전에 태국에 갔는데 거기서도 춘천을 알더란 말입니다. 서울을 모르는 사람들이 춘천은 알아요, 춘천은. 그 드라마 하나 때문에 한국 이미지가 바뀌더란 말입니다."

Q는 오래전에 공장 지대로 유명했던 곳이었다. 지금은 문화산책 도시로 탈바꿈하는 중이라고 했다. 마치 P처럼. 그들은 그가 P에 살고 있었다는 사실을 알고 흥미를 보였다. 그가 그 전에 A와, C에도 살았다는 것을 말하자 더욱 흥미를 보였다. 그는 뉴타운이 되어 집값이 상승한 A에서는 그가 A의 예술인으로 인터뷰까지 했지만, 그

잡지가 나오기 전에 이사를 가야 했다는 말을 했다. 역시 뉴타운이 된 C로의 이사였다. C 다음의 도시들도 거의 비슷했다. 명목만 조금씩 달랐을 뿐. 그의 이야기를 듣던 누군가가 말했다.

"작가님이 여기로 오셨으니 이제 Q도 금방 뜰 겁니다."

그 말에 모두가 웃었다. 그도 웃었다. 그가 거처 온 동네들이 모두 값이 뛴 것은 그도 알고 있었다. 정확히 말하면 그렇기 때문에 옮겨 온 것이었다. 그 자신도 이렇게 이사를 많이 할 줄은 몰랐다. 이사를 다니는 동안 그의 짐은 늘지도 줄지도 않았다.

"작가님이 P나 A, C에 집을 사셨다면 몇 배로 뛰었을 텐데요."

누군가가 아쉬운 듯 말했다. 다른 누군가는 그에게 좋은 동네를 보면 느낌이 오느냐고 물었다.

"그러니까 요령 같은 거 말이죠. 핫 플레이스로 떠오를 동네를 찾는 필!"

그 말에 또 다른 누군가가 그런 게 바로 작가적 안목이 아니겠냐고 했다. 그는 소주를 한 잔 마셨다. 그에게 요령 같은 게 있을 리 없었다. 그에겐 선택의 폭이 좁았다. 다달이 나가는 월세보다는 싼 보증금으로 갈 수 있는 전세를 찾다보면 재개발이 임박한 곳이 시야에 들어오게 되었던 것뿐이다. 어쨌거나 그는 소주에 젖은 입술로 말했다.

"좋은 동네를 찾는 데는 세 가지 원칙이 있습니다."

그는 사람들의 시선을 조명처럼 받으며 말을 이었다.

"그러나 불행한 것은 아무도 그 원칙을 모른다는 것입니다."

좋은 소설을 쓰는 데 대한 서머싯 몸의 말을 약간 변형한 것이었다. 그의 말에 술자리의 Q들이 가볍게 웃었다.

"어쨌거나 작가님은 늘, 너무 빠르셨던 거로군요. 뭐, 한발 앞서 있었다고도 볼 수 있겠고요."

누군가가 그렇게 말했고, 다른 누군가는 앞으로 작가님의 동선을 따라 투자를 하겠다고 말했다. 또 다른 누군가는 Q가 작가님의 정착에 도움이 되는 도시였으면 좋겠다고 말했다. 그는 예술가의 동선과 부동산의 관계에 대해 얼핏 생각했다. 그뿐만 아니라 이 일을 소개시켜 준 선배도, 또 다른 지인들도 메뚜기 뛰듯 이 도시 저 도시를 오가고 있었다. 세입자였기 때문에 벌어지는 일들이었다. 오래전, 학교 운동장에서 원을 그리며 네 바퀴짜리 오래달리기를 하던 때도 떠올랐다. 반 바퀴째를 도는 꼴찌가 두 바퀴를 그리고 있는 선두를 앞질러 지나치는 것처럼, 그는 그렇게 느렸을 뿐이다. 그가 술잔을 들고 오래달리기를 하는 동안, 밤이 깊어졌다. 누군가가 그의 맞은편에 앉아 있던 연출에게 문화산책도시 프로젝트를 잘 부탁한다고 하자, 연출은 고개를 설레설레 저으며 말했다.

"작품이 좋아야죠, 저는 뭐. 우리 작가님께 술 좀 더 드리세요."

선배가 예고한 대로 연출은 발 빼기를 시작했다. 곧 술병이 다시 그의 앞으로 왔다. 그의 잔이 넘칠 정도로 채워졌다.

"선생님만 믿겠습니다."

그의 눈앞으로 서너 개의 술잔이 다가와 경쾌하게 충돌하고 사라졌다. 그들의 이름은 그의 휴대폰 안에 같은 이름으로 저장되었다. 뒤에 붙은 번호만 다를 뿐이었다. 구청장은 Q1, 동장들은 Q4부터 Q6까지, 그리고 위원회장은 Q8이었다. 이 순서도 확실하지는 않았다. 명함도 얼굴도 모두 뒤섞였다. 며칠 후 그에게도 Q가 새겨진 명함이 생겼다.

텅 빈 모니터에 문장 몇 줄이 시름시름 돋아났다. 현재 쓰인 분량은 원고지 78.2매. 1,000매까지 가기 위해서는 아직 한참을 더 달려야 했다. 그러나 단지 분량의 문제만은 아니었다. 현재 글은 그의 소설도 Q의 소설도 아니었다. 사공이 너무 많았다.

"예술은 정치보다 수명이 길죠. 몇 세기를 건너뛸 수 있는 힘은 예술에서 시작된다고 생각합니다."

그렇게 말했던 Q1은 몇몇 모임에 그를 부르곤 했다. 주로 정치나 사업을 하는 사람들이 많은 자리였다. 그들로부터 받은 명함과 자료들이 그의 귓갓길을 무겁게 만든다는 사실은 몇 번 시행착오를 겪은 후에야 알았다. 그는 더 이상 그런 모임에 참석하지 않았지만 그의 소설에 관심을 갖는 사람들이 541번지로 방문하거나, 그 앞에 무언가를 배달하는 일까지 일일이 막을 수는 없었다. Q에서는 그에게 작업에 필요한 것이 있으면 언제든 비용을 청구하라고 말했다. 사공도, 비교 대상도 많은 가운데 그의 글은 자꾸 산으로 가고 있었다. Q의 사람들을 더 알면 알수록, Q의 지명들을 더 알면 알수록, 그러니까 그가 Q에 적응하면 할수록 글 쓰는 속도는 느려졌다. 느려진 것은 필력만이 아니었다. 장의 움직임마저 느려져서 변비가 생겨 버렸다. 변기는 여러모로 541번지의 책상과 비슷했다. 앉아 있는 시간은 길었지만 효율적이지 못했다. 그는 말의 변비와 장의 변비, 둘 사이에서 시달렸다.

책상 옆에는 Q의 각종 관공서와 단체, 그리고 음식점과 몇몇 사업체에서 보낸 홍보물이 무덤처럼 쌓여 있다. 그는 그것들을 대충 훑어보긴 했지만, 별 소득은 없었다. 8개월 내내, 라고 말할 수도 있을 만큼 Q는 공사가 많은 도시였다. 이 거리를 공사한 후에는 저 거리를 공사하고, 저 거리의 공사가 끝난 후에는 다시 이 거리를 공사했다. '문화산책도시'라는 안내문 아래 속속 생겨나는 말끔한 거리들을 보면서 그는 자신도 공사의 일부가 아닐까 생각했다. 지금 그는 안전제일 푯말을 세워 두고, 그 안에 들어앉아 글을 쓰는 것이다. 활자를 벽돌처럼 쌓거나 아스팔트처럼 깔면서 그러나 우르르, 그는 무덤 위로 머리를 파묻었다. 완공은 아직도 멀었다.

산달이 다가오고 있었다. 예정일까지 남은 기간은 29일, 28일, 27일…… 지나가는 사람들은 그의 배를 보며 물었다. 잘되고 있는지, 불편한 것은 없는지, 주인공이 여자인지 남자인지, 주인공이 Q의 어디에 사는지, 주로 가는 거리는 어디며 어떤 음식점이 등장하는지. 거리의 CCTV조차도 그를 보면 동공이 커졌다. 모두가 그의 안부를 물었다. 8개월이 넘도록, 늘, 그랬다. 사람들은 몰랐다. 그가 집으로 돌아오자마자 부풀린 배를 한 장씩 빼내고 종잇장처럼 얇아진다는 것을. 펜 끝에서 탄생하는 것이 다급한 거짓말이라는 것을. 그러니까 그의 산고는 모두 가짜라는 것을.

다급한 거짓말에 대한 책임을 지기 위해 포스트잇을 붙이기 시작했다. 분홍색은 그가 이미 말한 것, 노란색은 사람들이 말한 것, 이었다. 도시의 많은 Q들이 그의 소설 내용에 관심을 갖고 있지만, 그는 보통 함구하고 또 함구했다. 미완성이었으니 함구할 수밖에 없었다. 그러나 가끔 쓰이지 않은 소설에 대한 예고편이나 막연한 계획 같은 거라도 얘기해야 할 상황이 생겨났다. 말 한마디로 흘릴 수도 있었지만, Q의 사람들은 너무 빨랐다. 그가 Q 입구의 소나무에 대해 언급하면 얼마 되지도 않아 그 소나무에 여러 명이 달라붙어 갖가지 검사를 하며 소나무가 장수할 수 있도록, 오래오래 Q의 증인이 되도록 유난을 떨었다. 그가 Q의 초등학교에 대해 언급하면 어떻게 알았는지 초등학교마다 한 명씩 그에게 홍보 인력을 보냈다. 그에게 소설 속에 김밥집이나 냉면집이 나올 일이 없냐고 묻던 한 주민은 며칠 후에 냉면집을 열었다. 그 주민이 전단지와 시식 쿠폰을 보내 준 후에야 그는 자신이 그날 냉면집이 등장할 예정이라고 말했던 것을 기억해 냈다. 물론, 아직 그의 소설에는 냉면집도 김밥집도 등장해 있지 않았다. 그날 그는 분홍색 포스트잇 한 장을 벽에 붙였다. 냉면집이라고 적힌 포스트잇이었다. 아직 태어나지도 않은 소설 속 인물의 경로가 그렇게 하나씩 생겨났다. 냉면집, 초등학교, 산책로 6과 7과 13, 그리고 더 많은 것들이 소설보다 먼저 말로 튀어나와 그의 발목을 잡았다.

노란색 포스트잇은 그가 소설에 활용하겠다고 마음먹은 것들에 관한 메모였다. 아직 입 밖으로 말한 적이 없다는 것이 분홍색 메모와의 차이점이었다. 노란색 포스트잇은 한 장씩 붙을 때마다 그의 머릿속을 무겁게 했고, 분홍색 포스트잇은 한 장씩 붙을 때마다 그의 가슴속을 무겁게 했다. 포스트잇은 왕성하게 번식했다. 글보다 속도가 더 빨랐다.

산책로를 걷는 것만으로도 Q의 골격이 재생될 수 있을 만큼, 산책로는 여러 갈래였다. 그가 산책로에 대해 메모한 노란색 포스트잇을 붙인지 얼마 되지 않아 541번지 앞으로 무수히 많은 산책로에 대한 자료들이 도착했다. 도시 곳곳의 Q들이 보내 준 정보였다. 산책로는 Q의 명물이자 과제였기 때문에 당연하다고 생각했다. 특히 Q의 산책로와 제주의 올레를 비교한 글들은 흥미로웠다. 그때는 몰랐으나, 8개월이 지난 지금 그는 모든 것이 우연이 아닐 수도 있다고 생각했다. 막연한 우연이 아니라 '들킨' 것일 수 있었다.

쉼터에서 개들을 산책에 적합하도록 훈련시키는 코치가 그의 앞에 나타난 것도 우연은 아니었다, 고 그는 믿었다. 코치는 그에게 필요한 것이 있으면 물어보라고 말했다.

"개를 누가 훔쳐 가 버리면 어떻게 합니까? 산책하다가 그냥 가져가 버리면요."

그의 질문에 코치는 사무적으로 대답했다.

"유기견은 많습니다."

"다 주인이 버린 개들인가요?"

"그런 애도 있고, 아닌 애도 있고. 다양합니다."

유기견들은 보통 유기견센터로 보내지지만, 최근에는 오히려 유기견센터에서 이곳으로 보내는 일이 많다고 했다.

"개가 스스로 도망치거나 하지는 않나요?"

"가긴 어딜 갑니까. 여기가 천국인데."

천국을 유지하기 위해 코치는 큰 지팡이를 들고 다녔다. 지팡이는 개들을 훈련시킬 때 필요한 여러 도구 중에서도 가장 강력했다. 그의 눈에도 그 지팡이가 위협적으로 느껴졌기 때문이었다. 그는 훈련 과정을 보고 싶다고 했지만, 그것은 허락되지 않았다. 흥미로울 것 같은데요, 하는 그의 말은 코치의 대답에 묻혀 버렸다.

"소설에 쓸 만한 내용은 아니죠."

그가 일어서자 코치는 그가 서 있던 자리를 마대자루로 닦았다. 그의 흔적은 순식간에 사라졌다. Q에서 자주 마주치는 사람들은 대부분 그에게 관대한 표정을 지었으나 코치만은 예외였다. 코치는 그

의 상사―라고 짐작되는―들의 명에 따라 그에게 개 산책로나 쉼
터에 대한 설명을 해 주곤 했으나, 기본적으로 냉담했다. 그에게 지
나치게 관대한 사람들도 부담스러웠지만, 지나치게 냉담한 사람은
그를 불안하게 했다. 그 밤, 그는 노란색 포스트잇에 코치, 라고 적
어 넣었다. 코치, 는 그의 침대 위에서 옐로카드처럼 나풀거렸다. 코
치의 얼굴은 떠오르지 않고 코치가 들고 있던 지팡이만 떠올랐다.
지팡이의 머리 부분이 올가미처럼 그의 목을 휘감았다. 버둥거리던
그는 지팡이로 한 번 땅을 쾅, 내리찍는 소리에 힘이 쭉 빠졌다. 개
들처럼.

200미터 지점을 지나자 Q5가 나타났다. 우연이지만 조금도 자연
스럽지 않았다.

"어이쿠, 작가님, 작품 활동은 잘되어 가세요?"

Q5는 피우려던 담배를 도로 갑 안으로 밀어 넣으면서 말했다. 그
는 뒤로 한 걸음을 내디뎠다. 상체는 하체보다 더 뒤로 보내 놓은
상태였다. Q5는 대화할 때 얼굴을 지나치게 상대방에게 들이미는
버릇이 있었다. 당혹스럽지만, Q5는 전혀 의식하지 못하는 습관 같
았다.

"예, 뭐. 그럭저럭요."

그의 익숙한 거짓말과, 익숙한 응원과, 익숙한 감사가 이어졌다.
어느새 Q5는 산책로를 함께 걷고 있었다.

"말씀만 하세요. 원하시면 개울이라도 만들어 드리겠습니다."

"개울요?"

"물론 소설이 완성된 후에 영화가 되고 뮤지컬이 되고, 그렇게 퍼

저 나간 다음에 배경을 만들어도 되겠지만요. 미리미리 준비하면 더 좋지 않겠습니까. 영화 개봉과 동시에 그 배경이 이미 만들어져 있다면야 얼마나 좋겠습니까. 그런 거 준비하는 게 제 일이니까, 편하게 말씀하세요."

술병에서 술병으로 내용물을 옮길 때, 한 방울이라도 흘릴까 봐 술병 주둥이를 바싹 붙여 놓고 병을 기울이는 것처럼, Q5는 그의 얼굴에 최대한 자신의 입을 가까이한 채 말했다. 반사적으로 그는 점점 얼굴과 몸을 뒤로 빼게 되었다.

"개울이 문젭니까, 산이라도 옮겨 놓지요. 아름드리나무 같은 거 원하시면 작가님 방 창문 앞에다가 떡하니 만들어 놓을 수도 있습니다. 지금 등장해 있거나 예상하고 계신 것까지만 말씀해 주셔도 됩니다. 영수증 처리하신다 생각하고 편하게 말씀하세요."

대답을 하지 않아도 될 거라 생각했지만 Q5가 계속 그의 말을 기다렸다. 무언가 대답해야만 할 시점, 그는 텅 빈 원고를 생각하며 말했다.

"허허벌판이라면 어찌 되는 겁니까."

"허허벌판이요? 소설에 허허벌판이 등장하나요?"

"지금은 그렇습니다만, 이 동네엔 너무 뭔가가 많아요."

Q5가 진지하게 고개를 끄덕이고서는 말을 이었다.

"끝까지 허허벌판만 나오는 건 아니겠지요? 뭐 전 문외한이지만 소설의 배경이란 게 아무래도 저희 취지가."

"그렇기를 바라죠, 저도. 허허벌판만 계속 나오지는 않을 겁니다."

그의 가슴이 추락해서 장 위에 겨우 얹어졌다.

"그렇다면 일단 허허벌판은 제가 한번 준비해 보겠습니다."

"예?"

"일단 저기 공사 예정인 공간이 있기는 한데, 그 부근이 적당하지 않을까 싶습니다. 그쪽을 허허벌판으로 만드는 거야 뭐, 밀어 버리면 되니까 금방 될 겁니다."

Q5는 진지했다. 그는 너덜너덜해진 가슴이 항문 위를 압박하는 것을 느끼며 간신히 말했다.

"저, 그렇게까지 하실 필요는, 소설은 어차피 꼭 현실과……."

"현실의 반영이죠. 재창조이기도 하고요. 저도 그 정도는 안답니다."

Q5가 싱긋 웃어 보였다. 그리고 곧 걱정스러운 듯이 그의 안색을 살폈다.

"그런데, 어디 몸이 안 좋으신가요?"

"예? 아, 좀 몸살이."

"저런."

Q5가 멈춰 섰다. Q5는 그의 안색을 잘 살피더니 조금 더 작은 목소리로 말했다.

"혹시 변은 잘 보십니까?"

사흘째 못 보고 있습니다, 라는 말이 튀어나올 뻔했지만, 그조차도 성대 안으로 말려 들어갔다. 변비처럼.

"그게 건강의 기본입니다. 이런 질문은 좀 그렇습니다만, 제가 수지침을 좀 놓거든요. 언제부터 변비가 있으셨나요?"

"서너 달 전부터……."

그는 기어 들어가는 목소리로 겨우 대답하다가 Q5의 다음 말에 숨이 턱 막혀 오는 것을 느꼈다.

"마렵긴 하시고요? 아, 좀 더 고상한 말을 찾지 못해서요. 제가 이렇답니다. 작가분 앞에서. 그래도 뭐, 마렵긴 하신가요?"

그 말이 그의 귀에는 '써지긴 하시고요? 써지긴 하시나요?'로 들렸다.

"그다지."

"저런!"

Q5의 얼굴이 그보다 더 어두워졌다. Q5는 그의 어깨를 몇 번 가볍게 두드리고 말했다.

"걱정 마세요. 제가 처방을 해 드릴게요. 나올 놈이 안 나오고 배깁니까. 기다리세요. 조만간, 숙변을 보실 겁니다."

Q5와 작별 인사를 나눈 후, 그는 함께 산책하던 개를 내려다보았다. 개가 꼬리를 흔들었다. 개의 목줄은 산책자에게 있지만, 산책자의 손목이 개에 달려 있다고도 말할 수 있었다. 손목의 힘으로 목을 비트느냐, 목의 힘으로 손목을 비트느냐, 하는 문제가 다를 뿐이었다. 그 목줄이 갑자기 오른쪽 손목을 옥죄는 듯한 느낌이 들어서 얼른 왼손에 감았다.

이틀 후, 변비에 좋다는 메모와 함께 감잎차가 도착했다. 잠시 후 세 명의 다른 Q에게서 각자 다양한 처방이 도착했다. 그의 몸이 온전히 대리모가 되어 있었다. 그가 품고 있는 것은 Q. 그의 배를 부르게 한 것이 그저 허공에 지나지 않았다는 것을 들키는 순간, 그는 추락할 것이다.

도시 안의 영화관과 소극장에서도 그를 찾아와 그들의 공간이 소설 안에 쓰일 수 없는지 묻곤 했다. 소품으로라도 괜찮다고 그들은 말했다. 물론 중요한 장면이면 더 좋겠지만, 이라고도 덧붙였다. 선배는 그에게 정신을 바짝 차리라고 말했다. 돈이 다 이 판으로 몰리고 있어. 그러니까 확 뜨는 곳도 생기고 확 망하는 곳도 생기고 있지. 선배는 제지 회사로 유명했던 움 사가 끝났다는 말을 하면서 탄탄하던 곳도 휘청하는 건 순식간이라고 했다. 움 사 사장이 뮤지컬에 손을 대면서 영화판까지 갔고, 투자를 과하게 하다 보니 휘청, 했다는 얘기였다.

"그 뮤지컬 선배 거 아니었어요? 선배가 쓴 거잖아요."

그가 묻자 선배는 잠시 침묵을 지키더니 곧 다시 비장한 목소리로 말을 이었다. 자신의 작품이 첫 테이프긴 했지만 결정타는 아니었다, 고.

제 몸만 한 개를 끌고 가던 아이가, 혹은 개에게 끌려가던 아이가 그를 보고 아는 척을 했다. 아저씨 소설가죠, 아저씨도 산책하네요, 살갑게 말을 붙이던 아이가 속삭였다.

"엄마가 아저씨 팬이에요."

"무슨 소리냐 그게."

분명히 문맥에 맞지 않는 문장이었다. 그러나 그는 아이에게 다짜고짜 그렇게 말해 버렸다. 무슨 소리냐, 그게.

"아저씨가 글 다 쓰면 우리 집 값 오를 거라고 했어요."

그의 가슴이 저기 소장까지 철렁 내려앉았다. 아이는 그 뜻을 알고 하는 말인지 아닌지 모르지만 시세니 투자니 대출이니 하는 단어들을 알사탕처럼 굴렸다. 아이가 길 건너편에 있는 아파트 단지를 가리켰다. 지은 지 20년은 되었을 법한 5층 아파트들이었다. 아파트를 대출받아 산 아이네도 그랬지만, 그 아파트 양옆으로 보이는 허허벌판이 그를 더 짓눌렀다. 전에는 없던 공백이었다. 그 공백이 장 속에 들어찬 것처럼 속이 허했다.

허허벌판 만들기는 이미 착수된 듯했다. 그는 도시 곳곳에서 허허벌판과 마주쳤다. 아무래도 그의 분홍 포스트잇 발언과 연관이 있는 것 같았다. 공사는 그의 소설보다 훨씬 빠른 속도로 진행되었다. 사람들의 기대감은 그의 펜이나 발이 걷는 보폭보다 훨씬 더 큰 간격으로 치솟았다. 선배의 말처럼 모든 돈이 이 판으로, 그러니까 이 문화산책도시 예고편으로 몰리고 있었다. 최근 들어 이 도시에서 직업을 바꾸는 사람들이 생겨나고 있다는 것도 그에게는 마감일만큼이나 부담스럽게 다가왔다. 은퇴 후 전 재산을 Q의 부동산에 투자한 사람들도 생겨났다고 했고, 대출을 받아서 투자한 사람도 있다고 했다. 카페나 레스토랑, 갤러리를 만드는 사람들도 생겨났다. 그가 도시 안에서 부언가를 하려고 할 때, 때맞춰 벌어지는 모든 일들은 우연의 결과가 아니었다. 단지 들킨 것뿐이었다. 모두가 그를 관찰한다, 고 그는 믿고 있었다. 택배나 우편물이 찾아오는 빈도도, 그의 글에 대해 묻는 안부의 빈도도 점점 잦아지고 있었다. 이것이 정말 잦아지고 있는 것인지 아니면 그 스스로가 느끼는 강박관념 때문인지 분간하기는 애매했지만, 어느 쪽이든 무겁기는 마찬가지였다. 가장 두려운 것은 541번지의 벽들이 포스트잇으로 도배되고 있다는 점이었다. 노란색이든 분홍색이든 큰 차이는 없었다. 소설보다 먼저 덜컥 말해 버린 말들, 취소하기에는 영향력이 너무 커 버린 말들이 그의 사방을 메우고 있었다. 마감이 가까워 올수록 거짓의 무게에도 가속이 붙었다.

그는 몸이 안 좋은 척을 하며—실제로도 몸이 안 좋아지고 있긴 했다—시간을 벌어 보려고 했지만, 그조차도 궁극적인 해법은 아니었다. 감기가 걸렸다고 하면, Q들은 작업실로 의사를 보냈다. 그는 산책하는 시간을 빼면 종일 모니터 앞에 앉아 점멸하는 화면들을 바라보았다. 새롭게 나타나는 것도 증발하는 것도 없었다. 종이는 종이의 자리에, 프린터는 프린터의 자리에, 침대는 침대의 자리에, 시계는 시계의 자리에, 달력은 달력의 자리에 있다. 그리고 포스트잇의 과잉, 모든 것이 꽉 찬 그곳에 오직 그의 자리만이 없었다.

걷고 걷는 동안 그는 이름만 다를 뿐, 산책로가 꽤 비슷비슷하게 생겼다는 것을 느꼈다. 길도, 개도, 그리고 개를 끌고 다니는 사람도, 모두 복제품도 유사품도 많은 풍경이었다. 구분이 무의미했다. 이제는 산책이 끝나도 산책로 위에서 차례대로 흘러가고 있는 기분이 들기도 했다. 한 마리의 개를 알기 전까지는 분명 그랬다. 그가 쉼터에서 개를 반납하고 있을 때, 얼굴이 벌게진 여자가 들어와 큰 소리로 말했다.

"얘가 똥을 쌌어요."

여자는 한 손에 농구공만큼 커다란 휴지 뭉치를 들고 있었다. 음식을 받치듯 들고 있었지만 음식은 아니었다. 직원이 얼른 여자의 농구공을, 아니 휴지 뭉치를 받아 들었다. 휴지 더미 속에 지구의 핵처럼, 똥이 들어 있을 것이었다. 여자는 상황을 설명하기 시작했다.

산책로를 반쯤 걸어갔을 때, 갑자기 개가 이상하게 자세를 취하기 시작했다. 여자가 목줄을 끌어당김과 동시에 개의 똥이 길게 늘어졌다. 여자는 기겁했고, 주변을 지나가던 사람들이 여자를 쳐다보았다. 어디선가 CCTV도 돌아가고 있을 게 분명했다. 여자는 반사적으로 핸드백을 뒤져 휴지를 꺼냈다. 다행히 도톰한 일회용 휴지가 손에 집혔다. 똥을 치웠다. 양이 많지도 않았는데 냄새가 독했다. 여자는 한 손에 개의 목줄을, 다른 한 손에 휴지 더미를 들고 걸었다. 540미터, 550미터, 560미터…… 그러나 휴지통은 나오지 않았고, 여자는 핸드백 속의 휴지 한 통을 모두 다 써 버렸다. 자꾸 짙어지는 냄새가 손에 밸까 걱정이 되었기 때문이었다. 1,000미터쯤 왔을 때, 휴지통이 보였지만 이쯤 되자 여자도 오기가 생겼다. 여자는 쉼터까지 휴지를 그대로 들고 왔다. 그래서 지금, 여자가 휴지로 된 농구공을 한 손에 들고 여기 서 있는 것이었다. 시한폭탄이라도 되는 듯, 누가 뭐라고 하기만 하면 그냥 아래로 투척할 수도 있을 것 같은, 똥이었다.

여자는 환불을 요구했다. 직원들 몇이 얼른 상의를 하더니, 개를 살펴보고, 곧 여자에게 대여료를 환불해 주었다. 여자는 쉼터 밖으로 나가 의자에 걸터앉았다. 트레이닝복에 개똥이 묻은 건 아니었지만, 여자는 휴지로 온몸을 털었다. 그는 부산스럽게 움직이는 여자에게 다가갔다.

"개가 똥을 쌀 수도 있지 않나요?"

그가 그렇게 물었을 때 여자는 어처구니없다는 듯한 표정으로 대답했다.

"그런 개는 따로 있죠, 둘의 차이를 모르세요?"

"모르겠는데요."

그는 눈을 껌벅이며 대답했다. 여자가 대답했다.

"여기 개들은 그런 실수를 하지 않아요. 그런데 제가 오늘 개똥을 치웠잖아요. 이게 말이 돼요?"

“안 치우면 그만 아닙니까?”

“그럴 수는 없다는 걸 모르세요?”

그는 왜 그럴 수가 없다는 건지 이해할 수가 없었다. 상식 밖의 행동도 하려고 마음만 먹으면 얼마든지 할 수 있었다. 그는 그저 상식적인 말만 입 밖으로 내뱉었다.

“개들은 모두 똥을 쌉니다.”

여자가 아무 말이 없자, 그는 여자처럼 한 마디를 덧붙였다.

“모르세요?”

여자는 고개를 한쪽으로 기울였다가 다시 가져오면서 말했다.

“여기 개들은 프로예요, 모르세요? 처음부터 상품 정보를 잘못 기재한 꼴이잖아요. 전 분명 똥 안 싸는 개를 빌린 건데 똥을 쌌잖아요. 사기죠, 사기.”

잠시 후 직원이 달려왔다. 직원은 여자에게 무료산책 쿠폰을 주면서 연신 미안하다고 사과를 했다. 개가 분명히 산책 직전에 배변을 했는데도 이런 걸 보면 몸이 아픈 게 분명하다는 얘기였다. 창사 이래 처음이라고 했다.

다음 날 그는 어제 똥 싼 개를 빌리고 싶다고 말했다. 그는 작은 목소리로 말했지만, 직원은 누가 들을까 깜짝 놀라는 시늉을 하며 그를 저쪽 구석으로 데리고 갔다. 그러고는 죄송하지만 이곳에서는 배변 훈련을 정확히 시켜서 내보내기 때문에 산책 중에 볼일을 보는 개는 없다고 반복해서 말했다.

“어제 소동이 있지 않았나요?”

직원은 시치미를 떼다가 잠시 후, 더 작아진 목소리로 말했다.

"사실은 한 마리가 몸이 아파서 실수를 했답니다. 앞으로는 그런 일이 없을 거예요."

"뭐라고 하는 게 아닙니다. 저는 그 개랑 산책하고 싶을 뿐이에요."

생각보다 수월하지 않았다. 실수한 개는 129마리의 개들 사이에 꼭꼭 숨어 있었다. 아니면 벌써 128마리로 구조 조정이 이루어졌는지도 모를 일이었다. 직원은 개 훈련상 그것은 불가능하다는 대답만을 내보냈다.

잠시 후, 그는 쉼터 맨 위층으로 인도되었다. 5층 정도의 높이긴 했지만 어떤 부분은 벽이 모두 유리로 되어 있어서 충분히 고소공포증을 느낄 만했다. 산책용 개 훈련소치고는 확실히 무리한 높이였다.

"찾으셨다고요."

코치였다. 코치는 조금만 뛰면 천장에 머리를 부딪칠 정도로 키가 컸다. 원래 알고 있던 사실이었지만 유독 더 그렇게 보였다. 그는 어제의 소동에 대해 흥미가 생겼다고 말했다. 그 개와 산책을 하고 싶은…….

"그건 곤란합니다. 죄송합니다만."

코치는 시원하게 거절했다. 아니 그것은 거절이라고 말할 수도 없는 상황이었다. 허락하지 않았다고 말하는 편이 더 정확할 수도 있었다.

"그 녀석은 지금 벌을 받고 있어요. 훈련이 끝나면 다시 내보낼 겁니다."

"스트레스를 받아서 그런 거 아닐까요? 왜 개들은 그렇지 않습니까, 주인에 대한 항의로 이불 위에 똥을 싸 놓는 경우도 있고요. 본

인도 모르게 스트레스를 많이 받아서……."

"그럴 수는 있습니다만, 그럼 도태될 수밖에 없죠. 배변을 잘 조절하는 개들이 이렇게 많은데 말이죠."

코치는 습관인지 긴 지팡이를 약하게, 규칙적으로 땅에 찍으면서 대답했다. 그는 자신도 모르게 가방 속에서 수첩을 꺼내 들었다. 단지 산책을 하고 싶었을 뿐이었는데, 어느새 취재가 되어 버린 상황에 그 자신도 조금 당황하고 있었다. 그가 물었다.

"그런데 개들이 어떻게 배변 시점을 조절하는 겁니까?"

"규칙적인 생활을 하니까요."

코치는 그를 보지도 않고 말했다. 콩, 콩, 지팡이가 땅에 닿는 소리가 거슬렸다. 개들은 불규칙한 욕구를 반납하고 대신 규칙적인 생활을 갖게 되었다. 적당량의 식사와 적당량의 배변촉진제, 그리고 일정한 자극이면 충분했다. 코치의 가르침 아래 규칙적인 생활을 하는 개들은 실수하지 않았다. 산책을 하는 동안 예고되지 않은 상황을 만들지 않았다. 약속되지 않은 상황을 만들지 않았다. 그리고 배웠다. 인간의 화법과 인간의 보폭과 인간의 표정에 대해서.

"그런데 왜 그 개한테 관심을 가지시는 겁니까."

이번에는 코치가 물었다.

"글쎄요."

그는 통유리창 밖을 보면서 가볍게 농을 던졌다.

"제가 변비가 심하다 보니."

농담처럼 뱉은 말인데 뱉고 보니 더 수습이 되지 않았다. 어색한 침묵과 이상한 부담감이 그의 입을 자꾸 재촉했다. 그는 원래는 매일 아침 화장실에 갔는데 이곳에 온 이후로 변비가 생겨 버렸다는 고백까지 하고 말았다.

"스트레스가 있으신가 보군요."

코치의 말에 그는 얼른 대답했다. 코치의 발소리와 눈빛, 그리고 지팡이가 그를 긴장하게 만들었다. 가끔 게으르게 뭉개져 있던 개들도 코치의 눈빛과 지팡이의 움직임이면 곧 빠릿빠릿해졌다. 얌전해졌다. 착실해졌다. 털도, 발톱도, 입속도, 눈빛도, 그리고 그도 그랬다. 코치의 걸음걸이는 너무 커다래서 보고 있는 것만으로도 주눅이 들었다. 코치가 그를 향해 팔을 뻗었을 때 그는 하마터면 몸을 피할 뻔했다. 개들처럼.

순간적으로 졸아든 듯한 그는 코치가 내민 상자를 받았다. 상자에는 악성 변비에 효과적, 이라는 문구가 쓰여 있었다. 5, 4, 3, 2, 1…… 그는 몸이 점점 얇아지는 것을 느끼며 다시 1층으로 내려왔다. 미끄러지듯 내려왔을 때 순간적으로 변의를 느꼈으나, 541번지 문 앞에서 다시 싹 사라졌다. 아무 일도 없었다는 듯이, 그의 장은 평온하게 더부룩했다. 그는 노란 포스트잇에 똥, 이라고 적어 넣었다.

어떤 산책로는 정상에 올라서면 Q가 한눈에 내려다보였다. 그것은 잠시 Q로부터 떨어져 있다는 인상을 주기 때문에 상쾌했다. 발밑에 표시된 출발점으로부터의 거리만 아니라면 분명히 그랬다. 그는 한참 아래를 내려다보았다. 그의 옆에서 개 한 마리가 바위처럼 웅크리고 있었다. 여기서 바라보는 Q의 인상도 많이 바뀌어 있었다. 얼마 전에 생긴 동그란 경기장은 높은 곳에서 내려다보면 경기장이 아니라 부풀어 오른 피멍 자국처럼 보였다. 부항 자국 같은 것, 혹은 무언가를 꽉 틀어막고 있는 밸브처럼 보이기도 했다. 조금만 비틀면

홍수처럼 화산처럼 그동안 축적된 신음과 이 도시의 숨들을 터져 나오게 할 밸브.

"새로 지은 경기장입니다. 위에서 보셨나요? 모양이 꼭 해바라기처럼 생겼죠. Q의 상징이 해바라기거든요. 그래서 형상화한 거죠."

어느 틈엔가 다가온 Q4, 아니 Q8이 말했다. 그는 이제 이런 상황에 익숙했다. 그는 해바라기를 내려다보며 입을 열었다.

"소설이 완성되면 출간과 동시에 영화로 제작하실 거라고 했죠?"

"그렇죠, 이미 팀은 다 꾸려져 있으니까요."

"드라마랑 뮤지컬로도 생각하고 계시고요?"

"그렇죠. 작가님 이야기에 거는 기대가 크니까요."

"그럼 그다음에는 어떻게 되나요?"

Q8은 잠시 생각하더니 조금 작은 목소리로 대답했다.

"저번에 말씀드렸듯이, 여기를 산책과 문화예술이 함께하는 도시로 만드는 게 저희 사역이거든요. 그래서 지금 생각으로는 중앙시장 가 보셨어요? 그 중앙시장 쪽을 조금 정비해서 로데오거리로 만들려고요."

"로데오거리요?"

"예, 뭐, 중앙시장의 느낌은 그대로 두고 그 옆 동네를 로데오거리로 조성해서 연결 짓는 거니까, 소설에서 크게 벗어나진 않을 겁니다. 아직 이야기는 못 읽어 봤지만, 제가 작가라면 저 중앙시장이 탐날 수도 있을 것 같아서요. 저희 입장에서도 홍보하고 있는 아이템이고요. 관광과 쇼핑, 예술이 함께 어우러진 곳으로 만들 겁니다. 산책이 있는 로데오거리, 그게 Q의 새 목표죠."

그는 그저 이야기를 묵묵히 듣기만 했다. 바람이 분다. 소문이 돈다. P 동의 로데오거리에 쫓겨 Q로 왔던 그는 Q의 로데오거리 준공 소식에 또 저만치 밀려갔다. 로데오거리의 양 끝을 봉합하지 않는 이상, 그것은 계속 그를 추격할지도 몰랐다.

"로데오거리가 조성된다면 그다음에는 어떻게 되나요?"

"유명해지는 거죠, 이 동네의 가치를 널리 알리게 되는 거죠. 아, 물론. 작가님께도 약속된 금액으로 사례를 해야지요. 작가님이 이 지역을 재창조하신 게 되겠죠. 저 해바라기 상징 어떠십니까?"

"좋군요. 정열적이고."

저 아래 보이는 해바라기는 부항을 뜨듯이 부풀었다. 그 안에 무언가가 빵빵하게 들어찬 채로 폭로하지 못하고 있었다. 그는 아랫배가 더부룩해지는 것을 느끼면서 말했다.

"제가 만약에 못 쓰면요?"

"예?"

"글을 못 쓰면 어떻게 되나요?"

"시간이 더 필요하신가요?"

"시간 문제가 아니고, 글이 아무리 기다려도 안 나온다면 말입니다. 아니면 이야기가 별로거나."

"그럴 리가 있나요."

Q8이 웃으며 그를 쳐다보았다. 4초, 혹은 3초. Q8의 웃음소리가 그를 눌렀다. 4, 3, 2, 1……. 그는 포스트잇처럼 압축되었다. 그는 670미터 지점에 있었다. 끝까지 가는 것보다는 여기서 되돌아오는 것이 더 빨랐다. 그는 왔던 길을 되돌아오기 시작했다. 낯설었다. 낯익은 풍경은 모두 지금 이 풍경의 뒷면에 붙어 있을 것이다. 그는 다시 0미터에 멈춰 섰다. 저만치 보이는 다른 개들은 똥을 쌀 듯 말 듯

실룩이며 걸어갔다.

　몇 통의 전화, 혹은 몇 통의 우편물이 그를 휩쓸고 지나갔다. 마감이 닥쳐오자 그의 소설에 로데오거리가 들어가 있는지 확인하는 전화, 혹은 부탁하는 전화들이 걸려 왔다. 그들 중에는 집을 팔아 소설에 등장한다는 허허벌판을 산 사람도 있었다. 물론 그런 부분은 소설 어느 페이지에도 없었다. 그는 상대방의 입을 누르듯이 휴대폰의 종료 버튼을 눌렀다. 곧, 다시 전화벨이 울렸다. Q43이었다. Q로 시작하는 번호가 언제 43까지 퍼졌는지, 그는 새삼 놀랐다. 번식이라도 한 것처럼. 그는 휴대폰 진동이 폭풍처럼 지나간 후에 조심스럽게, 재빠르게 휴대폰 버튼 몇 개를 눌렀다. 자신의 휴대폰에 저장되어 있는 Q가 모두 86개나 된다는 사실에 그는 놀랐다. 그가 만난 사람들을 모두 헤아려 보아도 86명은 되지 않을 것 같았는데, 분명 번호는 86개나 있었다.

　그는 통장에 찍힌 Q의 흔적을 보았다. 천만 원이었으나 지금은 구백만 원이 조금 못 되게 남아 있다. 그것을 다시 채워서 돌려주면 변비가, 실어증 아닌 실어증이 해결될 수 있을까. 대타를 끌어다 놓으면 괜찮지 않을까. 그러나 누구를 부른단 말인가. 방금 전에도 그는 Q의 홈페이지에서 그의 이름이 버젓이 들어간 홍보 글을 네 건이나 읽었다. 작품은 윤곽조차 잡히지 않았는데 벌써 Q에서는 그가 두서없이 내뱉은 단어들로 작품에 대한 예측까지 내놓고 있었다. 하긴 '벌써'라고 놀랄 만한 시기는 아니었다. 마감이 코앞이었으니까.

　"어제 P가 텔레비전에 나온 거 보셨나요? 아트밸리 어쩌고 하면서요."

Q10 혹은 Q11이었다. Q11의 말에 의하면, P는 지금 Q를 조급하게 만드는 경쟁 도시였다. 그는 아트밸리의 현재를 생각해 보았다. 그가 자주 갔던 단골 카페는 한때 밀려드는 손님들로 즐거운 비명을 질렀으나 곧 밀려드는 카페 공세에 도태되었다. P의 커피 값은 두 배로 뛰어올랐다. 그의 지인들이 그렸던 거리의 벽화는 P를 대표하는 포토월이 되었다. 출사를 한다며 카메라를 총처럼 멘 사람들이 다녀갔다. 주말마다 P는 몸살을 앓았다. 몇 군데, 프레임 안에 자주 포착되던 동네들은 인기도만큼 훌쩍 뛰어올랐다. 커피 값도, 옷 값도, 땅값도, 그러니까 대세에 의해 집세도. 도태될 사람은 도태되었고 살아남는 사람은 살아남았다. 그가 아는 사람들은 대부분 도태된 쪽이었다. 개조차도 그랬다.

"로데오거리가 핵심입니다. 핵심. 우리의 롤모델이라고 할 수 있을까요, 아니, 우린 그걸 뛰어넘어야죠. 적어도 우리는 정착 단계에서부터 벌써 이렇게 문학적 기반을 잡아 둔 거니까요."

Q11은 문학적 기반, 이라는 말을 하면서 그를 쳐다보았다. Q11의 시선이 그를 눌렀다. 4, 3, 2, 1……. 그는 포스트잇으로 압축되었다. 색깔은 중요하지 않았다. 그날의 산책도 거기서 중단되었다.

노란 포스트잇에 똥이라고 적어 놓았지만 그의 변비가 나을 조짐도, 똥 싼 개와 산책할 가능성도 낮았다. 그에게 새로 도착한 자료에 따르면 쉼터의 개들이 140마리로 늘어났는데, 신입이 들어오면서 산책에 적합하지 않은 개들은 대거 방출되었다. 어디로 갔는지는 나와 있지 않았지만 소문에 의하면 군데군데 생겨난 허허벌판에 개들 몇 마리가 묻혔다고도 했다. 개의 무덤 위로 해바라기 밭이 들어섰다고 했다. 그곳이 개의 무덤이 맞는다면 말이다.

움 사의 사장이 자살했다는 소식이 들려왔다. 아마도 사업 확장과 실패에 따른 부채감 때문일 거야, 라고 사람들은 말했다. 그와는 일면식도 없던 사람이었다. 선배는 전화를 받지 않았다. 그는 종이 위에 펜을 잡고 앉았지만, 손놀림이 무거웠다. 펜 끝에 연결된 연고가 너무 많아서 그물에 걸린 것처럼 답답했다. 휴대폰과 메일을 통해 그는 허허벌판 혹은 해바라기 밭을 샀다는 사람들, 냉면집을 열었다는 사람들의 응원 혹은 확인을 받았다. 허기가 졌지만 사람들이 보내온 음식은 하나도 먹을 수가 없었다.

그는 전자렌지에서 데운 밥을 꺼내면서 3분 만에 데워져 나오는 이것이 밥이 아니라 글이었으면 좋겠다고 생각했다. 더도 덜도 말고 꼭 쌀알의 개수만큼만 자음과 모음이 익혀져 나왔으면 좋겠다고 생각했다. 덜 익혀져도 좋았다. 그는 데워진 밥을 한 숟가락씩 입으로 가져가며 541번지의 내부를 훑었다. 포스트잇은 마치 동물의 털처럼 공간을 가득 덮었다. 창문이나 문, 그리고 액자 따위가 걸린 곳만 동물의 눈동자나 입처럼 털 없이 매끈했다. 정작 그의 소설은 텅 비었는데, 그 안에 들어가야 할 재료들은 그의 공간을 뒤덮은 채 새로운 이야기를 쓰고 있었다. 그는 밥을 한 숟가락 가득 입에 넣고 기역, 의 구부러진 등을 씹었다. 니은, 의 각진 골반을 씹었다. 디귿, 의 고지식함과 리을, 의 현란함을 씹었다. 그리고 이응, 을 동그랗게 씹다가 벙어리처럼 턱, 멈췄다. 차압 딱지처럼 붙은 포스트잇 틈에서 낯선 활자를 발견했다.

로데오거리.

그는 그를 압박해 오던 수많은 Q들을 떠올렸다. 그중 하나가 541번지를 침범한 것이라고. 로데오거리를 주문해 놓은 거라고, 그의 소설을 도구로 삼기 위해 그렇게 도발을 한 거라고. 그러나 그의 침샘을 순간적으로 고갈시키고 그의 식도를 순간적으로 틀어막은 것은 그 내용이 아니었다. 낯선 활자 위로 드러나는 낯익은 필체였다. 그 다섯 글자를, Q들의 요구를, 소설 안으로 끌어들인 것은 그 자신이었다.

그의 산책은 920미터에서 멈춘다. 그곳에서 그는 화석처럼 굳어 있는 해바라기 떼를 만났다. 사람 머리통만 한 크기 가득 까만 씨를 박고, 멀대처럼 솟은 채로, 도시 한 부분을 점령하고 있는. 얼핏 보면 노란 머리카락 몇 올을 겨우 달고 있는 병자 같기도 하고, 매복한 적들 같기도 하다. 개는 필요 이상으로 길게 정지해 있는 주인을 바라본다. 지금은 업무 중, 그러나 그는 멈춰 있다. 개가 질긴 목줄을 몇 번 머리로 끌어당기다가 고개를 든다. 그들은 서로의 눈에서 불안을 읽는다. 불안한 두 발이 땅에 꼭 붙는다. 개가 조금만 더 잡아당기면 주저앉을 기세다. 개는 그의 질긴 손목줄을 끌어당긴다. 그러나 그는 모든 창문이 원고지처럼 칸칸이 들어박힌 그곳, 그곳으로 한 글자도, 한 줄도, 한 문단도, 걸어 들어갈 수 없었다.

코치가 옐로카드처럼 저만치 서 있다. 코치의 팔이 수직으로 올라가더니 다시 땅으로 내려온다. 쿵, 지팡이가 내는 소음이 산책로를 타고 밀려온다. 지팡이의 휘어진 머리가 그의 목을 옭아맬 것 같다. 그는 개의 목줄을 동아줄처럼 부여잡고 뛴다. 쿵, 쿵, 지팡이 소리가 가까워질수록 그의 속도도 빨라진다. 보폭이 커진다. 910, 900, 890……. 그의 산책이 지워진다. 그의 활자가 지워진다. 지금 이 순간도 팽창하는 도시를 벗어나기 위해, 그는 뛴다. 그의 뜀박질과 심장박동처럼 활자들이 지워진다. 모든 산책로의 출발점과 도착점은 같다. 그는 출발도 도착도 아닌, 그래서 아직 거리 측정도 표시도 되지 않는 미완성의 산책로로 숨어든다. CCTV가 모르는 척, 끔벅, 눈을 감았다 뜬다.

추천 우수작

진짜 진짜 좋아해

권여선

1965년 경북 안동에서 태어났다. 서울대 국문과와 동 대학원을 졸업했다. 1996년 장편소설 『푸르른 틈새』로 제2회 상상문학상을 수상하면서 등단했다. 2007년 「약콩이 끓는 동안」으로 제15회 오영수문학상을, 2008년 「사랑을 믿다」로 제32회 이상문학상을 수상했다. 소설집으로 『처녀치마』 『분홍 리본의 시절』 『내 정원의 붉은 열매』가 있다.

　어느 날 우연히 대학 시절을 돌아보다, 내가 2학년 2학기 때 휴학한 적이 있다는 사실을 기억해 내고 나는 갑자기 의아해졌다. 그때 휴학하고 도대체 뭐 했지? 처음엔 아무 기억도 떠오르지 않았다. 고향 집에 내려가 있었던가 생각하니 그런 것도 같았다. 집에 내려가 있었다면 근처 저수지 주변을 산책하기도 했겠지, 라고 생각하며 그 주변의 풍경을 회상하려는 순간, 갑자기 찰싹거리는 물소리와 함께 '고추와 붕알'이라는 해괴한 낱말 두 개가 한 끈에 엮여 수면 위로 살포시 떠올랐다. 이건 뭐람, 저절로 웃음이 났다.

　"어떻게 안 웃어? 웃자고 한 얘긴데."

　아니, 또 내 귓전에 이토록 잔잔한 파문을 일으키는 목소리는 누구의 것일까? 설마…… 경은이?

　그해 가을에서 겨울까지, 일요일만 빼고 나는 거의 매일 도서관에 다녔다. 도서관이 학교에 있었으므로 매일 등교를 한 셈이지만, 실제로는 휴학한 상태였다. 휴학하기 전에는 하루도 빠짐없이 꼬박꼬박 월요일부터 토요일까지 연달아 등교한 적이 한 주도 없었다. 휴학을 하고 나서 모든 걸 의무가 아닌 취향의 관점에서 해석하게 되자, 나는 대학이라는 공간이야말로 내가 하루를 가장 유익하고 쾌적하게 보낼 수 있는 곳이라는 것을 깨달았다. 대학은, 거기에 소속되어 들볶이지만 않는다면, 도시의 그 어떤 공원보다 멋지고 매력적인 장소였다.

1학기를 휴학하는 것은 모종의 결심이나 계획에 따른 것으로 보이는 데 반해, 2학기를 휴학하는 건 어쩐지 패배적이고 충동적이라는 느낌을 주었다. 하지만 여름방학이 끝나 갈 무렵 감당 못할 수준의 성적표를 받아 든 나는, 1학기고 2학기고, 패배고 충동이고, 모든 것을 감수하겠다는 불분명한 결의와 아무려면 어떠냐는 자포자기적 무력감으로 등록을 포기하고 학사 2학년 2학기를 휴학했다.

경은도 그런 식으로 휴학을 했는지 어쩐지는 잘 모르겠다. 휴학 때문에 우리가 가까워졌고 마침내 함께 살기로 의기투합했음에도 불구하고, 서로 휴학한 이유에 대해서 묻거나 대답한 적은 없었다.

젊은 시절에는 누구나 타인과 같은 방을 쓰며 쌍둥이처럼 바짝 붙어 지내는 시기가 있기 마련이다. 형제와는 이미 끝났고, 애인은 아직 없고, 결혼은 너무 요원한 시절, 그렇게 이십 대에 경험하는 친구와의 길거나 짧은 동거 생활 같은 것 말이다. 스물한 살의 후반부 넉 달 동안, 경은과 나는 아주 유난스러웠다고는 말할 수 없지만 나름대로 특별한 룸메이트이긴 했다.

경은과 함께 살던 때를 생각하면 무엇보다 허무할 만큼 큼직했던 욕실이 가장 먼저 떠오른다.

우리는 오전 10시에 일어나 교대로 욕실을 사용했다. 경은이 세 들어 살던 자취방은 혼자 쓰기에도 그리 넉넉지 않은 크기로, 막상 내가 하숙을 정리하고 짐을 싸 들고 들어가자 무척 비좁게 느껴졌다. 방은 작은 대신 곁달린 욕실은 복수라도 하듯이 컸다. 그렇다고 고급스런 목욕 설비가 구비된 것도 아니어서, 사방 흰 타일로만 둘러싸인 휑뎅그렁한 공간은 언뜻 시체 안치소 같은 느낌을 주었다. 방이 워낙 협소했으므로 우리는 욕실의 빈 공간을 어떤 식으로든 활용하고자 했다. 그래서 욕실 한쪽에 가구나 덩치 큰 물품을 쌓아 놓을까도 생각했지만, 아무리 궁리해도 물이 튀거나 습기가 차도 상관없을 만한 가구나 물품은 없었다. 그나마 주방 용품은 괜찮겠지 싶어 커다란 양은들통과 냄비, 도마 같은 것들을 들여놓았다가 며칠 만에 도로 꺼내 놓고 말았다. 그런 것들이 놓이자 욕실은 전혀 다른 분위기를 풍겼는데, 시체 안치소처럼 보일 때는 그나마 깔끔하고 위생적인 느낌을 주던 공간이, 큰 들통과 도마 같은 취사도구들이 놓이자 밀도축을 하는 도살장처럼 살벌한 피비린내를 내뿜는 공간으로 돌변했기 때문이다. 우리는 주방 용품을 꺼내 장롱 위에 첩첩이 쌓고, 욕실에는 죽음이나 소독의 이미지를 희석시켜 줄 만한 자그마한 소품들, 이를테면 핑크 빛 비누 곽이라든가 연두색 양치컵, 샛노란 바가지나 파란 대야처럼 되도록 현란한 빛깔을 내는 목욕 용품을 비치했다.

매일 아침 경은이 먼저 욕실을 사용하는 게 우리 공동생활의 암묵적인 합의 사항이었다. 10시에 자명종이 울리면 경은은 눈을 비비고 일어나 잠시 멍한 자세로 앉아 있었다. 1분에서 2분 남짓, 그보다 더 길지는 않았는데, 그 이상 같은 자세로 앉아 있다간 다시 잠들게 되다는 걸 알고 있었기 때문이다. 경은은 얕은 신음소리를 내고, 주전자에서 보리차를 따라 마신 후, 욕실로 기능하지만 우리는 수술실이라 부르는, 그 서늘하고 창백한 공간으로 들어갔다. 잠에서 깨자마자 그런 델 들어가야 하는 운명이라니, 가엾은 경은!

달그락 칙칙 쏴아 찰싹 하는, 경은의 씻는 소리를 들으며 나는 다시 잠에 빠져들었다. 잠들면서 나는 내 머리카락이 반곱슬이 아닌 것을 하늘에 감사드렸다. 너무도 달콤한 잠에 빠져 경은이 다 씻고 나와 머리를 털어 말리고 로션을 바르는 것도 몰랐던 나는 왜애앵 하는 굉음이 좁은 방 안을 뒤흔들 때에야 가까스로 잠에서 깨어났다. 나를 깨운 것은 경은의 헤어드라이어 소리였다. 반곱슬을 곧게 펴느라 경은이 헤어드라이어가 뜨끈뜨끈해지도록 긴 머리카락과 씨름하는 동안 나는 찬물밖에 안 나오는 욕실에서 찬물로 씻었다. 찬물로 씻다 보면 욕실은 거대한 냉장고이고 나는 그 속에 든 고깃덩어리 같다는 느낌이 들었다.

가끔 경은의 드라이어는 모터가 과열돼 작동이 멈추기도 했는데, 내가 욕실에서 나와 바들바들 떨면서 힐끗 보면, 길쭉한 직사각형 거울에 충분히 곧게 펴지지 않은 머리카락과 뜨거운 고구마 모양으로 죽어 버린 헤어드라이어를 번갈아 살피는 경은의 난감한 표정이 비치곤 했다.

우리는 나란히 집을 나와 정류장에서 학교행 버스를 기다렸다. 내가 경은보다 키가 컸으므로, 느지막한 오전의 마른 햇살이 아직도 드라이어 열기를 간직한 경은의 진갈색 머리카락 위로 반짝거리며 쏟아져 내리는 걸 볼 수 있었다. 눈이 마주치면 우리는 서로를 재빠르게 점검했다. 됐어, 하고 경은의 턱선이 짧고 절도 있게 끄덕이는 걸 보면 나는 안심했다. 눈곱도 없고, 어깨나 등허리에 긴 머리카락이 떨어져 있지도 않고, 옷의 단추도 제대로 달려 있는 것이다. 그리고 내가 내려다본 경은도 그랬으므로 나도 고개를 살짝 끄덕여 주었다. 그럴 때마다 경은은, 고마워, 라는 입 모양을 했다.

학교로 간 우리는 곧바로 학생식당 건물 쪽으로 방향을 잡았다. 경은은 항상 나를 떠보듯이 물었다.

"그래도 밥을 먹어야겠지?"

"그럼. 아침엔 밥을 먹어야지."

나는 늘 표어처럼 같은 말을 되풀이했다.

"그래. 밥을 먹자, 밥을. 사람이 밥을 먹어야지."

경은은 체념한 투로 받아들이면서도 조심스럽게 토를 달았다.

"그래도 정말 먹을 만한 반찬이 하나도 없으면 2층으로 가는 거야?"

"하나도 없을 리는 없어."

"만약 그렇다면 말이야."

"그렇다면 그러지 뭐."

"고마워."

거대한 ㄱ자 형태의 평면도를 가진 학생식당은 상당히 소란스러웠다. ㄱ자의 위쪽 수평면은 대형 유리창이 달려 햇살이 환하게 쏟아져 들어왔지만 창에서 멀어지는 수직면의 아래쪽은 급격히 조도가 낮아지면서 장기 밀매자나 범죄자까지는 아니어도, 낙제생이나 휴학생 등이 모여 수군거리기 좋은 음습한 분위기를 풍겼다. 때로 오후 서너 시쯤이면 그곳에서 두꺼운 책으로 바리케이드를 치고 몰래 술을 마시며 카드를 치는 복학생 팀들도 몇 있었다. 그 어둠침침한 입구에 식권 판매대가 있었다. 식권을 사서 빈 식판에 반찬 한 가지씩을 받으면서 한 걸음씩 전진하다 보면 우리는 점점 더 밝은 공간으로 나아가게 되어 있었다. 그것은 이를테면 갱생을 주제로 한 영화와 같은 구조로 되어 있어, 마지막에 식권을 반납함에 딸랑 떨어뜨리면 우리는 어느새 유리창 가득히 햇살이 쏟아져 들어오는 광명천지에 서 있게 되는 식이었다.

"정말 오늘은 아닌 것 같아. 2층으로 올라가자."

경은이 고개를 저으며 입구에서부터 나를 만류하는 날엔 식당에 비린내가 진동하는 날이었다.

"그래도 메뉴가 뭔지 보고 나서. 생선이 아니라 오뎅조림 같은 것일 수도 있잖아?"

"이렇게 냄새가 지독한데?"

"가만있어 봐. 다른 반찬이 좋을 수도 있어."

내가 메뉴판을 보고 와서 메인이 꽁치조림이라고 말하면 경은은 거의 애걸하는 자세가 되었다.

"내가 꼭 생선을 싫어해서가 아니라, 정말 이런 데 앉아서 밥을 먹다가는 온몸에 비린내가 배고 말아. 하루 종일 머리카락에서 비린내가 날 거라고. 제발 부탁해, 응?"

그쯤 되면 나는 마지못한 척하고 경은의 손에 이끌려 2층으로 올라갔다.

2층의 샌드위치 바에서는 손바닥 반만 한 크기의 삼각형 식빵 사이에 얇은 계란과 햄이 든 샌드위치를 라면 한 그릇 값보다 더 비싸게 팔았는데, 그걸 먹기 위해 줄을 서는 학생들이 의외로 많았다. 2층 라운지의 햄에그 샌드위치가 그렇게 날개 돋친 듯 잘 팔리는 이유, 그리고 경은이 늘 아침에 밥 대신 샌드위치를 먹으려는 이유는, 빵과 햄과 계란 때문이 아니라 그 사이에 스미듯 발려 있으면서 전체의 맛을 독특하게 고양시켜 주는 고소하고 새콤하고 야릇한 소스 때문이었다. 그런데 나는 바로 그 소스 때문에 샌드위치를 먹기가 두려웠다. 만약 그 당시 누군가 내게 은밀히 다가와 돈은 얼마든지 낼 테니 샌드위치를 스무 개나 서른 개 이상 먹을 수 있겠냐고 물었다면 나는 미친 듯이 고개를 끄덕였을 것이다. 물론 실제로는 그만큼 먹을 수 있을 리가 없었다. 하지만 아무튼, 그렇게 맛있는 소스가 들어간 샌드위치를 단 한 개밖에 먹지 못하느니 나는 차라리 먹지 않는 편을 택하고 싶었다.

경은은 샌드위치 두 개와 블랙커피 한 잔을 사 왔다. 우리는 라운지에 앉아 각자의 샌드위치를 아껴 먹으며 묽고 씁쓸한 블랙커피를 조금씩 마셨다. 먹는 동안 우리는 주변에 눈에 띄는 남녀 학생들에 대해 이런저런 품평을 하길 즐겼다. 어머, 쟤 좀 봐! 정말 너무하는군. 심하게 겉멋이 든 것 같아. 머리라도 저렇게 뒤흔들지 않으면 그나마 정상적으로 보이련만. 5초마다 경기를 일으키는 것 같잖아. 저런 남자애를 좋아하는 여자애가 과연 정상일까? 남자애가 좀 이상해 보인다고 여자애까지 의심하는 건 좀 그렇잖아? 좀 그렇다니? 그렇잖아? 좋아하는 마음까지 어쩔 수는 없는 거잖아? 어머, 넌 그렇게 생각하니? 응, 난 그렇게 생각해. 좋아하는 게 죄는 아니라고 생각해. 멋진 생각이군.

라운지라는 공간은 지나다니는 사람들을 관찰하고 논평하기에 아주 적합하고 흥미로운 공간이었다. 왼편에는 샌드위치 바와 아이스크림 가게가 있었고 오른편에는 불온한 써클 룸들이 다닥다닥 붙어 있었다. 그 한가운데 널찍하게 자리 잡은 라운지는 양극단의 성향이 공존하는 장소였다. 알록달록하고 화사한 차림의 남녀들 사이로, 검은색에 수렴하는 우울한 잿빛 옷을 입은 남녀들이 섞여 들었다. 달콤한 향수 냄새와 쌉쌀한 담뱃진 냄새가 어울렸고, 날카로운 여자들의 웃음소리와 굵직한 남자들의 밀담이 교차했다. 다이아몬드형 무늬로 직조된 니트 조끼에 짧은 스커트를 입은, 막 논노 잡지에서 뛰쳐나온 듯한 패션의 여자애가, 꽁초를 안쓰러울 정도로 뽁뽁 빨며 때가 긴 손톱으로 더럽고 부스스한 머리를 긁는 남학생의 얘기를 온 정열을 다해 주의 깊게 경청하는 모습도 가끔 볼 수 있었다.

언젠가 한번은 샌드위치를 먹는 동안 경은이 말없이 어딘가 한쪽을 계속 힐끔거리며 쳐다보았다. 그녀가 힐끔거리는 곳에는 남학생 네 명이 앉아 담배를 피우고 있었는데, 내가 보기에 그들에게서 딱히 품평할 만한 특징은 발견되지 않았다. 경은은 마침내 그들에게서 시선을 거두고 내게 이렇게 말했다.

"저기, 짙은 밤색 스웨터 입은 애 있지?"

짙은 밤색 스웨터를 입은 남학생은, 스웨터 어깨까지 닿도록 머리카락을 길게 기른 자그마한 남학생이었다.

"키 작은 애 말야?"

"키가 작아? 아니, 키가 작지는 않은데."

당황한 경은은 다시 힐끔 그쪽을 보고 나서 말했다.

"앉아 있어서 그래. 쟤가 다리가 좀 긴가 봐. 앉은키가 작아서 그렇지 서 있을 땐 나보다 15센티는 더 컸어."

“아는 애야?”

“응.”

“근데 왜 아는 척 안 해? 쟤들 이제 일어나려나 본데.”

“너무 그렇게 쳐다보지 마. 아는 척할 만큼 대단한 사이는 아니라 그래. 예전에 과 친구가 소개를 시켜 준 적이 있는데, 쟤가 나를 보자마자 다짜고짜 대마초를 같이 한 대 피워 보자는 거야.”

역시 경은의 말대로 밤색 스웨터는 자리에서 일어나자 또래들보다 키가 훌쩍 커 보였다. 가느다란 다리가 길기도 했다.

“쟤들 간다.”

내 말에 경은이 그쪽을 다시 쳐다보았다. 그녀는 밤색 스웨터의 뒷모습을 유심히 노려본 후 고개를 돌렸다.

“그래서, 피웠어?”

내가 물었다.

“아니.”

“왜, 피워 보지? 그거 별로 몸에 해롭지 않대. 선입견을 버려.”

“해롭고 말고 그런 게 문제가 아니라, 억지로 예의상 권하는 것 같은 태도였어. 그래서 나도 그냥 싫다고 했지. 근데 헤어질 때 그러는 거야. 자기를 너무 이상한 사람으로 생각하지 말아 달라고. 그 말을 들으니까 마음이 흔들리더라고. 그렇게 이상하게 굴어 놓고 이상하게 생각하지 말아 달라는 건 무슨 뜻일까? 처음에 난 그렇게 생각했거든. 내가 별로 마음에 안 들어서 털어 내려고 괜히 대마초 얘기를 하는 거라고.”

“설마 털어 내려고 대마초 얘기까지 했을까?”

“그럼 진지하게 사귀려고 대마초 얘기를 한 거라고 생각해?”

"그건 잘 모르겠는데."

"만약 그랬다면 대마초 아니라 더 끔찍한 약초라도 같이 피웠을
거야."

내가 아무 말도 하지 않자 경은은 사약을 마시듯 남은 커피를 말
끔히 마시고 얼굴을 있는 대로 찡그렸다. 보통은 커피가 아무리 적
게 남았어도, 내가 다 마셔도 돼, 라는 말 정도는 하는 게 관례였는
데 말이다. 밤색 스웨터를 다시 본 것만으로도 경은은 마음이 적잖
이 흔들린 것 같았다.

브런치와 같은 첫 끼를 마친 우리는 벤치에서 담배를 한 대씩 피
운 후 도서관 4층 열람실로 올라가 각자 자리를 찾아 할 일을 했다.
중간에 3시쯤 만나 휴게실에서 커피를 마시며 담배를 피웠고, 석식
을 팔기 시작하는 5시가 되면 칼같이 도서관에서 나와 학생식당 식
권 판매소 앞에 줄을 섰다. 학생식당의 저녁 메뉴는 늘 카레나 하이
라이스, 육개장 같은 일품 메뉴로 늘 밥에 비해 소스나 건더기가 부
족했다. 저녁을 먹고 나서 담배를 피운 후 우리는 헤어졌다. 경은은
예촌에 아르바이트를 하러 갔고, 나는 다시 도서관 4층 열람실로 올
라갔다.

그 당시 내가 도서관에서 주로 한 일은 편입이나 취업, 자격증을
따거나 전공과목 점수를 올리기 위한 준비가 아니라, 독서와 낙서
였다. 닥치는 대로 교양서적과 소설과 시들을 읽어 치우는 매우 소
모적이고 사치스러운 유희로서의 독서와, 읽고 난 책에 대한 감상이
나 일기 같은 것을 간단히 적어 두는 쓸모없는 낙서였다. 그때의 낙
서 노트가 하나도 남아 있지 않은 것에 대해 나는 진심으로 위안을

느낀다. 정말 지금 와서 본다면 눈을 질끈 감고 싶을 정도로 과열된 문장이었을 것이 뻔하기 때문이다.

그런데 그 시절 경은은 과연 도서관에서 무얼 했는가? 그에 대해 나는 전혀 아는 바가 없다. 그녀가 내게 자신이 하는 일을 숨기거나 한 것은 아니다. 그녀는 내 옆자리나 앞자리 또는 몇 자리 건너에서 나처럼 뭔가를 열심히 읽거나 쓰고 있었는데, 그게 시험 준비였는지 전공 공부였는지 아니면 나처럼 두서없는 독서와 낙서였는지 나는 도무지 기억할 수가 없다. 그녀가 읽던 책 제목은 관두고라도 하다 못해 표지 색깔만이라도 떠올리려 해도 아무 소용이 없다. 핑크 빛 비누 곽과 연두색 양치 컵은 욕실의 흰 타일을 배경으로 그 자잘한 무늬와 질감마저 선명한데, 경은의 책, 노트, 그런 것에 대해서는 그 야말로 암전이다.

도서관은 11시에 문을 닫았다. 나는 도서관 마감을 알리는 방송 이 나오면 책과 필기구를 챙겨 가방에 넣고 4층 열람실에서 천천히 내려와 도서관을 빠져나왔다. 어둠이 내린 고요하고 한적한 교정을 가로질러 교문에 도착하면 11시 20분쯤 되었다. 나는 버스를 타지 않고 두 정류장 남짓한 거리를 걸었다. 적당한 보폭으로, 내가 지나 치게 고독하고 우울하고 허기지지 않도록 조금씩 나를 달래는 방식 으로 소삭소삭 걷다 보면, 밤의 산책은 독서로 혼미해진 내 영혼에 가느다란 실금을 내고 그 사이로 신선한 바람을 살그머니 들여보내 주었다. 그 당시 내가 매일 밤 40분 넘게 걸으면서 무슨 생각을 했 는지는 정확히 설명할 수 없다. 하지만 아무튼 나는 뭔가 밤의 세례 를 받고 씻기고 정화되는 느낌을 받았으며, 혼돈된 사색 속에서 우 주라든가, 신, 불멸 같은 불분명하고 추상적인 테마들을 사유하고

자 애썼다. 그리고 그런 사유를 통해 내가 새롭게 고양되고 내 본연의 모습으로 회귀하는 느낌을 얻었다. 그러나 그런 위대한 고양과는 별개로, 다른 한편 나는 심각한 허기에 시달리면서 세상의 온갖 기름진 음식과 짜릿한 소주 한 잔과 담배 한 모금을 그리워하며, 솥개 앞에 놓인 작은 병아리처럼 말초적인 감각적 유혹에 무방비로 노출되어 있었다. 너무도 까마득하게 머나먼 추상적 사유와 지나치게 가까운 구체적 감각 사이를 빛의 속도로 오가면서도 나는 어떤 균열이나 모순도 느끼지 못했다. 당시 내 사유 체계는 이얼렁비얼렁으로 우주와 김치찌개, 신과 소주, 불멸과 담배 한 개비가 병존하는, 투박하고도 초현실적인 유아론의 세계였다.

경은의 일은 오후 6시에 시작해 밤 12시에 끝났다. 내가 예촌에 도착하는 시간은 대략 11시 40분에서 45분 사이였다. 나는 예촌의 두 출입구 중 큰길 쪽으로 난 문을 열고 들어갔다. 문 바로 옆 왼쪽 구석의 작은 2인용 테이블은 항상 비어 있었다. 나는 그 자리에 앉아 경은의 일이 끝나기를 기다렸다. 언제든 내가 경은을 찾을 수 있고 경은도 나를 찾을 수 있도록 문을 등지고 예촌의 내부를 바라보는 방향으로 앉았다. 예촌의 평면도는 T자 형태였는데, T의 맨 아래쪽에 앉은 내가 볼 수 있는 전경은, T의 교차점에 자리 잡고 있는 뮤직 박스와 그쪽을 향해 곧게 난 좁은 통로뿐이었다. 내가 갔을 땐 늘 뮤직 박스의 불이 꺼져 있었다. 경은의 말로 디제이는 이십 대 후반의 여자로 11시에 퇴근한다고 했다. 나는 그 디제이 아가씨를 한 번도 본 적이 없었지만, 그녀가 트는 음악이라든지 음악에 대한 그녀의 몰취미와 빈약한 지식에 대해서는 경은으로부터 들어 익히 알고 있었다.

입구에 앉은 내게는 보이지 않는 T자의 윗면 공간이 술집 예촌의 주된 공간이었는데, 아마 경은은 그 부근의 탁자들을 치우고 있을 터였다. 나이 든 주방 아주머니가 내가 앉아 있는 문 쪽부터 청소를 시작했다. 가끔 큰길 쪽으로 나가는 손님들 두엇이 좁은 통로를 비틀거리며 빠져나가기도 했지만, 내가 앉은 T자의 아래쪽 끄트머리 자리는 학생식당의 ㄱ자 공간의 아래쪽처럼 후미지고 한적해, 도시로 보면 슬럼가 같은 구역이었다.

예촌의 문은 두 군데였는데, 하나는 내가 들어온 큰길 쪽 문이었고, 다른 하나는 하숙촌으로 통하는 뒷길 쪽 문이었다. 경은에게 듣기로 그 뒷문은 한때 예촌 여사장의 골칫거리였다고 했다.

"돈을 안내고 뒷문으로 슬쩍 도망가는 학생들이 종종 있었거든. 하지만 그 문을 막아 버리자니 우리 사장 생각에 손해가 막심할 것 같은 거야. 하숙촌 학생들이 주로 그 문으로만 드나드는데, 그 문이 막히면 건물 옆쪽으로 빙 돌아서 와야 하거든. 그 사이사이에 얼마나 많은 식당들이 큐빅처럼 촘촘하게 박혀 있는지 몰라. 밖에 솥을 내걸고 해장국을 파는 집도 있고 연탄 화덕에 생선을 굽는 집도 있어. 사실 예촌이 음식 맛 하나는 괜찮은 편이야. 우리 주방장 아저씨들 요리 솜씨가 이 일대에서는 최고래. 하지만 어떤 손님들한테는 맛의 미세한 차이 같은 건 별로 중요하지 않거든. 더 싼 쪽 아니면 먼저 손짓하는 쪽으로 끌려가니까."

오시는 분들 때문에 폐쇄를 못하지만 도망가는 놈들 때문에는 막아 버려야 하는 뒷문 개폐의 딜레마 앞에서 고뇌하던 여사장은 드디어 결단을 내렸다. 선불제로 간다! 선불로 받고 나면 문이 둘이

건 셋이건, 누가 어떤 문으로 들락거리건 상관이 없었다. 그 혁명적인 결단은 의외의 결과를 가져왔다. 꼭 의도했던 건 아닌데 선불제로 인해 한결 편해진 건 여사장이었고, 한결 바빠진 건 경은과 같은 처지의 시급제 서버들이었다. 서버들은 주방과 홀을 오가며 음식을 나르는 일에 더해, 카운터와 홀을 오가며 계산서와 지폐를 나르는 일까지 추가로 떠맡아야 했다. 카운터와 홀을 오가는 일은 특히 돈이 걸린 일이라, 제육볶음이 늦게 나오거나 과일 안주가 마른안주로 바뀌어서 나온 문제와는 차원이 달랐다. 처음에 선불제를 시작한 직후에는, 계산이 맞지 않아 중간에서 일을 처리한 서버가 시급을 떼이는 일도 잦았다고 했다.

자정이 되면 아르바이트를 마친 경은이 가방을 메고 뮤직 박스 앞에 모습을 드러냈다. 그녀는 카운터에 폭 파묻혀 내 눈에는 보이지 않는 능구렁이 여사장에게 꾸벅 인사를 한 후 시급으로 계산된 그날 치 일당을 받았다. 경은은 내게로 바삐 걸어오면서 돈을 가방에 쑤셔 넣고 뾰족한 턱으로 얼른 나가자는 표시를 했다. 우리는 오랜만에 만난 연인들처럼 손을 꼭 잡고 큰길 쪽 입구로 나왔다. 나는 배가 고팠고 경은은 피곤했다. 나는 기다렸고 경은은 손에 돈을 쥐었다. 우리에게 필요한 건 동일한 것이었다. 술 담배 음식. 문제 될 건 전혀 없었다. 우리의 하루는 이제 바야흐로 시작된 것이나 다름없었다. 자정에 시작된 술자리는 새벽 서너 시까지 이어졌고, 적당히 취한 우리는 어깨동무를 하고 집으로 돌아왔다. 아침과 달리 밤에는 내가 먼저 욕실을 사용했다. 씻고 누워 천장을 바라보다, 나는 경은이 내는 찰싹거리는 물소리를 들으며 먼저 잠들어 버리기 일쑤였다. 어쩌면 나는 아침저녁으로 경은이 커다란 욕실에서 내는 공허

한 물소리를 들으며 잠들기 위해 그녀와 함께 살았는지도 모른다는 생각마저 든다. 그녀가 도서관에서 무엇을 읽고 쓰는지는 알려고 하지도 않은 채, 늘 다른 사람들에 대한 시시껍적한 품평이나 하면서.

그 시절을 말하려면, 특별했던 일요일에 대해 얘기하지 않을 수 없다. 일요일은 내게 지극히 복잡한 감정을 불러일으키는 날이었다. 늘 경은을 기다리던 내가 경은을 기다리게 하는 날이었고, 늘 경은의 돈으로 술을 먹던 내가 제법 거하게 술을 살 수 있는 날이었다. 하지만 결코 기다려지지 않는, 유쾌하다고는 할 수 없는 날이었다.

일요일 오후에 나는 버스를 타고 반포에 있는 아파트에 과외를 가르치러 갔다. 나의 피교육자인 고등학교 2학년 여자애는 피부가 희고 뚱뚱하고 목소리가 상냥했다. 하지만 나이에 어울리지 않는 시큰둥한 짜증과 무료함이 그 애의 표정이나 몸짓 어딘가에 즙처럼 잔뜩 고여 있었다. 어느 순간 그게 주루룩 흘러내리는 바람에 나는 종종 놀라곤 했다.

내가 방에 들어서면 여자애는 나를 끌어다 테이블 앞에 앉히고는 귀여운 미소를 지으며 말했다.

"잠깐만요, 선생님. 아주 잠깐이면 돼요. 아시죠?"

여자애는 짜잔, 하며 경은과 내가 사는 자취방 크기의 반에 육박하는 옷장을 열었다. 그 애는 자신이 그 주일에 새로 구매한 것들을 내게 구경시키지 않고는 어떤 수업도 받으려 하지 않았다. 그 애는 새로 산 재킷과 바지를 입고 굽이 높은 구두를 신고 지긋지긋한 윙크를 날렸다. 새로 산 시계와 목걸이와 향수를 내보이고, 심지어는 새로 한 퍼머의 효과를 자랑하기 위해 묶은 머리를 차르르 풀어 내가 직접 만져 보게까지 했다. 경은보다 더 심한 곱슬머리였던 그 애의 머리칼을 직모로 바꾸어 놓은 퍼머의 효과는 과연 경탄할 만한 것이었지만, 내가 경은에게 예촌의 한 달 치 급료보다 많은 금액을 들여 미용실에서 똑같은 처치를 하라고 권할 수는 없었다. 종종 먹통이 되는 헤어드라이어를 새로 사는 게 더 현실적인 대안일 터였다.

여자애는 자기가 하고 싶은 쇼를 마치고 나면, 내가 무슨 말을 해도 제대로 된 응대를 할 마음이 없는 것 같았다. 가끔 나는 여자애가 과연 다른 누군가와는 대화를 하는지, 다른 과외 교사들에게도 이런 식으로 대하는지, 의아하고 궁금했다. 이제 그만 자습서 좀 펴자, 라고 말하면 아, 생선초밥 먹고 싶다, 하는 게 그 애 식이었다. 그럴 때마다 낯선 짐승을 대할 때처럼 막막한 두려움이 일었다. 무엇을 하고 싶다고 생각하면 그대로 하지 않고는 못 견디는 성미의 여자애는 곧바로 뛰어나가 엄마에게 초밥을 요구했고 그 엄마는 일식집에 전화를 해 초밥을 배달시켰다.

"죄송해요, 선생님. 얘가 하루 종일 과외만 받다 보니까 따로 밥 먹을 시간이 없어요. 이렇게라도 먹이지 않으면 안 될 것 같아서 제가 배달시켰어요. 넉넉히 주문했으니까 선생님도 같이 드시면서 하세요."

그 애 엄마 얼굴에는 언제 봐도 신경질적인 다급함이 깃들어 있어 나는 괜시리 숨이 가빴다. 여자애는 초밥을 먹고 나서 졸기 시작했고, 나는 욕실에서 먹은 것을 남김없이 토했다. 변기의 물을 내리고 주변을 깨끗이 닦았지만 나올 때 자꾸 뒤돌아보게 될 정도로 깨끗하고 화려한 욕실이었다. 여자애 방에 돌아와 보니 강아지가 남은 초밥을 사납게 삼키고 있었다. 여자애 엄마에게 강아지가 초밥을 먹어도 되는지 하는 것과 초밥의 선도가 좋지 않았다는 것 등에 관해 얘기를 하고 싶었지만, 도우미 할머니 말로는 그새 벌써 외출했다는 것이었다.

내가 다음 일요일에 가서 초밥에 관한 얘기를 하자 그녀는 기겁을 하여 빽 소리를 질렀다.

"아니 이거 진짜 큰일 날 학생이네. 그런 건 나한테 진즉에 얘길 했어야지. 어머, 그래서 그랬구나, 그래서 그랬어."

그녀는 딸아이를 당장에 병원에 입원시켜 검사를 받게 하겠다고 고래고래 소리쳤다. 나중에 사정 얘기를 듣고 보니 여자애가 키우던 강아지가 그 주에 다이닝룸 바닥에서 죽은 채 발견되었다고 했다. 겨우 정신을 수습한 여자애 엄마는 내게 실연을 고백하듯 쓸쓸하게 말했다.

"무척 비싼 개였는데."

죽은 강아지는 운전기사가 처리했는데 애 엄마 말로는 그 때문에 딸애가 얼마나 상심했는지 모른다는 것이었다.

"그나저나 선생님, 오늘 헛걸음하셔서 어떡해요? 수업료는 미리 드릴게요. 다음 주에 꼭 보충해 주세요."

그 집에서는 특이하게 월급이 아닌 주급으로 과외비를 지불했다. 여자애 엄마가 외출하고 집에 없는 날엔 여자애의 책상 위에 '국어', '영어', '수학' 등의 과목이 적힌 봉투가 줄줄이 놓여 있었다. 수업이 끝나면 여자애는 '국어'가 적힌 봉투를 집어 내게 내밀며 이렇게 말했다.

"수고하셨어요, 선생님."

그럴 때면 그 애 엄마를 대할 때처럼 숨이 가빴다. 아니, 나는 솔직히 그 아파트 단지에만 들어서면 숨이 가빴다. 무섭게 확장해 가는 부의 속도에 수반되는 일종의 틱 현상처럼, 신경질적인 다급함은 그 아파트 단지 전체에 미열처럼 만연해 있었다.

경은은 아파트 단지 입구에 있는 놀이터 벤치에 앉아 나를 기다리고 있었다. 우리는 손을 꼭 붙잡고 버스 정류장을 향해 종종걸음을 치면서 평소에 먹고 싶었지만 비싸서 먹지 못한 것들이 뭐가 뭐가 있는지 목청 높여 떠들어 대기 시작했다. 초밥 사건 이후로 얼마 동안은, 초밥은 절대 안 돼, 초밥은 절대 안 돼, 라고 복창하기도 했다.

늘 단둘이 지내다시피 하고 거의 매일 단둘이 술을 먹는데도, 서로 나눌 얘기가 부족하다거나 상대가 점점 지겨워진다든가 하는 생각은 전혀 들지 않았다. 그렇다고 경은과 내가 썩 잘 맞는 스타일이었냐 하면 그렇지만도 않았다. 식성도 다르고 옷에 대한 취향도 다르고, 어떤 인물에 대해 품평을 할 때도 의견의 일치를 보는 일이 드물었다. 그런데도 나로서는 경은과 함께 지내는 게 조금도 불편하지 않았다. 머리로 이해하려고 하면 이상하게 생각되지만 막상 겪어 보면 하나도 불편하지 않은 그런 삶도 있는 법이라고 나는 생각했다. 경은과의 생활은, 나와 아주 잘 맞는 어떤 사람과 사는 것도 그보다 나을 수는 없으리라 생각될 정도로, 편안하고 수월했다.

예촌에는 두 명의 주방장이 있었다. 정확히 말하면 젊은 쪽이 주방장이고 나이 든 쪽은 보조일 따름이었다. 젊은 박 주방장은 빠른 칼질과 능숙한 손놀림을 자랑하는 이십 대 후반의 청년이었다. 그를 보조하는 김 씨는 둥글둥글하고 풍채 좋은 사십 대 초반의 아저씨였다. 하지만 예촌에서는 둘 다 주방장으로 불렸다. 젊은 쪽은 박 주방장이라 불렸고, 나이 든 쪽은 김 주방 아저씨라고 불렸다. 박 주방장이 월급은 더 많이 받았지만, 김 주방 아저씨가 신뢰는 더 많이 얻었다. 김 주방 아저씨는 주방 일을 시작한 경력이 짧아 여러모로 부족한 점이 많았지만, 온통 둥글고 둥글어 둥글의 현신처럼 보이는 기분 좋은 외모에다, 인품도 넉넉하고, 말수도 적고, 무엇보다 음식에 대한 진지한 애정과 맛에 대한 탁월한 감각이 있었다.

경은의 말로는, 박 주방장이 디제이 아가씨를 좋아하는 것 같은데 우리의 까다로운 디제이 아가씨는 박 주방장에게는 관심이 없고 김 주방 아저씨에게 꼬리를 치는 기색이 역력하다는 것이었다.

"우리 디제이 언니는 매일 '진짜 진짜 좋아해'로 시작해서 '남자는 배 여자는 항구'로 끝나거든. 그 노래를 틀 때마다 얼마나 김 주방 아저씨 쪽을 의미심장하게 쳐다보는지."

여기에 덧붙여 능글맞은 여사장 또한 김 주방 아저씨를 그렇게 믿고 의지하는 데다, 자기가 아는 모든 재미난 음담패설을 김 주방 아저씨가 있는 자리에서만 한다는 것이었다.

"음담패설은 박 주방장이 진짜 좋아하는데 말이야."

나는 예촌의 비극적인 연애 상황에 탄식을 보냈다. 한번은 여사장이 주방 입구에 턱을 괴고 서서, 미스 심도 일루 와 봐라, 하고 콧소리로 부르더라고 했다.

"나를 미스 심이라고 부르는 건 기분이 좋다는 뜻이야. 보통 때는 심 양이라고 부르고, 야단칠 땐 뜬금없이 학생이래. 화났을 땐 곧바로 야 이년아지, 뭐."

예촌 식구들을 주방 입구에 모아 놓고 여사장이 얘기를 시작했다. 결혼한 지 얼마 안된 신랑이 낚시하러 갔다가 연못에 빠져 죽어 부렀어잉. 남편 죽었다는 연락을 받고 신부가 놀라서 영안실로 뛰어왔거등. 근데 의사가 허는 말이…….

여기까지 얘기했을 때 마침 식재료를 실은 트럭이 도착했고 김 주방 아저씨가 그걸 나르러 가자 여사장은 얘기를 딱 그쳤다. "의사 말이 뭐래요?" 하고 박 주방장이 물었지만 여사장은 입을 오물거리기만 하다 카운터로 돌아가 버렸다. 그래서 예촌 식구들은 나중에 김 주방 아저씨가 식재료를 다 나르고 난 뒤에야 결론을 들을 수 있었다.

"의사가 허는 말이, 신랑분 꼬추와 붕알을 물고기들이 똑 따 묵어 부렀소 하는 거야. 그러니까 신부가 곡을 허매 허는 말이, 인저는 살아와도 소용없소, 살아와도 소용없소."

나는 깔깔거리는 경은에게 물었다.

"너 그 얘기 정말 재밌어?"

"아니. 그다지."

"그런데 왜 그렇게 웃어?"

"어떻게 안 웃어? 웃으라고 한 얘긴데."

"그렇다고 억지로 웃을 것까지 뭐 있어?"

"억지로 웃는 건 아냐. 근데 난 웃자고 하면 웃어져."

"신기하네."

"그럼 이건 어때? 이건 정말 너도 안 넘어오고 못 배길 재미난 제안인데."

김 주방 아저씨의 제안은 우리를 대단히 행복하게 했다. 제안의 내용인즉, 경은과 내가 열두 시에 예촌을 나갔다가 삼십 분쯤 후에

소주를 사 가지고 돌아오면 자기가 공짜로 안주를 만들어 주겠다
는 것이었다.

"이를테면 우리가 소주를 사고 그 아저씨가 안주를 산다는 식?"

"간단히 정리하면 그렇지."

"그 아저씨는 소주를 얼마나 드시는데?"

"두 병 정도."

"와우!"

그래서 우리는 모두가 퇴근한 예촌에서 돈 걱정 없이 술을 마시게
되었고, 김 주방 아저씨는 이런저런 요리를 만들어 우리에게 선보이
는 메뉴 개발 기회를 갖게 되었다. 그렇다고 그가 우리를 위해 엄청
난 요리를 만든 건 아니었다. 비싼 재료를 마구 쓸 수 없으니, 줄어
들어도 별로 표가 나지 않는 값싼 재료들로만 음식을 만들었다. 또
한 모든 일에 숙달되기 위해선 시행착오가 필수적이기 마련이듯, 한
동안 그는 제육볶음 소스의 비율을 맞추기 위해 떡볶이나 양배추볶
음처럼 고추장 소스로 볶은 것만을 만들기도 했고, 재료에 입힐 계
란물에 다진 쑥갓을 넣는 게 나은지 파래김가루가 나은지를 알아내
기 위해 호박전이니 감자전이니 하는 부침 종류만 만들기도 했다.
하지만 그렇다고 해서 우리가 크게 괴로울 것은 없었는데, 언제나 예
촌 주방에는 국과 생야채, 밑반찬들이 공짜로 널려 있었기 때문이다.

김 주방 아저씨가 경은과 나 사이에 끼어들지 않았더라면 우리는
더 오래 함께 지냈을 수도 있었을 것이다. 그의 선량하고 유쾌한 품
성이 쐐기처럼 박히면서, 우리의 관계는 과도에 찍힌 사과처럼 금이
가기 시작했고 서서히 둘로 쪼개어졌다. 처음부터 그런 기미를 느꼈
다면 우리는 그 즉시 김 주방 아저씨를 관계 밖으로 밀어냈을 것이

다. 하지만 처음에 그는 오히려 우리 둘을 더욱 가깝게 만들어 주고 우리 관계를 더 빛나게 해 주는 고마운 사람이었다. 모든 사태는 그가 의도해서 그런 것도 아니고 누가 의도해서 그런 것도 아니었다. 그렇게 흘러갔을 뿐이었다.

날이 거듭할수록 김 주방 아저씨가 만든 안주는 점점 세련된 맛을 냈고, 김 주방 아저씨는 점점 더 숙련된 요리 곰이 되어 갔다. 그에게는 상대의 얘기를 잘 듣는 능력과 상대를 잘 먹이는 능력이 있었다. 경은과 나는 그가 만든 음식을 먹으며 그가 좋아할 만한 얘기들을 경쟁적으로 쏟아 놓았다. 우리 셋의 술자리는 너무나 유쾌하기 짝이 없었는데, 다소 기묘한 것은 자꾸자꾸 유쾌해지려다 보니 모든 얘기들이 점점 더 사납고 공격적이고 부정적인 경향을 띠게 되었다는 사실이다. 그리고 그 배틀에서 승리한 사람은 나였다.

"그 정도는 낄 것도 아니라니까."

언젠가부터 내 입에서는 이런 식의 말들이 자주 튀어나왔다. 내가 툭툭 내뱉는 개입에 경은은 어쩔 줄 모르고 하던 얘기를 멈췄다. 어떤 때는 내 스스로 생각해도 심하다 싶어서 아무리 그녀가 재미없는 얘기를 하더라도 절대 제동을 걸지 말고 맞장구를 쳐 주어야겠다고 결심하기도 했지만, 김 주방 아저씨의 둥그런 갈색 눈이 "사실 저 아이 얘기는 별로 재미가 없잖아? 그러니 네가 무슨 재미난 얘기를 한번 해 보렴." 하는 식으로 나를 응시하는 걸 느끼면, 나는 갑자기 기세가 등등해져 경은의 한심한 얘기들을 깡그리 뭉개 버릴 만한 놀라운 얘기를 하기 위해 눈을 번득이며, 내 짧은 삶의 갈피갈피에 깃들어 있던 사소하고 수줍은 뉘앙스의 진실을 난폭하게 짓밟고 과장해 전혀 다른 내용의 얘기를 조작해 떠벌리게 되었다.

스물두 살이 되던 새해 첫날 새벽, 술에서 깨어났을 때 내 주변에는 아무도 없었다. 나는 비틀거리며 일어나 예촌의 T자형 공간을 샅샅이 찾아다니기 시작했다. 큰길 쪽으로 난 문은 셔터까지 내려져 단단히 잠겨 있었다. 나는 칸막이 된 테이블을 차근차근 들여다보고 뮤직 박스 문도 열어 보았다. 잠시 카운터 앞에 서 있던 나는 뮤직 박스로 들어가 음악을 틀어 볼까 생각했다. 이 엉망인 새해를 '진짜 진짜 좋아해'로 시작하면 제대로 망가질 수 있을 것만 같았다. 나는 의미 없이 주방 쪽을 보며 나지막이 읊조렸다.

누가 너를 내게 보내 주었나.

가사 첫머리를 흥얼거리는 순간 나는 알 수 없는 섬뜩함에 몸을 가볍게 떨었다. 주방은 아무도 없이 텅 비어 있었다. 나는 주방 입구의 냉장고에서 시원한 음료를 꺼내 마셨다. 나중에 개수가 모자라서 김 주방 아저씨가 곤란한 일을 겪지 않을까 하는 염려는 하지 않았다. 우리가 술을 마신 탁자에 어지럽게 널린 그릇과 술잔들, 망년회를 한다고 켜 놓았던 초들을 치울까 하다가 그마저도 그만두었다. 다행히 뒷길 쪽 출입구는 반쯤 셔터가 내려진 상태였지만 문은 안에서 열 수 있었다. 밖으로 나오니 이미 어둠이 걷히고 있었다. 청회색 구름들이 젖은 석고 덩어리처럼 뭉쳐져 지상으로 쏟아져 내릴 듯 낮게 드리워 있었다. 우주와 영혼 같은 거창한 테마들을 생각하며 집에 돌아와 보니 역시 경은은 돌아와 있지 않았다. 방에도 없었고 욕실에도 없었다. 나는 흰 타일이 깔린 욕실 바닥에 대자로 누워 천장을 올려다보았다. 바닥은 차디찼고 나는 경은에게 버림받았다고 생각했다. 찰싹거리는 물소리가 들리는 것 같아 눈을 감았다. 설핏 잠이 들려는 순간 문득 언젠가 경은이 한 말이 떠올랐다.

“나는 나 좋다는 사람을 거절하지 못해. 나 같은 걸 좋아해 주는 것에 대한 감사라고나 할까. 도대체 난 언제부터 이렇게 비굴한 인간이 되었을까?”

그때 내가 뭐라고 대꾸했는지는 기억나지 않지만, 분명한 것은 그래서 경은이 나도 거절하지 못했다는 걸 그 순간 차디찬 욕실 타일 위에서 퍼뜩 깨달았다는 사실이다. 비좁은 방에서 나와 함께 살기로 의기투합해 준 것도, 자기가 번 돈으로 매일 밥과 술을 산 것도, 나와 스타일이 전혀 다른데도 내가 편안하고 수월하게 살게끔 해 준 것도, 죄다 그녀의 비굴함 덕분이었다. 이런 명료한 사실을 제법 명민하다고 자부하는 내가 왜 여태 몰랐을까. 차디찬 타일 위에서 나는 과열된 드라이어처럼 수치스러워 딱 죽어 버리고만 싶었다.

정작 이상한 일은 그 이후에 일어났다고 할 수 있다. 아무리 곱씹어도 납득하기 어려운 것은, 내가 경은과 어떻게 헤어지기로 합의했는지, 방의 짐은 어떤 식으로 뺐는지, 그 후 교정에서 우연히라도 만났을 텐데 그때 우리가 어떤 얘기를 주고받았는지, 하나도 생각이 나지 않는다는 것이다. 나는 어떤 궁금증이나 죄의식이나 고통도 없이 경은을 잊었고, 경은과 함께 지낸 그 시절도 잊었다. 심경은이라는 아이가 내 인생의 그래프에서 자신과 함께 지낸 시간 토막을 딱 잘라 가지고 감쪽같이 사라져 버렸는데도, 나는 무엇을 잃어버렸다는 생각도 없이 십 년, 이십 년을 아무렇지 않게 살아왔다.

우연히 대학 때 휴학을 했었다는 사실을 상기하지 못했다면 나는 아직도 그렇게 살고 있을 것이다. 경은의 반곱슬 머리카락과 뾰족한 턱도, 시체 안치소 같던 욕실과 T자 모양의 예촌 술집도, 청회색 구

름이 낮게 드리웠던 스물두 살의 첫새벽 하늘도 잊은 채 말이다. 그
게 뭐 어때서? 라고 생각하는 순간 증기처럼 아득한 두려움이 나를
덮친다. 나는 얼마나 많은 사람들을 잊음으로써 얼마나 많은 시간
토막들을 잃어버리고 살아왔을까? 진짜는 죄다 도둑맞고, 내가 그
토록 애지중지하는 자아의 금고 속에는 엉뚱한 모조품만 잔뜩 쟁여
져 있는 느낌이다. 스물두 살의 첫새벽처럼 나는 텅 빈 주방 앞에서
나지막이 읊조린다.

　누가 너를 내게 보내 주었지?

어디로 갈까요

김서령

1974년 포항에서 태어나 중앙대 문예창작학과를 졸업했다. 2003년 「역전다방」으로 『현대문학』을 통해 등단했으며, 2005년 대산창작기금, 2008년 서울문화재단 창작기금을 받았다. 소설집 『작은 토끼야 들어와 편히 쉬어라』와 장편소설 『티타티타』가 있다.

나는 사라질 거야.

어머니가 고개를 들었다.
"너 지금 뭐라고 했냐?"
가칫한 손을 들어 나는 마른세수를 했다. 며칠 잠을 자지 못해 입
가에는 버짐이 잔뜩 피었다.
"상속포기를 하셔야 한다구요. 그편이 나아요. 그이가 남겨 둔 건
아무것도 없어요."
"빚을…… 진 거냐?"
헛웃음이 터졌다. 그럼, 빚을 지지 않았으면 이 집을 어찌 얻었을
까. 여기저기서 돈을 꾸지 않았으면 보증금 3억에 월세 2천만 원짜
리 병원을 어찌 얻을 수 있었을까.
"빚이 있다면, 집을 팔아서 갚으면 될 일이지. 상속포기라니 네가
그걸 말이라고 하는 거니?"

가슴을 칠 노릇이다. 이미 이 전세 아파트는 담보로 가득 차서 내 것인 공간은 한 뼘도 남아 있지 않았고 병원의 보증금은 밀린 월세로 다 까였다. 치료 기기들은 한 번도 할부금을 제때 낸 적 없어 모조리 환수 조치될 것이다. 그 많은 카드 빚과 사채는 어떻게 다 갚을까. 죽을 때까지 하루도 쉬지 않고 일을 해도 갚을 수 없을 정도의 빚만 남기고 B는 혼자 떠나 버렸다.

일일이 설명하고 싶지 않을 만큼 피곤했다. 온몸의 뼈가 파사삭 부서져 내린 사람처럼 베개도 없이 바닥에 누워 버렸다. 장례를 치르는 며칠 동안 보일러를 돌리지 않은 방바닥이 몹시도 차가워서 나는 몸서리를 쳤다.

"심장마비?"

장례식장을 찾은 사람들은 아무도 믿지 않았다. 낮고 싸늘하게 코웃음을 쳤다. 그들은 B에게 빌려 준 돈을 받지 못할까 봐 날카로운 눈을 하고 나를 쏘아보았다. 국화꽃을 조용히 내려놓은 그들과 맞절을 할 때마다 손톱 끝이 바들바들 떨려 왔다. 나는 지금 슬퍼요. 등이 부러질 만큼 슬프고 두려우니 그런 무서운 눈으로 나를 쳐다보지 마세요. 나는 말없이 그들에게 애걸했다. 나를 사로잡은 것은 오롯이 공포였다. 가장 번듯하게 키웠다 자랑했던 큰아들을 잃은 어머니가 자주 혼절했지만 나는 그녀에게 신경 쓸 겨를이 없었다.

B의 마지막 행적은 정갈하지 못했다.

그의 지갑은 현금 다발로 터질 것 같았다. 신용카드가 정지된 것은 오래전 일이었다. 현금서비스가 불가능했으니 분명 맡길 수 있는 모든 것을 다 맡기고 사채를 빌렸을 테지. 그 돈을 쥐기 위해 그는 무엇을 걸었을까.

새벽녘, 진료실로 돌아오기 전 B가 마지막으로 들른 곳은 병원 근처의 호텔이었다. 늘 자동차를 주차해 두던 호텔, 그곳의 17층에서 B는 섹스를 했다.

"조금 이상하다 생각은 했었어요. 울다가 웃다가…… 그랬거든요."

우스꽝스럽게도 B의 마지막 섹스 파트너는 눈물까지 그렁거렸다. 병원 건물 지하의 룸살롱 아가씨였다. 혼자 룸살롱을 찾아갔던 B는 글렌피딕 한 병을 다 비우고서 그녀를 데리고 호텔로 갔단다.

웃다가 울다가…… 그랬다고? 답답하긴 했구나. 그랬겠지. 억장이 무너지도록 속에서 천불이 나고 또 억울했겠지. 어디서부터 잘못된 일인지 도무지 짐작할 수 없어 통곡이라도 하고 싶었겠지. 내가 B의 마지막 섹스 파트너가 아니었다는 것은 오히려 다행이었다. 나는 웃다가 울다가, 하는 B를 기억하고 싶지는 않았다.

경찰은 나와 그녀의 대면이 멋쩍은지 두루뭉술하게 몇 가지 질문만을 던지고서는 그녀를 내보냈다. 살성 고운 그녀의 맨몸을 쓰다듬으며 B는 절정에 다다랐을까. 그 짧은 찰나, 잠시나마 행복했을까. 잰걸음으로 총총 조사실을 나가는 그녀를 붙잡고 그 순간 그의 표정이 어떠했는지 물어보고도 싶었다. 공연한 일이겠지만.

나와 B의 마지막 섹스는 어땠던가.

아주 오래된 일은 아니었다. 그는 취하지 않은 채로 집에 들어왔고 샤워를 깨끗이 했다. 그리고 천천히 내 가슴에 얼굴을 묻었다. 안

쓰러운 마음이 잠깐 들기도 했다. 멀쩡히 다니던 대기업에 사표를 내고 뒤늦게 의과대학에 입학했던 그였다. 대학병원에서 수련의 생활을 시작했지만 곧 그만두었다.

"전문의가 되겠다고 이렇게 시간을 낭비할 필요가 없을 것 같아. 그냥 병원 개업을 할래."

프러포즈 끝에 그가 말했다.

"왜 나와 결혼하고 싶은 거야?"

스물아홉 살의 내가 물어서 서른아홉 살의 그가 대답했다.

"모텔비 아깝잖아."

낯간지러운 고백을 싫어하는 남자의 적절한 농담이라고 생각했다. 한쪽 눈가에 살짝 주름을 만들며 웃어 보였기에 그렇게 생각했다. 오만 원씩이나 하는 하룻밤 비용을 일주일에 두 번씩 지출하는 건 내가 보아도 어이없는 짓이었다. 그래서 우리는 결혼을 했다.

가슴에 코를 묻고 천천히 숨을 몰아쉬는 B의 등을 어루만졌다. 마흔일곱 살 그의 등은 물렁물렁했다. 처음 그를 안았을 때 도드라진 등뼈를 하나씩하나씩 짚어 나갔던 일들이, 이제는 다른 사람의 기억인 것만 같았다. 참 하루하루 가쁘게도 뛰어왔구나.

신도시의 마흔두 평 아파트는 처음부터 무리였다. 우리는 둘 다 가진 것이 없었지만 은행의 대출 담당 직원은 몹시 친절했다. 아파트 전세 비용과 사십 평 피부 클리닉을 임대하는 비용, 그리고 몇 대의 피부 레이저 기기 구입 비용을 모조리 은행에서 빌렸다. 겁먹은 나에게 어머니는 태연하게 말했다.

"그까짓 거, 이삼 년 착실히 일하면 다 갚는 걸 가지고……."

B는 앤틱 가구로 클리닉 안을 꽉꽉 채워 넣고 의료기 회사 영업

직원들에게 레이저 기기 작동법을 배웠다. 코디네이터에게 단정한 유니폼을 입히고 간호조무사도 여러 명 채용했다. 하지만 반들반들한 병원 유리문은 생각보다 단단했다. 술에 얼근하게 취해 들어온 그가 피식 웃었다.

“하루에 문이 두 번 열리더군. 순두부찌개 가져다주고, 또 그릇 가지러 오고.”

피부 클리닉은 신도시의 상가 건물마다 두어 개씩 들어섰다. 더 크고 더 화려한 병원들이 매일매일 오픈을 했다. 하루 종일 인상을 쓰고 앉아 있다가 젊은 여자들의 겨드랑이 제모나 서너 명 해 주고 들어오는 모양이었다. 레이저 기기를 바꾸어 보기도 하고, 할인 이벤트를 벌이기도 했다. 새 건물이 올라간 옆 동네로 옮겨 갈 때에는 월급이 밀려 화가 난 간호조무사들이 한꺼번에 그만두는 바람에 개원 날짜를 늦추기도 했다. 잘 구슬려 월급의사로 출근을 시켜 보려고도 했지만 B는 말을 듣지 않았다. 그러는 동안 그의 등에는 차곡차곡 군살들이 쌓여 갔고 내 종아리도 탄력을 잃었다. 물론 우리의 빚은 그보다 몇 배의 속도로 늘어 갔다.

가만히 얼굴을 파묻었던 B가 내 왼쪽 다리를 들어 올렸다. 그러고는 깊숙이 밀고 들어왔다. 참았던 숨이 툭 터지며 내 입에서 약하고 긴 신음이 터져 나왔다. 그 소리에 B가 잠깐 멈추고 나를 바라보았다. 짧은 침묵. 나는 그럴 때의 B가 두렵다. 그도 알고 있었을 테다. 아주 천천히 내 얼굴을 쓰다듬은 것을 보면 말이다.

“좋아?”

그가 잠긴 목소리로 물었다. 뜨겁게 달구어진 손가락이 입술 근처를 훑었기 때문에 나는 아무 대답도 할 수 없었다. 그의 허리가 빠르게 움직이기 시작했다. 축축한 땀이 방울방울 떨어져 내렸다.

B, 당신도 외롭구나.

눈물이 날 것도 같았다. 어쩌나. 이 가여운 몸뚱어리를 어쩌나 싶을 때도 있었다. 나는 순전히 그를 위로하기 위해 그에게 반응했다. 마음이 그렇다면 몸도 젖는 법, 부인할 것이 아니다. 아주 오랜만에 몸이 조여 왔다.

"좋아?"

그런 건 묻지 말아 줘, B. 하지만 그는 다시 물었다.

"좋아? ……대답해. 좋아?"

나는 대답을 해야만 했다.

"응. 좋아."

더 긴 얘기가 나올까 봐 나는 그의 목을 힘껏 당겼다. 입술로 막아 버리는 편이 나을 것이었다. 그의 얼굴이 가까이 다가오는가 싶었는데, B는 와락 내 정수리의 머리카락을 움켜쥐었다. 머리통이 뒤로 꺾였다. 그가 손에 점점 힘을 주었다.

"정말 좋은 거지? 그런 거지?"

목소리는 나오지 않았고 고개를 끄덕일 수도 없었다. 겨우겨우 으응, 소리를 내어 대답했다.

"그래. 너는 이거밖에 모르지? 그저…… 내가 해 주면 좋아서 죽는 거지, 그렇지?"

으응, 나는 또 대답했다. 목이 부러질 것만 같았다. 그의 허리가 더 빨라졌다. 뜨거운 숨이 얼굴에 와 닿았다. 징그러운 관계. 그는 머리카락을 놓지 않았다.

얼마 안 가 긴 탄식과 함께 그의 무릎에 힘이 풀렸다. B는 내 옆에 완전히 몸을 부리고 나서야 머리카락을 놓아주었다. 기침이 터졌다.

그날 밤, 나는 꿈을 꾸었구나.
잊고 있었다. 어두운 창고 안에 웅크려 있던 나에게 파다닥, 들려오던 낯선 소리. 고개를 들자 창고의 창문 밖, 푸르고 붉고 노란 빛들이 반짝였다. 나비였다. 푸르고 붉고 노란 빛을 흘리는 날개를 가진 커다란 나비. 창살을 헤집고 들어오려는 나비 때문에 나는 두려워 몸을 더욱 웅크렸다. 비명을 질렀던가. 날개를 비틀어 창살을 빠져나온 나비는 빠른 속도로 나에게 날아들었다. 날개를 펼치자 온 창고를 뒤덮어 버린 빛가루들. 무섭도록 화려한 반짝임이었다. 피할 곳도 없이 나는 몸으로 나비와 맞닥뜨렸다. 그러고는 잠을 깼다. B가 알몸으로 잠들어 있었다. 나는 그가 깨지 않게 나직이 중얼거렸다.

사라지고 싶어.

민트 색 가글액을 오래 머금었다 뱉었다. 아이라인을 다시 그리고 립스틱을 새로 바르니 오전의 피곤함이 제법 가셔 보인다. 그래도 무언가 부족해 보여, 나는 조그만 은 귀걸이를 했다. 볼 안쪽이 화사해 보인다. 닷새 만의 출근이었다.
상사의 남편이 죽은 일을 어떻게 위로해야 하는지 잘 모르는 직원들이 쭈뼛거렸다. 나는 평소와 다르지 않게 밀린 일들을 처리했다. 비서실에서 전화를 걸어 와 지사장의 출근을 알렸다. 세면대 앞에서 큼큼 목소리를 가다듬었다. 나는 마지막 날까지도 한 점 흐트

러짐 없는 박 과장으로 남을 것이다.

"힘들었지? 말 안 해도 알아. 내가 다 알아."

지사장은 내가 방문을 열고 들어서자마자 자리에서 벌떡 일어나 나를 안았다. 과하게 어깨를 흔드는 지사장을 토닥여 자리에 앉힌 것은 오히려 내 쪽이었다.

사직서를 내겠다는 이야기는 장례식장에서 이미 전했다. 그런데 지사장은 모른 척하고 있다. 얼렁뚱땅 넘길 생각인 모양이었다. 하지만 이제 나는 떠날 때다. 사직서를 조용히 밀었다.

"힘든 거 안다고 했잖아. 푹 쉬다가 와. 원한다면 사십구재를 지낸 후에……"

"다시 돌아올 생각이 없습니다. 그만두고 싶어요."

나는 그녀의 말을 잘랐다. 피곤했다. 나를 달래려던 지사장은 급기야 책상에 얼굴을 파묻어 버렸다.

"나보고 어쩌라는 거야. 자기가 정말 나한테 이럴 수 있어, 응?"

스무 명 남짓의 L 코스메틱 한국 지사의 직원들은, 지사장의 이런 모습 따위 본 적이 한 번도 없을 테다. 짧은 단발머리를 하고 말수가 적은 사십 대 후반의 지사장은 대부분의 코멘트를 "쯧쯧"으로 대신했는데, 낮게 혀 차는 소리가 들릴 때마다 직원들은 표 나지 않게 코로만 긴 날숨을 쉬었다. "쯧쯧"의 통역은 내 차지였다. 엘리베이터에서 마주친 여직원이 인사를 하는데 지사장이 혀를 찼다면 그건 그녀의 모직 스커트에 보풀이 지나치게 일었거나 화장품 회사의 직원답지 않게 파운데이션이 들떴다는 이야기일 수 있었다. 브리핑 도중에 지사장이 혀를 찼다면 그건 '프랑스 본사의 컨셉은 콩알만큼도 이해하지 못하는 덜떨어진 직원 같으니라고!'라는 의미와 다르지 않았다.

직원들은 지사장의 "쯧쯧"이 떨어지면 내 얼굴을 쳐다보았다. 그러고는 나에게 사과했다.

"과장님, 죄송해요."

나는 지사장이 입속으로 삼킨 말을 날카롭게 직원들을 향해 쏟아 냈다. 아무리 가르쳐도 춘티를 벗지 못하는 맹한 소녀들인 것만 같았다.

물론 그녀들도 말대꾸를 하고 싶을 것이었다. L 코스메틱은 전국의 백화점과 면세점마다 매장을 가지고 있었다. 특히 바디 제품으로는 업계 최고의 인지도를 가지고 있었지만 그와 동시에 업계 꼴찌의 연봉 수준에 직원들에게 샘플 화장품 하나 쥐여 주지 않을 만큼 야박한 인심이기도 했다. 대리급까지는 50퍼센트의 할인, 그 아래로는 30퍼센트의 할인율을 적용해 화장품을 팔아먹었다. 직원들은 턱없이 비싼 L 코스메틱의 제품을 아무도 쓰지 않았다. 본사의 제품 설명서를 번역해 대충 보도자료를 쓰고 프로모션을 진행했다. 조기출근제 때문에 모두들 여덟 시에 출근했으나 아무도 다섯 시에 퇴근을 하지는 못 했다. 계약서상으로는 월차도 있었고 일 년에 열네 개씩의 연차도 있었지만, 아무도 그걸 사용하지 못했다. 그래서 직원들의 이직률이 높았다. 가장 오래 일한 직원이 일 년을 겨우 넘기는 정도였으니 이 바닥에서는 L 코스메틱에서 육 개월 이상 일을 한 사람이라면 면접 볼 필요도 없이 채용을 한다는 말이 돌 지경이었다.

그런 곳에서 내가 11년을 일했다.

대학을 졸업하고 나는 미국 어학연수를 떠났다. 아르바이트를 해서 생활비를 스스로 댈 거라던 나의 어깃장은 그야말로 허풍일 뿐이었다. 여동생 둘의 대학 학비를 대는 것만으로도 허덕일 판이었지만 엄마는 큰딸을 굶길 수야 없었으므로 어쩔 수 없이 꼬박꼬박 외환송금을 해 주었다. 그러고도 나는 한국으로 돌아가지 않았다. 뉴욕의 패션스쿨 입학 허가서를 손에 쥐고서 나는 침대에 앉아 하룻밤을 꼬박 새웠다. 주체할 수 없는 떨림이었다. 이제 새로운 인생의 계단참에 선 기분이었다. 자랑할 것 없는 지방대를 졸업하고 그저 그런 사무원이 되어 나이를 먹어 갈 것이라 스스로 주눅 들던 시절이었다. 나는 당장에라도 뉴욕의 패션 전문가가 된 양 등이 뻣뻣해졌다.

전화 속에서도 엄마의 하얗게 질린 얼굴이 느껴졌지만 나는 고집을 부렸다.

"입학금만 해결해 줘. 그다음부턴 일하면서 공부할 수 있어. 엄마, 나는 이렇게 돌아갈 수 없어."

쉽지 않았다. 아무것도 마음먹은 대로 흘러가 주지 않았다. 한국 식당에서 새벽까지 접시를 닦은 날은 지쳐 나가떨어져, 눈뜨면 정오가 지난 시각이었다. 유급이 계속되었다. 졸업은 나에게 머나먼 일이었다. 그때 지사장을 처음 만났다.

나는 뉴욕에 들른 그녀의 수행 아르바이트를 맡았던 참이었다. 수업이 빡빡했지만 나는 살고 있는 집의 월세도 밀려 있었다. 일을 해야 했다. 그녀의 구두를 챙기고, 세탁소에서 잘 다려진 그녀의 슈트를 찾아왔다. 스물여섯 살 나에게 그녀는 몹시도 화려하고 아름다워 보였다. 내 눈에 박힌 몽롱한 동경을 누구라도 읽을 수 있었을 것이다. 가소롭고 또 안쓰러웠을까. 퇴근을 해도 될 시간이었지만 나는 욕조에 뜨거운 물을 채우고 칫솔에 적당한 양의 치약을 짜 놓았다. 그녀가 욕실에 들어가 있는 동안 나는 침대의 이불을 반쯤 젖혀 눕기 편안하게 만들어 놓았다. 그렇게까지 할 때에는 알량한 팁에 대한 욕심이 있었다. 그녀는 팁 대신 맥주 한 캔을 따서 건넸다.

"너…… 귀엽구나."

망설일 것이 없었다. 지사장을 따라 귀국을 했다. 가족들은 나의 졸업을 의심하지 않았다. 지사장은 알면서도, L 코스메틱의 직원들에게 나를 뉴욕의 패션스쿨 출신이라 공공연히 떠벌렸다. 내가 굳이 아니라고 할 필요가 없었다. 월급이 생각보다 적었지만 나는 뉴욕 출신 L 코스메틱 한국 지사장의 비서가 된 내가 무척 마음에 들었다.

그렇게 지금, 서른일곱 살의 박민영 과장이 되었다. 아직도 나는, 지사장이 키우는 강아지의 예방접종일을 챙기고 집안일을 하는 도우미 아주머니에게 잔소리를 대신 했다. 가슴이 유달리 큰 그녀를 위해 출장 때마다 브래지어를 사다 주고 유기농 검정콩을 빻아 아침마다 우유에 탄 그것을 책상에 올려놓았다. 삼 년을 그렇게 하자 그녀의 새치가 사라졌다. 나는 두 달에 한 번 미용실에서 염색을 했다.

"프랑스 본사에나 좀 다녀와. 쉬엄쉬엄 여행 겸해서."

내가 원하는 것은 그런 것이 아니다. 내가 대답을 하기도 전에 지사장이 소리를 빽 지른다.

"나를 말려 죽일 참이야? 제발 좀 닥쳐. 휴가를 주겠다고. 더 이상 내가 어떻게 해?"

“그냥…… 보내 주세요.”

“민영아!”

박 과장이 아닌 민영. 오랜만이다. 어지간히 약이 오른 모양이다. 나는 돌아가고 싶은 시절이 없다. 콤플렉스투성이였던 대학 시절도, 아르바이트에 지쳤던 유학 시절도 나는 하나도 그립지 않다. 사람들은 다들 어떤 시절을 그리워하고 곱씹으면서 현재를 버티는 것일까.

그녀는 울 듯한 얼굴을 해 보였다. 그런 어리광, 나는 이제 싫다.

사라지기 위해 나는 무엇을 챙겨야 할까.

화장대 앞에 앉아 나는 한참을 고민했다. 로션과 영양크림, 메이크업 제품들을 골라 놓고 그것들을 망망한 기분으로 바라보았다. 슈트 몇 벌과 또 구두 서너 켤레를 넣고 나면 무엇이 남을까. 지난 봄, 여동생이 생일 선물로 사 준 영국제 커피 잔 세트가 아깝기는 하지만 두고 가기로 한다. 깨질 것이 두려워 여러 겹 포장하다 보면 짐스러워질 것이 분명하니까. 치약과 칫솔은 어디서건 새로 사면 될 일이고…… 가격이 좀 나가는 귀걸이와 목걸이만 넣으면 끝이다. 마흔두 평 이 집에서의 내 물건들은 그것이 전부다. 믿을 수 없는 일이지만.

나머지 사소한 것들은 누가 챙기게 될까. 집어 가는 사람 없이 하릴없이 내버려질 그것들이 잠시 가슴을 누르지만 나는 고개를 돌린다. 내가 울어 버린다 해도 어깨를 두드려 줄 사람은 아주 오래전부터 없었다. 그래서, 비명을 지르고 싶지만 참기로 한다.

첫 목적지를 런던으로 삼은 건 유럽 곳곳으로 숨어들 수 있는 비행편이 많았기 때문이었다. 탁상용 조그만 지구본으로는 다음 목적지를 찾아내기 어려웠으므로 인터넷으로 세계지도를 몇 번이나 검색했다. 나를 알아볼 사람이 없는 곳. 게스트하우스에서 대걸레질을 하건 베트남 식당에서 접시를 닦건 도무지 나를 알아볼 리 없는 곳이라면 되었다. 그래서 얼척없게도 나는, 런던을 거쳐 지중해의 작은 섬으로 가는 비행기를 탔다.

그 섬에 닿았을 때는 이미 늦은 시간이었다. 여우비가 날리는 밤이었다. 어둡고 작은 도시였다. 택시 기사는 내가 메모해 온 호텔을 찾지 못했고 몇 번이나 호텔에 전화를 한 끝에야 골목 깊숙이 처박힌 그곳에 도착할 수 있었다. 4층 방이었으나 엘리베이터가 없었고 뚱뚱하고 게으른 주인은 가방을 들어 줄 생각 따위 애초부터 없어 보였다.

너, 왜 여기에 있니.

B가 내 등을 툭 칠 것만 같은 불안감이 들어 나는 트렁크를 끙끙 급하게 들어 올려 계단을 올랐다. 창문이 잘 여며지지 않는 방은 추웠고 담요는 차갑고 딱딱했다. 욕실 수도꼭지에서는 석회가루가 섞인 흰 물이 쫄쫄 떨어질 뿐이었다. 비를 맞아서 그럴까. 오한이 났다. 긴 밤이었다.

눈을 떴지만 방에는 시계가 없었다. 손목시계는 여태 내가 떠나온 한국의 시각을 가리키고 있을 뿐이었다. 한국과 시차가 얼마나 나는지 알 수 없어 나는 그냥 창문을 열었다. 비는 그쳐 있었다. 얼굴에 닿는 시큰한 바람으로 보아 이른 새벽쯤이었을까.

내려다보이는 좁은 골목길. 나는 살면서 이토록 낯선 풍경과 조우한 적이 없었다.

차곡차곡 깔린 돌길을 가운데 두고 비좁게 들어선 회벽집들. 흰 칠을 한, 혹은 푸른 칠을 한 나무문이 촘촘하게 붙어 있고 지붕들 사이로 뽀얀 하늘이 손바닥만 하게 드러났다. 짭쪼롬한 냄새가 바람에 섞여 있었지만 바다가 보이지는 않았다. 아, 그때 내 창 아래로 걸어오던 흰옷의 수도사라니. 두 손에 작은 종을 들고 딸랑딸랑…… 나는 그만 창문을 콩 닫아 버렸다. 지나치게 비현실적인 광경 때문에 화들짝 겁을 먹었다. 무슨 짓을 한 거지. 내가 왜 여기까지 온 것이지. 가슴이 발랑거렸다. 뜨거운 물로 샤워를 하고 싶었지만 욕실의 물은 여전히 쫄쫄쫄, 한심한 노릇이었다.

생각해 보면 나는 늘, 그들 곁에서 사라지고 싶었다.

나는 그보다 먼저 잠들고 싶었다. 그의 얼굴을 보는 일은 나에게도 지옥이었다. 그는 밤마다 거실 테이블에 고지서들을 늘어놓고 메모를 했다. A 은행 카드 결제일이 목요일이니까 B 은행 현금서비스를 받아 일단 막아 두고, C 카드 결제일은 다음 주 월요일이니까 자동차를 담보 잡혀 대출을 좀 끌어 보고…… 너 퇴직금 정산 미리 좀 해 봐, 이런 식이었다. 그러고도 한 달을 무사히 넘길 계산이 서지 않으면 파랗게 질린 얼굴을 하고 침대에 누워 형광등만 바라보았다. 이미 죽은 얼굴 같았다.

"나 오늘 좀 늦어. 먼저 자."

어느 밤, 그가 전화를 걸어 왔을 때 나는 텔레비전 뉴스 화면을 지켜보는 중이었다. 지하철에서 불이 나다니. 저렇게 많은 사람들이 다 타 버렸다니. 나는 건성으로 B에게 응, 응 대답했다.

"무슨 일 있어? 목소리가 왜 그래?"

"세상에…… 지하철에 누군가 불을 질렀나 봐. 어떡하면 좋아. 사람들이 너무 많이 죽었어."

"너는 아직도, 그런 일들에 관심이 가나 보네. 나는 내 한 몸 건사하기도 힘들어 죽겠는데."

B는 코웃음을 치고, 나는 그가 알아채지 못하도록 낮게 한숨을 쉬었다.

"그래, 미안해. 그냥 좀 놀랐을 뿐이야. 언제쯤 들어와?"

나는 그의 그다음 대사를 알고 있다.

"그게 궁금하기나 해?"

그래, 그거다.

"미안해."

"넌 참 팔자 좋다. TV 들여다보며 남 걱정이나 하고. 나도 좀 그렇게 살아 봤음 좋겠다."

제발, 그만 좀 해…… 물론 목소리가 되어 나오지는 않았다. 그와 싸우고 싶지 않았다. 단 하루만이라도 그가 들어오기 전에 편안하게 베개를 두 개쯤 겹쳐 베고 불을 완전히 다 끈 뒤 곤한 잠에 빠지고 싶었다.

나는 그날 밤, 처음으로 B에게 목이 졸렸다. 모든 일을 접어 두고 내 목을 조르기 위해 집으로 바삐 뛰어 들어올 수 있는 남자. 눈과 코, 입술, 손가락, 무릎…… 조그맣고 볼록한 복숭아뼈에까지 면도날을 숨긴 사람 같았다. 나는 매시간 그 면도날에 다치지 않으려 웅크리고 또 웅크렸다. 어깨가 짜부라질 것 같았다.

호텔 식당은 문을 닫은 지 오래된 것 같았다. 어쩌면 애초부터 음식 같은 것은 만들지 않았을는지도 모르겠다. 요기를 하려고 밖으로 나섰는데 꼬마 몇이 우우우 소리를 지르며 내 뒤를 따라왔다. 무슨 영문인가 했는데 아마 녀석들, 검은 머리의 동양인이 신기하게 느껴졌던 모양이었다. 아기를 업은 여자도 창문 안에서 나를 유심히 바라보고 있었다. 눈이 마주치자 살풋이 웃어 보이기는 했지만 금세 모습을 감추어 버렸다.

타박타박 해변으로 걸어 나가 보니 곳곳에 무너진 성곽이 그대로 드러나 있었다. 아마도 2차 대전 혹은 더 이전에 부서진 흔적들일 테다. 내가 어디로 온 것일까. 이곳은 이상하다. 먼 곳을 여러 번 다녀 보았지만 이토록 생경한 기분이라니.

마지막, B는 진료실 침대에 누워 있었다. 제 손으로 마취제 주사를 놓았다고 했다. 50밀리그램짜리 주사약을 세 병이나 팔뚝에 꽂아 넣으면서 그는 어떤 인사를 남겼을까. 개 같은 세상이라 욕을 씹어 삼켰을까. 다시는 빚 독촉 전화 따위 받지 않아도 되는 것에 안도했을까. 영영 잠에서 깨고 싶지 않을 만큼…… B, 그는 두려웠던 것일까.

아니. 나는 그런 것 궁금하지 않다. 너무 긴 시간, 나를 놓아주지 않았던 그를 나 혼자 죽였던 시간이 얼마나 많았는데. 주사약을 다 찔러 넣은 후 몽롱한 정신으로 침대에 누우며 억울하고 또 억울해 몸을 뒤틀며 눈물을 터트렸건 가슴을 쥐어뜯었건, 나로서는 이제 와 상관할 바가 아니었다. 장례가 끝나자마자 내가 이 먼 곳까지 혼자 날아온 것은 사라지기 위해서다. 남아 있는 모두가 나를 잊을 때까지 나는 돌아가지 않을 것이었다.

다만.

내 손으로 뿌린 그의 흰 뼛가루가 날아서, 날아서 다다른 곳이 이렇게 낯선 땅은 아니기를. 문득 눈을 뜬 B가 지금의 나처럼, 여기는 너무 낯설고 두려워, 중얼거리며 파들파들 몸을 떨지는 않기를.

그런 생각을 하며 포구에 앉았다 일어선 내 치맛자락에 묻은 흰 석회가루에 한순간 소스라쳤지만 소리를 지르지는 않았다. 비명을 참는 건 이미 오랜 습관이었다. 다리가 허정허정 흔들렸지만 곧 괜찮아졌다.

도착한 지 열흘이 지나도록 미열이 내리지 않았다. 계획대로라면 지금쯤 호텔을 나와 조그만 방을 하나 얻고 일자리를 알아보고 있어야 했다. 나는 프런트에 전화를 걸어 담요를 더 가져다 달라 부탁을 했다. 침대에 쌓인 담요는 이미 일곱 장이었다. 그늘진 방보다는 포구에 나와 앉는 편이 따뜻할 적이 많아 나는 빵 조각을 바늘에 꿰어 낚시를 하고 있는 중년 여자들을 바라보며 시간을 때웠다.

배가 고플 때면 해변을 따라 줄지어 선 아무 식당이나 들어갔다. 그날도 그러했다. 파스타의 늘적늘적한 느낌에 물린 나는 닭가슴살 샐러드만을 주문했다. 낚시를 끝낸 여자들이 남은 빵 조각을 모조리 바다에 털어 넣고 있었다. 갈매기들이 요란스럽게 몰려들었다. 금발의 남자 종업원이 내 어깨를 톡톡 건드렸다. 올려다보니 난처한 얼굴로 내 접시를 가리킨다. 새카매진 샐러드.

나는 검은 발사믹 식초를 있는 대로 샐러드에 쏟아붓고 있었던 것이다. 나도 미처 깨닫지 못하고 있었다.

“아까워서 그러는 게 아니야. 그렇게 식초를 많이 치는 건 좋지 않아.”

그래, 나는 종업원에게 끄덕였다. 그런데 내가 언제부터 이렇게 발사믹을 뿌려 대고 있었지?

가슴에서 흰 갈비뼈 몇 개가 쿵, 서로 부대꼈다.

빵 조각은 물에 다 풀어져 가라앉았고 갈매기는 다른 곳으로 날아갔다. 저 연한 물빛 아래에서는 새끼손가락만 한 작은 물고기들이 이제 빵가루를 홀랑홀랑 삼키고 있을 것이다. 아아. 무슨 일이 일어난 것일까.

나는 허겁지겁 돈을 치르고 식당을 빠져나왔다. 근처에는 흔한 중국 마켓 따위도 하나 없었다. 맵고 시큼한 똠얌꿍 한 사발을 들이켤 태국 식당도 보이지 않았다. 나는 슈퍼마켓으로 뛰어 들어가 맥주 서너 캔과 올리브피클 병을 집어 들었다. 계산을 하려다 말고 다시 돌아가 식초에 절인 당근과 오이도 한 병 가져왔다. 입에 신 침이 고이고 현기증이 일었다. 그날 나는, 침대 모서리에 걸터앉아 맥주를 한 모금 마시고 올리브를 한 알 집어 먹었다. 허기가 지면 또 맥주를 마시고 유리병을 열어 당근과 오이를 씹었다. 그리고는 축축해진 손가락을 빨았다. 마지막 생리 날짜로부터 짚어 보니 어림잡아 8주는 된 것 같았다.

라면 한 개만 끓여 먹을 수 있다면 으슬으슬한 한기쯤 금방 날려버릴 수 있을 것 같았다. 김치찌개와 공깃밥 하나를 내어 주는 곳이 있다면 어디든 갈 수 있었다. 호텔 주인은 고개를 설레설레 저었다.

그런 것 본 적 없다 했다. 삼십 분쯤 버스를 타고 가면 중국인이 하는 가게가 있는데 라면을 본 것 같기도 하고 아닌 것 같기도 하다고 했다. 지갑을 손에 쥐고 버스를 탔지만 중국인 가게를 찾을 수 없었다. 똑같은 골목을 수없이 돌아 나오며 나는 분통이 터졌다. 왜 나를 가만히 내버려 두지 않는 거야.

네 번째 임신이었다. 물론 단 한 번도 B는 알지 못했다. 두 번째인가 세 번째인가 임신인 것을 알았을 때 나는 B에게 물었다.

"우리…… 아이를 가질까?"

그때 그가 무엇을 하고 있던 중이었는지 기억나지 않는다. 늦은 밤, 혼자 식탁에 앉아 소주잔을 기울이고 있었던가, 신용카드 고지서를 들추어 보고 있었던가. 여하튼 그는 나를 보며 빙그레 웃었다.

"다 같이 죽자는 말이구나."

나는 더 말을 하지 않았다. 세 번을 공들여 긁어냈음에도 이 끈질기고 튼튼한 자궁은 또 한 번 꿈틀거리고 있었다. 그제야 그 밤의 꿈을 기억해 냈다. 푸르고 붉고 노랗던 나비. 무서운 기세로 날아들었던.

나는 가장 빨리 출발하는 로마행 비행기 티켓을 샀다.

기차로 갈아타고 중앙역에 내렸을 때는 그야말로 녹초가 되어 있었다. 몸의 허기 때문에 다른 것은 아무것도 생각할 겨를이 없었다. 남편의 사십구재도 나 몰라라 하고 떠나온 서른일곱 살의 여자가 고작 배가 고파 이 나라 저 나라 떠돌고 있다니, 스스로 생각해도 어처구니없었다. 역사 앞을 떠도는 동양의 여자들, 또 남자들. 그중 하나가 나에게 다가왔다.

"혹시 아까 전화 예약하셨던 분이세요?"

사십 대 초반쯤으로 보이는 한국 남자였다. 물론 나는 예약 따위 한 적 없다.

"아뇨. 그런데 방이 있으면 가고 싶어요."

남자는 시계를 한 번 보고, 근처를 한 번 둘러보았고, 또 머리를 긁적였다. 다른 예약 손님을 기다려야 한다면 내 쪽에서 사양이다. 나는 금방이라도 쓰러질 것 같았다. 돌아서려고 할 참에 그가 내 트렁크를 받아 들었다.

"조금 멀어요."

아무래도 상관없다. 나는 그의 뒤를 따라 걸었다.

내 키의 두 배나 될까. 커다란 철문을 열고 들어가니 감옥 같은 구식 엘리베이터가 있었다. 4층, 오른쪽 현관문을 열자 길게 생긴 민박집이었다. 이층침대 세 개가 놓인 방. 좁은 방은 배낭여행객 아이들이 부려 놓은 가방들로 발 디딜 틈이 없었다. 나는 손도 씻지 않고 식탁에 앉았다. 놀랍게도 막 담근 겉절이였다. 그것도 조미료 맛이 듬뿍 나는 싸구려 김치.

식사 시간이 지난 때라 주인 남자는 남은 밥을 박박 긁어 내주었지만 나에게는 턱없이 부족했다. 밥을 다 먹고도 겉절이 김치에서 젓가락을 떼지 못하자 주인 남자가 말했다.

"밥 금방 할 수 있는데, 조금만 기다리실래요?"

전라도 억양이 약하게 섞인 말투다. 빈말인 것 같았지만 나는 정말 식탁에 앉아 기다렸다. 남자는 내 눈치를 살피더니 곧 밥 냄새를 풍겼다. 주방 일을 돕는 중국인 여자가 인상을 썼다. 새로 지은 뜨거운 밥 한 공기를 다시 비운 후에야 나는 깊은 잠을 잘 수 있었다. 게다가 민박집 이불은 딱딱한 담요가 아니라 폭신한 차렵이불이었다. 아무도 모르는 동굴 안에 숨어든 작은 쥐처럼 나는 이불을 덮어쓰고 오래오래 잤다.

어린 여행객들은 아침이면 우르르 빠져나가 저녁이 되어야 하나둘씩 민박집으로 돌아왔다. 나는 조용한 낮에는 온종일 잠을 잤고, 밤이 되면 밥을 먹었다.

"애들하고 같이 자는 게 불편하시면 제 방 비워 드릴 수 있는데……."

"아니에요."

그는 머쓱해했다. 기껏 로마까지 와서 잠만 자는 여자가 어찌 이상하게 보이지 않았을까. 공연히 내 앞을 얼쩡거리다가 발코니로 나가서는 담배 한 대를 피우고, 인터넷 서핑을 하다가는 욕실 정리도 했다. 나는 소파에 등을 파묻고 가만히 앉아만 있었다. 그러고 보니 아직 숙박비도 치르지 않았다. 지중해의 섬나라 지폐만 잔뜩 가지고 있을 뿐 유로로 환전조차 하지 않았던 것이다. 주인 남자는 돈을 달라고 재촉하지도 않았다. 손질하지 않은 더벅머리에 가무잡잡한 피부 때문에 조금 신산해 보이기는 해도 아마 선한 심성을 가진 사람일 것이다. 그런데 저 남자는 왜, 여기서 살고 있을까.

"어쩌다 여기까지 왔어요?"

내 물음이 뜬금없을 법도 했건만 그는 반짝 기쁜 내색을 한다.

"음, 와인 한잔 하실래요?"

아니, 그러고 싶지는 않다. 하지만 그는 내 대답을 듣지도 않고 주방으로 들어갔다.

이제쯤 서울은 발칵 뒤집어졌을 것이다. 나는 상속포기 각서만 달랑 놓아두고 집을 나왔다. 시가에도 친정에도 전화 한 통 걸지 않았다. 그의 빚을 내가 떠안지 않는다고 해도, B가 내 이름을 빌려 빚진 것들은 충분히 많다. 그것들을 갚으려면 나 역시 돈을 벌어야 했다. 개인파산 신청을 할 수도 있을 것이다. 그가 남긴 짐의 일부를 그렇게 떠안는 것으로 나는 내 책임의 선을 긋고 싶었다. 여기까지만.

틀림없이 네년이 돈을 다 빼돌린 게야, 그러지 않고서야! 윽박지를 것이 분명한 시어머니의 앙칼진 목소리를 다시는 듣고 싶지 않았고 어머니를 모시기 원치 않는 시동생들 사이에서 진흙탕 같은 싸움이 벌어질 것이었다. 그 한복판에 있고 싶지 않았다. 그리고 과거에는 어땠는지 기억할 수 없지만, 지금 나는 사십구재를 지내며 그의 영혼을 위로할 만큼 B를 사랑한 적도 없다.

뉴욕 출신이라 우리 박 과장은 좀 다르지? 들으란 듯이 치켜세우며 나를 마음대로 부리던 지사장에게도 나는 결코 돌아가지 않을 것이었다. 돌이켜 보면 지난 십 년간 나는 한 번도 나만을 위해 살아 본 적 없었다. 새벽 청소를 하건 세탁소에서 다림질을 하건 운이 좋아 사무원 자리를 구하건 나는 그들이 보이지 않는 곳에서 살고 싶었다. 내 한 몸 밥을 먹고, 몸을 뉘고 또 남은 빚을 갚으며 그렇게 하루하루 살아갈 작정이었다. 그런데 왜.

주인 남자가 접시에 내어 온 것은 조기구이였다. 노랗게 구워진 두 마리 조기에서 기름이 흘렀다. 와인은 항아리다.

"여기는 말이죠, 이렇게 항아리로 와인을 팔아요."

밥을 먹은 지 얼마 되지 않았지만 나는 또 젓가락을 댄다. 엄청난 허기였다.

"여기 숙박비가 얼마예요?"

그는 대답을 피한다.

"제가 아직 환전을 못해서요, 내일 바꿔다 드릴게요."

그가 쑥스러운 듯 웃어 보였다. 나도 피식 웃고 말았다. 이런 맹물 같은 남자라니.

내가 가진 돈은 이백만 원가량이었다. B가 죽던 날, 지갑에서 나온 현금이다. 그의 돈을 쓰는 건 이번이 처음이다. 시동생의 결혼 비용도, 시어머니의 생일 선물도 모두 내 월급으로 충당했다. 콩나물도 두부도 구두약도.

"식당을 했는데 말이지요, 쫄딱 망했지 뭐예요. 아주 쫄딱. 그 바람에 신용불량자가 되고 이리로 그만 튀었어요. 어쩌다 보니 여기 인수를 받고…… 뭐 인수라기보단 운영만 대신 해 주고, 돈은 나누고 그러는 거지만."

말 나눌 사람이 없었겠구나, 싶었다.

"그래서 김치가 맛있었구나."

내가 대꾸해 줄 말은 이것뿐이다. 나는 유리잔에 따라 준 와인을 보고만 있고, 그는 몇 잔을 거푸 마셨다. 그러면서도 내 눈치를 본다. 무례하게 여자를 앞에 두고 취하고 싶지는 않은 모양이었다.

"누구랑…… 헤어졌나 보네요."

먼 나라까지 와서 내쳐 잠만 자 대니 그렇게 보일 법도 했다. 그러고 보면 나도 누군가와 말 섞는 것이 참 오랜만이었다. 대학 시절, 선배네 자취방에서 소주를 홀짝일 때의 기분이 들기도 했다. 나는 웃었고, 그는 항아리를 들어 술을 따르고 조기 살을 깔끔하게도 발랐다. 이곳에 사는 동안 누군가에게 조기 살을 발라 줄 일이 그에게 몇 번이나 있었을까.

"오랫동안 못 돌아갔겠네요."

"6년쯤? 그쯤 됐지요. 다들 눈이 빠지게 나를 기다릴 텐데, 면목 없습니다."

모자란 사람. 아무도 당신을 기다리지 않을 거야. 남은 사람들을 온통 빚더미에 올라앉게 한 주제에, 그들이 당신을 그리워할 거라고? 나는 B가 살아 돌아오기를 바란 적이 없다.

다음 날 아침 식탁에는 양념을 아끼지 않은 부추김치가 올라와 있었다. 이곳에선 귀할 마른김도 참기름 섞은 간장과 함께 내어 왔다. 그보다 더 놀란 것은 점심나절이었다. 평소 같으면 이리저리 쏘다니느라 바쁠 여행객 아이들이 몰려 들어왔던 것이다.

"다 누나 덕분이에요!"

아이들이 나에게 눈을 찡긋거렸다.

"사장님이 삼겹살 구워 주신다고 일찍 들어오랬거든요. 먹고 다시 나갈 거예요."

삼겹살은 그렇다 치고 마늘까지 일일이 까서 썰어 놓았다. 버섯도 굽고 깻잎에 상추까지, 번듯한 고깃집 상차림이었다.

"예쁜 언니가 오니까 우리만 먹을 복 터졌네!"

저마다 한마디씩 하자 주인 남자의 얼굴이 붉어졌다.

"원래 일주일에 한 번은 점심때 고기 구워 주는 거야. 이것들이 알지도 못하면서."

"에이, 저 이 주일이나 로마에 있었거든요. 이런 거 처음인데, 뭘!"

"사장님 웃기셔! 누나 때문에 그러는 거 우리가 다 아는데."

왁자지껄해졌다. 삼겹살은 금방 동이 났다. 내가 몇 점 집어 먹지 못한 것을 눈치챈 그의 표정에 심통이 묻어나 내가 다 민망할 지경이었다. 외로움을 저리 쉽게 들키는 사람이 있다.

아이들은 바지런하게도 양치만 대충 끝내고 도로 달려 나갔다. 운동화를 꿰어 신으면서도 연신 소리를 쳤다.

"사장님, 저녁 메뉴는 뭐예요?"

"뭐 먹고 싶은데?"

"불고기요!"

하루 숙박비는 비싸 봐야 15유로 정도 할 것이다. 거덜을 낼 작정인 거다. 그런데도 더 신이 난 건 주인 남자다.

"알았어, 불고기 해 놓을 테니까 7시까지 들어와. 늦으면 국물도 없어."

이 남자. 외로웠을지언정 빚을 피해 달아날 수 있어서 공포스럽지는 않았던 것일까. B도 여기에 떨구어 놓았더라면 제 팔에 마취제 따위를 찔러 넣는 짓은 하지 않았을까. 그의 침대 머리맡에 가지런히 놓여 있었다던 50밀리그램짜리 빈 병 세 개를 경찰은 나에게 내밀었다. B의 시신을 보았을 때에도 고개를 돌리지 않았던 내가 그 빈 유리병 세 개 앞에서 눈을 감았다. 숱하게 그를 죽이고 싶었던 내 열망들보다 몇백 배 더 독했을 그것. 단숨에 그를 잠들게 한 유리병이 나는 더없이 섬뜩했다.

오후에 환전을 했다. 나온 김에 거리를 좀 걸었는데 발목이 묵직해진 것이 느껴졌다. 날짜상으로는 9주를 넘어선 거다. 시간이 더 지나가면 일이 커질 것이었다. 어찌 되었건 해결을 하려면 한국으로 돌아가야 했다. 도망조차 제대로 치지 못하는 한심한 인생이었다.

민박집으로 돌아갔을 때는 이미 어둑해진 후였다. 주인 남자가 나를 앞에 두고 방방 호들갑을 떨었다.

"이 동네가 어떤 덴지 알기나 해요? 아이고, 정말. 그냥 확 찌른 다음에 가방만 뺏아 들고 날른다니까. 뭘 모르면 얌전히 있든가, 물어보기라도 하지."

누가 좀 찔러 주었으면 좋겠어요. 나는 말을 삼킨다.

샤워를 마치고 나와 소파에 앉은 나에게 주인 남자가 주방에서 소리쳤다.

"이런 거, 먹을 줄 알아요?"

고개를 쭉 빼서 쳐다보니 어이없게도 삭힌 홍어였다. 코를 움켜쥔 중국인 여자가 바락바락 악을 써 댔다. 영어가 아니라 알아들을 수 없었다. 주인 남자가 흥흥, 소리 내어 웃었다.

"이거 먹겠다니까, 여길 그만두겠다네요."

그는 천천히 홍어를 썰었다. 몇몇 아이들이 주방을 흘깃거리다 소리를 지르며 방으로 달아났다. 한국에서 친구가 보내 준 것이라 했다. 로마 한복판에서 전라도 홍어라니. 사람 빼고는 무엇이건 마음대로 오갈 수 있는 모양이었다. 흰 접시에 홍어를 가지런히 담아 왔다. 김치냉장고 안에서 2년을 묵은 거란다. 함께 먹을 사람이 없어 내내 그냥 두었다고 했다. 나는 초장을 듬뿍 찍어서는 꼬독꼬독 야무지게 씹었다. 그는 항아리 와인을 많이 마셨다.

"왜 안 돌아가요?"

술기운으로 발그레해진 그가 키득거렸다.

"안 돌아가긴요! 못 가는 거지……."

"불법체류 벌금만 내면 되지 뭘 그래요. 여기서 번 것도 있을 테고, 또 가서 일한 다음에 빚 갚으면 되지."

그의 웃음소리가 점점 커졌다. 취기가 오르는 모양이었다.

"에이, 바보 아니야? 그것 때문에 못 가는 건가, 어디?"

"그럼 왜 못 가요?"

"아무도 안 기다리니까 못 가죠. 누가 나를 기다린다고 거기를 가요……."

나는 결국 와인 한 잔을 마셨다. B, 당신도 그랬니. 아무도 기다리지 않아서, 그게 두려웠니. 홍어 냄새가 알싸하게 코를 찔렀다. 한 조각 더 입에 넣고 꼬독꼬독 씹었더니 눈까지 맵다. 사는 건 참, 맵다. 그만 자야겠다 했더니 남자가 나를 불러 세웠다.

"저기, 갈 데가 없으면 그냥 여기 있어도 되는데."

나는 웃을 수도 없어 가만히 그의 얼굴을 쳐다만 보았다.

"아이고 참, 내가 뭐 같이 살자 그랬나? 그런 게 아니고요…… 형편이 좀 거시기하면, 그러니까 마음도 좀 그렇잖고 하면 여기서 한동안 지내도 된다고요. 작은 방 내드리면 거기선 혼자 주무시면 되니까……."

"가야 해요. 내일 갈 생각이에요."

술이 확 깨는가 보았다. 그의 눈이 동그래졌다. 허겁지겁 말을 잇는다.

"저기, 제가 수작 부리는 걸로 오해를 하셨나 본데요, 그게 아니고요."

“알아요.”

정말 알겠다. 수작이 아니라는 것쯤 나도 알 것 같다.

트렁크를 다 챙겼을 때 주인 남자는 집에 없었다. 나는 중국인 여자에게 숙박비를 치르고 집을 나섰다. 내 키의 두 배는 될 것 같은 철문이 등 뒤에서 닫혔다. 어디든 마찬가지지만, 한번 문을 닫고 나온 곳은 돌아오기 힘든 법이다. 이 민박집도 더 찾아올 일은 없을 것이다. 돌길에 트렁크 바퀴 굴러가는 소리가 요란했다.

길을 네 번쯤 건너고 골목을 다섯 번쯤 돌아 나왔을까. 중앙역 역사가 보이기 시작했다. 어느 역사 근처나 다 그렇듯 조잡한 기념품을 파는 가게들이 즐비했고 꼬마 거지들이 함부로 뛰어다녔다. 트렁크를 손에 단단히 쥐고 여권과 지갑이 든 가방을 고쳐 메는데, 아기를 안은 여자 하나와 소녀가 곁을 지나쳤다. 집시들이었다.

순간 머리가 뒤로 홱 젖혀졌다. 내 머리채를 휘어잡은 건 소녀였다. 아기를 안은 여자가 알아들을 수 없는 소리를 지껄이며 내 코앞에 손바닥을 들이밀었다. 가방을 내놓으란 거였다. 담벼락에 나와 앉았던 다른 집시들은 재미난 구경이라도 생겼다는 듯 킬킬거렸고 잡화점 주인들은 모르쇠였다. 놓으라고 소리를 질렀지만 소녀는 한 가닥으로 질끈 묶은 내 머리채를 아예 손에 한 번 돌려 감은 채였다. 꼬마 거지들이 신이 나서 왕왕 뛰었다. 고개가 꺾어진 채로 아등바등하고 있을 때 주인 남자가 저만치서 달려오는 것이 보였다. 그는 미친 듯이 달려들어 소녀를 떼어 냈다.

“미친년들, 다들 경찰서에 갈 테야? 콩밥 먹고 싶어 니들 환장했지, 엉?”

아기를 안은 여자가 끝까지 대거리를 했지만 결국 물러났다. 그는 나를 잡아끌고 역 안으로 들어섰다.

"아, 답답해. 아, 정말 미치겠네. 김밥 싸 줄라고 단무지 사러 간 새에 혼자서 가 버리면 어떡해요? 이 동네 위험하다고 내가 몇 번을 말해요?"

목이 욱신거렸다. 뒷목을 부여잡고 있자니 남자가 헝클어진 내 꼬락서니에 또 호들갑을 떤다.

"머리카락 다 뜯겼네, 아주…… 아플 텐데 하루 더 쉬었다 가지."

어이가 없어 웃으려고 했다. 그런데 그만 눈물이 나고 말았다. 멋쩍어서 울다가, 웃다가 해 버렸다. B처럼 죽으러 가는 길도 아닌데 이런 모습이라니. 주인 남자가 무르춤, 그런 나를 쳐다보고 섰다.

"어디로 가요?"

"잘 모르겠어요."

그가 주먹을 쥐고 가슴을 퉁퉁 쳤다.

"그런 말이 아니고! 지금 어디로 가느냐고요. 베네치아로 가는 건지, 빠리로 가는 건지, 런던으로 가는 건지! 아니면 한국으로 가는 건지 말이에요!"

나도 가슴을 칠 노릇이다.

"그러게 말이에요. 저도 그걸 잘 모르겠어요."

일부러 입을 다무는 것이 아닌데, 그에게 미안한 마음이 들었다.

"알았어요, 알았어. 마음대로 하세요. 나도 몰라."

"들어가세요. 저도 생각을 좀 해 봐야겠어요."

그제야 내려다보니 그는 슬리퍼 바람이다. 저걸 신고 뛰어왔구나.

나는 주머니를 뒤져 동전을 꺼냈다. 자판기에서 콜라 한 캔을 뽑아 그에게 내밀었다. 겉절이와 부추김치와 삼겹살과 또 홍어에 대한 보답치고는 초라하기 짝이 없다. 차가운 캔을 만지작거리던 그에게 인사를 하기 위해 손을 내미니 콜라를 덥석 바지 주머니 안에 집어넣는다.

"잘 가고요, 기차 거꾸로 타지 마세요."

나는 끄덕인다. 추리닝 바지가 콜라 캔 때문에 축 처졌다. 그가 돌아서고 나면 나는 지금보다 훨씬 더 외로워질 것이었다. 나는 어디로 가야 할지 결정하지 못해 그의 손을 조금 더 오래 잡고 있었다.

막차

김
숨

1974년 울산에서 태어났다. 1997년
「대전일보」 신춘문예에 「느림에 대
하여」가, 1998년 문학동네신인상에
「중세의 시간」이 각각 당선되어 문단
에 나왔다. 2006년 대산창작기금을
받았으며, 소설집으로 『투견』 『침대』
『간과 쓸개』, 장편소설로 『백치들』
『철』 『나의 아름다운 죄인들』 『물』이
있다. 2011년 현재 '작업' 동인으로
활동 중이다.

고속버스에 승객이라고는 고작 넷뿐이었다. 순옥과 남편, 그리고 일행이 아닌 남자 둘. 고속버스가 출발하기 10여 분 전부터 그녀와 남편은 운전석 줄 다섯 번째 칸을 나란히 차지하고 앉아 있었다. 고속버스가 터미널을 빠져나가 고속도로에 들어서도록 남편은 질끈 내려 감은 눈을 뜨지 않았다. 히터를 한껏 틀어 놓아 고속버스 안 공기는 덥고 건조했다. 아직 2월 중순이라 히터를 꺼 버리면 손발이 금세 시려 올 것이었다. 눅눅한 걸레 냄새와 쉬어 터진 김밥 냄새, 지려진 어묵 국물 냄새가 뒤섞여 맡아져 그녀는 벌써부터 멀미를 느꼈다. 알루미늄포일을 구길 때 나는 소리가 아까부터 그녀의 뒤쪽에서 들려왔다.

"멀어도 어지간히 멀어야지요. 어지간히……."

그녀는 의자 등받이가 박제한 거북의 등딱지만큼이나 딱딱해 영 불편했다. 어딘가 풀린 관절처럼 헐거워졌는지 의자는 그녀가 뒤척거릴 때마다 끼익, 비명을 내질렀다. 그렇다고 출싹 다른 의자로 바꾸어 앉아야 할 만큼은 아니었다. 그녀의 앞뒤로 빈 의자야 얼마든지 있었지만 별반 나을 것 같지도 않았다. 일반인 데다 오래된 고속버스였다. 그렇지 않아도 고속버스는 탈수 중인 세탁기만큼이나 흔들림이 심했다.

"그렇잖아도 내일 미선 엄마가 머리 좀 해 달라고 했는데……."

그녀는 차창 쪽으로 고개를 돌렸다. 콜타르를 바른 듯 검게 번들거리는 차창에서 남편의 얼굴을 찾았다. 그녀의 얼굴 뒤로 남편의 옆얼굴이 눈에 들어왔다. 남편의 옆얼굴은 물속에 가라앉은 돌덩이처럼 붓고 일그러져 보였다. 뭉툭한 턱 아래로 손을 들이밀고 들추면 이끼 뭉치 같은 다슬기라도 두엇 달라붙어 있을 것 같았다.

"못 받아도 2만 5천 원은 받을 텐데……."

남편은 그러나 아무 대꾸가 없었다.

"사뭇 다른 미장원에 다니는 것 같더니만 전화까지 해 왔지 뭐예요. 이럴 줄 알았으면 미선 엄마한테 오늘 오라고 할 걸 그랬어요."

알루미늄포일을 구기는 소리가 계속 들려와 그녀는 고개를 뒤쪽으로 돌렸다. 빈 의자들 너머 비죽 튀어나온 검은 머리가 그녀의 눈에 들어왔다. 의자들에 가려져 얼굴과 몸이 전혀 보이지 않아 가발이라도 걸쳐 놓은 것 같았다.

"하기는 그렇게나 느닷없이 전화가 올 줄 알았나요."

그때 정전인가 싶게 고속버스 실내가 갑자기 어두워졌다. 환하게 켜져 있던 조명들이 일제히 꺼져 든 것이었다. 그녀는 무릎 위 가방 지퍼를 더듬더듬 열고 그 안으로 손을 집어넣었다. 핸드폰을 찾아 꺼냈다. 혹시나 부재중 전화가 걸려 왔나 살폈지만 한 통도 와 있지 않았다. 그녀는 핸드폰을 도로 가방 속에 집어넣었다.

"전화가 온 게 몇 시였대요?"

남편은 여전히 아무 대꾸가 없었다.

"뉴스를 하고 있었으니까 일곱 시가 조금 넘어서였을 거예요."

전화기가 울릴 때 그들은 텔레비전을 틀어 놓고 저녁을 먹고 있었다. 그녀는 고등어와 지진 무청을 입속에서 씹다 말고 전화를 받았다. 무청은 쓴맛이 우러나도록 씹어 대야 할 만큼 질겼다. 아들의 전화였다. 며느리가 오늘 밤을 못 넘길 것 같다는 소식을 전하면서 아들은 울먹이고 있었다. 그녀는 전화를 끊자마자 뱉어 버리려던 무청을 얼떨결에 삼키고 말았다. 무청은 위와 창자를 거치는 동안 삼실만큼 질긴 섬유질만 남아 내일이나 모레쯤 화장실에서 무던히 애를 쓰게 할 것이었다.

"며칠 전 통화할 때만 해도 반년은 더 살 수 있을 거라고 했잖아요. 반년은요."

며느리의 대장에서 처음 암 덩어리가 발견된 것은 5년 전이었다. 수술과 항암 치료 덕분에 근 일 년은 별 탈 없이 완치되는가 싶더니 재발되었다. 또다시 항암 치료를 받는 와중에 암은 자궁과 위, 폐로도 번졌다. 기적조차 바랄 수 없게 된 상황에서 며느리는 입원과 퇴원을 출퇴근하듯 반복했다. 퇴원했다는 소식이 들려오기 무섭게 입원했다는 소식이 들려왔다. 며느리가 또다시 병원에 입원했다는 소식이 들려온 건 한 달쯤 전이었다. 그녀는 그 소식이 새삼스럽지도, 밥을 굶도록 절망적이지도 않았다. 입원이 한두 번도 아니고, 며느리가 어느 지경으로 악화됐는지 두 눈으로 확인하기 위해 당장 서울로 올라가 볼 수도 없는 노릇이었다. 아들이 전화를 걸어 왔을 때 그녀는 '대성떡집' 딸내미의 머리를 깎이고 있었다. 마흔 살이나 먹은 그 집 딸내미는 정신지체가 있었다. 먹성만은 성하다 못해 지나쳐 몸집이 거인처럼 컸다. 그녀와 46년 개띠 동갑인 대성떡집 여자는 어딜 가든 그 딸을 그림자처럼 데리고 다녔다. 자신이 죽으면 관 속까지 데리고 들어갈 거라는 말을 입에 달고 살았다. 죽어 썩어 드는 육신이어도 어머니인 자신 곁이, 동기간 곁보다 백배 천배는 더 나을 거라는 게 그 이유였다. "동기간이 뭔 소용인가? 서로 뜯어먹을 거나 있어야 붙어살라고 하지. 남보다 못하다, 남보다……." 관 속까지 데리고 들어가게 딸내미 발모가지도 깎아 달라던, 대성떡집 여자의 농이 문득 떠올라 그녀는 피식 웃음이 났다. 관 속으로 데리고 들어가려면 어디 발모가지만 깎아서 될까. 남산만 한 그 배는 어쩌고! 그녀는 쓸데없이 떠오르는 생각을 떨쳐 버리려 고개를 저었다.

"갈 때가 되면 그렇게 급하게들 가더라고요. 하기는 반년을 더 산다고 그게 무슨 의미가 있겠어요."

마지막으로 본 며느리의 모습이나 떠올려 보려다 그것도 쓸데없는 짓 같아 그만두었다.

"우리 같은 늙은이들에게나 반년이 의미 있을까."

그녀는 늙은이라는 말을 입에 달고 살면서도 스스로가 늙은이라는 생각이 그다지 들지 않았다. 늙은이는 무슨, 일흔이나 되어야 늙은이 대접을 받을까.

"안방 불을 켜 둔다는 걸 깜박했지 뭐예요."

그녀는 목에 두른 스카프를 풀었다. 고속버스 안 공기가 더워서인지 스카프가 아까부터 목을 조여 오는 것만 같았다.

"텔레비전 코드는 뺐대요? 코드를 빼 두는 거랑 꽂아 두는 거랑 전기세가 얼마나 차이가 나는데……."

내가 밥솥 코드는 뺐던가. 하루 이틀 비울 것도 아니고 집을 나서기 전 둘러보지 않은 게 그녀는 뒤늦게 후회되었다. 밥솥에는 밥이 기껏해야 반 공기밖에 남아 있지 않았다. 밥알들은 누렇다 못해 꾸덕꾸덕 말라 있을 것이다.

"그 애 나이가 몇이더라……?"

그나저나 가스밸브는 제대로 잠갔던가.

"며느리 말이에요. 쥐띠니까……."

그녀는 며느리 나이가 서른아홉 살인지 마흔 살인지 정확히 가늠되지 않았다.

"1월생이라고 했어요. 생각해 봐요. 엄동설한에 태어난 쥐가 뭐 그렇게 복이 있겠어요. 얼어 죽고 굶어 죽지나 않으면 다행이지."

아들과 며느리를 결혼시키기 전 그녀는 혹시나 하는 마음에 충북 제천까지 가서 궁합과 사주를 보았다. 계원 중 한 명이 마침 임용고시를 앞둔 딸의 운수를 보러 간다기에 겸사겸사 따라간 거였다.

"그때 그 점쟁이가 그럽디다. 며느리가 마흔 살 이후로는 두 다리 쭉 뻗고 누워 세상 근심 걱정 내려놓고 편하게 살 팔자라고요. 그러고는 더 볼 것도 없다고 하더라고요. 그 소리가 뭔 소린가 했더니 마흔 살까지밖에 못 살 거라는 소리였지 뭐예요. 생각해 봐요. 세상 근심 걱정 내려놓고 두 다리 쭉 뻗고 눕는다는 게 뭔 소리겠어요."

그녀는 순간 소름이 끼쳐 입을 다물었다. 저녁을 짜고 급하게 먹은 탓에 목이 마르기도 했다. 무청이 식도와 위에 뱀처럼 길게 걸쳐져 있는 것만 같았다.

"나는 것도 모르고 뭔 팔자를 그렇게나 기막히게 타고났나 했지 뭐예요."

그녀는 말끝에 입가가 떨리도록 한숨을 내쉬었다. 두 다리가 퉁퉁 붓도록 남 머리나 매만져야 하는 내 팔자를 생각하면 얼마나 복 받은 팔자냐, 며느리 될 여자를 두고 시샘까지 하지 않았나.

"당신은 어땠는지 몰라도, 나는 처음부터 그 애가 마음에 안 들었어요."

그녀는 그 말이 처음 내뱉는 말이 아님을 잘 알았다. 그 말은, 아들 내외가 신혼여행에서 돌아오기 전부터 헐거워진 틀니처럼 불쑥불쑥 입 밖으로 튀어나왔다. 내내 그녀의 입속에 거북살스럽게 들러붙어 있다가. 내가 어디 한두 사람 상대해 봤는가. 이 속 저 속 별별 속을 다 겪어 보지 않았는가. 그녀는 자신이 사람 보는 눈만은 누구보다 틀림없다고 믿었다. 남들이 다 좋다고 해도 내가 아니라고 하면 끝에 가서는 결국 아닌 적이 한두 번이었나.

고속도로에 들어서고 처음 나온 휴게소를 고속버스는 그냥 지나쳐 갔다. 밤 아홉 시가 가까운 시간이라서인지 고속도로에는 차가 드물었다.

"백만 원을 해다 준 게 언제였나?"

그녀는 아들에게 백만 원을 해다 준 게 문득 떠올라 남편에게 물었다.

"우리가 백만 원을 해다 준 게요."

남편은 그러나 여전히 아무 대꾸가 없었다. 눈 한 번 뜨지 않는 걸 보면 잠든 것인지도 몰랐다. 하기는 묻는 말에 속 시원히 대꾸한 적이 한 번이라도 있던 위인이던가. 남편은 그녀가 어쩌다 한마디를 건네도 묵묵부답으로 그녀의 속을 터지게 했다. 아들이 군대를 가기 전까지만 해도 극성스럽다는 소리를 들을 만큼 발작적으로 남편에게 잔소리를 퍼부어 댔지만, 그녀는 그것도 다 한때라는 생각이 들었다.

"지난번 입원했을 때니까, 다섯 달 전이겠네요."

다섯 달 전 그녀와 남편은 서울에 다녀왔다. 폐까지 퍼진 암이 심해져 며느리가 병원에 다시 입원했다는 소식을 듣고서였다. 그녀는 사실 그것이 마지막 입원이 될 거라고 지레짐작했다. 때마침 한 달에 5만 원씩 부어 오던 2년짜리 정기적금이 마침 만기였다. 은행에서 적금 탄 돈을 찾아오면서 그녀는 어쩔 수 없이 부아가 치밀었다. 남편 모르게 부어 온 적금이었다. 그 돈을 고스란히 병원비로 쓰게 되리라고 짐작이나 했던가. 더구나 가망도 없는 며느리의 병원비로.

"백만 원이 어디 적은 돈인가요. 상훈인 그것밖에 안 해 왔나 서운해하는 눈치더라고요. 천만 원은 싸들고 올라올 줄 알았나 봐요."

백만 원을 주고 내려오던 날, 아들 상훈은 밤늦게 전화를 걸어 왔다. 술에 취한 목소리였다.

"글쎄 딸이 그 지경이 되면 미장원이라도 내놓아 살리려 하지 않겠냐고 합디다."

아들은 30분 가까이 전화를 끊지 않고 그녀에게 서운한 속내를 털어놓았다. 치료를 제대로 받으려면 천만 원은 있어야 된다는 말도 해 왔다. 3천만 원 가까이 탄 보험료는 벌써 바닥이 났다고 했다. 있는 곳이 술집인지 전화기 너머로 사람들이 시끄럽게 떠드는 소리가 들려왔다. 아들은 부산 출장 중이라고 했다. 전국 서점들을 돌아다니면서 수금을 하느라 아들은 출장이 잦았다.

"가망 없는 며느리 살리자고 미장원까지 내놓을 수야 없잖아요."

외아들이자 외자식인 상훈이 서울로 올라간 것은 대학교를 졸업하고 나서였다. 대학교 선배라는 사람의 소개로 출판사 영업부 사원으로 취직이 되어서였다. 기껏 영업 일을 하자고 서울까지 부득부득 기어 올라가나 못마땅하고 미덥지 않았지만, 그녀는 아들을 붙잡지 않았다. 붙들어 앉혀 놓는다고 해도 별다른 도리가 없었다. 서울로 올라간 지 12년 만에 겨우 제 집이라고 빌라를 장만하더니만, 며느리의 대장에서 덜썩 암 덩어리가 발견되었다. 빌라라고 해야 겨우 15평밖에 안되었다. 그것도 순전히 모아 둔 돈으로만 장만한 것이 아니라, 그녀가 올려 보낸 돈을 보태고도 모자라 은행에 융자까지 얻었다고 했다. 그녀는 그때도 적금 탄 돈 5백만 원을 올려 보냈고, 아들은 그 돈이 자신이 바라던 것보다 적었는지 서운해했다. 아들 통장으로 입금했다고는 하지만, 며느리는 5백만 원을 고맙게 잘 받았다는 전화 한 통 그녀에게 걸어 오지 않았다. 아들이 빌라로 이사하고 한 달쯤 지나 그녀는 남편과 서울에 다녀왔다. 때마침 친정 쪽 조카 결혼식이 서울에서 있어서 겸사 다녀온 것이었다. 아들이 장만했다는 빌라를 둘러보면서 그녀는 기쁨보다는 실망이 앞섰다. 어떻게 생긴 집이 네모반듯하지가 못하고 각이 진 데다, 거실 창문을 열면 고가도로가 보였다. 온갖 차들이 수도 없이 지나다니는 고가도로였다. 그 집에서 한 일 년만 살면 없던 병도 저절로 생기겠다는 말이 신물처럼 올라오는 것을 그녀는 꾸역꾸역 되삼켜야만 했다. 베란다는 세탁기밖에 들여놓지 못할 만큼 좁았다. 저녁으로 식당에서 일인분에 8천 원인가 하던 돼지갈비를 구워 먹으면서, 아들은 언제가 될지 모르는 재개발을 꿈꾸었다. 그녀는 5백만 원을 보태 주고도 시부모 노릇을 제대로 못한 것 같아 내내 며느리의 눈치가 보이기만 했다. 그녀는 그래도 그때가 호시절이었던 듯 새삼스럽게 추억

되었다. 돼지갈비가 타면서 피어오르던, 자꾸만 그녀의 얼굴을 덮쳐 오던 거무스름하고 기름진 연기가 그립기까지 했다.

"설사 미장원까지 내놓아 살려 놓는다고 해도 지들이 우리를 죽을 때까지 먹여 살리기나 할 거래요?"

상고商高까지 나온 남편은 일평생 이렇다 할 직업을 가진 적이 없었다. 여태껏 먹고산 것도, 아들을 대학교까지 가르친 것도, 장가보낼 때 3천만 원 넘게 전세금이라도 마련해 준 것도 그녀가 그나마 미장원을 해서 벌어들이는 돈으로 가능했다. 그래 봤자 동네 미장원이었다. 자식이라고는 상훈뿐이어서 그렇지, 그녀는 그 아래로 한 명만 더 있었어도 어림도 없었을 거라는 생각이 저절로 들었다. 그녀가 맞선으로 만난 남편과 선뜻 결혼을 결심한 것은 오로지 상고를 나왔다는 이유 하나 때문이었다. 그녀가 처녀 때만 해도 대학은 커녕 상고도 나오기가 쉽지 않았고, 상고만 나와도 공무원으로 곧잘 취직이 되었다. 남편의 동창 계원들만 해도 공무원이 여럿이었다. 시청 말단 공무원으로 시작해 상수도사업본부장까지 지낸 계원도 있지 않은가.

"일 년에 고작 두 번, 그것도 명절에나 겨우 용돈 하라고 5만 원 아니면 10만 원밖에 내놓지 못하던 것들이……. 그게 다 내가 미장원을 해서 그래요. 요즘 세상에 동네 미장원을 해서 버는 돈이 얼마나 된다고."

그녀가 미용 기술을 배운 것은 상훈을 낳고 일 년쯤 지나서였다. 배워 둬 나쁠 것이 있을까 싶어 익힌 기술이 평생 남편을 먹여 살리게 될 줄은 몰랐다. 남편은 여자를 밝히는 것도, 그렇다고 술이나 노름을 좋아하는 것도 아니었다. 성격도 온순한 편이라 그녀가 아무리 잔소리를 퍼부어도 욕설 한 번 내뱉은 적이 없었다. 그러고 보면 남편은 깔끔하게 자신의 입성을 차리는 것밖에는 할 줄 아는 게 한 가지도 없는 위인이었다. 막차가 끊겼으면 택시라도 잡아타고 서울로 올라가야 할 판에, 남편은 별 구김도 없는 기지바지를 다림질까지 해서 차려입지 않았는가. 그녀 속을 태우려고 작정하고 나선 듯 손수건까지 다림질해 외투 주머니에 챙겨 넣었다. 기우뚱 가라앉는 배에서 뛰어내리듯 허둥거린 것은 그녀 자신뿐이었다. 혹시나 막차가 끊길까 택시를 일 초라도 서둘러 잡아타려고 도로까지 뛰어내려가, 팔을 부러진 갈대 줄기마냥 흔들어 댄 것도.

"어제오늘 손님이 달랑 한 명뿐이었다고요. 그것도 파마 손님이 아니라 염색 손님이요. 염색을 해 주고 얼마나 받는다고. 고등어 한 손 사고, 달래 한 묶음 사니까 그 돈이 다 날라갑디다."

그녀는 고속버스 앞쪽에 달아 놓은 전자시계를 올려다보았다. 한참 달린 것 같은데 고속버스가 출발한 지 기껏 40분밖에 지나 있지 않았다.

"된장국이나 한 번 끓여 먹을까, 별 향도 없는 달래가 2천 원씩이나 할 건 뭐래요."

내일 아침 된장국에 넣으려고 산 달래였다. 기껏 다듬어 놓은 달래는 비닐봉지 안에서 짓물러질 것이었다. 고등어 지진 것도 반이 더 남았다. 그녀는 차창으로 고개를 돌렸다. 언제 나타났는지 고속버스가 한 대 그들이 탄 고속버스와 나란히 달리고 있었다. 그녀는 혹시나 사람이 몇 명이나 타고 있을까 궁금해서, 그 고속버스 안을 유심히 둘러보았다. 어디서부터 어디까지 가는지 몰라도, 그 고속버스는 대낮처럼 불을 환하게 밝히고 있었다.

“저 고속버스에는 글쎄 사람이 한 명도 없지 뭐예요.”

“…….”

“한 사람도요.”

“…….”

“어디서 올라오는 고속버스인지 몰라도 어떻게 한 사람도 안 탔을까?”

별일이라는 듯 그렇게 말했지만, 그녀는 솔직히 고속버스에 한 사람도 타고 있지 않은 사실이 그다지 신기하지 않았다. 저녁도 훨씬 지난 밤인 데다, 주말이 아니라 평일이었다. 월요일이나 금요일도 아닌 화요일이지 않은가. 게다가 그녀와 남편이 타고 있는 고속버스에도 승객이 고작해야 넷뿐이었다. 저녁때 아들의 느닷없는 전화가 걸려 오지 않았다면, 고속버스는 두 사람을 달랑 태우고 고속도로를 여섯 시간이나 달려갔을 판이었다.

“설마 하니 한 사람도 안 탔을까?”

잠든 것이 아니었는지 남편이 불쑥 대꾸를 해 왔다. 여태껏 내가 하는 말을 다 듣고 있었던 걸까? 정말이지 속을 알 수 없다니까. 그녀는 남편을 흘낏 바라보았다. 남편의 두 눈은 감겨 있었다.

“한 사람도 안 탔다니까 그러네요.”

묵묵부답이던 남편이 대꾸해 온 것이 은근히 반가워 그녀는 일부러 더 그렇게 말했다. 그렇지 않아도 그녀는 정신 나간 여자처럼 혼잣말을 중얼대는 듯한 꺼림칙한 기분이 들던 참이었다. 옆자리에 버젓이 앉아 있는 남편이 생판 남처럼 낯설게 느껴지기도 했다.

“운전사 말고는 한 사람도 안 탔다니까 그러네요.”

“아무리 그래도 누군가는 탔겠지.”

남편은 고집스럽게 중얼거릴 뿐 감은 눈을 뜨려고 하지 않았다.

"타긴 누가 탔다는 거예요, 한 사람도 안 탔는걸."

그녀는 짜증이 치밀어 핏대를 세웠다.

"틀림없이 누군가는 탔을 거야."

남편 목소리가 잠꼬대처럼 늘어졌다.

"뭐라구요?"

"틀림없이……."

"틀림없기는 뭐가……."

그녀는 한마디 쏘아붙이려다가 자포자기하는 심정으로 관두었다. 엉뚱한 소리를 하려거든 차라리 대꾸를 말지 쓸데없이 고집을 부리나.

텅 빈 고속버스는 그들이 탄 고속버스를 추월하더니 조금씩 멀어져 한 점 빛으로 반짝거리다가 어둠 속으로 사라졌다. 그녀와 남편이 탄 고속버스가 그 어둠을 향해 전조등 불빛을 무심히 내쏘았다.

"염색약 냄새가 왜 그렇게 역겨운지 모르겠어요."

그녀는 차창에 비친 자신의 얼굴을 빤히 바라보았다. 얼굴은 꼭 말라비틀어진 감자만 같았다. 상훈을 낳은 뒤로 짙게 낀 기미는 막 돋아나기 시작한 싹들만 같았다. 독을 품은 보라색 싹들이 금방이라도 무성하게 자라나 얼굴을 뒤덮어 버릴 것 같은 기분이 들었다.

"염색약 냄새만 맡으면 속이 뒤집어져서 흰죽으로도 달래지지가 않아요. 그렇다고 염색 손님을 안 받을 수도 없고……."

탈수된 수건들을 널지 않았다는 것을 문득 깨닫고 그녀는 말끝을 흐렸다. 저녁을 먹고 나서 넌다는 걸 그만 깜박했다. 하기는 수건

널 정신이 어디 있었는가. 그것도 한두 장이 아니고 서른 장은 넉넉히 되는 수건을. 아무리 빨라야 닷새 뒤에나 내려올 수 있으리라. 그동안 수건들은 세탁기 안에서 악다구니 쓰듯 뒤엉킨 채 큼큼한 냄새를 풍기면서 썩어 갈 것이었다. 하도 빨아 대 그녀의 살가죽만큼이나 거칠고 빳빳해진 수건들이었다. 한 장에 이천 원 할까 말까 한 수건들을 한번 싹 바꾼다 하면서도 그녀는 바꾸지 않고 있었다. 하루에 고작 두서넛밖에 안 드는 손님들을 위해 수건을 바꾸는 것이 괜한 헛수고처럼 생각되기도 했다.

"친정 식구들이 죄다 와 있겠지요."

그녀는 며느리의 친정 식구들이 아무래도 어렵기만 했다. 결혼식 때도, 큰손녀 돌 때도 시댁 식구들보다 더 난리를 치지 않았나.

"부동산 여자가 그러던데 늙어서 세 가지만 있으면 산다지 뭐예요."

그녀는 머릿속에 떠오르는 대로 아무 말이나 중얼거렸다.

"하나가 돈이고 또 하나가 딸이고 또 하나가 종교라지 뭐예요."

독을 품은 보라색 싹들로 뒤덮이는 광경을 놓치지 않으려는 듯, 그녀는 자신의 얼굴에서 좀처럼 눈을 떼지 못했다.

"우리한테는 그 셋 중 하나도 없지 뭐예요. 돈도, 딸도, 종교도요."

"그 고속버스예요."

점멸하는 불빛처럼 사라진 지 10분이나 지났을까. 그녀가 감았던 눈을 도로 떴을 때 그 고속버스가 어느 결에 나타나, 그들이 탄 고속버스와 나란히 달리고 있었다.

"아까 그 고속버스요."

그 고속버스는 여전히 불을 환하게 밝히고 있었다.

"한 사람도 태우지 않은 그 고속버스 말이에요."

혹시나 하는 마음에 그녀는 그 고속버스 안을 아까보다 더 유심히 둘러보았다. 그러나 역시나 그 고속버스에는 한 사람도 타고 있지 않았다. 운전기사도 없이 유령처럼 내달리는 것은 아닌가, 하는 의심이 들기까지 했다.

"정말 한 사람도요……."

아까와 달리 남편은 아무 대꾸도 해 오지 않았다. 그새 잠든 것인지도 몰랐다.

너무 바짝 붙어서 달리고 있어서인가, 그녀는 자신과 남편이 그 고속버스에 타고 있는 것만 같은 착각이 들었다. 그 고속버스 안에 남편과 그녀 자신, 그렇게 단둘이 타고 있는 것만 같은…… 목적지가 어딘지도 모른 채 마냥 그렇게 흔들리면서 실려 가는 것만 같은…… 빈 의자들과 함께.

"우리는 그저 죄인처럼 죽은 듯이 있다가 내려오자구요."

그녀는 목소리가 갈라지도록 낮춰 중얼거렸다.

"죽은 듯이요……."

그녀는 더 낮게 중얼거렸다.

"그게 어디 우리가 지은 죄가 있어서인가요?"

그녀는 일껏 목소리를 낮춘 게 무색해지도록 항변하듯 말했다.

"어디 지은 죄가 있어서겠냐구요."

"세상 사람들이 얼마나 수군거리겠어요."

그녀는 고개를 가로저었다.

"알지도 못하면서 떠들어 대는 게 세상 사람들이 아니에요."

그녀는 원망과 포기의 심정이 뒤섞인 눈빛으로 남편을 흘겨보았다. 하기는 저 인간이 어디 세상 사람들 말에 귀 기울인 적 있던가. 신문과 뉴스에서 몇 날 며칠 떠들어 대는 얘기에도 이렇다 저렇다 한 마디 없는, 흑싸리 깝대기 같은 위인이 아닌가. 그녀는 차창 쪽으로 다시 고개를 돌리려다 말고 자신들과 대각선으로 앉은 남자를 바라보았다. 잠들었는지 그 남자는 고개를 잔뜩 수그리고 있었다. 그런데도 그녀는 괜히 그 남자가 자신이 중얼중얼 내뱉는 말을 다 엿듣고 있는 것은 아닌가, 하는 찝찝한 기분이 들었다. 그 남자뿐만 아니라 뒤쪽에 앉은 또 다른 남자도, 운전기사도. 오로지 남편만이 자신이 지껄여 대는 말을 전혀 듣고 있지 않은 것 같았다. 그런데 저 이는 뭔 일로 이 밤에 서울까지 올라가는가. 아무리 급한 일이라 한들, 가까운 누군가가 죽고 사는 문제 때문은 아니리라.

"며느리가 자궁을 들어내던 날 안사돈이 그럽디다."

암이 자궁까지 퍼져 며느리가 불가피 수술을 받던 날, 그녀는 혼자 첫차를 타고 서울에 올라갔다. 캄캄한 새벽에 밥 한 술 못 뜨고 집을 나섰는데도 서울 터미널에 도착하자 대낮이었다. 수술은 마취와 회복 시간까지 합쳐 여섯 시간도 넘게 걸렸다. 며느리가 수술을 받는 동안 그녀는 어쩔 수 없이 안사돈과 함께 대기실을 지켜야 했다. 딸이 수술실에 들어가기 전부터 흐느끼던 안사돈과 달리, 그녀는 눈물 한 방울 나오지 않았다. 억지로라도 눈물을 쥐어 짜내야 하는 것은 아닌가, 화장실에서 수돗물이라도 받아 눈 밑에 묻혀 와야 하는 것은 아닌가, 괜히 안사돈의 눈치가 보이고 민망스럽기까지 했다.

"우리가 하도 지은 죄가 많아서 아무 잘못도 없는 자기 딸이 그 벌을 대신 받는 거라고요. 기어이 우리라고 합디다. 우리라고요……!"

그녀는 고개를 저었다.

"내 탓을 하는 것 같았어요……."

그녀는 자세를 바꾸려 몸을 뒤척였다.

"꼭 내 탓을 하는 것 같았다니까요……."

어이없다는 듯 중얼거렸지만, 그녀는 이상하게 그다지 화가 치밀지 않았다. 엊그제까지도 그 생각만 하면 안사돈을 향한 악감정이 구취처럼 치솟았으면서 그랬다. 슬슬 잠이 왔지만 그녀는 잠들고 싶지 않았다. 아들에게서 언제 전화가 걸려 올지 몰랐다. 고속버스가 터미널을 출발한 지는 한 시간 이십 분이 조금 지나 있었다. 얼마나 길고 긴 밤이 되려는지 시간은 한없이 더디게 갔다.

"터미널에서 내리면 택시를 타야겠지요?"

그녀는 아무래도 자신의 혀가 다 닳아 없어지도록 중얼거려야만 고속버스가 목적지인 서울 터미널에 도착할 것 같은 기분이 들었다.

"새벽 한 시가 다 되어서나 도착이니까 지하철이 끊겼을 거예요. 하기는 지하철이 다닌다고 해도 우리가 어떻게 지하철을 타고 찾아가겠어요. 당신이나 나나 무슨 역에서 내려야 하는지 아는 것도 아니고……."

혀가 닳는 것으로는 모자라 어금니들이 뿌리 뽑혀 들썩거리도록 중얼거리고 나서야 이 극성맞은 입이 저절로 다물어지려나?

"그 애까지 낳았으면 어쩔 뻔했어요."

그녀는 아차, 싶었지만 이미 입 밖으로 토해진 말이었다.

"며느리가 왜 셋째를 가졌었잖아요."

남편에게 언젠가 그 얘기를 한 적이 있는 척 그녀는 부러 시침을 뗐다.

"6년 전인가…… 내 생일 때 애들이 한 달 전부터 내려온다 해 놓고 못 내려왔었잖아요. 그때 애를 지웠나 보더라고요. 어쩐 일로 내 생일을 다 챙기나 불안하더니만…… 하기는 기껏 챙긴다고 해야 밤 늦게 내려와서는 아귀찜이나 오리고기를 사 주고 다음 날 아침 먹기가 무섭게 올라가기 바빴겠지만 말이에요. 아침 먹은 설거지나 어디 속 시원히 해 놓고 올라가나요? 구정물만 겨우 면한 설거지……."

빠듯한 월급으로 애 둘을 키운다는 핑계로 며느리가 언제 버젓한 생일 선물을 안겨 줬던 적이 있던가. 오늘 밤을 못 넘길 거라는 며느리를 두고 별일까지 죄다 끄집어내는구나 싶으면서도, 그녀는 그것을 거리가 너무 먼 탓으로 돌렸다. 거리가 한두 시간만이어도, 할 이야기와 하지 말아야 할 이야기를 얼마든지 가릴 수 있었으리라.

"사내애였어요."

손녀만 둘이라, 그녀는 한동안 며느리가 상의 한 마디 없이 애를 홀딱 지워 버린 것에 대해 화가 나 있었다. 그렇지만 그녀는 설사 며느리가 상의를 해 왔다 한들 낳으라는 소리를 선뜻 건네지 못했으리라는 걸 잘 알고 있었다. 저 먹을 건 가지고 태어난다고들 하지만 자식 셋을 감당하기가 어디 그렇게 만만하겠는가.

"글쎄, 태어나지도 못할 애의 태몽을 내가 꾸었지 뭐예요. 태어나지 못할 애의 태몽을요……."

아들 상훈의 태몽은 가물가물한데 그녀는 그 태몽만은 방금 꾼 꿈처럼 생생했다. 열여섯 살 때 떠나온 고향 집 뒷산에 올라갔다가 새끼 호랑이를 한 마리 주워 가지고 내려오는 꿈이었다. 꿈에 죽은 친정어머니뿐 아니라, 친정어머니보다 더 일찍 죽은 당숙모도 보였다. 그녀가 보물단지처럼 꼭 끌어안은 새끼 호랑이가 탐이 나는지, 당숙모는 그녀를 졸졸 따라오면서 자꾸만 새끼 호랑이를 달라고 했다.

"내가 주운 새끼 호랑이를 자꾸만 달라지 뭐예요…… 자꾸만 요……. 그래서 한번 안아만 보라고 새끼 호랑이를 당숙모한테 홀딱 건네주었지 뭐예요."

그녀는 그다지 살갑지 않았던 당숙모가 꿈에까지 나타나 새끼 호랑이를 빼앗아 갔나 싶어, 죽은 이가 괜히 밉고 원망스럽기까지 했다. 그 양반이 살아생전에도 그렇게나 욕심이 많았지. 당숙모는 읍내에서 어물전을 해 돈을 꽤나 만지고 살던 이였다. 딸만 넷을 낳은 친정어머니와 달리 아들을 다섯이나 낳아 그 유세도 보통이 아니었다. 아들들 호강에 겨워 말년을 보낼 줄 알았는데 아들들에게 재산을 다 뜯기고, 술집 마담이 된 딸한테 얹혀살았다. 허우대 좋던 사위가 술집 여종업원과 바람이 나 살림을 차리는 꼴까지 보고 나서야 허망하게 죽었다.

"나는 태몽인 줄도 모르고 복권을 다 샀지 뭐예요. 생전 사지 않던 복권을 여섯 장이나요. 그날따라 이상하게 미장원에도 손님이 끊이지 않고 찾아오는 게…… 태몽인 줄 모르고 말년에 팔자가 피려는가 보다 했다니까요."

그녀는 말끝에 탄식을 내질렀다.

"그 애까지 낳았으면 정말 어쩔 뻔했어요. 상훈이만 죽어나는 거지. 애가 셋이나 딸린 홀아비한테 누가 시집을 온다 하겠어요. 버젓

하고 안정된 직장이 있는 것도 아니고……."

아들은 서울로 올라간 뒤 이런저런 이유로 여러 번 직장을 바꾸었었다. 며느리를 만나기 전 반년 정도 백수로 지내기까지 했다. 아들은 그때 고시원에서 생활했는데, 그녀는 다달이 고시원비를 올려 보내야 했다. 백만 원 가까이 카드 빚까지 져 그것을 갚아 주기까지 했다. 그래서인가 그녀는 출판사 영업 일이라는 게 불안하고 영 미덥지가 않았다. 그래서 은근히 아들이 변변한 직장을 가진 여자와 결혼했으면 싶었다. 대단찮아도 자신처럼 생활비쯤은 벌 기술이 있거나. 데릴사위를 살더라도 처가 쪽이 돈푼깨나 있었으면 하고 바라기까지 했다. 며느리는 아들이 다니던 출판사에서 경리를 보던 여자로, 첫애를 낳고는 집에 들어앉아 살림만 하였다. 고작 살림이나 하는 주제가 아들이 청소기 한 번 돌릴 줄 모르다면서 불평을 오죽 해 댔는가.

그녀는 가방을 열고, 인절미가 든 비닐봉지를 찾아 꺼냈다. 인절미는 아직도 차갑고 딱딱했다. 서울에 도착할 즈음에야 겨우 녹아 있을 것이었다. 말랑말랑 녹으려면 내일 아침은 되어야 할 것이었다. 인절미를 괜히 싸 왔다는 후회가 들었지만 어쩔 수 없었다. 혹시나 해서 냉동실에서 인절미를 한 덩어리 꺼내 가방에 챙겨 넣었다.

"그때만 생각하면 아직도 고깝고 괘씸하지 뭐예요."

그녀는 부스럭 소리가 나도록 인절미가 든 비닐봉지를 주물럭거렸다. 큰손녀가 태어난 지 석 달쯤 되었을까. 한번 다녀갔으면 싶어 하는 아들의 전화를 받고 그녀 혼자 서울에 다녀온 적이 있었다. 산후우울증인가로 며느리가 힘들어하고 있다고 했다. 그녀는 이틀 밤을 자면서 장을 봐다 열무김치와 오이소박이를 한 통씩 담아 주고

밑반찬도 서너 가지 만들어 주었다.

"내가 제 집에 일하러 온 파출부도 아니고, 계단을 다 내려가지도 않았는데 현관문을 야멸치게 닫아 버리지 뭐예요. 내가 친정어머니였어 봐요. 계단까지 따라 내려오다 못해 미안하고 고마워 택시라도 태워서 보냈을 거예요."

현관문을 어찌나 세게 닫았으면 계단 난간이 다 흔들렸겠는가. 냉장고 청소에 화장실 청소까지 해 준 걸 생각하면 그녀는 한동안 잠을 자다가도 벼락을 맞은 듯 벌떡 몸이 일으켜졌다. 등신처럼 뭐 잘 보일 게 있다고 행주까지 삶아 널어놓고 왔을까. 이틀 밤을 자면서 얼마나 고단했으면 고속버스를 타고 내려오는 내내 한 번도 안 깨고 죽은 듯이 잠을 잤겠는가. 현관문 닫히는 소리는 아직도 그녀의 귓속에서 쟁쟁했다. 그녀는 그 뒤로 오기가 생겨 특별한 일이 아니면 아들 집에 다니러 가지 않았다. 내 집을 놔두고 뭐하러 며느리 눈치를 보면서 잠을 자나 싶어서였다. 그래서인가 결혼한 지 십 년이 넘도록 아들 집에 다녀온 게 한 손으로 셀 수 있을 정도였다.

"무능한 아들을 둔 탓이라고 생각하려 해도 어쩌나 속이 상하던지……."

그녀는 갈라져 나오는 목소리를 큼큼 가다듬었다.

"내 돈 들여 차비해 올라가서는 그런 대접이나 받다니, 고작 그런 대접이나요…… 오죽 우습고 만만히 봤으면……."

서너 점뿐이던 불빛들이 어느 순간 셀 수 없을 만큼 늘어났다. 대전인가? 그렇지만 벌써 대전일 리가 없었다. 아들에게서는 왜 전화가 없는가. 그녀는 아들의 핸드폰으로 한 번 더 전화를 넣어 보려다 관두었다. 밤이 지나려면 아직 멀었다. 고속버스가 서울에 도착하고도 네댓 시간이 지나야 밤은 거우 물러갈 것이었다.

“당신이 뭘 알겠어요.”
그녀는 얼떨결에 고속버스 안이 울리도록 큰 소리로 중얼거렸다.
그녀는 자신의 목소리가 아니라 먹먹해진 귀가 울리는 것이라고 생
각했다.
“당신이 뭘 알겠냐구요.”

뭘…….

“여기가 어디쯤이래요?”
굳은 염색약만 같은 어둠 속에 박힌 불빛들이 가물가물 멀었다.
“대전이나 지났나?”
속으로는 아직 대전에 못 미쳐도 한참 못 미쳤을 거라고 생각하
면서도 그녀는 그렇게 말했다.
“대전만 지나도 반인데…….”
그녀는 차창을 괜히 손바닥으로 쓸었다.
“서울이 대전쯤만 같아도 멀다 하지 않겠어요. 서울까지 꼬박 여
섯 시간이 걸리니, 원…….”
말은 그렇게 했지만 그녀는 서울이 가까워 오는 것이 그다지 달
갑지 않았다. 아들만 아니었으면 생전 찾아갈 일이 없을 서울이, 차
라리 나설 엄두조차 나지 않을 만큼 멀었으면 싶었다.
“휴게소에 한 번은 들르겠지요?”
그녀는 인절미를 한 덩이 떼어 입속에 넣었다. 돌덩이처럼 무겁게

혀를 누르는 인절미를 우물우물 씹었다. 인절미가 품은 냉기가 허술한 어금니들을 시리게 했다. 그녀는 자신이 씹고 있는 것이 찹쌀 덩어리가 아니라 자신의 혀인 것만 같은 기분이 들었다. 불린 쌀을 빻아 쪄 낸 뒤 뭉쳐 콩가루를 묻혀 낸 찹쌀 덩어리가 아니라 혀인 것만 같은……. 그녀는 그럴 수만 있다면 혀를 씹어 삼켜 버리고만 싶었다.

"당신은 어떤지 모르겠지만 나는 보고 싶지 않아요."

그녀는 덜 씹힌 인절미를 꿀꺽 삼켰다.

"그것까지 봐서 뭐하겠어요."

기껏 삼킨 인절미가 되올라 오는 것 같아 그녀는 입안의 침을 끌어모아 삼켰다.

"굳이 그것까지……."

지켜본다 한들 서로 간에 뭐 할 말이 있을까. 일 년에 두서너 번 보던 사이가 뭔 정이 그렇게나 들었다고. 나도 그렇지만 며느리도 성격이 보통 쌀쌀한가. 남다른 정이 들었다고 해도 새파란 며느리가 병에 찌들어 죽어 가는 모습을 어느 시어머니가 보고 싶겠는가.

"차라리 날이 밝은 뒤에 출발할 걸 그랬어요. 첫차를 타는 게 나을 뻔했다고요."

워낙에 거리가 있었으므로, 그랬어도 아들과 친정 식구들이 이해했으리라는 생각이 들었다.

"막차가 끊겼다고 해도 믿었을 거예요. 우리가 그렇게 서두르지 않았으면 막차나 탈 수 있었겠어요? 막차를 놓치기라도 할까 봐 빚이라도 떼먹고 야반도주하는 사람들처럼 집을 나섰잖아요. 미용실 문이나 제대로 잠갔는지 몰라요."

그러나 서두른 것은 그녀 자신이었다. 태평하게 기지바지를 다림질하는 남편에게서 다리미까지 뺏어 들면서 재촉하지 않았나. 그녀 자신도 그것을 모르지 않았다.

"오늘 밤 안으로 도착한다고 해도 우리가 할 수 있는 게 없잖아요."

그녀의 두 눈이 저절로 감겼다.

"우리가 할 수 있는 일이 아무것도요."

그녀는 자신의 몸속 뼈들이 한꺼번에 무너져 내리는 것 같은 무력감을 느꼈다.

"우리가 뭘 할 수 있겠어요……."

숨쉬기가 답답할 만큼 공기가 더운데도 발끝이 시렸다. 멀미를 하려는지 위가 약간 메스꺼웠다.

"뭘 그렇게나……."

뭘…….

"저 봐, 누군가 타고 있잖아."

의식이 가물가물해지는 그녀를 깨우듯 남편의 항의 섞인 목소리가 들려왔다. 그녀는 그저 저려 오는 두 다리를 쭉 뻗고 눕고 싶기만 했다.

"저기 저렇게 누군가 타고 있잖아."

저이가 뭔 소리를 하는 건가. 누군가 타고 있다니……. 내가 그렇게나 이 말 저 말 물을 때는 일절 대꾸도 않더니만 뒤늦게야 뭔 소리를 저렇게 혼자서 중얼거리나.

"내가 그랬지…… 누군가는 타고 있을 거라구."

그 고속버스를 말하는 건가. 사람을 한 명도 태우지 않은 채 불을 환하게 밝히고 고속도로를 내달리던 그 고속버스가 또 나타났나? 환히 불을 밝히고 우리가 탄 고속버스와 나란히 달리고 있기라도 한 걸까.

"내가 뭐랬어."

"……."

"틀림없이 누군가는 타고 있을 거라고 했잖아."

남편의 말대로 그 고속버스에 누군가 타고 있기라도 한 걸까. 남편의 눈에는 분명히 보이는 누군가를 내가 미처 못 봤을 수도 있지 않은가. 미처 못 봤을 수도……. 해야 할 말조차 하지 않아서 그렇지, 남편은 생전 가야 우스갯소리로라도 실없는 말 한 마디 내뱉을 줄 모르는 사람이 아니던가.

"어디요?"

그녀는 아무래도 안 되겠다 싶어 억지로 눈을 떴다. 그렇지 않아도 그녀의 고개는 차창 쪽으로 비스듬히 돌려져 있었다.

"어디……?"

반밖에 떠지지 않은 그녀의 눈에 흐릿하게 사람 모습이 들어왔다. 순간 그녀는 졸음이 확 달아나면서 헛것을 본 듯 소름이 끼쳤다. 그녀는 어깨를 부들 떨기까지 하면서 미간에 주름이 잡히도록 두 눈을 치켜떴다.

"……?"

그녀를 섬뜩하게 한 누군가는 다름 아닌 남편이었다. 그 누구도 아닌, 차창에 비친 남편 자신의 모습이었던 것이다. 화물트럭이 한 대 그들이 탄 고속버스보다 앞서서 달리고 있을 뿐, 그 고속버스는 아예 보이지 않았다. 그녀는 속은 기분이 들어 차창에 비친 남편을 흘겨보았다. 그러나 남편의 두 눈과 입은 이미 고집스럽게 닫혀 있었다. 저이가 치매도 아니고 생전 안 하던 헛소리를 지껄여 사람을 놀래키나? 한 사람도 안 탄 고속버스에 누군가 타고 있을 거라고 그렇게나 고집을 피우더니만…… 틀림없이 누군가는 타고 있을 거라고…… 설마 차창에 비친 자신의 모습을 보고 낯선 사람으로 착각한 건 아닐까? 그렇지 않고서야…… 착각한 게 민망해서는 내가 두 눈을 뜨기가 무섭게 얼른 두 눈을 감아 버린 건 아닐까. 아무 소리도 안 한 듯 입까지 꾹 다물고 시치미를 떼고 있는 것은……. 하기는 얼마 전에도 비슷한 일이 있지 않았던가. 그게…… 보름 전쯤이었나?

그녀가 부엌에서 찌개에 넣을 김치를 썰고 있는데, 손님이 오셨다는 남편 목소리가 들려왔다. 그들은 미장원에 딸린 살림집에 살고 있었다. 방 두 칸에 부엌과 화장실이 고작인 살림집이었다. 이틀 내내 커트 손님조차 없던 터라 그녀는 김치를 썰다 말고 미용실로 뛰어나갔다. 그러나 파마 손님이길 바랐던 게 무색하게도 미용실에는 남편밖에 없었다. 죄진 이처럼 미용실 구석에 숨듯이 서서는 거울을 빤히 들여다보고 있었다.

"손님은요?"

"저기 손님이 계시잖아."

"저기 어디요?"

"저기…….."

남편의 손이 공중 부양 하듯 허공으로 들어 올려지더니, 거울을 가리켰다. 다름 아닌 거울 속 자신을……. 거울로부터 멀찍이 떨어져 있어서인지, 거울 속 남편의 모습은 바위로 머리를 꾹 눌러놓은 듯 납작하고 일그러져 보였다.

"난 또 다 저녁에 파마 손님이 드나 했는데 웬걸요, 정말이지 염치라고는 벼룩의 간만큼도 없는 손님이 또 찾아왔네요. 반갑기는커녕 소금을 뿌려 쫓아 버려도 시원찮을 손님이 말이에요. 당신이 저 손님 좀 쫓아 버려요. 다시는 못 찾아오게 멀리 좀요. 멀리요, 멀리!"

그녀는 거울 속 남편을 향해 새되게 쏘아붙이고 부엌으로 갔다. 썰다 만 김치를 마저 썰었다. 찌개를 끓이는 대신 기름을 잔뜩 두르고 김치부침개를 부쳤다. 손님이 한 명도 들지 않는 미용실에 나와 텔레비전을 보면서 부침개를 뜯었다.

저이가 벌써 치매가 오는 건 아닐 테지. 하기는 적은 나이라고 할 수 있나. 남편은 그녀보다 다섯 살이나 많은 예순여덟 살로 칠순이 내일모레였다. 평생 먹여 살린 것으로도 부족해 치매 들린 꼴까지 보고 살아야 하는 건 아닌가. 아들에게서는 왜 전화가 없나. 며느리는 지금 죽은 사람인가, 산 사람인가. 두 손녀를 여태까지는 친정쪽에서 돌봤지만, 친할머니인 내가 데려다 돌봐야 하는 건 아닌가. 아들이 어떻게 두 딸까지 돌보면서 직장 생활을 할까. 아직 제 머리도 감지 못하는 어린것들을.

차창에 비쳐 흔들리는 남편의 익숙하고도 낯선 얼굴에서, 그녀는 좀처럼 눈을 떼지 못하고 있었다.

"대전은 벌써 지났을 테지요?"

얼굴이 돌덩이처럼 굳는 듯해 그녀는 손으로 얼굴을 꾹꾹 눌렀다.

그녀의 손은 그러나 얼굴보다도 더 단단히 굳어 마디들이 제대로 펴지지 않았다. 남들보다 더 써먹어 대서인지 손은 그렇지 않아도 밤만 되면 걷잡을 수 없이 저려 왔다. 낮에 파마 손님을 세 사람만 받아도 숟가락 들기가 무서울 만큼 열 손가락들이 저릿저릿 떨린다는 걸 저이가 어떻게 알겠는가.

"병원에 다시 입원했다고 연락이 왔을 때 한번 올라가 볼 걸 그랬어요."

아들도 올라왔으면 싶은 눈치였지만 그녀는 모르는 척했다. 그날 올라갔다가 그날 내려올 수도 없는 노릇이었다. 하루라도 붙어 앉아 병간호를 해 줘야 할 텐데, 그러려면 못해도 이틀 밤은 영락없이 자야 했다. 올라가는 데 하루, 내려오는 데 하루가 걸리니 나흘을 꼬박 미장원 문을 닫아야 했다.

"돈 나올 구멍이라고는 미장원밖에 없는데 나흘 문 닫기가 어디 말처럼 쉽나요. 어디서 연금이 나오는 것도 아니고요."

올라갔다 내려오는 차비 또한 만만치 않았다. 차비는, 그녀가 받는 파마값보다 5천 원이나 더 비쌌다.

"백만 원 갖다 준 게 엊그제라고 해도 어디 그냥 갈 수 있나요. 이삼십만 원이라도 들고 올라가야지……. 입원한 지 얼마나 됐다고 금방 그렇게 될 줄 알았나요? 가망이 없다는 거야 벌써부터 알고 있었지만 말이에요."

그녀는 말끝에 폐라도 토하듯 숨을 내쉬었다.

"피 한 방울 안 섞였다지만 그 애가 그렇게 된 게 내 탓인지도 모르지요. 내 탓인지도요……."

그녀는 며느리가 아들을 따라 처음 인사를 오던 날을 떠올리고,

큰애를 낳고 부운 얼굴로 병원 침대에 누워 있던 모습도 떠올렸다. 항암 치료를 받느라 머리카락이 흉하게 빠진 모습도, 그리고 며느리 대신 꾸었던 태몽도…….

"당신도 그렇게 생각해요?"

그녀는 여전히 차창에 비친 남편의 얼굴에서 눈을 떼지 못하고 있었다.

"내가 지은 죄가 많아서 그 애가 그렇게 되었다고 생각해요? 내 대신 그 애가 벌이라도……."

그렇지 벌이라도……. 언젠가 남편의 동창 계원인 박찬세라는 이한테 돈 백오십만 원을 빌려 준 적이 있었다. 아주 큰돈이 아니라 마지못해 빌려 주었는데, 그이가 그만 그 돈을 갚지 못하고 죽었다. 크게 설렁탕 식당을 냈다가 권리금마저 죄 까먹고 술에 찌들어 살더니만, 도로 한가운데서 트럭에 치여 즉사했다. 죽은 이와 함께 빚 백오십만 원을 묻어 두려는 남편을 대신해 그녀는 그 돈을 기어이 받아 내고야 말았다.

"내가 모를 줄 알아요?"

그녀는 혀에 엉겨 든 머리카락이라도 떼어 내는 심정으로 말했다.

"나한테 떠밀었다는 걸 모를 줄 알아요? 빚 받아 내는 일을 나한테 떠밀었다는 걸 말이에요."

그 구차스러운 일을…….

"당신은 내가 그 빚을 대신 받아 내길 바랐던 거예요."

그 빚을 받아 내려고 죽은 이의 집을 열 번은 넘게 찾아가지 않았나.

"당신은 내가 어떻게든 그 빚을 받아 내기를 바랐던 거잖아요."

　결국은 죽은 이의 부인이 일을 다니던 식당까지 찾아가서는 기어이 받아 내지 않았던가. 세상에 대한 모든 원망을 다 담아 쳐다보던 그 여자의 눈빛을 모른 척해 가면서까지.

　"그래 놓고 당신은 기껏 나한테 벌을 받을 거라고 저주나 퍼부었어요. 기가 막히게도 벌을 받을 거라고요, 벌을……!"

　죽은 이의 부인한테서 백오십만 원을 받아 오던 날 저녁을, 그녀는 잊을 수가 없다. 상훈이 별 취직자리도 구하지 못한 상태에서 대학교 졸업을 앞두고 있을 때였다. 그녀는 그날 저녁 밥상에 올라와 있던 반찬들까지 세세하게 기억했다. 그것이 어제나 오늘 저녁 밥상이었던 듯. 그러니까 어제오늘. 돼지고기김치찌개와 어묵볶음, 가늘게 채 썰어 마요네즈로 무친 양배추, 콩나물무침, 멸치액젓으로 간을 한 무생채. 묵묵히 밥을 먹던 남편이 밥상 위로 목을 길게 늘어뜨리더니 그녀를 빤히 바라보았다. 그녀는 콩나물무침과 무생채를 밥과 함께 숟가락으로 뒤적뒤적 비비던 참이었다. 무생채 국물을 흥건히 들이붓고서.

　"벌을 받게 될 거야."

　남편은 그리고 남은 밥을 마저 먹고 밥상을 떠났다.

　"네 아버지가 뭐라고 한 거냐?"

　그녀는 벌겋게 비벼진 밥을 숟가락으로 떠 입으로 가져가다 말고 아들에게 물었다.

　"못 들었어요."

　아들은 돼지고기찌개에 만 밥을 정신없이 입속으로 퍼 넣느라 그녀를 쳐다보지도 않고 말했다.

　"나도 다 들었다. 뭐라고 한 거냐?"

"다 들으셨다면서요."

아들은 짜증을 냈다.

"너는 뭐라고 들었냐?"

"어머니가 들은 대로겠지요. 안 그래요?"

"그러게 뭐라고 들었냐?"

"벌을 받게 될 거래요."

밥상을 떠나면서 아들은 마지못한 듯 말했다.

"이제야 옥산휴게소래요."

고속버스는 옥산휴게소도 그냥 지나쳐 갔다. 그녀는 어쩐지 사람을 한 명도 태우지 않은 고속버스가 옥산휴게소에서 쉬고 있을 것만 같은 기분이 들었다. 불을 끄고 시동도 끈 채로 죽은 짐승처럼 납작 엎드려 있을 것만 같았다.

"천안휴게소에서나 좀 쉬려나?"

그녀는 이상하게 슬프지도, 막막하거나 절망적이기도, 그렇다고 화가 치밀지도 않았다. 뒤숭숭 얽히고설킨 여러 감정들이 들어내지고, 뭐라고 딱히 설명할 길 없는 그 어떤 감정이 그녀의 머릿속뿐 아니라 그녀의 내장 밑바닥까지 그득 들어차 있었다. 그래서인가 그녀는 고속버스가 멈춰 서 있는 듯했다. 차창에 비친 남편의 얼굴만큼이나 그녀 자신도 내내 흔들렸으면서도, 그녀는 어느 순간부터인가 흔들림을 느끼지 못했다.

"혹시 모르지요, 며느리가 고비를 넘겼는지도 말이에요."

그녀의 눈꺼풀이 서서히 감겼다.

"그래 봤자 오늘내일일 거예요."

그녀는 자조 섞인 목소리로 중얼거렸다.

"오늘내일이요."

⚬

깜박 잠들었던 걸까. 무심히 차창을 바라보던 그녀는 화들짝 놀라 목 안에서 비명을 내질렀다. 남편의 얼굴이 차창에서 지워지듯 사라지고 없어서였다. 그녀는 몸을 일으켰다. 휘둥그레진 얼굴로 고속버스 안을 허둥지둥 둘러보았다. 빈 의자들뿐 고속버스에 그녀 말고 사람이 한 명도 타고 있지 않았다. 다른 승객 둘도, 운전기사도.

고속버스가 시동이 꺼진 채 멈춰 서 있다는 것을, 그리고 그곳이 휴게소 주차장이라는 것을 깨닫고서야 그녀는 겨우 안심하고 자리에 앉았다. 이이가 화장실이라도 갔나? 고속버스가 휴게소에 들렀으면 좀 깨울 것이지, 그나마 없던 정나미마저 떨어지게……. 그러나 다른 승객들과 운전기사가 차례로 돌아오도록, 남편은 돌아오지 않고 있었다.

"한 사람이 덜 탔어요."

고속버스에 시동이 걸리기가 무섭게 그녀는 운전기사를 향해 다급히 소리 질렀다.

"한 사람이 덜 탔다니까요."

운전기사가 그제야 비적비적 일어나 고속버스 안을 둘러보았다.

"아주머니도 참, 누가 안 탔다는 거예요?"

"남편이 아직 안 탔어요."

"아주머니 남편이요?"

말끝에 운전기사가 트림을 했다.

"그렇다니까요."

"아주머니 혼자 아니었어요?"

"혼자요?"

"아주머니 혼자였던 것 같은데?"

운전기사가 고개를 갸웃거리다 운전석으로 가서 앉았다. 고속버스에 시동이 걸린 채로 10분이 지나도록 남편은 돌아오지 않았다.

"출발해요!"

운전기사가 협박조로 소리를 질렀다.

"조금만 기다려 봐요. 내가 가서 금방 찾아올게요."

그녀는 운전기사의 욕설 섞인 불평을 뒤로하고 고속버스에서 다급히 내렸다. 남편은 그러나 휴게소 화장실에도, 식당에도 없었다. 커피 자판기 주변도 살폈지만 남편을 찾지 못했다.

남편이 돌아왔을까 싶어 고속버스 쪽으로 걸음을 내딛던 그녀는, 스스로도 모르게 멈추어 섰다. 유난히 불을 환하게 밝힌 고속버스가 그녀의 눈에 들어왔기 때문이었다. 아무래도 고속도로를 유령처럼 내달리던 그 고속버스인 듯싶었다. 한 사람도 타고 있지 않던.

그 고속버스는 타고 갈 사람을 기다리듯 문을 활짝 열어젖히고 있었다. 그녀와 남편이 여태 멀미가 나도록 타고 온 고속버스는, 그 고속버스 뒤쪽에 그림자처럼 어둡게 서 있었다. 그녀는 마음 같아서는 그냥 그 고속버스에 올라타고 싶었다. 그 고속버스가 달려가는 곳까지 무작정 따라갔으면 했다. 문이 닫히는가 싶더니, 그 고속버스가 앞쪽으로 천천 미끄러져 나왔다. 꽤나 쌀쌀한 바람을 맞으면서 우두커니 선 그녀를 치받기라도 할 듯 지나갔다.

누군가 타고 있다던 남편의 말이 불현듯 떠올라, 그녀는 고개를 치켜들어 고속버스 안을 살폈다. 한순간 그녀는 눈가가 바르르 떨리는 것이 느껴졌다. 남편 말대로 그 고속버스에 누군가 타고 있었기 때문이었다. 아무도 타고 있지 않은 줄 알았는데, 남편 말대로 누군가……. 그 고속버스가 휴게소를 빠져나가 고속도로로 들어서는 것을 그녀는 멍하니 바라보았다. 그 고속버스에 타고 있던 누군가가 하필이면 남편과 닮아 있었기 때문이었다. 그녀가 깜박 든 잠에서 깨어났을 때 그녀의 옆자리에도, 휴게소 어디에도 없던 남편과 몹시도.

혹시나 남편이 돌아왔을지도 모른다는 생각에 그녀는 고속버스 쪽으로 서둘러 걸음을 떼었다.

마르께스주의자의 사전

손홍규

1975년 전북 정읍에서 태어나, 동국대 국어국문학과를 졸업했다. 2001년 『작가세계』 신인상으로 등단했으며, 2004년 대산창작기금을 받았고 2008년 『봉섭이 가라사대』로 제5회 제비꽃서민소설상을 수상했다. 소설집 『사람의 신화』 『봉섭이 가라사대』, 장편소설 『귀신의 시대』 『청년의사 장기려』 『이슬람 정육점』이 있다.

그해 봄 소집 해제로 학교에 돌아간 그는 반년 남짓한 기간 동안 많은 게 변했음을 깨달았다. 문학회에서 열어 준 환영식은 몇 달 전의 환송식과 별다르지 않았다. 그가 군에 간다고 말했을 때 그건 입대가 아니라 소집일 뿐이라고 정정해 주었던 짓궂은 선배가 여전히 제대가 아니라 소집 해제일 뿐이라고 놀렸지만 그는 어떻게 대처해야 할지 몰랐다. 나는 그에게 무엇이 그토록 낯설었냐고 물었다. "인류 최초의 농담을 듣는 기분이었다고나 할까."

그 선배가 환송식에서 김소진이 방위로 복무하는 동안 국어사전을 ㄱ부터 ㅎ까지 독파했다는 이야기를 들려주었다. 그는 골똘히 생각에 잠겼다. 그리고 국어사전을 잘근잘근 씹어 먹고 돌아오겠노라 선언했다. 그는 기초 군사훈련이 끝나는 날 다락방에 널렸던 누나들의 옷가지며 잡동사니를 치웠다. 다락방에는 신전에 바친 제물처럼 국어사전 한 권만 성스럽게 달랑 놓였다. 근무를 마치고 돌아오면 그는 다락방에 올라가 침침한 백열등 아래서 신중하게 낱말을 더듬은 뒤 정말로 국어사전을 씹어 먹었다. 다락방은 그의 고치였다. 그는 사전에서 새로운 세계를 발견했으며 태초의 시인처럼 말의 매력에 금세 사로잡혔다. 사전의 세계에 몰두하다 보면 깊은 골짜기와 높은 봉우리가 있는 산맥의 한가운데 선 기분이었다. 낱말들은 서로의 이름을 불렀고 메아리처럼 이 골짜기와 저 산봉우리를 종횡으로 가로질렀다. 그는 귓가에 울리는 활자들의 부름에 따라 이리저리 헤매고 싶은 충동을 억눌러야 했다. ㄱ부터 ㄴ, ㄷ, ㄹ…… 이렇게 차근차근 사전이라는 미로를 정복하고 싶었다. 그의 누나들은 이따금 다락방 문을 열고는 채 변태를 하지 못한 번데기라도 보듯 혀를 찼다. 그는 나비로 우화할 날을 기다리는 인간 번데기였다.

그는 사전을 먹다 잠이 들기도 했다. 어린 시절에는 반듯이 누워도 남을 만큼 넉넉한 크기였지만 이제 더는 그럴 수가 없었다. 그곳에서 잠들었다 깨면 설거지를 하고 난 뒤처럼 몸이 쑤셨다. 더 이상 다락방이 신비롭지 않다는 사실을 깨닫기도 했다. 그는 어린 시절 왜 이 다락방을 즐겨 찾아들었는지 이해할 수 없었다. 그토록 많은 악몽의 근원지였는데. 부모가 남겨 준 그 집에서 세 남매는 서로를 경멸하지 않고 사는 방법을 배웠다. 그는 힘이 센 급우에게 놀림을 당하거나 얻어맞은 날이면 다락방에 웅크리고 앉아 공상 속에서 복수를 감행하는 가련한 약골이었다.

그는 누나들에게 쓸데없는 근심을 안겨 주지 않기 위해 사전을 뜯어 먹을 때마다 최대한 소리가 나지 않도록 입을 꾹 다문 채 꼭꼭 씹었다. 사전은 쓴맛이 났다. 몸속에서 낱말들이 아우성을 치며 혈관을 따라 흘렀다. 어느 날 그는 작전 계획도를 만들다 압정에 손가락을 찔렸는데 그곳에서 낱말이 한 방울 한 방울 기포처럼 아슴아

슴 숫아오르는 환각을 겪기도 했다. 화장실의 낡은 변기는 배설물을 제 힘으로 삼키지 못했다. 대야에 물을 가득 담아 높이 들어 올려 낙차를 이용해 부어 주어야만 했다. 그럴 때마다 그는 눈을 질끈 감았다. 거기에 소화되지 못한 낱말들이 뭉텅이로 똬리를 틀었을 것만 같아서였다.

그는 방위로 복무하던 6개월 내내 속이 좋지 않았다. 그는 먹을 수 있는—먹어도 탈이 나지 않는 사전을 만들면 빌 게이츠처럼 억만장자가 될 수도 있겠다는 공상을 했다. 3분의 1쯤이 뭉텅 뜯겨 나간 그의 사전은 미래 인류가 발견한 골동품 같았다. 그가 정복한 곳은 ㅁ까지였다. 선배가 여섯 달 전의 약속을 기억하고 그에게 물었다. 그는 당황하여 얼굴이 벌게졌는데 기간이 짧아서라고 항변했지만 믿어 주는 것 같지는 않았다.

그가 돌아온 교정은 을씨년스러웠다. 산 중턱에 자리 잡은 터라 여전히 바람이 드셌다. 해마다 봄이면 되풀이되는 학생들의 등록금 투쟁이 지겨웠는지 대학 당국은 다양한 방식의 등록금 분할 납부를 미리부터 고지하고 나섰다. 그는 한꺼번에 등록금을 납부한 게 억울했다. "큰누나는 적금 때문에 쩔쩔맸고 작은누나는 카드 빚 때문에 안달이었거든."

교학과, 서무과, 학생과를 찾아다니며 등록금을 돌려 달라고 요구했다. 교직원들은 긴장한 얼굴로 그를 맞았다가 너털웃음을 터뜨리며 그를 돌려세웠다. 그들이 긴장한 이유는 그가 고리끼 소설의 주인공 빠벨처럼 비장하게 찾아와 등록금을 돌려 달라 요구했기 때문이었고, 너털웃음을 터뜨린 이유는 그가 돌려준 등록금을 고이 간직했다가 다시 분할 납부하겠다고 말했기 때문이었다. '이봐, 학

생. 그런 이유로 등록금을 돌려줄 학교가 어디에 있어?'

그는 분했다. 그런 이유로 등록금을 돌려줄 학교가 어딘가에 분명히 있을 거라 굳게 믿고 다른 대학에 다니는 지인들에게 하나하나 전화를 걸어 물어보았지만 만족할 만한 대답을 듣지는 못했다.

그는 교정 곳곳에 나붙은 대자보들을 심드렁하게 바라보았다. 대선 자금 공개나 교육 재정 확보를 요구하는 내용들이었다. 그는 자신과는 무관한 일인 듯해 김이 샜다. 이미 등록을 해 버린 그로서는 등록금 투쟁만큼 무의미한 일이 없었다. 문학회는 매주 세 번, 월요일과 수요일과 금요일에 모임이 있었다. 월요일에는 일상적인 총회가 수요일에는 시 합평회가 금요일에는 소설 합평회가 열렸다. 그는 얼마 안 가 발자크라는 별명으로 불리었다. 합평이 끝난 뒤 뒤풀이 자리에서 반드시 분탕질을 했기 때문이었다. 그는 후배들이 자신을 발자크라 부른다는 사실을 알고 쓸쓸한 얼굴로 이렇게 말했다. "나는 마르께스주의자야." 그는 이런 말을 누나들에게도 했다. 누나들은 근심스러운 눈빛으로 그를 보았다. 어린 시절부터 어머니 노릇을 했던 큰누나가 한숨을 푹 내쉬었다. '젊은 시절에 마르크스주의자가 아니면 그것도 바보라고 했으니까.' 종합병원의 간호사인 큰누나에게선 늘 강렬한 클로로포름 냄새가 났다. 아버지 노릇을 했던 작은누나는 그 옆에서 화난 얼굴로 고개를 주억거렸다. 백화점 화장품 판매원인 작은누나에게선 늘 희미한 아세톤 냄새가 났다. 그는 할 말이 없었다. 마르께스주의를 마르크스주의로 오해한 것도 그러하지만 식민지 시대에 통용되던 농담을 누나들의 입에서 듣게 된다는 게 어쩐지 역사는 진보하지 않고 순환한다는 증거인 듯해서였다.

그의 집 앞 골목 입구에는 수십 년 된 복덕방이 있었다. 고리오 영감을 연상시키는 복덕방 노인은 장판을 깐 작은 평상에 앉아 밥도 먹고 술도 마시고 화투도 쳤다. 노인에 대한 인상은 그가 나이를 먹을수록 달라졌다. 그가 최초로 기억하는 노인은 스크루지 영감이었고 중학생 시절에는 방망이 깎는 노인이었으며 고등학생 시절에는 늙은 어부 산티아고였다. 이제 노인은 고리오 영감처럼 수심이 가득한 얼굴로 복덕방 앞을 지나치는 사람들을 초점 없는 눈길로 바라보았다. 예전이나 그때나 변하지 않은 게 있다면 그가 고리오 영감을 노인으로만 기억한다는 사실이었다. 대학생이 된 뒤로 그는 복덕방 앞을 지나갈 때마다 절로 어깨가 움츠러들었다. 고리오 영감의 동료들인 참전용사회 노인들에게 뺨을 맞은 적이 있어서였다. 하지만 그가 방위로 복무하는 동안 그들과 관계가 원만해졌다. 비록 육방이라는 놀림을 빼놓지 않고 받긴 했지만. 그는 고리오 영감이 싫지 않았다. 그가 누나들과 사는 집을 고리오 영감이 중개했다는 인연 때문만은 아니었다. 노인은 그가 풀이 죽어 타박타박 걸어오는 걸, 흥에 겨워 가볍게 뛰듯이 걸어오는 걸, 오랜 세월 동안 지켜보았다. 노인의 눈빛은 그의 기분을 다 안다는 듯 부드러웠는데 그가 침울하면 똑같이 침울해졌고 그가 즐거우면 똑같이 기쁨으로 빛났다.

그날 아침 누군가를 기다리기라도 하듯 복덕방 앞에 우두커니 섰던 노인이 지나가는 그의 팔을 붙잡았다. '네가 마르크스주의자라는 이야기를 들었다. 나는 괜찮다. 아무 상관 없어.' 노인은 그렇게 말해 주었다. 그는 버스에서 지하철에서 학교로 이르는 길에서 노인의 말을 곱씹어 보았다. 어쩌면 자신을 가장 잘 아는 사람은 누나들이나 문학회 동료들이 아닌 그 노인일지도 모른다는 생각이 들었다. 그날 강의는 사회과학대학 건물에서 있었다. '북한의 정치와 사회'라는 교양 강좌였다. 그에게는 공공연하게 주체사상을 논할 수 있다는 점이 매력적이었다. 사회과학대학 대강의실은 청강생을 포함해 교수와 대결하고 싶어 안달이 난 2백여 명의 학생들로 북적였다. 머리칼이 하얗게 센 교수는 개량한복을 입었는데 방금까지 모내기를 하다가 새참을 먹기 위해 논두렁에 오른 농부처럼 보였다. 강의는 지루했다. 창밖으로 보이는 하늘이 어두컴컴했다. 한바탕 비가 쏟아질 기세였다. 아주 먼 곳에서 누군가 울부짖는 듯한 소리가 들려왔는데 그건 도서관 앞에서 열리는 출정식의 소음일 터였다. 강의가 시작된 지 채 한 시간도 지나지 않았을 때 대여섯 명의 학생들이 앞문을 통해 우르르 들어왔다. 낯익은 문학회 후배가 있어 그는 하마터면 팔을 번쩍 들고 소리라도 지를 뻔했다. 수강생들이 웅성거렸다. 교수는 뒷짐을 진 채 묵묵히 그들을 견뎠다. 짧고 간단한 소개를 마친 뒤 그들은 도서관 앞에서 열리는 집회와 서울 시내에서 치르게 될 시위에 동참해 줄 것을 호소했다. 몇몇 수강생들이 가방을 꾸려 슬그머니 강의실을 빠져나갔다. 그는 자신과 상관없는 등록금 투쟁에 동참할 생각이 없었다. 그러나 조금 뒤 그는 도서관 앞에 모인 학생들 무리 뒤쪽에 스페인 내전을 취재하기 위해 영국을 떠나 바르셀로나에 도착한 조지 오웰처럼 팔짱을 낀 채 섰다.

3천여 명의 시위대가 학교를 떠날 무렵에는 한낮인데도 캄캄했다. 시위대는 후문을 통해 학교를 빠져나간 뒤 경찰과의 쓸데없는 충돌을 피하기 위해서였는지 인도로만 행진했다. 그는 의용군에 입대하는 것 말고는 달리 할 수 있는 일이 없었던 조지 오웰처럼 시위대를 따라 시내로 진입했다. 시위대는 청계천 고가도로 아래서 다른 시위대들과 합류했다. 3만여 명이 내지르는 함성이 고가도로 아랫면에 부딪히며 공명되어 그의 귓속에서 울렸다. 시위대는 느릿느릿 시청 쪽으로 흘러갔다. 시위대 선두는 광교를 거쳐 을지로입구에 이른 듯했다. 시위는 따분했다. 그가 있는 곳에서는 전투경찰도 보이지 않았고 시민들도 무심한 얼굴로 지나쳤다. 추적추적 비가 내렸다. 3월의 막바지에 내리는 빗줄기에는 한기가 스며 있었다. 빗물이 그의 앞 머리칼 끝에서 뚝뚝 떨어졌다. 그는 등에 멨던 가방을 벗어 가슴에 안았다. 그의 가방 속에는 ㅅ까지 뭉텅 떨어져 나간 국어사전과 노트 한 권이 들었다. 소집 해제 뒤에도 그는 사전 삼키기를 그만두지 않았던 거였다. 내가 속은 괜찮았냐고 묻자 그는 만성이 된 덕분인지 가끔 설사를 해도 견딜 만은 했노라고 답했다.

시위대 선두 쪽의 소식들이 입과 입을 통해 전해졌다. 명동 쪽에서 진출한 다른 시위대까지 을지로입구에서 합류했는데 그곳에 경찰 저지선이 펼쳐졌다는 것이었다. 일부 시위대는 종로 쪽으로 진출하여 종각에서 경찰과 대치 중이라고 했다. 서울 하늘은 우중충했다. 빗줄기는 점점 굵어졌다. 그는 고가도로 아래를 떠나지 않았다. 시위대의 후미마저 그에게서 멀어졌다. 시위대가 빠져나간 자리를 재빠르게 자동차들이 채웠다. 그는 중앙분리대가 없는 횡단보도 가운데 쭈그리고 앉았다. 마르께스라면 이런 상황을 어떻게 묘사했을까. 그는 ㄱ에서 ㅅ까지의 낱말들 가운데 적당한 걸 찾아보려 애썼다. 머릿속 낱말들은 뒤엉킨 채로 그의 사고의 촉수를 피해 달아났다. 고가도로를 지붕으로 이고 앉은 그는 평온하다고 느꼈다. 세상에서 가장 큰 다락방에 들어간 듯한 기분이었다. 그곳에서 그는 엠마처럼 고독했다. 그는 하릴없이 앉았다가 습관처럼 가방에서 사전을 꺼냈다. ㅅ의 마지막 장에 실린 낱말들을 찬찬히 눈으로 훑어본

뒤 눈을 감고 방금까지 시선으로 어루만졌던 그것들을 음미했다. 이
제 더는 사전의 세계가 경이롭지 않았다. 어쩌면 눈앞에 외계인이 나
타난대도 5분만 지나면 이웃사촌처럼 친숙하게 대할 수 있을 듯했
다. 그는 비 맞은 염소 꼴로 ㅅ의 마지막 장을 천천히 씹어 먹었다.
파란불이 켜져 횡단보도를 건너던 사람들이 그를 무심한 눈길로 보
았다. 그는 폭음을 들으며 헛구역질을 했다. 폭음은 그치지 않았다.
조금 뒤 그는 최루가스 냄새를 맡았다. 그는 재채기를 하다 퇴각하
는 시위대에 뒤섞였다. 질서! 질서! 시위대는 손수건, 피켓 등을 흘
리면서 동대문운동장 쪽으로 밀려갔다. 그는 을지로 쪽으로 방향을
꺾어 퇴각하는 시위대에 휩쓸렸다. 청계로와 을지로에서 밀려온 시
위대들이 옛 훈련원 앞 대로에 대기 중이던 전경들에 막혀 인쇄소가
모인 골목길로 뿔뿔이 흩어져 들어갔다. 그 시각에 을지로입구에서
명동 쪽으로 밀려난 시위대와 충무로까지 우회했던 시위대는 명동
성당으로 모여들었다.

“확신할 수는 없지만 보았다고 생각했어.” 그가 보았던 건 눈매가
날카롭고 머리털이 뻣뻣하며 공포와 피로 가운데 어느 쪽인지 알
수 없는 어쩌면 둘 다에 잠식되었을 수도 있었던 낯빛이 창백한 남
학생이었다. 누군가 그의 등을 가볍게 툭 건드렸다. 그가 돌아보았
을 때 어둠이 빗줄기를 타고 창처럼 그들 사이로 내리꽂혔다. 그는
백골단이 그들을 뒤쫓는 걸 힐끔 보았다. 몇 명의 학생들과 함께 중
구청으로 향하는 큰길가의 주유소까지 달려온 그는 자신이 방금 빠
져나온 골목에 뒤엉키며 쓰러진 한 무리의 학생들이 백골단의 곤봉
과 군홧발 세례를 받는 걸 보았다. 그 순간에도 설명할 수 없는 환
각을 보았는데 한 무리의 노동자들이 곡괭이질을 하는 모습이 그

의 눈앞에 떠올랐다가 사라졌다. 곧이어 정체를 알 수 없는 문장들이 입속에서 웅얼댔다. 메모하고 싶은 강렬한 충동을 느꼈지만 그가 부들부들 떨리는 손으로 할 수 있는 일은 가방을 꼭 붙잡는 것뿐이었다. 비는 잠시 그쳤다. 그는 충무로까지 터덜터덜 걸었는데 병사들의 시체 틈에서 홀로 일어나 아무 일 없다는 듯 황산벌을 빠져나가는 백제의 패잔병이라도 된 듯한 기분이었다. 누군가 그를 불렀다. 돌아오라고 손짓을 했다. 그는 고개를 저었지만 어느새 발길을 되돌려 인쇄 골목을 향해 걷는 자신을 발견했다. "겨우 한 살 차이지만 나보다 어린 사람이 전경에게 맞아 죽을 수도 있다는 걸 처음으로 실감해서였을 거야." 그날 죽은 학생은 연세대 법학과 2학년생 노수석이었다. 명동성당에 집결했던 시위대가 소식을 듣고 달려왔다. 시신은 을지로 국립의료원에 안치되었다. 어둠이 짙게 내려앉은 서울 거리는 장대비 속에 푹 잠겼다. 국립의료원이라 짐작되는 곳 앞에 달맞이꽃처럼 빛나는 전경들의 헬멧만이 보였다. 하수구는 외려 빗물을 쿨럭쿨럭 내뿜었다. 빗물이 내를 이뤄 골목을 흘렀다. 발목까지 잠긴 채 그는 내리는 비를 고스란히 맞았다. 돌멩이에 두들겨 맞는 기분이었다. 고리오 영감은 이럴 줄 알았던 걸까. 그는 자신을 위로하듯 부드럽게 감싸 주던 노인의 말을 떠올렸다. 나는 괜찮다. 아무 상관 없어. 이렇게 입속으로 되뇌어 보자 오전에 들던 것과는 달리 비난으로 여겨지기도 했다. 괜찮지 않아. 상관있어. 이건 역사적 사건이 아니야. 그저 수해와 같은 자연재해일 뿐. 그는 이렇게 중얼거리며 자정이 가까운 시각에야 학교로 돌아갔다. 학생회관은 밤샘을 하려는 시위대로 북적였다. 그는 다른 동료들처럼 문학회 방에 앉아 추모 시를 써 보려 노력했다. 비에 흠뻑 젖은 고단한 마르께스주의자는 가방에서 사전을 꺼냈다. 다행히 귀퉁이만 젖었으나 그 순간의 사전은 좌뇌 쪽이 함몰된 두개골을 연상시켰다. 그는 밤새 한 줄도 쓰지 못했다. "그때 처음으로 이런 의문을 품었던 것 같아. 이 상황을 표현할 수 있는 낱말은 사전에 없을 거라는, 침묵이 사전의 장기일 거라는."

그는 매일 장례위원회가 있는 연세대에 갔다. 꽃보다 먼저 피어난 대자보와 플래카드가 그의 정신을 어지럽혔다. 아직 사전을 다 먹지 못했으므로 섣불리 문장은커녕 낱말조차 뱉어 낼 수 없었다. 그는 장례가 치러질 때까지 난코스라 여겨졌던 ㅇ을 다 먹어 치웠다. 그 사이 시를 제법 쓰던 한 후배가 등록금을 마련하지 못해 휴학을 했고 소설가가 되고 싶다던 한 후배가 군대에 갔다. 장례식 당일 오전 신촌로터리에서 노제가 열렸다. 그는 우연히 가까운 곳에서 노수석의 부모를 볼 수 있었다. 기형도의 산문 가운데 망월동 묘역을 참배한 뒤 버스 안에서 이한열의 어머니와 조우했던 순간을 묘사한 대목이 떠올랐다. 기형도는 그 장면을 별다른 수사도 없이 섬세하게 그려 냈는데 읽는 그조차 무슨 말을 해야 할지 몰라 더듬거리는 심정이었다. 그제야 그는 아버지가 돌아가셨을 때에도 어머니가 돌아가셨을 때에도 그와 비슷한 상황이었다는 걸 깨달았다. 그는 다락방 안에서 문고리를 꼭 잡은 채 누나들이 불러도 친척들이 혀를 차도 동요하지 않았다. 다락방의 어둠을 견디는 게 무슨 말을 해야 할지 몰라 다른 사람들 앞에서 쩔쩔매는 것보다 낫다는 걸 어린 시절에도 알았던 거다.

한순간 노수석의 부모와 눈이 마주쳤던 것도 같았다. 집요하게 존재하는 것들을 볼 때처럼 경멸과 찬탄이 뒤섞인 시선이었다고 그는 기억했다. 그는 노제 현장을 빠져나가고 싶었으나 사람들에 가로막혀 뜻대로 할 수 없었다. 사방이 훤히 트이고 하늘이 끝없이 높은 곳이었건만 다락방에 갇힌 듯 답답했다. 나는 그가 느낀 답답함을 이해할 수 있을 듯했다. 그는 간신히 사람멀미라는 낱말을 기억해 냈다. "나 역시 눈매가 날카롭고 머리털이 뻣뻣하며 공포와 피로 가운데 어느 쪽인지 알 수 없는 어쩌면 둘 다에 잠식되었을 수도 있었던 낯빛이 창백한 남학생 가운데 하나였으니까. 젠장, 안 그런 녀석이 그중에 누가 있지?"

마르께스주의자는 그해 봄과 초여름을 우울하게 보냈다. 학생총회가 성사되어 수업 거부가 결정되었으나 본관 건물을 점거한 학생들의 숫자는 점점 줄어 갔다. 기말고사가 얼마 남지 않았던 어느 날 문과대학에서 나오던 그의 시야에 총장실 창턱에 걸터앉아 남산타워를 바라보는 학생이 들어왔다. 그는 하마터면 문과대학 계단에서 구를 뻔했다. 넘어졌다 일어나 보니 그 학생은 사라졌다. 휑하게 열린 창문은 짐승의 눈처럼 사나웠다. 농성 천막은 해체되었고 본관을 점거했던 학생들도 그곳을 빠져나왔다. 그의 사전은 더 얇아졌고 그의 배 속에는 ㅊ까지 들어갔다. '북한의 정치와 사회'의 기말고사 시험문제는 단 하나였다. 주체 개념을 설명하고 비판하시오. 아래로부터의 의사 결정. 관료제 정착으로 사실상 불가능할 수밖에 없는 구조. 그의 머릿속에서 한 학기 동안 배우고 익혔던 개념어들이―상투적인 수사들이 생각의 촉수를 피하지 않고 얌전히 기다렸다. 그는 지난봄부터 습관적으로 위장약을 복용했고 사전을 삼키기 전보다 더 나은 문장을 쓰지 못한다는 걸 인정하는 순간이 올 것 같은 불안감 때문에 불면증에 시달렸다.

여름방학 첫날 그는 누나들에게 다음 학기 등록금을 스스로 마련할 테니 걱정하지 말라고 선언했다. 큰누나는 미덥지 못하다는 듯 입을 샐쭉거렸지만 그의 어깨를 주물러 주었고 작은누나는 팔짱을 낀 채 깔깔깔 웃었다. '우리는 네가 염소가 될까 봐 걱정했단다.' '염소가 다 뭐야. 토끼 새끼지.' 그는 안심이 되었다. 등록금 마련에 실패하더라도 손 내밀기가 덜 쑥스러울 것 같아서였다. 그는 기와지붕을 수리하는 사람들을 따라다니는 동안 ㅋ을 삼켰다. 지붕 위에 올라 낡은 기왓장을 아래로 던질 때마다 낱말 하나씩을 함께 던졌다. 서울과 수도권 곳곳에 이처럼 많은 한옥이 있다는 걸 그는 처음 알았다. 선조들의 마을을 거니는 기분이 들었다. 경마장 마사馬舍에 딸린 말 샤워실 벽에 고무판을 대면서 ㅌ을 삼켰다. 말의 부상을 방지하기 위한 고무판이었는데 한쪽 면에 본드를 잔뜩 발라 벽에 붙이는 단순한 작업이었지만 얼마쯤은 본드에 취한 듯 몽롱해지는 걸 감수해야 했다.―그는 무의식에 저장된 낱말 가운데 ㅌ이 많은 이유가 바로 그 때문이라고 설명했다. 체구가 작은 기수들과 어울려 밥을 먹기도 했고 마주들의 허락을 받아 말들의 갈기를 쓰다듬기도 했다. 건초를 씹어 보기도 했는데 사전보다는 맛이 좋은 듯했다. 유제류 특유의 쌍꺼풀진 눈과 발굽들 사이에서 그는 자주 환상에 취했다. 그사이 장마가 끝나고 무더위가 시작되었으며 복날을 꼬박지켜 누나들과 삼계탕을 먹었다. 그의 피부는 전보다 짙은 구릿빛으로 그을렸고 이마에 제법 단단한 주름살이 잡혔다. 8월에 접어들었을 때 그는 잠시 문학회 방에 들렀다가 마침 통일선봉대로 국토 순례를 떠나는 후배의 환송식 자리에서 거나하게 취하는 바람에 발자크라는 꼬리표를 떼지 못하고 말았다. 8월은 더할 나위 없이 무더웠다. 그는 배관공을 따라다니며 누수관을 보수하는 작업을 거들었다. 작업을 마치고 시험 작동을 했을 때 말끔하게 수리가 된 걸 확인하면 체증이 가라앉듯 속까지 후련했다. 그는 ㅍ을 그처럼 술술 삼켰다. 낱말 하나하나가 피톨이 되어 자신의 몸속을 자유롭게 돌아다니는 공상을 했다. 저녁노을이 물든 서쪽 하늘을 보며 귀가하는 시간은 더없이 감미로웠다. 배관공은 작업이 끝나면 그를 데리고 술집에 갔다. 그곳에서는 싸구려 막걸리마저 농염했다. 배관공은 그를 아우라 불렀고 그는 배관공을 형님이라 불렀다. 배관공의 거칠고 단단한 손가락을 동경했으며 상스러운 동시에 다정한 말투 역시 배우고 싶었다. 그는 난생처음 몽키와 스패너를 손에 쥔 채 춤추는 사람을 보았으며 한쪽 가슴을 덜렁 내놓은 채 술을 따르는 퇴물 작부에게 방심한 동안 불알을 잡혀 보기도 했다. 나는 그에게 뉴스를 본게 그 술집이었냐고 물었다. 그는 고개를 끄덕였다. 왜 연세대에 들어갈 생각을 했느냐고 묻자 그가 내 눈을 빤히 바라보았다. "몰랐니? 너 때문이었잖아."

나는 기어들어 가는 목소리로 연세대에 있지 않았노라고 그에게 말했다. 통일선봉대 대원으로 참여했던 건 사실이지만 서울에 올라왔던 날 빠져나왔다고 덧붙였다. "난 몰랐다." 그는 집에 돌아가 ㅍ의 마지막 장을 우물우물 삼키면서 무엇을 해야 할지 고민했다. 큰누나는 그의 고민에 아무런 관심이 없었다. 그해 가을에 결혼할 계획이었다. 그는 하지정맥류로 고통스러워하며 잠결에도 끙끙 앓는 소리를 내는 작은누나의 혈관이 도드라진 종아리를 만져 보았다. 나무처럼 단단했다. 밤새 잠 못 이룬 그는 새벽녘 배관공에게 전화를 걸었다. 배관공은 그가 더는 일을 할 수 없게 되었다고 하자 아쉬워했다. "뭔가 좀 외설스러운 말을 했던 것 같아. 그러니까 술집 누님 젖통이 그리우면 언제든 찾아와 등등. 그런데 전혀 그렇게 들리지가 않았어. 정든 사람과 이별할 때 서운함을 감추려고 외려 부산을 떨며 재촉하는 사람의 목소리라고나 할까." 그는 배관공이 종이는 작작 처먹으라고 힐난한 뒤 전화를 끊었다는 것도 기억했다. 그의 머리를 깎아 준 사람은 고리오 영감이었다. 그날따라 이발소는 좀처럼 문을 열지 않았고 그의 얼굴에 수심이 가득한 걸 본 노인이 손짓을 했다. 노인은 복덕방 의자를 문 앞에 내놓은 뒤 이발 도구를 평상 위에 가지런히 늘어놓았다. 그는 노인이 손에 쥔 바리캉에서 나는 윙윙대는 소리가 어떤 운명을 암시하는 것처럼 여겨졌다. 머리카락이 말끔하게 잘려 나간 머리통을 스윽 만져 보았다. 노인은 모자를 쓴 채 어떻게 사례를 해야 할지 몰라 엉거주춤 선 그를 부드럽게 안아 주었다. 그리고 그의 귓가에 예의 그 말을—그는 토씨 하나 다르지 않은 문장이었다고 기억했다—속삭여 주었다.

그는 우선 학교에 갔다. 불교학과 학생회실을 찾은 그는 낯익은 사람들에게 부탁해 어렵지 않게 승복과 바랑을 구할 수 있었다. 그는 문학회 방에서 옷을 갈아입었다. 청바지와 티셔츠 그리고 운동화는 바랑에 넣었다. "세브란스 병원을 통해 들어갔는데 얼마나 떨렸는지 몰라. 얼굴은 새카맣게 탔으니 흠 잡힐 걱정이 없었지만 머리통이 새하얗잖아. 눈썰미 있는 전경이었다면 그렇게 쉽게 들여보내 주지는 않았을 거야. 차라리 목사나 수녀로 변장할 걸 그랬어." 나는 차마 그에게 왜 그런 위험을 감수했느냐고 묻지 못했다. 그러면 내 눈 속에 뛰어들기라도 할 것처럼 빤히 들여다볼 게 뻔했으므로. 그는 연세대에 들어간 날짜를 기억하지 못했다. 나는 8월 15일일 것이라고 일러 주었다. "맞아. 시내 곳곳에 내걸렸던 태극기를 보았던 것 같아." 그날 오전 6천여 명의 경찰이 교내에 진입해 정문에서 본관까지 이어진 도로인 백양로를 점거했다. 나는 그가 전경이 점거한 백양로를 어떻게 통과했을지 무척 궁금했다. 그는 학생회관 뒤편 조경 공사를 위해 파 놓은 구덩이에 네 시간 남짓 처박혀 있었다고 했다. 그는 주변에 있던 널빤지로 구덩이를 가리고 그 아래서 푹푹 찌는 8월의 열기를 견뎠다. 그 안에서 조심스럽게 옷을 갈아입었다. 그의 바랑 안에는 이제 승복과 고무신 그리고 ㅎ만이 남은 국어사전이 들었다. 학생들의 목소리가 가까운 곳에서 들리자 그는 널빤지를 치우고 슬금슬금 학생회관 북쪽으로 돌아 백양로에 들어섰다. 학생회관을 경계로 그 너머는 딴 세상이었다. 그는 자신도 모르게 이건 폐허라고 탄식하듯 중얼거렸다. 최루탄과 화염병 파편들 그리고 돌멩이가 어지럽게 널린 백양로 주변은 살천스럽기 그지없었다. 바리케이드로 사용되었던 책상과 의자가 불에 그슬린 채 아무렇게나 딩굴었고 타다 만 광목천과 플래카드가 들러붙은 차도와 인도에는 최루탄 냄새가 섞인 메스꺼운 연기가 힘없이 피어올랐다. 난간과 계단은 말할 것도 없고 손 닿는 높이의 건물 외벽 마감재들까지 몽땅 뜯겨 나갔는데 그는 마치 눈앞에서 세계가 해체되는 중인 것 같은 느낌이었다. 미처 던지지 못한 채 방치된 돌무더기가 곳곳에서 눈에 띄었으며 그 옆에는 손수건으로 눈만 내놓은 채 얼굴을 가리고 쇠파이프를 쥔 학생들이 주저앉아 휴식을 취하고 있었다. 그는 백양로를 따라 올라간 뒤 머리에 붕대를 감은 학생이 일러 준 종합관을 찾아갔다. 그는 나지막한 목소리로 내 이름을 불렀다. 1층부터 옥상까지 차례차례 모든 복도와 강의실을 둘러보았지만 그는 나를 만날 수 없었다. 나는 그에게 당연하다고 말했다. 그곳에 있지 않았으므로.

종합관을 빠져나온 그는 왔던 길을 되짚어 내려간 뒤 도서관과 체육관 사잇길을 지나 이학관으로 향했다. 학생들의 점거로 공사가 중단된 운동장의 패널로 된 차폐막을 따라 전경과 학생들이 밀고 밀리는 중이었다. 그는 쉽게 이학관에 다가갈 수 없었다. 그는 체육관 벽에 바짝 붙어 선 채 하늘에서 최루액이 쏟아지는 걸 지켜보았다. 백양로에서 사수대들이 체육관 쪽으로 몰려왔다. 최루 연기가 그들을 집어삼키며 따라왔다. 정문 쪽에서 전경들의 진입 작전이 다시 시작된 것이다. 이학관 정문 계단의 바리케이드 때문에 그는 운동장에서 밀려온 사수대들을 헤치고 가야 했다. 누군가 그에게 싸울 수 있느냐고 물었다. 그는 잠시 머뭇거렸다. 그는 이학관을 올려다보았다. 옥상에서 나부끼는 깃발의 끝자락이 나타났다 사라졌다. 깨진 창문을 가로막은 피켓을 보았고 고개를 내민 채 한가롭게 먼 하늘을 응시하는 사람도 보았다. 그는 세상에서 가장 차분한 구조 신호를 본 듯한 기분이었다. 누군가 그에게 쇠파이프를 쥐여 주었다. 정문 쪽으로 갑시다! 이런 외침들이 들려왔고 그는 바랑을 고쳐 멘 뒤 다른 학생들을 따라 달려갔다. 그는 공포를 억누르고 간신히 내뱉는 고함과 폭죽 소리들에 둘러싸였다. 성한 사람들은 없었다. 핏자국이 말라붙은 청바지와 팔뚝이나 머리에 감긴 더러운 붕대들만이 보였다. 여름날 오후의 태양 빛이 사정없이 그들 머리 위로 내리꽂혔다. 아스팔트에서 피어오르는 열기와 짓누를 듯 덮쳐 오는 햇볕에 그의 몸뚱어리가 이글이글 타오를 지경이었다. 학생들은 채

10분도 버티지 못하고 종합관과 이학관 쪽으로 밀려났다. 운동장에서 대치하던 사수대가 버텨 주지 못했다면 이학관을 등지고 물러서던 학생들은 꼼짝없이 포위되었을 것이다. 누군가 후퇴 신호를 보냈고 학생들은 전경들에게 등을 보인 채 이학관으로 뛰어 올라갔다. 그는 이학관 맞은편 건물의 외벽에 기대어 잠시 숨을 고르다 운동화가 핏물에 젖은 걸 발견했다. 그는 바짓단을 접어 올렸다. 오른쪽 정강이의 새끼손가락 크기로 벌어진 상처에서 진득한 핏물이 흘러나왔다. 그는 백양로를 달려 올라가는 백골단을 보았다. 중대 병력의 전경들이 도서관과 체육관 사잇길로 진입하는 것도 보았다. 그는 사수대들이 이학관을 뛰어 올라가는 것도 보았다. 그곳까지 달려갈 자신이 없었다. 그는 자신이 기대었던 건물 외벽을 따라 절뚝절뚝 걸어 모퉁이를 돌아갔다. 그곳은 기이하게도 창문이 저만큼 높은 곳에 있었다. 그는 건물 뒤편으로 돌아갔다. 해체된 비계가 쌓인 곳을 발판으로 삼으면 창문을 통해 안으로 들어갈 수 있을 듯했다. "그런 걸 초인적인 힘이라고 하는 거지. 어떻게 거길 통해서 기어 들어갔는지 모르겠어." 나는 그에게 물었다. 그럼 언제 연세대를 빠져나간 것이냐고. 그는 어깨를 으쓱하더니 되물었다. "나는 연세대를 빠져나간 게 아니야. 진압 작전이 벌어졌던 이십 일까지 그곳에 있었어." 나로서는 금시초문이었다. 나는 그가 연세대에 남았을 줄은 미처 짐작도 하지 못했다.

그가 창문을 넘어 들어간 곳은 복도 끝 계단참이었다. 누가 지켜보는 것만 같아 그는 한동안 고개조차 들지 못했다. 오한이 든 것처럼 몸이 떨렸다. 그는 이윽고 어슴푸레한 복도에 눈이 익었다. 조심스레 복도 양편의 문손잡이들을 돌려 보았다. 그는 손잡이들에서 자신을 밀어내는 척력을 느꼈다. 또한 그들의 거부하는 목소리도 들었다. 이상한 나라의 앨리스와 다른 점이 있다면 그가 몹시도 겁에 질렸다는 것이리라. 마지막 문이 그를 받아 주었다. 손잡이가 끼익 소리를 내며 돌아가던 순간 기시감에 사로잡혔는데 그건 아마도 어린 시절 자신을 골탕 먹이려고 다락방 문을 바깥에서 잠갔던 누나들에 대한 기억이 겹쳤던 것이리라고 그는 추측했다. 그는 다락방 문이 잠기면 그 안에서 열어 달라고 떼를 쓰거나 우는 대신 그냥 잠들었다. 그리고 언제나 문 열리는 소리에 깼다.

그는 주인이 누구인지 알 수 없는 연구실로 한 걸음 들어섰다. 그가 들어선 방과 건물은 외부 세계와 완벽하게 절연된 공간이 아니었기에 공기를 찢는 폭음과 헬리콥터 소리와 사람들의 아우성과 외침들이 기세가 한 뼘쯤 숙진 채이기는 했지만 어김없이 파고들었다. 하지만 그는 전혀 다른 세계에 한 발을 들여놓았다고 생각했다. 연구실은 외부의 소란과는 상관없이 원래 그대로인 듯 얌전하게 스스로의 내부를 그에게 드러냈다. 학생들이 학교를 점거하기 전까지는 심상한 풍경이었을 고요하고도 조금은 뻔뻔하게 느껴지기까지 했던 연구실이 그에게는 신비로웠다. 커다란 창을 가린 블라인드는 틈도 없이 드리워졌지만 높이 달린 조그만 창들을 통해 빛이 스며 들어와 방은 그리 어둡지 않았다. 책상 위는 깨끗이 치워졌고 책장에는 책들이 빈틈없이 꽂혔다. 의자마저 책상과 선을 맞춰 반듯하게 놓였고 바닥에는 휴지 한 조각 없었다. 방은 이 낯선 마르께스주의자의 침입에 당황하지 않았다. 방을 채운 공기마저 부드럽게 견고했으며, 그가 한 걸음 내디딜 때마다 그가 방금 전까지 점유했던 공간을 시치미를 떼듯 소리도 없이 채웠다. 잠시 숨을 멈추기라도 했던 듯 작은 단문형 냉장고가 조용히 헛기침을 한 뒤 진동했다. 그는 손님용 탁자 위에 놓인 꽃병에 다가갔다. 방금 누가 물을 갈아 주고 분무기로 적셔 주기라도 한 것처럼 장미꽃은 어둑신한 방 안에서도 생생하게 빛났다. 이 방의 주인 혹은 조교는 퍽 세심하면서도 다감한 성격의 소유자일 거라 짐작했다. 바로 그 순간이 아니었다면, 다른 일로 이 방을 방문할 기회가 있었다면 그는 결코 이 방을 신비로운 공간으로 체험하지 못했을 것이다. 평범한 것에 깃든 신성. 마르께스주의자는 일상과 보통에 감춰진 신비를 누구보다 빨리 깨달았다.

그는 책상 앞 바퀴 달린 가죽 의자에 앉았다. 의자는 그에게 어려워하지 말라고 속삭였다. 타인에게 익숙해진 사물들에서 흔히 느낄 수 있던 이물감은 없었다. 그의 등과 엉덩이를 부드럽게 받아들인 의자는 가볍게 발끝으로 밀기만 해도 소리 없이 굴렀다. 그는 오래전 혹은 전생에 이 방의 주인이었을 자신을 상상했다. 언젠가 이런 방에 이처럼 앉아 사색에 잠긴 적이 있던 것만 같았다. 유리창은 간헐적으로 흔들렸다. 폭음이 일 때마다 방을 보호하듯 그렇게 떨었다. 시간이 정지된, 아니 어쩌면 시간이 처음부터 존재하지 않았던 공간이라고 표현하는 게 더 어울릴 듯한 그곳에서 그는 바깥 세계를 눈이 아닌 귀로 관람했다. 그는 바깥을 거대한 수족관으로 혹은 바다로 상상했다. 그에게 헬리콥터는 한 마리 고래상어였다. 백골단은 은갈치 떼였고 전투경찰은 벵에돔 떼였다. 이학관이라는 어초에 몰려든 학생들은 고등어 떼였고 사방을 자욱하게 메우는 최루 연기는 한류에 섞여 든 난류였다. 쇠파이프와 방패가 부딪는 소리들이 날치 떼처럼 그의 귓속으로 날아왔다. 경찰의 무전기에서 나는 잡음과 이학관 옥상에서 들려오는 선무 방송에서 선율마저 헤아릴 수 있을 듯했다. 그러나 그의 즐거운 상상은 오래가지 못했다. 그는 높이 달린 작은 창을 통해 여전히 먼 하늘을 응시하는 누군가를 볼 수 있었고 최루액이 흩뿌려지는 것도 볼 수 있었다. 그는 나지막하게 중얼거렸다. 비가 오네 그날처럼.

해 질 무렵 학생들은 전경을 정문까지 밀어냈다. 그는 자신이 머문 건물 주변에서 들려오는 소리들로 그런 사실을 알 수 있었다. 이윽고 그는 용기를 내 큰 창에 드리워진 블라인드를 살짝 들어 올려 밖을 내다보았다. 여전히 그곳은 폐허였다. 그는 나갈 수도 있었다. 아무렇지도 않은 듯 무리에 뒤섞일 수도 있었지만 방이 그를 붙잡았다. 그는 설명할 수 없는 감정이라고 말했다. 마르께스주의자는 피곤했다. 수십 년에 걸쳐 소모해야 할 감정들을 단 몇 시간 만에 소진해 버린 듯 맥이 빠졌다. 하지만 사실 그는 불안과 평온 사이에서 동요했다. 이학관에는 그가 만나고 싶어 하는 사람이 있었고─다시 한 번 나는 그곳에 없었노라고 말했지만 그는 내 말을 별로 신경 쓰지 않는 듯했다─출혈은 멈추었지만 정강이가 욱신거렸다. 그는 책상 서랍 맨 아래 칸에서 구급함을 찾아냈다. 그는 이 방에 얼마나 머물게 될지 알 수 없었지만 되도록 흔적을 남기고 싶지 않았다. 하지만 몇 방울의 요오드팅크 액이 바닥에 떨어졌다. 혀로 핥아 먹고 싶을 정도였다.

그는 의자에 앉은 채로 자신이 이곳에 오지 않았다면 지금쯤 배관공이 운전하는 트럭 조수석에 앉아 차창 밖을 보았을 것이라고 생각했다. 어제까지의 그는 이 시각에 전혀 피곤하지 않았다. 새벽부터 늦은 오후까지 작업을 했어도 배관공과 함께 단골 술집으로 가는 동안 새로운 활기가 솟았다. 그곳에는 큰누나보다 나이가 두 배쯤 많은, 노회하지만 추하지 않은 누님이 있었으니까. 그러나 지금 그는 몽롱하고 어지러웠으며 구역질까지 났다. 그는 헬리콥터 날개에서 시작된 파열음들을 들으며 까무룩 잠 속으로 빠져들었다. 나는 그 시각에 연세대 상공에 뜬 헬리콥터가 모두 열 넷이었다고 일러 주었다. 그는 놀란 듯했다. "그렇게 적었단 말야? 나는 하늘을 까맣게 뒤덮은 새 떼들을 보았거든. 무슨 종류였는지는 알 수 없지만 거대한 날개를 우아하게 편 채 속도를 줄여 하강하는 새 떼들이었어." 그는 새 떼들 꿈을 꾸었다. 그가 잠든 사이 서울은 어둠에 잠겼고 서치라이트 불빛이 이따금 창을 비추었으며 그의 형상이 고요한 방에서 점멸했다.

그는 새벽에 잠깐 깼지만 시각을 알지 못했고 날짜도 알지 못했다. 자신이 어디에 있는지도 몰랐다. 방의 고즈넉함에 이끌려 다시 잠에 빠져들었다. 다음 날도 무척 맑았지만 그는 흐리다고 기억했다. 그는 그 방을 떠나는 순간까지 그렇게 믿었다. 냉장고는 텅 비었다. 이 방의 주인은 오랜 휴가를 떠난 것만 같았다. 다행히 냉온수기의 물통에 물이 3분의 1쯤 남았다. 그는 뜨거운 물을 컵에 받아 천천히 조금씩 마셨다. 그는 할 일이 없었다. 편지나 일기와 같은 은밀한 읽을거리를 찾아낼 수도 있었겠지만 그는 무단 침입자가 아니라 방문객처럼 처신하기로 마음먹었다. 마르께스주의자라면 꽃 가까이 다가가지 않아도 향기를 맡을 수 있어야 한다고 그는 믿었다. 그는 하루를 초조한 느긋함 속에서 보냈다. 그는 대담하게 방을 나가 화장실을 다녀왔고—하마터면 습관처럼 변기의 레버를 작동시킬 뻔해 가슴을 쓸어내린 일 말고는 딱히 그가 감수해야 할 위험은 없었다—방의 한쪽 벽에 붙은 작은 세면대에서 세수까지 했다. 배가 고프긴 했지만 아직은 참을 만했다. 그는 ㅎ을 먹으며 허기를 달랬다. 사전을 그처럼 달게 먹기는 처음이었다. 소독을 자주 해 주었지만 상처는 쉬이 낫지 않았다. 외려 정강이가 부어올랐고 간지럼을 느껴 손을 대면 칼로 후벼 파는 듯한 통증이 찾아왔다. 민중가요와 군가가 밀물처럼 갈마들었다. 오후가 되었을 때 그는 자신이 생각보다 태연스럽게 이 상황을 견딘다는 사실이 대견하기도 했으며 좀 더 용감하게 행동하지 못했음이 부끄럽기도 했다. 저 건너편에 이학관이 있다는 사실만이 그의 유일한 위로였다. 그가 체험하는 결정적 사건들이 비록 언제 어느 때 결정적 순간으로 바뀌게 될지 알 수 없었으나 그런 순간이 다가온다면 이 방을 뛰쳐나갈 용기를 발휘할 수 있을 거라 믿었다. 그가 넉 장째의 ㅎ을 씹을 때였다. 여태 들어 보지 못한 낯선 소음이 들렸다. 그는 문에 다가가 귀를 댔다. 현관문이 열리는 소리였다. 이윽고 그는 방을 점검할 것을 명령하는 목쉰 소리를 똑똑히 들었다. 손잡이의 잠금장치를 누르기에는 이미 늦었다. 그는 소리 없이 두 손으로 손잡이를 꼭 잡았다. 복도를 달리는 군홧발 소리가 가까워졌다가 멀어졌다. 2층으로 향하는 전경인 것 같았다. 맞은편 방들의 문손잡이를 점검하는 소리가 들렸다. 그 소리가 멀어졌다가 가까워졌다. 전경은 옆방 앞에서 한참을 머물렀다. 2층에서 내려온 전경이 모두 잠겼다고 보고했다. 손 안의 손잡이가 물에 젖은 둥근 비누처럼 미끄덩 빠져나갈 것만 같았다. 조금 뒤 그는 손잡이를 돌리는 힘을 느꼈다. 그의 이마에서 땀이 주르륵 흘렀다. 그와 전경은 문을 사이에 두고 상대를 알지 못한 채 어떤 대결을 치르는 중이었다. 전경은 누가 안에서 문을 잠갔을지도 모르지 않느냐고 투덜댔다. 현관이 잠겼으니 그럴 리 없노라고 변명하는 목소리가 이어졌다. 그는 문 너머 그들의 숨결도 느낄 수 있었다. 뜨뜻미지근한 숨이 문을 관통하여 그의 얼굴에 훅 끼쳐 왔다. 나는 그가 느낀 공포를 짐작할 수 있었다. 그 상황을 묘사할 때 그의 말투에서 묘한 슬픔이 느껴졌고 그의 슬픔에서는 사과 냄새가 났다.

그는 전경들이 손잡이에서 손을 뗀 뒤로도 두 시간 남짓 꼼짝도 하지 못했다. 그들은 현관문을 닫은 채 복도에 누워 잠들었고 그들이 누군가의 성난 발길질에 차여 깨어나 허겁지겁 건물을 빠져나갈 때까지 숨조차 크게 쉬지 못했다. 그는 간신히 잠금 버튼을 눌렀다. 딸깍. 그 소리가 격발한 총탄처럼 그의 가슴에 박혔다. 그는 우아한 착지에 실패한 체조 선수처럼 문 앞에서 비틀대다 쓰러졌다. 그제야 그는 자신이 있는 건물이 이미 전경들의 영역으로 넘어갔음을, 이학관이 포위되어 섬처럼 고립되었음을 깨달았다. 어둠이 무례하게 방으로 난입했다. 그는 흐물흐물 녹아 버린 넉 장째의 ㅎ을 삼키지 못하고 뱉었다. 반쯤 소화된 나머지 석 장의 ㅎ도 토해 냈다. 그가 ㅎ에 약한 이유였다.

그는 스스로를 자신의 몸 안에 은닉했다. 블라인드 너머가 전경들의 집결지였다. 그곳에서 중대 단위의 교대와 얼차려와 배식이 이루어졌다. 식판을 긁는 소리, 라이터 부싯돌 소리, 기합 소리, 그리고 이해할 수는 없었지만 탄식하는 소리와 울음도 들려왔다. 그는 더 이상 그 방에서 평온하지 못했다. 그는 매 순간 그들의 적의를 느꼈다. 그에게 문밖은 적으로 가득한 세계였다. 그가 그들의 소리를 들을 수 있다는 건 그들 역시 이 방에서 생겨난 소리를 들을 수 있다는 걸 뜻했다. 방 안의 사물들이 한숨을 쉬었다. 그는 방의 보호가 사라졌음을 깨달았다. 그 방은 더 이상 학생과 전경들 사이의 텅 빈 완충지대가 아니었다. 그는 여기에서 죽는다면 자신이 우렁찬 군가에 눌려 죽은 최초의 인간일 거라고 생각했다. 마르께스주의자는 품위를 지킬 수 없었다. 그는 옆으로 누운 채 바지 지퍼를 내려 누런 오줌을 쌌다. 나중에는 거추장스러운 바지를 아예 벗어 버렸다. 한낮의 열기가 가시고 달구어졌던 방이 서서히 식으면 참았던 대변을 누었다. 밤이 깊으면 무싯날처럼 쓸쓸했다. 잠드는 것조차 두려웠다. 혹시라도 코를 골거나 잠꼬대라도 하면 이 방이 산산조각 날 것만 같았다.

그는 하룻밤에 ㅎ의 수많은 단어들을 먹어 치웠다. 어두컴컴했으므로 상관없었다. 무엇을 먹든 마찬가지일 것이었다. 날이 밝자 눈이 뻑뻑했다. 졸음이 밀려왔다. 그는 잠들어도 괜찮을 이유를 찾기 위해 고심했다. 그가 조언을 구하기 위해 불러들일 수 있는 사람은 자신뿐이었다. 민중가요와 군가가 어김없이 갈마들었다. 그 틈으로 낯선 웃음이 비집고 들어왔다. 서로를 위무하기 위한 목소리들이었다. 학생과 전경이 구호를 주고받았으며 가볍게 조롱하기도 우스갯소리를 나누기도 했다. 이곳에서는 뜻하지 않게 연방제가 이루어졌다. 저들과 그는 이웃이었다. 서로에게 무관한. 그는 새로운 형태의 해방구에 자신이 속했음을 깨달았다. 어떤 역사에도 기록된 적 없는 특별한 꼬뮌이었다. 그는 이 해석에 만족했다. 그리고 그가 자신의 해방구에서 맨 처음 한 일은 잠을 자는 것이었다. 어머니 배 속처럼 아늑했다. 해가 타올랐다 저물었으며 별이 뜨고 달이 가고 어둠이 그를 부드럽게 덮어 주었다. 깨어 있는 동안에는 시간의 흐름을 잊지 않기 위해 낮과 밤이 몇 번 바뀌었는지를 되풀이해서 각인시켰지만 외려 너무 몰두한 탓에 사흘이 흘렀는지 나흘이 흘렀는지를 종내 헷갈리고 말았다. 그는 바닥에 누운 채로 밤이 낮을 토하고 낮이 밤을 토하는 걸 목격했다. 밤 속에 낮이 낮 속에 밤이 있었다. 밤과 낮은 누구의 꿈일까. 낮이 밤의 꿈일까 밤이 낮의 꿈일까. 어둠 속에서 눈을 번쩍 뜨면 창 너머 캄캄한 하늘에 뜬 희미한 별이 보였다. 자신을 주시하는 하늘의 게슴츠레한 눈이었다. 그에게는 퍽 위안이 되었다. 어둠 속의 한 점 불빛은 제 주변만 밝히지는 않았다. 불빛을 볼 수 있는 곳이라면 어디나 어둠은 걷힌 것이나 마찬가지였다. 한 점 불빛이 밝힐 수 있는 어둠은 무한했다. 그는 엄지와 집게로 동그라미를 만들어 눈에 댔다. 그렇게 하면 별을 관통해 그 너머의 다른 세계로 갈 수 있을 것 같았다. 그의 시선만이라도. 그는 몸속에 은닉했던 자신이 벌떡 일어나 방을 서성이는 것도 보았다. 어느 날이었는지는 기억하지 못했다. "그때는 이미 시간이 아무런 소용이 없었으니까. 내 몸에서 빠져나와 방 안을 서성이던 그것의 정체가 악마라고 생각했어. 만약 내 안에 악마가 있다면 나는 그의 형상을 나와 꼭 닮은 사람으로밖에 달리 상상할 수가 없으니까. 악마가 가슴이나 머리에 깃든다는 생각들, 그러니까 마치 기생충이나 바이러스처럼 내게 침투한 외부의 존재라는 생각들은 다 거짓이야. 악마는 내 전부를 지배하는 존재일 테니까."

그는 블라인드 너머에서 들리는 소리에 귀를 막았다. 전경들은 체포한 학생을 장난감처럼 다루었다. 어느 총련이야? 광주라고? 이 새끼들은 그때 씨를 말려 버렸어야 했는데. 그때 뒈지지 않은 걸 후회하게 해 주마. 너 저 안에서 씹했지? 몇 명 따먹었냐? 그는 폭력의 오금을 보는 듯한 기분이었다. 안락하고 잔인한 움푹 팬 공간. "그

학생이 전경의 쇠파이프에 두들겨 맞으며 내지르던 비명 때문이 아니었어. 나는…… 그 말들이 모두 사전 속에 있다는 사실이 참기 힘들었던 거야." 마르께스주의자는 그동안 자신이 삼켰던 낱말들을 모두 토했다. 1년여 동안 그가 공들여 씹었던 낱말들이 몇 줌 위액으로 바닥을 적셨다. 부질없는 언어들. 그는 칼로 부은 정강이를 짼다. 거기에서도 피고름 같은 언어들이 흘러내렸다. 그는 존재하지 않는 나라의 시민이었다고 말했다. 의무도 권리도 없는 나라. 그러나 왠지 내게 그곳은 아름다웠다. 영주권도 시민권도 없는 결코 만날 수 없는 나라.

그는 어느 날 한밤중에 눈을 떴다가 벽에 난 창문들이 모두 방을 비춘다는 걸 알았다. 그때의 어둠은 거울의 뒷면에 입히는 주석과 수은의 합금이었다. 현실의 그가 속한 방은 고요했지만 창에 비친 방들은 서로에게 소문을 전하듯 은밀했다. "그러니까 그때가 진압 작전이 시작되기 직전의 새벽이었던 거야. 징조는 그처럼 은밀하게 찾아오잖아."

희붐한 빛이 창에 비친 방을 지워 갔다. 그는 자신이 점점 자웅동체에 가깝게 변해 가는 걸 느꼈다. 욕망 없이 슬퍼할 수도 기뻐할 수도 있을 듯했다. 그는 자신의 고립을 실감했다. 누가 원해서였을까. 그 새벽 그는 진정으로 존재하지 않는 공화국의 유일한 시민이었다. 그는 벽이 투명해지고 안개가 낀 듯한 시야가 말끔히 개면서 한낮의 공포가 자신을 엄습하는 걸 지켜보았다. 그가 혼자 감당해야 할 공포들. 그는 혼자이기에 자유롭고 외로웠다. 그는 종합관이 진압되는 동안 맹렬한 기세로 나머지 ㅎ을 씹어 먹었다. 이학관에서 탈출을 시도하는 학생들을 보면서 마지막 장을 꿀꺽 삼켰다.

8월 20일 오후, 대학 관계자들과 몇몇 업무 차량의 정문 통과가 허용되었다. 생수 배달업체의 직원은 공사가 중단된 공대 건물 앞을 지나 맨 처음으로 그가 고치를 틀고 숨죽여 울었던 건물에 들어섰다. 배달원은 이제 막 태어난 알몸의 나비를 놀란 눈으로 바라보았다. 그는 배달원이 건넨 목장갑을 끼고 바랑에서 모자를 꺼내 쓴 뒤 어깨에 생수통을 올렸다. 마지막으로 그는 고개를 돌려 방을 보았다. 수많은 방들이 겹쳐 보였다. "다 보았지. 폐허의 흔적조차 사라져 완전하게 무가 되어 버린 연세대 교정을. 그 배달원을 뒤쫓아 다니며 모든 건물의 생수통을 교체했어. 새로운 세계를 건설이라도 하듯 비장하게 말야." 나는 그가 1초라도 빨리 그곳을 벗어나고 싶어 했을 거라 생각했다. 그는 어떻게 목격의 고통을 견뎠을까. 쥐어뜯긴 머리칼과 핏자국 선명한 깃발들과 썩지 않아 구슬 같던 눈알들이 뒹굴던 그곳에서. 그는 배달원에게 발견되고도 세 시간이 지난 뒤에야 정문을 통해 연세대를 빠져나올 수 있었다. 그가 내 눈을 지그시 들여다보았다. "나는 그곳에 있었던 걸 후회하지 않아. 팔을 부러뜨려서라도 병원을 통해 들어갈 생각이었으니까. ……자 이제 말해 주지 않겠니?" 나는 그의 가슴에 얼굴을 묻었다. 나는 그를 군대에 보내던 날의 환송식과 그가 돌아왔을 때의 환영식 자리에 있었다. 나는 그에게 발자크라는 꼬리표를 붙여 주었고 선전전을 위해 들어갔던 대강의실에서도 수많은 학생들 가운데 앉은 그를 한눈에 알아보았다. 그가 청계 고가도로 아래서 뭇사람들의 시선을 아랑곳하지 않고 사전을 씹어 먹을 때 옆에 함께 쭈그리고 앉았으며 비가 내리는지 오르는지 분간할 수 없었던 더럽고 후락한 을지로 골목길에도 있었다. 그가 한 문장도 쓰지 못한 채 은결든 몸으로 휘청대

며 문학회 방을 빠져나가는 걸, 문과대학 그늘 속에서 계단을 내려
오다 넘어지는 걸 보았다. 노제가 열렸던 신촌로터리에서 뒷걸음질
하는 그의 팔을 붙잡기도 했으며 국토 순례를 떠나기 전 그가 내 손
에 쥐어 주었던 봉투를 잊지 못했다. 그 봉투 속 지폐에서는 고약한
구린내 대신 사과 냄새가 났다. "난 직감으로 알았다. 네가 이학관에
있다는 걸. 그날 탈출하는 학생들 무리에서 너를 발견하고 얼마나
안도했는지 모른다. 그러니까 난 잘못 본 게 아니었어." 그러고 그는
내 어깨를 부드럽게 만지면서 고리오 영감이 자신에게 들려주었던
말을 내게도 똑같이 속삭여 주었다.

  나는 이학관 컴퓨터실에서 열린 창을 통해 그를 보았다. 처음에는
환청일 거라 생각했다. 내 이름을 부르는 그의 목소리…… 나는 빡
빡 깎은 그의 머리에서 부서지는 햇살을 보았다. 눈부셨다. 나는 그
의 공화국의 첫 번째 시민이 되고 싶었다. 나의 마르께스주의자. 그
의 공화국에 존재하지 않는 유일한 사물은 사전이다.

눈사람

윤성희

1973년 경기도 수원에서 태어났다. 1999년 「동아일보」 신춘문예에 단편소설 「레고로 만든 집」이 당선되어 등단했다. 현대문학상, 이수문학상, 올해의예술상을 수상했다. 소설집 『레고로 만든 집』『거기, 당신?』『감기』, 장편소설『구경꾼들』이 있다.

아직까지 허리가 아프다는 게 이상하기만 했다. 스물셋에 금고 가
게 종업원으로 취직을 한 뒤로 세상에는 금고 하나만으로 얼마든
지 황당한 일이 벌어질 수 있는지를 수없이 보아 왔지만, 가만히 누
워 천장만 보다 보니 모든 것이 시시하게만 느껴졌다. 그러니 아들
녀석이 내 몸뚱이를 금고에 넣지 않은 게 얼마나 다행이야. 나는 그
렇게 중얼거려 보았다. 그런다고 분노가 쉽게 사그라지진 않았지만.
한 사람이 겨우 누울 만큼 작은 방에 살면서 대형 금고를 주문한
사람이 기억난다. 금고를 방에 놓자 발을 뻗을 자리가 없어졌다. 늘
웅크리고 잠을 자야 했던 어머니의 국밥집 다락방을 떠올리며 나는
하마터면 충고를 할 뻔했다. 사람은 뭐니 뭐니 해도 다리를 펴고 잠
을 자야 한다고. 신발장을 금고로 만들어 달라던 사람도 있었다. 골
목길에 버려진 금고를 열 때는 정말 너무 놀라 오줌을 쌀 뻔했다.
금고를 여는데 구경을 하던 꼬마 아이가 혹시 폭탄이 들어 있는 거
아닐까요? 하고 물었다. 만화책 좀 그만 봐라. 경찰이 아이의 꿀밤

을 때렸다. 아무리 경찰이지만 왜 애를 때려요? 나는 경찰에게 구시렁거렸다. 어머니의 국밥집에는 그런 경찰이 자주 드나들었다. 맛있게 먹고 나서 음식이 짜다느니 가게 앞에 입간판을 세우는 건 불법이라느니…… 그래도 어머니는 꼭 밥값을 받았다. 거스름돈을 주면서 다음부턴 오지 마요, 라는 소리도 잊지 않고 했다. 다른 건 몰라도 그때의 어머니를 자랑스러워했어야 하는 건데. 어머니 생각이 나려 하자 나는 고개를 저었다. 지난 일을 반성해선 안 돼! 암튼, 꼬마 아이에게 꿀밤을 먹인 경찰이 내 귀에 대고 이렇게 속삭였다. 사실 제 아들이에요. 그런데 혹시 이 안에 토막 시체라도 있는 건 아닐까요? 경찰은 만약 그 안에 시체라도 들어 있다면 재빨리 아들의 눈을 가려야겠다고 생각했다. 경찰은 구경하던 사람들을 향해 소리쳤다. 물러서요. 물러서. 경찰이 시체 이야기를 하자 나는 금고 안에 토막 난 시체가 들어 있을 것만 같은 생각이 들었다. 금고를 열자 그 안에는 폭탄이 들어 있었다. 나도 모르게 두 귀를 막았다. 폭탄은 장난감이었다. 경찰이 진짜인 줄 알고 뒤로 물러섰다가 엉덩방아를 찧었다. 하지만 나는 웃지 않았다. 경찰의 아들이 아버지를 보고 있을 테니까. 정말로 토막 시체가 들어 있는 금고를 연 적도 있었다. 내가 팔았던 금고였다. 배달까지 직접 했고, 아마도 그때 아내의 시체를 욕실에 숨겨 두었을 남자는 나에게 수고했다며 미숫가루를 타 주었다. 나는 그것을 맛나게 먹었다. 사건이 해결되었는데도 나는 일주일이나 제대로 밥을 넘기지 못했다. 출근을 하지 않는 날이 길어지자 사장이 찾아왔다. 사장은 주물 공장 사환으로 시작해서 어떻게 금고 가게의 사장이 되었는지를 이야기해 주었다. 한마디로 말하면, 내가 제대로 가고 있는 건가? 의문이 들 때마다 새벽 네 시 반에 일어나 일을 했다는 거였다. 내가 너를 왜 뽑았는지 아니? 사장이 물었다. 제 허벅지가 마음에 든다면서요? 나는 대답했다. 사장을 처음 만난 곳은 돼지갈빗집이었다. 인쇄소 한켠에 임시로 만든 방에서 직원 다섯 명이 잠을 자던 때였다. 아직 여드름이 가시지 않은, 고향에서 부모님이 배를 탄다던, 소년에게 술을 따라 주면서 나는 맨손으로 멧돼지를 잡은 적이 있다고 거짓말을 했다. 생선은 냄새도 맡기 싫다던 소년이 입이 미어지도록 돼지갈비 상추쌈을 먹는 걸 보면서 나는 고기가 타지 않게 자주 뒤집었다. 난 말이지 한 번도 씨름을 해서 져 본 적이 없어. 내 기억이 맞는다면 소년은 그날 처음으로 술을 배웠다. 인쇄 공장 사장의 딸과 결혼을 했다가 몇 개월 만에 이혼을 하고는 배를 탄다며 고향으로 내려간 뒤 소식이 끊어졌다. 뒷자리에서 술을 마시던 사장이 내게 명함 한 장을 내밀었다. 혹시 일할 생각 있으면 찾아와. 사장은 금고를 나르려면 무엇보다 허리가 튼튼한 사람이 필요하다고 했다. 여학생이 밀어 계단에서 굴러떨어진 뒤로 체육 시간이면 늘 벤치에 앉아 있었지만, 나는 사장에게 어머니가 식당을 해서·어릴 때부터 늘 쌀자루를 날랐다고 거짓말을 했다. 사실, 난 모든 게 거짓말인 줄 알고 있었지. 사장은 말했다. 그렇게 허풍을 치는 놈은 진짜 무거운 걸 날라 봐야 한다고 생각했을 뿐이야. 사장은 안주머니에서 흰 봉투를 꺼냈다. 퇴직금이야. 사장이 단단해진 내 허벅지에 손을 올려놓았다. 그때 그만두었으면 무엇이 달라졌을까? 이제는 썩어 버려 뼈밖에 남지 않은 허벅지에 나는 가만히 손을 올려보았다. 모든 것이 다 사라졌는데, 금고를 들다 삐끗했던 허리가 왜 이제 와서 아픈 건지, 아무리 생각해 보아도 도통 알 수 없었다.

"비타민을 너무 많이 먹어도 건강에 안 좋다네. 오늘 아침 방송에 나왔어." 며느리의 목소리가 들려왔다. "말도 안 되는 소리 하지 마." 아들이 대답했다. 마흔을 넘어서면서 아들은 하루에 열 알씩 비타민을 먹었다. 귀는 나날이 예민해졌고 어떤 날은 아들이 약을 삼키는 소리까지 들려왔다. 도대체 유령이 되면 마음껏 벽을 통과할 수 있다는 이야기를 누가 퍼트린 것일까. 심장이 더 이상 뛰지 않는다는 것을 알았을 때 나는 가만히 누워 구구단을 외웠다. 구 단까지 다 외우고 나자 아들 가족이 설악산으로 여행을 갔다는 사실이 떠올랐다. 나는 죽어 있는 내 얼굴을 보고 싶었지만 참았다. 혹시 얼굴에 침이라도 묻어 있을지 모를 일이지만 그렇다고 깨끗하게 닦을 수는 없을 테니까. 아들은 물수건으로 죽은 아내의 얼굴을 닦아 주었다. 아들이 돌아올 때까지 나는 그저 가만히 누워 있었다. 조금 더 자자. 눈을 감았지만 세상은 여전히 환했다. 눈꺼풀이 사라진 것처럼. 앞으로 평생 잠을 자야 하다니. 그런 생각을 했다가 이내 평생이란 단어는 영영 쓰지 못한다는 것을 깨달았다. 죽고 나면 같이 사라지는 단어들. 십년감수. 악몽. 발자국. 재채기……. 이젠 영원히 체하지도 않을 것이다. 까스활명수를 박스째 사서 쌓아 놓고 먹기 시작한 게 십수 년 전이었다. 아내의 발인을 마치고 돌아와 잠깐 눈을 붙였는데 꿈속에서 아내와 갔던 적이 있는 다방이 나왔다. 다방 주인이 가게 안에 있던 집기들을 밖으로 끄집어내고 있었다. 뭐 하는 거예요? 쌍꺼풀 수술에 실패한 마담이 눈을 깜빡거리며 가게가 망했어요, 하고 대답했다. 여기 쌍화차가 맛있는데. 나는 혼잣말처럼 중얼거렸다. 잠에서 깬 나는 저녁으로 콩나물국에 밥을 한 숟가락 말아 먹었다. 반찬으로 나온 어묵을 젓가락으로 집다 식탁 위에 떨어뜨렸다. 아들과 며느리가 나를 빤히 보았다. 나는 떨어진 어묵을 다시 집어 먹었다. 할아버지 지저분해! 어린 손자가 말했다. 손자의 말이 끝나자마자 어묵이 명치에 걸린 듯한 느낌이 들었고, 그날 밤 활명수를 세 병이나 먹어도 그 느낌은 사라지지 않았다. 그 후로 나는 늘 체한 기분이 들었다. 위암에 걸렸을지도 모른다는 공포는 쉽게 사라지지 않았다. 벌 받은 거예요. 그러게 엄마한테 잘하죠! 종합검진을 받겠다고 하자 아들은 소리쳤다. 식탁 아래에 박스로 쌓여 있는 까스활명수는 내가 죽은 지 한 달 만에 사라졌다. 아들 내외는 밤마다 죄책감에 시달렸고 그때마다 소화제를 마셨다. 그리고 소화제가 다 떨어지자 거짓말처럼 죄책감이 사라졌다. 여행에서 돌아온 아들은 내 얼굴을 빤히 들여다본 뒤에 천천히 눈을 감겨 주었다. 아들의 손은 차가웠다. 어찌나 차가웠는지 아직 내가 살아 있다고 착각이 들 정도였다. 너무 빨라요. 아들은 중얼거렸다. 그러고는 방문을 닫고 나간 뒤 일주일이 지나도록 다시 방문을 열지 않았다. 그제야 나는 자리에서 일어나 서서히 썩어 가는 내 얼굴을 바라보았다. 방문을 열고 밖으로 나가려 했으나 문고리를 손으로 잡을 수 없었다. 문고리가 잡아지지 않자 밖으로 나갈 수 있는 방법이 더 이상 떠오르지 않았다. 곰팡이가 슨 벽들을 바라보면서 종일 방을 서성이다가 나는 다시 자리에 누웠다. 더 정확히 말하면 내 몸뚱이 위로. 일 년이 지나자 싱크대 위를 기어가는 개미 소리가 들리기 시작했다. 손자의 한숨 소리도 들렸다. 어떤 날은 귀만 따로 세상을 돌아다니고 있는 것이 아닌가 하는 생각이 들었다. "내일은 콩나물밥 해 먹을까?" "일찍 들어오면." 아들은 작년 여름부터 천천히 밥을 먹기 시작했다. "길 건너 페인트집. 아들이 결혼한다네." "오만 원만 하지." "나. 물."

"근데. 담배 끊은 건 확실한 거야." 내가 가장 좋아하는 소리는 손자가 아이스크림을 먹는 소리였다. 손자가 숟가락으로 아이스크림을 풀 때면 나도 모르게 아— 하고 탄성을 내뱉었다.

　천장의 벽지가 원래 무슨 색이었는지 기억이 나지 않았다. 모든 것이 흑백으로 바뀌게 된 뒤로 나는 하루에 열 단어씩 색에 관련된 단어들을 떠올려 보려고 애썼다. 빨갛다. 붉다. 불그스름하다……이 집을 지을 때 아내는 지하에 방을 만드는 것을 반대했다. 무엇보다 난방비가 많이 든다는 거였다. 아내가 죽고 나는 거처를 지하로 옮겼다. 여름에는 시원했고 겨울에는 따뜻했다. 무엇 때문에 난방비를 걱정했는지 이해가 가지 않을 정도로. 만약 내가 거처를 지하로 옮기지 않았다면 아들은 내 시체를 지하로 옮겨야 했을 것이다. 그랬다면 나는 아들의 어깨에 붙어서 떨어지지 않았을 텐데. 아들의 등에 붙어서, 출근도 하고, 사람들도 구경을 하고, 맛있는 음식을 먹는 것도 구경할 텐데. 아들은 늘 어깨가 무거울 테고 그래서 더더욱 죄책감에 시달렸을 텐데. 언제부터인가 아들의 코 고는 소리가 들리지 않았다. 죽은 후에야 나는 괘종시계를 버린 것을 후회했다. 시계는 집들이 때 선물로 받은 것이었다. 시계를 사 온 처남은 아내가 죽은 후 내게 전화를 걸어 술주정을 부렸다. 누나가 죽은 건 모두 매형 때문이에요. 처남은 단 한 번도 나를 좋아해 본 적이 없었다. 하지만 그것 때문에 시계를 버린 것은 아니었다. 결코. 잠이 오지 않는 새벽마다 온 집에 울려 퍼지는 종소리를 홀로 듣는 것이 견딜 수 없을 뿐이었다. 지금은 너무나 그리운 소리. 이 동네에는 더 이상 괘종시계를 가진 사람들이 없었다. 대신 아침마다 이 집

저 집에서 정신없이 자명종이 울어 댔다. 아들의 코 고는 소리는 일정한 리듬이 있어서 듣기가 좋았다. 아들이 즐겨 부르던 노래와 리듬이 닮아 있어서 나는 코 고는 소리를 들으면서 콧노래를 흥얼거리기도 했다. 그때마다 망할 놈의 자식이라고 욕을 했던 감정이 조금씩 사그라지기도 했다. "늦었잖아." "오천 원만 더 줘." 어느 집에선가 새벽부터 부부 싸움을 하기 시작했다. 카드 값이 많이 나왔다고 부인이 남편을 향해 리모컨을 집어 던지던 집이었다. 멀리서 자전거 소리가 들린다. 곧 신문이 마당에 던져질 것이다. 아! 개집 위에 쌓였던 눈이 미끄러지는 소리가 들렸다. 그래. 눈이 내린다. 내 기억이 맞는다면 첫눈이었다. 아들은 개를 팔아 버렸지만 아직 개집은 버리지 않았다. 개는 내가 죽은 뒤 종일 울어 댔다. 하지만 개를 팔자 손자가 종일 울어 댔다. 딸랑. 현관문 소리가 들렸다. 아들의 발소리를 들으면서 나는 여전히 등을 구부정하게 걷는지가 궁금해졌다. "잘 잤니?" 아들은 빈 개집을 향해 소리쳤다. 때론 지하실 방문 앞에 서서 안녕히 주무셨어요, 하고 중얼거릴 때도 있었다. 그때마다 나는 너 같으면 잘 잤겠냐, 하고 되받아쳤다. 아들이 생기지 않았다면 내가 결혼을 했을까. 사장이 준 퇴직금을 안주머니에 넣고 나는 하루 종일 시내를 돌아다녔다. 좌판에서 파는 호떡을 먹으면서 여학생 두 명이 까르르 웃고 있었다. 나는 재빨리 호떡 값을 내 주었다. 양 갈래로 머리를 땋은 여학생이 입을 삐죽였다. 아저씨 뭐예요? 곧 크리스마스잖아요. 내가 말했다. 단발머리 여학생이 잘 먹었습니다, 하고 인사를 했다. 그러고는 친구의 팔짱을 끼고는 뭐라고 속삭였다. 전늘 밥을 혼자 먹어서요. 같이 저녁 할래요? 나는 단발머리에게 물었다. 좋아요. 갈래머리가 대답했다. 여학생들과 경양식집에 가서 돈가스를 사 먹은 뒤 나는 공장으로 돌아왔다. 조금 썼어요. 다음 달 월급에서 제하세요. 퇴직금 봉투를 책상 위에 올려놓으면서 나는 사장이 어떤 잔소리를 해도 다 참으리라고 생각했다. 막 사랑에 빠졌으니까. 그 후로 일 년 동안 나는 늘 두 명의 여학생들과 함께 만났다. 같이 영화를 보고, 같이 차를 마시고, 같이 술을 마시는 동안, 내가 좋아하는 사람과 나를 좋아하는 사람이 서로 어긋났다. 결혼식장에서 웨딩드레스를 입은 아내에게 귓속말을 하는 단발머리를 보는 순간, 나는 어긋난 것이 허리뿐만 아니라 바로 사랑이었다는 것을 선명하게 깨달았다. 어린 아들은 줄기차게 울어 댔다. 나는 자주 외박을 했다. 아들은 오랫동안 마당을 서성였다. 아들의 발자국 소리 위로 손자가 아이스크림을 숟가락으로 풀 때와 비슷한 소리가 겹쳐졌다. 고등학교를 졸업한 뒤 손자는 아침에 잠을 자서 저녁에야 눈을 떴다. 식구들하고 같이 밥을 먹지도 않았다. 이 시간에 아이스크림을 먹을 리는 없을 텐데. 나는 눈을 깜빡이는 척하면 지금 들리는 소리가 무슨 소리인지를 생각해 보려고 애썼다. “뭐 해?” 창문 열리는 소리가 들리더니 곧이어 며느리의 목소리가 들려왔다. “응. 눈사람.” 아들이 말했다. 그제야 나는 그 소리가 눈사람 만드는 소리라는 것을 알아차렸다. “손 시려.” 며느리가 말했다. 곧이어 무엇인가 공중에서 바닥으로 떨어지는 소리가 들렸다. 장갑을 던져 주었나 보다. “고마워.” 아들이 말했다. 아들을 미워한 건 아니었다. 단지 우는 아이가 싫었고, 한 칸짜리 방밖에 얻을 수 없었던 내 자신이 싫었기 때문이었다. “당신 닮았지.” “아닌데. 난 눈이 그렇게 작지 않아.” 며느리가 웃었다. 오래간만에 들어 보는 며느리의 웃음소리였다.

아들이 눈사람을 만드는 소리 사이로 더 먼 곳에서 소리들이 끼어들었다. 어젯밤 대학교 기숙사에서 불이 났다. 뉴스를 듣는 집은 혼자 사는 게 틀림없다. 텔레비전 소리와 전화기 소리 말고는 다른 사람 소리는 들리지 않으니까. 도마질 소리. 신혼이겠지. 칼질이 서툴고 손끝에 힘이 들어가 있다. 며느리는 그사이 살림꾼이 되어 있었다. 십 년 전만 해도 요리 솜씨가 그저 그랬는데. 요즘은 칼질 소리가 달라졌다. 근처에 병원이 없다는 게 천만다행이었다. 안 그랬다면 매일 비명 소리를 들어야 했을 테니까. 이 동네는 다세대주택이 많았고 그래서 이사를 오고 이사를 가는 집들이 많았다. 나는 이삿짐 싸는 소리를 듣는 것이 좋았다. 하루 종일 달그락거리는 시간. 만약 지금 내가 걸을 수 있다면 뼈들이 부딪치면서 달그락달그락 소리가 나겠지. 이삿짐을 나르는 것처럼. "영호야 일어나." 영호의 어머니가 영호를 깨우는 소리가 들렸다. 기관지염을 앓는 노파의 기침 소리가 요즘에는 들리지 않는다. 죽었을까? 이사를 간 것일까? "영호야." 영호의 어머니가 다시 영호를 불렀다. 영호는 다섯 번을 불러야 겨우 일어난다. 느릿느릿. 발걸음 소리를 들어 보면 영호는 조금 뚱뚱한 아이일 것이다. "영호야 벌써 일곱 시 반이다." 나는 지각이다, 지각이야, 하고 중얼거렸다. 그러면 단짝처럼 지내던 고향 친구 영호가 떠오르곤 했다. 우리 집 앞에 서서 지각이야, 하고 외치던 영호. 영호의 어머니는 어머니의 국밥집 옆에서 채소 장사를 했다. 장사가 시원찮은 겨울에는 한켠에 비닐 천막을 치고 붕어빵과 고구마를 팔기도 했는데 가끔 찌그러진 붕어빵을 내게 주곤 했다. 어머니의 가게 이름은 충남집, 영호네 가게 이름은 영남집이었다. 어머니는 단 한 번도 충청도에 가 보지 못했고, 영호네 어머니도 경상도에 가

보지 못했다. 어머니에게 음식 솜씨를 전수해 준 아주머니의 고향이 충청도일 뿐이었다. 나중에 알고 보니 그 아주머니는 자신이 어디서 태어났는지를 모르고 있었다. 어린 시절을 보낸 고아원이 충청도에 있었다는 거였다. 그래서 가게 이름이 충남집이 되었다. 영남집이라 는 간판은 건물이 세워졌을 때부터 그 자리에 있었다. 처음에는 파 전집이었는데 일수놀이를 하던 가게 주인이 야반도주를 했다. 두 번 째는 국밥집이었지만 옆집 영남집에 밀려 곧 문을 닫았다. 세 번째 는 세탁소였는데 미용실 여자와 눈이 맞아 도망을 갔다. 영호네 어 머니는 그 가게의 여섯 번째인가 일곱 번째의 주인이었다. 가게 주 인이 모두 도망을 가게 되는 운명이라는 걸 영호 엄마는 몸소 보여 주었다. 영호야 일어나라, 하는 소리를 들을 때마다 나는 영영 자리 에서 일어나지 못하는 내 몸뚱이를 보면서 우울증에 빠졌다. 귀신도 우울해질 수 있다니! 그런 생각을 하자, 아주 잠깐이지만, 어느 한 부분은 완전히 죽지 않은 것일지도 모른다는 희망이 생기기도 했다. "영호야. 이제 다신 안 깨운다." 손자 녀석이 저 소리를 들어야 하는 데. 왜 며느리는 손자를 깨우지 않는 것일까? 아들이, 며느리가, 손 자의 이름을 불러 본 지 얼마나 되었을까? "네. 일어났어요." 마침내 영호가 일어났다. 영호가 세수를 한다. 이를 닦는다. 그리고 아침밥 을 먹는다. 영호는 밥을 꼭꼭 씹지 않고 그냥 삼킨다. 사십 년 뒤, 어 쩌면, 영호는 위암에 걸릴지도 모른다. 내 친구 영호가 그랬던 것처 럼. 영호의 병문안을 가서 말없이 홍시만 먹고 오던 일이 생각났다. "안경 어디 있지?" "제발 다음 주에도 전화 좀 해 줘요." "오늘 내 생 일이야. 미역국은?" "니 생일은 다음 주잖아." "나도 자동차가 있었으 면 좋겠어요." "엄마, 유치원은 왜 매일 가야 해요? 난 가고 싶은 날만 갔으면 좋겠어요.” 자동차 시동 거는 소리가 사람들 대화 사이사이에 끼어들었다. 그러다 며느리가 청소기를 돌리기 시작하자, 곧 세상이 모터 소리로 가득 찼다.

이 동네 사람들은 아무도 사랑한다는 말을 하지 않았다. 내가 그 단어를 들을 때는 누군가 드라마를 볼 때뿐이었다. 아들이 만든 눈사람은 햇볕에 서서히 녹기 시작했다. 똑, 똑, 똑, 어디선가 눈들이 계속 녹아내렸다. 양 갈래로 머리를 땋고 다녔던 아내는 그다지 음식 솜씨가 좋지 못했다. 음식이 지나치게 짰다. 아들이 달리기를 하다가 쓰러진 뒤로, 심장병이라는 판명을 받고 난 뒤로, 아내는 모든 요리에 소금을 넣지 않기 시작했다. 결혼해서 십 년은 짠 음식을, 그리고 그 뒤로는 밍밍한 음식만을 먹었다. 회사에서 하루 세 끼를 먹는 날이 많아졌다. 사장이 내 곁을 지나갈 때마다 너무 일을 많이 하는 거 아니냐며 어깨를 툭툭 쳐 주었다. 아들이 심장병 수술을 받던 날도 이렇게 눈 내리던 겨울이었다. 아내는 병원 수술실 앞에서 두 손을 모으고 앉아 있었다. 나는 눈이 내리는 골목길을 하염없이 걸었다. 누군가의 대문 앞에 눈사람이 서 있었다. 나는 눈사람의 머리를 발로 내리쳤다. 눈사람 머리가 굴러떨어지면서 반으로 갈라졌다. 연탄재가 흰 눈 사이로 삐져나왔다. 트럭에 치여 머리가 으깨진 사람을 본 적이 있었는데 그 모습이 부서진 눈사람 위로 겹쳐졌다. 한참 길을 걷다 보니 몇 달 전에 금고 배달을 한 적이 있는 집이 보였다. 금고를 나르다 발등을 찧을 뻔했는데 그걸 본 집주인이 천 원짜리 한 장을 주머니에 찔러 주었다. 나도 모르게 대문 앞에 섰다. 안을 들여다보니 주먹만 한 작은 눈사람들이 창틀에 나란히 놓어 있었다. 초인종을 눌렀다. 누구냐고 물으면 뭐라고 대답하지? 그런 걱정이 들었지만 그래도 초인종을 누르는 손을 멈출 수는 없었다. 아무 대답도 들리지 않았다. 나는 허벅지를 내려다보았다. 단단한 허벅지. 사장은 내게 말했다. 나 덕분에 이제 누구와 씨름을 해도 지지 않게 되었지. 훗날, 사장이 휠체어에 앉아서 내게 욕을 했을 때, 나는 말했다. 이젠 전 누구와 싸워도 지지 않아요. 나는 대문 창살 사이로 손을 밀어 넣었다. 그리고 잠금쇠 고리를 아래로 내렸다. 대문을 열고 마당으로 들어서니 쌓인 눈 위로 발자국들이 보였다. 나는 신발을 벗고 누군가의 발자국 위를 밟아 가며 현관 쪽으로 걸었다. 열쇠는 세 번째 화분 아래에 있을 것이다. 어쩌자고 집주인은 내 눈앞에서, 아무런 경계도 없이, 현관문을 열었을까? 금고에는 통장 수십 개와 서류들이 들어 있었다. 돈 봉투가 보였다. 나는 침을 꿀꺽 삼켰다. 그리고 봉투에 든 돈 중 삼 분의 일만 꺼내 주머니에 넣었다. 다시 맨발로 마당을 걸었다. 등이 시렸고 몸이 부르르 떨었다. 이번 한 번만이야. 나는 골목길이 다 끝나도록 맨발로 길을 걸었다. 그러다 또 눈사람을 보았다. 그 눈사람 아래에 신발을 내려놓았다. 왜 사람들은 눈사람에게 장갑이나 목도리를 씌워 주면서 신발을 신겨 주지는 않는 거지? 그런 궁금증이 들었다. 몇 걸음 걷다 나는 이내 되돌아왔다. 생각보다 발이 시렸기 때문이었다. 신발을 도로 신다가, 눈사람이 추위를 탈 리가 없다는 생각이 들었고, 그래서 눈사람이 쓰고 있는 털모자를 벗겼다. 꽁꽁 언 털모자를 겨드랑이 사이에 끼웠다. 당신 그 모자는 뭐야? 꼭 도둑 같잖아. 병원에 도착하자 아내가 말했다. 병원비야. 나는 아내에게 훔쳐 온 돈을 주었다. 어디서 났어? 아내가 물었고, 나는 훔쳤어, 하고 대답했다. 이 모자를 쓰고. 하지만 아내는 내 말을 믿지 않았다. 사장님한테 가불했구나. 아내가 말했고 나는 고개를 끄떡였다. 아들이 마취에서 깨어나는 걸 기다리는 동안, 나는 입원실 한구석에 쪼그리고 앉아 토막잠을 잤다. 깊은 잠이 들려 할 때마다 나는 뺨을 때리며 자면 안 돼, 하고 중얼거렸다. 경찰에 쫓기는 꿈을 꾸게 될지도 모른다고 생각했기 때문이었다. 하지만 꿈속에서 나는 멋진 금고털이범이 되어 있었다. 모은 돈으로 차곡차곡 저금도 하고, 연말이면 불우이웃돕기에 성금도 쾌척하고, 가족들과 몇 년에 한 번씩 여행도 떠났다. 당신, 지금이 웃겨? 잠에서 깨어 보니 아내가 나를 한심한 표정으로 바라보고 있었다. 아들은 깨어나서 엄마만 찾았다. 나는 털모자를 깊게 눌러썼다. 그 모자가 분명 어딘가 있을 텐데. 버리지는 않았을 것이다. 내겐 행운을 가져다준 모자였으니까. 그 모자를 쓰지 않고 금고털이를 하던 날 나는 하마터면 붙잡힐 뻔했다. 혹시 짐작 가는 범인이 있나요? 경찰은 두어 번 금고 가게를 찾아왔다. 나는 훔친 보석과 돈을 절대 가족에게 건네주지 않았다. 아내가 월급을 모아 결혼한 지 십 년 만에 방 두 개짜리 전세를 얻을 때까지 나는 월급 말고는 아무것도 가져다주지 않았고, 경찰은 단칸방에서 콩나물국만 끓여 먹는 우리 부부를 의심하지 않았다. 결혼기념일에 반지 하나를 해 주고 싶은 것도 참았다. 모두 언젠가 지어질 이 이층집을 위해서였다. 손자가 기지개를 켠다. 아. 무료해. 손자는 잠에서 깨어나도 바로 자리에서 일어나지 않았다. 천장을 바라보며 눈만 끔뻑끔뻑할 뿐이었다. 마치 나처럼. 침대 스프링은 바꿀 때가 훨씬 지났다. 손자가 잠을 자면서 몸을 뒤척일 때마다 나는 아들 내외에게 화가 났다. 다달이 들어오는 내 연금을 받아서 어디다 쓰는 건지. 청소기를 돌릴 때마다 며느리는 가끔 눈물을 흘렸다. 처음에 그 소리를 듣고는 청소기가 고장 난 줄 알았다. 손자가 움직일 때마다 계단이 삐걱거렸다. 위에서 세 번째 계단은 곧 주저앉을 것이다. 망할 놈의 업자. 손자가 손자를 얻을 때까지 끄떡없다더니. 화장실에서 물이 새는 것부터 시작해서 해마다 손을 볼 곳이 늘어나기 시작했다. "밥?" 며느리가 물었다. "라면." 손자가 대답했다.

눈사람이 녹는 것처럼 내 몸도 그렇게 녹아 버린다면 얼마나 좋을까. 나는 눈으로 만든 무덤 안에 갇히는 꿈을 꾸었다. 아들과 며느리가 내 몸 위로 계속, 계속, 계속 눈을 쌓았다. 삽질을 할 때마다 아들의 입에서 나오는 입김이 보이는 듯했다. 입김은 구름 모양이 되어 멀리멀리 퍼졌다. 손자는 이제 김치를 입에도 대지 않던 어린아이가 아니었다. 손자가 라면을 먹을 때면 후루룩— 하고 면을 빨아들이는 소리가 귀가 아플 정도로 크게 들렸다. 이 동네에서 라면을 그렇게 맛있는 먹는 녀석은 손자와 여자친구에게 쪼다라고 불리던 녀석밖에 없었다. 여자친구가 넌 쪼다 같아, 하고 소리치자 녀석은 전봇대를 걸어찼다. 그 순간 나는 녀석의 발이 부러졌다는 것을 알았다. 하지만 그걸 눈치채지 못한 여자친구는 계속 욕을 했다. 넌 어떻게 천 일 기념 선물로 가짜 가방을 선물하니. 작년에 내 친구들하고 술 마실 때 술값 내기 싫어서 취한 척했지? 여자친구가 입을 열 때마다 녀석은 점점 쪼다가 되어 갔다. 지난 일 년 동안 네가 영화표를 끊은 적이 한 번도 없어. 녀석은 부러진 다리로 다시 한 번 전봇대를 걸어찼다. 여자가 계속해서 화풀이를 해 대자 녀석은 다 죽어 가는 목소리로 말했다. 미안. 제발 119 좀 불러 줘. 깁스를 한 뒤로 나는 녀석의 발자국 소리를 금방 알아챌 수 있었다. 여자친구는 더 이상 찾아오지 않았다. 녀석은 퇴근길에 마트에 들려 라면 한 봉지와 소주 한 병을 샀다. 계산을 할 때마다 마트 주인은 밥을 먹어야 한다며 잔소리를 했다. 마트 주인은 내게 거스름돈을 잘못 준 적이 있었다. 아직도 장사를 하다니. 내 돈 오천 원을 떼어먹은 주제에. 그래도 남을 걱정하는 마음은 있는 여편네였다. 라면만 사는 동네 청년을 걱정하는 걸 보니. 이제 그만 내 돈을 떼어먹은 걸 용서하기로 하자. 마트 주인이 녀석의 라면 먹는 소리를 들었다면 밥을 먹어야 한다는 걱정을 하지 않을 것이다. 어찌나 맛나게 먹는지 나도 모르게 절로, 그렇게 배가 고팠니? 얼른 먹어라, 라고 중얼거리게 된다. 사장이 뇌출혈로 쓰러졌을 때 병문안을 간 나는 선물로 들어온 복숭아 통조림을 두 통이나 먹었다. 손자나 쪼다 녀석이 라면을 먹을 때면 나는 나도 모르게 입맛을 다시게 되었다. 그러고는 가장 맛있게 먹었던 음식이 무엇인지를 곰곰 생각해 보았다. 어떤 날은 영호의 어머니가 주신 팥이 하나도 들어 있지 않은 붕어빵이 생각났고, 어떤 날은 공장 난로에서 끓여 먹던 꽁치김치찌개도 생각났다. 하지만 무엇보다도 사장의 병실에서 먹었던 복숭아 통조림의 맛이 머릿속에서 떠나지 않았다. 고혈압에 당뇨병을 앓던 사장이 세 번째로 쓰러지자 사람들은 더 이상 재기 불능일 것이라고 숙덕거렸다. 나는 잠든 사장을 보면서, 혼자 목욕탕을 간 게 언제인지 아세요, 하고 중얼거렸다. 지난 주말에 말이에요. 전 혼자 목욕탕을 갔어요. 주머니에 목욕비하고 때밀이 수건을 살 돈만 넣고서요. 오래간만에 간 목욕탕은 입장료가 올랐고 나는 돈이 모자라 다시 돌아와야 했다. 집까지는 버스로 한 정거장은 걸어야 했고 나는 집에 돌아가거든 물을 데워 머리나 감아야겠다고 생각했다. 그러자 갑자기 참을 수 없을 정도로 등이 가려워졌다. 지나가는 사람을 붙잡고 등을 긁어 달라고 하고 싶을 정도로. 아무도 없는 골목길로 들어가 나는 전봇대에 등을 대고 몸을 비볐다. 지나가는 개가 나를 빤히 쳐다보았다. 뭘 봐. 나는 돌멩이를 발로 걷어찼다. 그때였다. 전봇대 바닥에 지폐 한 장이 버려져 있는 것을. 그 돈을 주워 다시 목욕탕을 간 나는 때밀이 수건을 두 장이나 샀고 두유도 한 병 샀다. 목욕탕 주인은 33번 사물함의 열쇠를 주었다. 믿기지 않겠지만 목욕탕에 가면 나는 늘 33번이나 77번 사물함의 열쇠를 받았다. 사물함 안에 신발을 넣다가 나는 무엇인가에 신발이 걸리는 느낌을 받았다. 고개를 숙이고 안을 들여다보니 편지 봉투가 반으로 접힌 채 있었다. 편지 봉투에는 돈이 들어 있었다. 나는 물수건으로 사장의 얼굴을 닦아 주었다. 얼굴을 자세히 보니 콧구멍의 크기가 달랐다. 제 말 무슨 뜻인지 알겠어요? 전 그렇게 운이 좋은 놈이라고요. 나는 사장에게 말했다. 사장은 여전히 잠을 자고 있었다. 그러니 이제 회사는 저를 주세요. 말을 하고 나자 갑자기 마음속 깊은 곳에서 자신감이 솟구쳤다. 까짓. 나는 복숭아 통조림 박스에서 깡통 하나를 꺼냈다. 통조림은 달았다. 하지만 남김없이 다 먹었다. 국물까지. 배 속이 든든해졌다. 다시 깡통 하나를 꺼내 역시 국물까지 마셨다. 그때 사장이 눈을 떴다. 초점이 흐려진 사장의 눈빛을 보며 나는 결심했다. 어떤 일이 있어도 가게를 내 것으로 만들어야겠어. 훗날, 사장이 배은망덕한 놈이라며 내 뺨을 갈겼을 때 나는 화를 내지 않았다. 손에 힘이 하나도 없었기 때문이었다. 더 때리세요. 애당초 저는 거짓말쟁이였으니까요. 사장의 영혼은 지금쯤 어디에 있을까? 솔직히 나는 사장의 유령을 만나게 될까 봐 무서웠다. 유령은 반신불수의 환자가 아닐 테니까.

누군가의 집에서 생일 축하 노래가 들려온다. 사랑한다는 말은 들을 수 없지만 생일 축하한다는 말은 자주 들렸다. 이 동네는 일 년 내내 생일만이 있는 것 같았다. 그러다 아무도 생일이지 않는, 그런 날은 이 세상에 없다는 생각이 떠올라 피식 웃었다. "생일 축하합니다." "생일 축하해." "여보. 축하해요." "아빠 고마워요." "생일 선물은?" 그런 말들을 들으면서 나는 하나밖에 없는 딸의 생일인가 보다. 생일 선물로 곰 인형을 주었을까? 따위의 상상을 해 보았다. 아들은 생일날 미역국을 먹지 않겠다고 했다. 내가 죽고 난 뒤 며느리는 아들의 생일날 미역국과 불고기를 했다. 모처럼 손자 녀석도 아침에 일어났다. 생신 축하드려요. 그 말을 끝으로 수저질 소리만 들려왔다. 아들이 물을 마시고 난 뒤 말했다. 고마워. 이젠 내년부터 내 생일은 챙기지 마. 아들 내외의 생일은 어떻게 지나가는지 알 길이 없었다. 하지만 내 생일은 잊으려 해야 잊을 수 없었다. 해마다 전화를 해 주는 그 꼬마, 아니 이제는 청년이 된, 형민이 덕분에. 고아가 되었을 때 형민의 나이는 열다섯 살이었다. 금고 가게로 자장면을 배달해 주던 녀석은 어느 날 내게 찾아와 물었다. 어떻게 하면 사장이 될 수 있어요? 나는 전 사장이 내게 해 주었던 말을 형민에게 들려주었다. 이 길이 맞는 건가? 하는 생각이 들 때마다 새벽 네 시 반에 일어나 일을 했다고. 그러자 형민이 대답했다. 전 지금도 그렇게 하고 있어요. 하지만 너는 지금 그렇게 해서는 안 된단다. 이젠 시대가 달라졌잖니. 일을 하는 게 아니라 공부를 해야지. 나는 형민의 머리를 쓰다듬으면서 대학에 들어가면 4년 내내 등록금을 내 주겠다고 약속을 했다. 사장님 아들은 좋겠어요. 형민이 인사를 꾸벅했다. 아들에게 한 번도 친절한 적이 없던 나는 그날 밤 자고 있는 아들의 머리를 한번 쓰다듬어 주었다. 잠결에 아들이 짜증을 냈다. 대학을 졸업한 뒤로 형민은 해마다 내 생일날 전화를 걸어 왔다. 목욕탕 가셨어. 올해도 전화해 줘서 고마워. 아버지께 전할게. 생일 기념으로 동남아 여행을 보내 드렸어. 올해도 전화해 줘서 고마워. 일 년 중 가장 괴로운 날이 내 생일이라고 아들은 언젠가 잠을 자기 전에 며느리에게 고백을 했다. 부도만 나지 않았다면 이렇게까지는 하지 않았을 거라고. 모두 다 이 집을 지키기 위해서였다고. 유산을 물려받는 순간 아들은 모든 재산을 압류당했을 것이다. 하지만 아들은 영영 모르리라. 나한테는 아들이 생각한 것보다 더 많은 재산이 있다는 것을. 바로 여기. 내 등 뒤. 지하실 바닥에. 골목길에 아이들이 뛰어놀면 좋을 텐데. 그러다 엄마들이 일제히 창문을 열고는 밥 먹으라고 소리치는 것을 듣고 싶었다. "왔어." "낮에 왜 전화 안 받았어?" "피곤하다. 그 개자식." 퇴근 시간이 되면 다시 동네가 소란스러워졌다. 가만히 듣다 보면 세상 모든 사장들은, 세상 모든 선생들은, 세상 모든 상사들은, 다 나쁜 놈들뿐이었다. 차라리 아이 우는 소리가 골목길을 꽉 채웠으면. 이제는 아이 우는 소리마저 그리웠다. "당신 오늘 양말 그렇게 신고 회사 갔어요?" 며느리의 목소리가 들렸다. 아들은 또 양말을 뒤집어 신었을 것이다. "걱정 마. 오늘 신발 안 벗었거든. 아. 아니다. 점심시간에 벗었네." 이제 가끔 아들은 며느리를 도와 저녁 밥상을 차리기도 했다. 곧 가라앉는 배를 최후까지 운전해야 하는 선장처럼. 아들은 더 이상 술도 마시지 않았다. 아들이 고등학교 삼 학년이 되었을 때 나는 마지막으로 금고를 털었다. 만약 잡히면 그 충격으로 아들은 공부를 그만둘 테고 그러면 영영 대학을 못 갔을 것이다. 금고 가게의 사장이 되자 금고를 터는 일은 더더욱 쉬워졌다. 한번 금고를 사 갔던 손님들은 다시 찾아와서 내게 화풀이를 했다. 그러면 나는 그보다 비싼 금고를 보여 주면서 말했다. 그러게 제가 이놈을 권해 드리지 않았습니까. 나는 절대로 비싼 금고를 사 갔던 고객의 집을 털지 않았다. 누군가가 줄넘기를 한다. 하나. 둘. 셋. 매번 열을 넘기지 못하고 줄에 걸렸다. 여름에는 골목길에서 배드민턴을 치는 부부들 덕분에 지루하지 않게 보냈다. 자그마치 서른일곱 번이나 랠리가 오고 갔다. 나도 모르게 박수를 쳐 주고 싶었다. "감기 걸리려나. 열이 나네." 아들이 커피를 한 모금 마셨다. 눈사람의 머리 부분이 바닥으로 툭 하고 떨어졌다. 눈, 코, 입은 이미 일그러졌을 것이다. 눈사람이 다 녹으면, 아니, 마당의 목련 나무에 새순이 돋으면, 아니, 목련 꽃이 다 떨어지면, 아니 여름 긴 장마가 시작되면…… 그땐 아들을 용서해야지. 하지만 아들은 모를 것이다. 지하실 바닥에 숨겨 놓은 금고에 대해선. 집을 지으면서 나는 지하실 바닥에 금고를 묻어 두었다. 거기에는 그동안 훔친 보석들이 가득 들어 있을 것이다. 손자가 결혼을 하면 그땐 그 보석들을 하나씩 꺼내려 했는데. 어떻게 하면 다른 사람의 꿈에 들어갈 수 있는 것일까. 죽은 아내는 자주 내 꿈에 나타났다. 나 몰래 들어 두었던 보험에 대해서도 알려 주었고 쌀통 아래에 숨겨 둔 비상금도 알려 주었다. 심지어 어머니 제삿날도 일러 주었다. 잊지 말아야 할 것들은 너무 많았고 그때마다 아내가 꿈속에 보였다. 나는 한 번도 고맙다거나 미안하다고 대답을 해 주지 않았다. 손자의 방에서 창문이 열리는 소리가 들렸다. 찰칵. 라이터를 켠다. 아들이 담배를 끊자 손자가 담배를 피우기 시작했다. 손자는 다 피운 꽁초를 마당을 향해 던졌다. 그러면 마당을 서성이던 아들이 꽁초를 주웠다. 그러면서 아들은 중얼거렸다. 아버지 이젠 어떻게 해야 하는 걸까요. 아들의 뜻과 달리 시간은 너무 빨리 지나갔다. 부도가 난 회사는 금방 일어서지 못했다. 대문에 걸려 있는 내 문패를 보면서 아들은 진작 모든 것을 포기했어야 한다는 것을 깨달았다. 아! 고드름을 한 번만 먹어 보고 싶다. 나는 아들을 위해서 생일 축하 노래를 나지막이 불러 보았다. 목소리가 나에게도 들리지 않기 때문에 음정 박자가 제대로 맞는 건지 알 길이 없었다. 노래를 다 부른 후, 나는 아들의 꿈속으로 한 번만, 단 한 번만, 들어가 보았으면 좋겠다는 생각을 했다. 그러면 절대 미안하다는 말을 하지 않을 것이다. 용서한다는 말도. 그러고는 말할 것이다. 네가 찾지 못하는 곳에 보물이 숨겨져 있을 거라고. 내 손자를 저렇게 우울한 아이로 자라게 한 벌로 어디 있는지 절대 알려 주지 않을 거라고. 메롱 하고 혓바닥도 내밀어 볼까. "눈이 더 내리네." 며느리가 말했다. 아들은 아무 대답도 하지 않았다. 손자는 누군가에게 문자 메시지를 보냈다. 녹아 무너진 눈사람 위로 눈이 쌓일 것이다. "영호야. 저녁 먹어." 영호의 어머니가 말했다. 아! 영호는 학교에 갔다 돌아왔나 보다.

추천 우수작

파견 근무

정
미
경

1960년에 경남 마산에서 태어나 이화여대 영문과를 졸업했다. 1987년 「중앙일보」 신춘문예 희곡 부문에 「폭설」이, 2001년 『세계의문학』 소설 부문에 「비소 여인」이 당선되어 작품 활동을 시작했다. 2002년 『장밋빛 인생』으로 제26회 오늘의작가상을, 2006년 「밤이여, 나뉘어라」로 제30회 이상문학상을 수상했다. 소설집으로 『나의 피투성이 연인』 『발칸의 장미를 내게 주었네』 『내 아들의 연인』이 있고, 장편소설로 『장밋빛 인생』 『이상한 슬픔의 원더랜드』 『아프리카의 별』이 있다.

목선을 따라 흰 레이스가 달린 분홍 블라우스 아래로 배꼽이 살짝살짝 보인다. 저만치 걸어오는 아이는 학예회 무대에서 첫 배역을 맡은 소녀 같다. 커다란 비눗방울 안에서 어떻게든 그걸 터뜨리지 않고 걸어야 하는 역할을 맡은. 누군가 쳐다보고 있다는 걸 알고 있는 게다. 막 꺼내 입었는지 초록색 스커트는 조글조글 구김이 갔다. 아무리 튀는 색의 옷을 입어도 더할 나위 없이 어울리는 건 저 또래 아이들뿐이지.

놀이터는 텅 비어 있다. 어느새 그늘이 좋은 계절이었다. 성급하게 망울을 터뜨린 등꽃 그늘 아래서 걸어오는 아이를 지켜보고 있자니 목이 마른 느낌이 들었다.

황태탕 잘하는 집이 있다며 앞장설 때도 홍은 어딜 들르겠다는 얘긴 없었다. 더위가 코앞에 닥친 계절에 황태탕이란 썩 당기는 메뉴는 아니다. 뜨거운 사발이 앞에 놓이자 오는 내내 난감한 기분이었던 까닭을 알 것 같았다. 땀을 쏟으며 절반이나 먹고 일어나 나왔을 때야 홍은, 집에 있을지 모르겠네, 이쪽으로 잠시만, 애매한 말을 흘리며 상가 뒤편으로 난 지저분한 길을 건너 아파트 단지 쪽으로 걸음을 옮겼다. 고층 아파트가 드리운 그늘 아래로 들어서서야 강을 돌아보며 말했다. 마침 이 근처가, 현장이네요. 한번 들어가 보셔도 되고……. 외가가 같은 단지라 지금은 할머니가 아이를 데리고 있긴 합니다만. 나긋나긋한 말투였지만 앞뒤 없이 왔다 갔다 하는 게 난센스 퀴즈처럼 들렸다. 그제야 황태탕을 핑계로 여기까지 끌고 온 까닭을 짐작할 만했다. 예상치 못한 일이라 무어라 답을 못 하고 있는데 휴대폰을 꺼내더니 전화를 건 사람 같지 않게 예, 예 짧게 대답만 하고는 끊었다. 겨우 일 분이나 지났을까. 출입문 뒤에서 기다리고나 있었다는 듯 아이가 나타난 것이다. 아이 뒤편으로 예순 중반으로 보이는 여인 하나가 줄레줄레 따라오고 있었다. 이것 봐라. 어쩌다 보니 무람없이 대하는 사이가 되긴 했지만 6급 공무원과 현직 판사의 신분이란 별당 아씨와 머슴만큼이나 유가 달랐다. 이곳으로 발령받고 와서 알고 지낸 지 일 년이다. 다섯 살 위지만 그의 깍듯함을 당연하게 여겨 왔다. 아랫것들과는 밥을 같이 먹지 말아야 하는데. 걸어오는 아이를 바라보고 있던 홍이 코를 훌쩍이며 손바닥으로 얼굴을 문지른다.

"감기 기운이 있나 봐요?"

따지듯 물어본 것도 아닌데 눈을 크게 뜨고 고개를 저었다.

"아니에요. 제가 이 계절엔 알러지가 있어요. 그냥 콧물만 쏟아져요. 수도꼭지 틀어 놓은 것처럼. 아주 죽겠습니다."

그러고는 보란 듯 후루룩 콧물을 들이마신다. 더러운 새끼.

크고 작은 재판이 눈코 뜰 새 없이 이어졌다. 소액재판이 있는 날은 처리해야 할 사건이 수십 건이다. 훑어보아야 하는 공소장이나 관련 자료의 분량이 엄청났다. 한 주 동안에만도 읽어야 하는 보고서가 수천 쪽이 좋이 되었다. 사건 당사자를 직접 만날 시간도, 이유도 없었다.

가까이 오자 어느새 아이 앞으로 나선 할머니가 허리를 꺾어 인사를 하고는 아이에게도 인사를 시킨다. 판사님께 인사해야지. 아이는 할머니를 먼저 올려다본 후에 머루 같은 눈으로 강을 잠시 쳐다보았다. 안녕하세요, 인사하는 목소리가 채 여물지 않았다. 더워졌어요, 홍의 말에 할머니는 맞장구를 쳤다. 그러게. 엊그제까지도 무르팍에 찬바람이 돌더니. 할머니는 손에 쥐고 있던 손수건을 아이의 코에 갖다 대고 흥 소리를 냈지만 아이는 가만있었다. 이상한 고집이 느껴졌다.

"흥 하래도?"

목소리에 상냥함과 동시에 섬뜩함이 풍겨 났다. 그제야 아이는 조그맣게 흥 소리를 내며 코를 풀었다. 아이의 코언저리를 야무지게 닦아 내고는 그 수건으로 자신도 코를 풀었다. 그 얼굴에 겪지 말아야 할 일을 치러 낸 자의 고통이 아로새겨져 있었다. 홍이 할머니에게 무어라 말을 붙이며 그네 쪽으로 슬그머니 걸어갔다. 난감했고 그보다는 화가 났다. 아이는 코를 살짝 찌푸리며 강을 올려다보았다. 밀가루 반죽을 떼어 올린 것처럼 조그맣고 말캉해 보이는 코다.

"여기 좀 앉을까?"

코를 풀지 않고 버티던 것과는 달리 얌전히 벤치에 앉는다. 아이는, 그냥 아이였다. 다섯 살짜리 여자아이. 동그란 이마와 투명한 볼. 불어온 바람이 머리카락을 헝클어 놔도 귀여움을 감출 수 없는 나이.

발아래 모래의 팬 부분이 검게 보인다. 밤에 비가 꽤 왔었지. 그렇잖아도 굴곡이 심한 국도를 운전하기엔 힘든 날씨였다. 강은 비 오는 국도 저편으로 휘달려 가는 마음을 꾹 누른다. 아이는 다시 고개를 틀어 강을 올려다본다. 뭐가 됐든 말을 해야 한다고 생각하자 속이 부글부글 끓어올랐다. 그런 줄 안다는 듯 홍은 이쪽을 한 번도 돌아보지 않는다. 사건 파일을 한 번, 대충 훑어본 게 전부다. 무슨 말을 하겠는가. 엄마를 잃은 다섯 살짜리라니. 그것도 아빠 손에. 목을 맨 상태로 자기 집 욕실에서 발견된 서른다섯 살 여성의 추정 사인은 처음엔 단순자살이었다. 그렇게 정리될 일이었는데 유족 측에서 들고일어났다. 사건을 구성하면서 아이는 증인이 되었다. 아이의 아빠는 말도 안 된다며 변호사 선임조차 않겠다 했다. 기억나는 건 고작 그 정도다.

첫 꽃망울을 터뜨린 등꽃 아래 앉아서, 애야 아빠가 엄마 목을 졸랐니? 물어보아야 하는 건가. 유리알처럼 햇살을 되쏘고 있는 미끄럼틀을 물끄러미 쳐다보고 있는데 아이는 제풀에 조잘조잘 이야기를 늘어놓았다.

"엄마랑 아빠랑 싸워요. 엄마가 소리를 질러요. 엄마가 침대에서 이불을 뒤집어써요. 아빠가 부엌에서 가위를 가져와요. 엄마는 달아나요. 그건 어제, 어제 일이에요. 아빠가 수건으로 엄마 목을 감아요."

단숨에 거기까지 말하고는 침을 꼴깍 삼킨다. 강을 한 번 올려다본 아이는 작은 손으로 제 목덜미를 감싼다. 엄지 두 개가 목울대에서 만나고 손가락의 끝이 뒷덜미에서 엇갈린다. 아이의 목은 놀랍도록 가늘다.

"이렇게요."

힘을 얼마나 주었는지 손목이 바르르 떨린다. 눈자위가 빨개졌다. 주름 하나 없는 입술은 점막처럼 투명하고 붉다. 아이는 손을 내려 허벅지 위에 가지런히 모은다. 말과 움직임은 동시에 이루어지지 않는다. 말과 아이는 나뉘어 있다.

"엄마는 숨을 쉬지 않아요."

지구 반대편에서 일어난 폭발 사고를 전하는 리포터처럼 눈물 한 방울 없이 또랑또랑 말하는 아이의 얼굴을 새삼스럽게 내려다보았다. 자신의 우주가 폭삭 쪼그라져 블랙홀이 되어 버린 걸 아직 모르는 걸까. 아이의 콧등에 자잘한 땀방울이 맺혔다. 가슴 언저리는 평온하다. 바닥에 닿지 못하는 발 두 개가 시계추처럼 흔들린다. 아이의 시선은 제 손등 위에 얹힌다. 숨결이 가지런하다. 등꽃이 비칠 듯 아른거리는 뺨은 죽음을 모른다. 그렇긴 해도 허벅지 위에 놓인 제 손과 수그린 머리 사이가 아주 멀다는 듯 어린 눈빛이 아득하다.

자살 혹은 타살. 50프로의 확률. 알고 보면 세상은 거대한 초록색 테이블이다. 강의 마음은 기어이 국도 저편으로 날아간다. 단순하고도 아름다운 세계. 다이사이. 크거나 작거나. 초록색 테이블에 앉으면 횡격막 근처에서 리히터 지진계처럼 미세한 떨림이 시작된다. 그 숨 막힐 듯한 긴장감이라니. 언제부턴가 그것은 수시로 생각의 틈을 비집고 밀려들었다. 심해의 수압처럼 독하게. 아니다. 사실을 말하자면 강은 거기에 완전히 사로잡혀 있었다. 어젯밤 늦게라도 손을 털고 일어선 게 대견하게 여겨질 만큼.

저녁을 먹고 사무실에서 밀린 판결문을 쓰고 있다가 차를 몰아

J 시에 도착한 것이 열 시 가까운 시각. 먼저 온 차들로 빼곡한 주차장에 차를 세워 놓고 비를 맞으며 달려가 휘황한 불을 밝힌 그곳의 문을 열고 들어서는 순간, 단전 깊숙한 곳에서 뜨거운 기운이 몽글몽글 피어올랐다. 형광등 아래서 판결문을 적어 내려갈 때면 젖은 짚단처럼 가라앉던 몸의 어느 구석에서 웅웅 소리를 내며 발전기가 가동되기 시작했다. 실내 공기는 뜨거우면서도 서늘했다. 확실히 그 안에는 이르게 에어컨을 가동해야 할 만큼 열기가 가득했고 그 열기는 혈관 속으로 바이러스처럼 흘러들었다. 피돌기가 빨라졌다. 그 순간에는 그곳에서 해야 할 일이 걷는 일이라면 밤이 지나고 새벽이 올 때까지 걷는다 해도 피곤치 않을 것 같았다. 그동안 바친 수업료가 얼마인가. 시스티나 성당 천장화 속 아담의 손가락처럼 '바로 그' 세계에 손가락이 마침내 닿을 것이라는 확신이 밀려왔다. 지나던 바카라 테이블에선 환호가 터져 나왔고 기를 받는 심정으로 잠시 테이블을 지켜보다 다이사이 판으로 걸음을 옮겼다. 다른 게임엔 애초부터 관심이 없었다. 겨우 자리를 구해 앉았고 순식간에 백 판 이상 진행이 되었다. 칩은 눈에 띄게 줄어들었다. 신경줄은 끊어질 듯 가늘어졌다. 쪼잔하게 몇 판으로 나누느니 운을 시험해 볼까. 배수로 베팅 하면서부터 승기가 돌아왔다. 신 내린 무당처럼 펼쳐질 주사위가 눈 뒤쪽 어디쯤에 환하게 보인다는 확신이 들었고 다시 두 배로 판을 키웠다. 이젠 꺾어야 한다 싶었지만 그 생각은 먼 곳에 있었고 모든 것이 끝났다. 순식간이었다. 그랬다. 매번. '바로 그' 세계에 손가락의 끝이 닿으려는 순간, 다른 세계로 들어서려는 순간, 문이 막 열리려는 순간, 그 지점에서 칩은 남김없이 사라졌다.

어쩌면 자신이 그곳에서 찾는 것은, 손가락의 끝이 마침내 닿으려는 그 순간의 느낌이 아닐까. 지난밤과 함께 사라져 버린 그 느낌에 잠시만 더 빠져 있고 싶어진다. 눈을 감고 보드라운 담요에 뺨을 대고 있듯. 아주 잠깐이라도. 아이의 명랑한 목소리가 그 사이를 비집고 들어온다.

"그런데 엄마 옷에는 미니 얼굴이 그려져 있어요. 열 개도 넘어요. 내가 제일 좋아하는 옷이에요."

"그랬구나."

아이에게 아무것도 묻지 않았다. 아이의 머리를 쓰다듬어 주고는 뒤를 돌아다보았다. 동태를 살피고 있었는지 둘이 이쪽으로 걸어왔다. 할머니는 주저앉아 아이를 끌어안고 손바닥으로 손등을 자꾸만 문질렀다. 아이고 내 새끼. 내 새끼를 어쩌면 좋아. 내가 이 난리를 겪느라 이십 년은 폭삭 늙어 버렸어. 아이고 내 새끼. 그녀가 탄식하듯 부르는 내 새끼가 이 아이인지 자신의 딸인지 알 수 없었다. 그녀의 슬픔엔 어쩐지 연극적인 과장이 섞여 있는 것 같다. 인간의 슬픔은 아무리 혹독하다 해도 십오 일이 지나면 희석되기 시작한다지. 할머니는 갑자기 고개를 반짝 치켜들고 강을 쳐다보았다.

"그놈만 만나지 않았으면…… 그놈 죽는 꼴 보기 전엔 내가 눈을 못 감아."

주먹으로 가슴을 쳤다. 미끄럼틀과 정글짐 사이로 소리가 텅텅 퍼져 나갔지만 탄식 소리는 오히려 낮았다. 그만 들어가 보세요. 홍이 눈짓을 하자 할머니는 몇 번이나 허리를 숙여 인사를 하고는 아이에게도 인사를 시켰다. 할머니의 손을 잡고 걸어가던 아이가 아파트 입구로 들어서기 전 몸을 돌려 뒤를 한 번 돌아보았다.

"촌수가 좀 있긴 하지만 저희 고모 되십니다."

나긋한 목소리라니. 화가 나 있는 거 뻔히 알 텐데. 간이 배 밖으로 튀어나왔어. 사건 배정에도 손을 쓰지 않았을까. 꼬리가 여덟은 달렸으니. 앞에선 예예 하면서, 너는 구르는 돌 나는 박힌 돌 싶겠지. 이러냐 저러냐 말없이 돌아서서 상가 쪽으로 걸어가는데 또 한마디 슬쩍 올려놓는다.

"뻔하잖습니까?"

뻔하다니. 법정까지 온 사건에 대해선, 법원 앞에서 순두부 끓이는 아줌마도 그런 소리는 하지 않는다. 심정적으로는 편을 들고 싶겠지만 검찰 수사관 경력이 십 년 가까운 사람이 할 말은 아니다.

"사람이란 게 간단치 않아서요."

그냥 그러고 말았다. 이렇게 따로 아이를 만난다 해서 달라질 건 없다. 절차에 대해선 강보다 더 잘 알고 있을 텐데, 왜?

"저 나이 증언, 인정받기 어려운 거 아시잖아요."

"그러니까요."

네 소관 아니냐는 거지. 다시 화가 푹 솟았다.

"아이가 문제죠. 저 얘기를 할 때마다 단단한 몽둥이로 머리통을 후려친 것 같은 충격을 받을 겁니다. 진실이 어느 쪽이든 상관없이 말입니다."

홍이 어떤 표정을 하고 있는지는 알 수 없었다. 먼 고모의 외손녀라면 이번에 처음 보았을 수도 있지. 눈치는 빠삭해서 오는 내내 더이상 말이 없었다. 법원 로비에서, 올라가시라며 인사를 하더니 잊을뻔했다는 듯 아, 혼잣소리를 흘리며 옆으로 바싹 다가섰다.

"이지솔루션이라고 있어요. 코스닥인데 오늘내일 좀 사 놓으세요. 일곱 배, 최소한 다섯 배는 간다는데. 뭐 담당이 아니시니 본인 명의로 해도 괜찮을 듯싶지만 일단 가까운 사람 명의로 계좌부터 하나 개설해 놓으세요. 사람 일은 모르니까요."

무슨 소리냐는 듯 쳐다보자 홍의 목소리는 조금 더 낮아진다.

"금융법 위반으로 이틀째 조사 중인 애가 하나 있어요. 제가 보기엔 따끔합니다. 생사가 걸린 자린데 뺑이야 치겠어요?"

무어라 대답을 하기도 전에 홍은 돌아섰다. 어쩌면 홍의 목소리는 내 앞에서만 저렇게 나긋나긋한 것일까. 그나저나 최소한 다섯 배라니. 그놈들은 다 그렇게 쉽게 버나.

주식 투자는 한 번도 해 본 적이 없다. 투자한 펀드가 두 배가 됐다는 대학 동기도 있었지만, 한창 주식 경기가 좋았던 그 시절엔 돈이 없었다. 연수원을 막 마쳤을 때다. 돈이 있었어도 한 귀로 흘려들었을 것이다. 연수원 성적은 열 손가락 안에 들었다. 공부에 재능이 있다는 건 고등학교 때 알았다. 다른 친구들보다 유난스럽게 파고들지 않아도 전교 석차는 최상위권을 벗어나지 않았다. 연수원 성적이 좋지 않아 발령을 포기하고 여기저기 변두리 로펌에 이력서 돌리고 다니는 동기들과 자기는 지향하는 세계가 다르다고 생각했다. 일곱 배의 승률이 가능한 부류의 삶은 어떤 것일까. 흘러들었다 했는데 그 배수는 머릿속에 또렷하게 자리 잡았다. 이지솔루션이라 했던가.

오후 재판을 마치고 돌아와서야 산맥을 이루고 있는 서류 더미 위에서 그 사건 관련 자료를 찾아보았다. 밀려드는 자료는 매일 무

협지 읽듯 진도를 나가야 소화할 수 있는 분량이었다. 초임 시절엔 퇴근할 때 서류 싸 들고 다니는 걸 당연하게 생각했다. 날마다 보따리를 들고 집에 들어서면 아내는 투정을 하곤 했다. 내가 결혼한 사람이 판사야, 보따리장사야? 아내는 이제 그런 투정은 하지 않는다. 아예 타짜로 나서지그래? 조롱하듯 싸늘한 목소리도 밤의 국도를 달려가는 강을 돌려세우지 못한다. 퇴근길에 곧바로 그리로 달려가는 날이면 차 뒷자리의 자료들을 출근길에 고스란히 들고 올라오기가 일쑤였다. 시간에 쫓기면 자신의 동물적인 감각을 믿으며 핵심 부분만 찍어서 볼 수밖에 없었다.

첫 발령은 남부지원이었다. 실무를 시작하고 얼마 되지 않아 강은 그 일이 본성에 맞지 않는다는 걸 알았다. 일 자체는 어렵지 않았으나 지루하고 재미가 없어졌다. 중간에 연수원 근무가 있었고 그곳에서 강의를 하는 일이 그나마 적성에 맞았다. 연수원 임기가 끝나고 지방 근무를 돌아야 했을 때 본가가 있는 이곳을 지원했다. 중학교 교사인 아내는 서울에 남았다. 부모님은 들어와 살라 했지만 오피스텔을 하나 임대해 지내면서 일주일에 한 번쯤 본가에 가서 저녁을 먹었다. 칠순이 된 어머니는 옛날과 달리 국도 찬도 짜게 만들었는데 아버지는 불평 없이 잘 드셨다. 회식 자리가 이어지다 집에서 먹는 날이면 밥 한 끼 먹는 게 벌 받는 것처럼 여겨졌다.

지루하지 싶었던 일상은 짐작과는 달랐다. 휴양지로 떠난 출장 같다고 할까. 결혼 후 처음으로 혼자 지내는 시간이 은근히 설레었다. 주말이면 강이 서울로 갔다. 처음 와서는 테니스를 열심히 쳤다. 법원 안에 있는 코트는 공짜인 데다 코치가 따로 있었다. 이곳엔 처음부터 향판으로 눌러앉은 사람들이 많았다. 붙박이로 근무하는 그들의 세계는 서울과 지방을 주기적으로 옮겨 다니는 이들과는 또 달랐다. 훨씬 안정적으로 보였다. 퇴임 후엔 지역 변호사로 개업해서 전관예우 받으며 한두 해에 평생 먹고살 걸 벌 수 있으니 그럴 수밖에 없겠지 싶었다. 알고 보니 다 선후배 사이인 이들과 어울리면서부터는 골프장엘 자주 나가게 되었다. 주말에 약속이 잡히면 이곳에서 지냈다. 제 돈을 내고 골프를 한 기억은 없었다. 햇살 아래 산소가 풍부한 공기를 마시며 지치도록 골프채를 휘두르고 나서 해안가 횟집에서 생선의 살점을 씹다 보면 스트레스가 싹 날아갔다. 같이 골프를 치고 저녁을 먹는 사람들은 지역에서 영향력이 있는 사람들이었다. 유머 감각이 없는 게 유감이긴 했지만 별것 아닌 강의 이야기에 크게 웃는 걸 보면 순박한 사람들이라는 생각이 들었다. 세심한 배려가 처음엔 고마웠고 점점 당연하게 여겨졌다. 사소한 송사에 연루되면 저녁 자리가 만들어졌다. 그 선에서 해결이 되지 않은 일들은 크게 법을 어기지 않는 한도 안에서 선처를 해 주었다.

　처음 J 시에 간 것도 그 사람들과 함께였다. 단골로 다니던 횟집에서 반주를 겸한 저녁을 먹던 중이었다. 구 원장이 카지노 구경을 가자고 했다. 어디 대학병원에 있다가 귀향해서 종합병원을 차린 사람이었다. 썩 내키진 않았으나, 동석한 사람 중 누구도 가지 않겠다는 말을 하지 않았다. 그때까지 강은 슬롯머신 한 번 당겨 본 일도 없었다. 구 원장은 기사를 돌려보내고 직접 운전을 했다. 국도는 굴곡이 심했고 이미 어두웠으나 초행이 아닌 듯 익숙하게 핸들을 꺾었다. J 시는 생각보다 가까운 곳에 있었다. 환하게 불을 밝힌 실내로 들어섰을 때 그곳이 다른 세계처럼 느껴진 건 불빛이나 인파 때문만은 아니었다. 모든 사람이 동일한 욕망을 가지고 있는 공간은 기형적인 에너지를 뿜고 있었다.

누군가 칩을 주머니에 넣어 주었다. 건축업을 하는 장이 슬롯머신 룰 몇 가지를 일러 주다 갑갑한 듯 그랬다. 그냥 땡기면 되는 거예요. 중간 중간 몇 개의 칩이 떨어져 나왔지만 별 재미가 없었다. 옆자리에서 꽤 큰 게 터져 사람들이 몰려들었고 잠시 그걸 구경하기도 했다. 그러는 사이 칩은 모두 사라졌지만 애초에 그건 돈 같지가 않아서 잃었다는 느낌도 들지 않았다. 액수를 정해 놓고 해야 돼요. 그거 다 털고 나면 미련 없이 일어나는 거. 그게 여기서 돈 버는 겁니다. 말은 그렇게 하면서도 장이 또 칩을 바꾸어 왔다. 그것까지 잃고 나서는 실내를 돌아다니며 구경을 했다. 뜻밖에 젊은 애들이 많았다. 행색이 꾀죄죄한 사내들이 테이블 옆에 서서 돈을 건 사람보다 더 눈알이 노래져서 들여다보고 있었다. 슬롯머신 앞에서 두 손을 모으고 간절히 기도하는 아줌마의 파마머리 뒤통수를 보자니 코미디의 한 장면 같았다. 블랙잭은 한참 들여다보아도 알 듯 말 듯 했다.

구 원장이 안쪽 테이블에 앉아 있는 게 보였다. 테이블 위에 칩과 지폐가 같이 쌓여 있었다. 주사위 세 개가 투명한 유리관 안에 들어 있었다. 그 위에 다시 덮개를 덮었다가 열었다. 2 4 6. 둘러선 사람들 사이에서 약한 탄식이 흘렀다. 모자라는 사람들처럼 보였다. 구 원장이 칩을 쓸어 왔고 다시 큰 쪽에 걸었다. 3 5 5. 아까보다 훨씬 큰 탄성이 터졌다. 5가 하나만 더 나왔으면 잭팟이 따로 없다고 옆에 선 누군가가 속삭였다. 승률이 높은 것처럼 보였는데, 한참 보고 있는 사이 앞에 쌓여 있던 칩이 바닥이 났다. 소소한 예외가 있지만 룰은 아주 단순했다. 크거나 작거나. 기준은 11인 모양이었다. 50프로 확률의 세계에 실력 같은 건 들어갈 틈이 없어 보였다. 걸어 나오며 구 원장이 말했다. 제가 여태 병원 날리지 않은 건, 게임에 이겨서가 아니라 칩이 바닥났을 때 자리 털고 일어났기 때문이에요. 제가 보기엔, 이긴 판이 더 많은 것 같았는데요. 맞아요. 막판에 내리 배수로 걸지 않았으면 여태 하고 있을 겁니다. 잘나가다 보면 자신의 육감을 과신하게 됩니다. 두 배, 세 배, 네 배 걸게 되죠. 처음엔 그러지 않겠다 하고 자리에 앉지만 곧 까맣게 잊게 됩니다. 그렇군요. 바카라를 많이들 하지만 우리처럼 머리 많이 쓰는 사람들에겐 이게 딱이죠. 다이사이. 클 대 작을 소. 크냐 작으냐.

자주 오십니까?

자주 오진 않아요. 수술을 하다 보면 엉뚱한 신경이나 혈관을 자를 때도 있고, 어이없는 실수를 할 때도 있어요. 혈관이 이렇게 두 개 나란히 있어요.

구 원장이 손가락 두 개를 세워 보였다.

이쪽이 맞는다고 생각하고 잘랐는데, 틀린 거죠. 50프로의 확률인데 말이에요. 얼른 봉합해 버리면 아무도 모르지만, 나는 알잖아요. 50프로라는 게 사실 엄청나게 높은 확률이에요. 그런 실수를 한 자신을 견딜 수 없다고나 할까. 모르겠어요. 어이없는 실수로 치명적인 결과가 나오면, 혼자서 여기 올 때가 있어요.

사실 그날은 얼마를 잃었는지조차 몰랐다.

한 달쯤 지난 후였다. 왜 혼자 그곳까지 갔을까. 별다른 저녁 약속이 없는 날이었고 빈 오피스텔에 들어가 코를 박고 판결문 쓰기가 싫었는지도 모르겠다. 눈먼 돈 벌면 나도 거하게 저녁이나 한번 살까. 매번 먹어만 주어도 고맙습니다 하는 얼굴들이긴 하지만 인간이란 게 어디. J 시에 거의 도착했을 땐 그런 농담 같은 생각도 얼핏 했던 것 같다. 다른 사람 차에 실려 갈 땐 몰랐는데 국도는 굴곡이 심해 운전하기가 어려웠다. 그사이 숲이 무성해졌다. 처음 갈 땐 못 본 계곡이 길을 따라 오래 이어지기도 했다. 완전히 어두워진 후에는 차의 속도를 뚝 떨어뜨려야 했다. 그 길이 아닌가 싶을 때 휘황한 빛의 성채가 나타났다. 안으로 들어가 이십만 원을 칩으로 바꾸었다. 플라스틱 쪼가리를 받아 드는 순간 기분이 좀 이상했다. 한 번에 하나씩만 걸면 스무 번을 할 수 있다. 적절한 횟수다. 운을 시험하는 것이든 확률을 측정해 보는 것이든. 첫판을 큰 쪽에 걸었다. 가벼운 흥분이 스쳤다. 투명한 플라스틱 통 안에 엎드린 주사위 점들은 2 4 5. 사각 면 위의 점들이 크게 확대한 듯 또렷하게 보였다. 살갗 아래로 뜨거운 공기가 밀려 들어와 팽팽히 펴지는 것 같았다. 여섯 판이 지났을 때 칩은 여섯 개가 늘어나 있었다. 메사끼 있네! 뒤에서 누가 감탄을 했다. 처음 듣는 말이었지만 무슨 뜻인지 알 것 같았다. 이마가 뜨끈했다. 시간은 느리게 흘러갔다. 매 순간이 아주 선명했고 세부가 선명하게 보였다. 칩이 모두 사라진 후에 시간을 보니 채 이십 분이 지나지 않았다. 몸의 어느 부분이 덜덜 떨렸지만 이십만 원 때문은 아니었다. 여태 살아오면서 완전히 져 본 적은 없었다는 생각이 들었다. 현금 지급기에 다녀왔고, 삼십 분 만에 한 번 더 다녀와야 했다. 어느 새 칩을 배수로 걸고 있었다. 이십 분 사이에 잃은 돈을 복구하는 데 다섯 시간이 걸렸다. 일어서 슬롯머신 옆을 지나는데, 손 모으고 기도하던 여자를 이해할 것 같았다. 칩을 현금으로 바꾸어 바깥으로 나왔다. 새벽이 와 있었다. 숨을 깊이 들이마셨다. 횡격막 아래가 뜨끈해졌다. 살아오면서 한 번도 뜨거워 본 적이 없던 곳이었다.

사건 기록은 기억하고 있는 것과 크게 다르지 않았다. 처음 훑어볼 때도 쉽지 않겠다는 생각을 했었다. 현장검증도, 피의자의 행적도, 정황이나 증거마저 아무 말도 해 주지 않는다. 행시 출신의 공무원인 35세 여성이 자신의 집 욕실에서 목욕 수건으로 목을 맨 상태로 발견되었다. 이미 사망한 상태였고 최초 발견자는 남편. 가벼운 우울증으로 병원에서 짧게 치료받은 경력이 있었다. 최초 소견은 자살 추정. 부검을 했지만 자살이 아님을 증명할 만한 특이 사항은 없었다. 상처나 구타의 흔적도 없었다. 안면에 울혈이 있고 눈꺼풀 아래 점상 출혈이 발견되었지만 그건 목이 졸릴 때 나타나는 일반적인 현상이다. 혈액에선 어떤 약물도 알코올 성분도 나오지 않았다. 목에 압박흔은 있으나 손가락 자국은 없었다. 남편은 전날 거실 소파에서 잠들었으며 아내가 아이를 재우러 같이 방에 들어가는 걸 본 게 마지막이라 했다……. 여자 집안에서 타살을 주장하며 부검을 의뢰했다. 불화가 극심했고 폭력을 행사한 전력이 있었다는 것이 그쪽의 주장이었다.

보통의 사망 사건이라면 주요한 증거가 될 것들이 이 경우에는 아무 소용이 없었다. 남편이 그 시간 집에 있었다는 사실도, 화장실 외에도 집 안 곳곳에서 발견된 무수한 지문들도. 다투는 게 일상인 결혼 칠 년차 부부였다. 판사의 재량이 클 수밖에 없다. 양측에서 제출한 참고 자료가 따로 첨부되어 있었지만 지리했다. 그것들을 뒤적거리던 강은 저도 모르게 인터넷 검색을 하고 있었다. 이지솔루션. 이차전지, 태양광 패널……. 최신 유행의 녹색에너지 산업이었다. 현재 주가 3860. 이미 많이 오른 상태였다. 향후 성장성에 대해선 전망이 엇갈렸다. 이미 자체 계열사가 있어 납품 라인이 안정적인 선발 업체들에 비하면 전망이 불투명. 그러나 어느 시점에선 수요가 폭발적으로 증가할 가능성이 크다. 선발 업체의 주가가 이십만 원 선을 넘나드는 현재로선 확실히 저평가주로 볼 수 있다. 상장한 지 일 년, 매출은 전년 대비 다섯 배 증가. 내친 김에 다른 이차전지업체를 찾아보았다. 대기업 계열사이긴 했으나 주가는 일 년 사이에 꼭 아홉 배가 상승했다. 아홉 배라니. 자신의 턱이 모니터 쪽으로 이끌리듯 앞으로 한참 빠져 있다는 것을, 그러느라 입까지 벌어져 있다는 걸, 침이 조금 흘러내린 걸 깨닫고는 화면을 닫았다. 그냥 궁금했을 뿐이다. 피의자로부터 나온 정보라는 걸 알면서 투자를 할 수는 없었다. 밀쳐놨던 파일을 다시 집어 들었다.

추가로 알게 된 거라면, 재판 결과에 보험금의 향방이 걸려 있는 것이었다. 삼 년 전 가입한 종신보험이었다. 계약자는 사망자 본인이었고 월급에서 자동이체 되고 있었다. 수령액은 오억이었다. 불입한 액수에 비해 거금이었다. 이렇게 빨리 지급받게 될 줄을 몰랐겠지. 이 년이 지났으니 자살이라 해도 지급에 문제는 없었다. 다만 자살이라면 남편이 수령할 터이지만 아니라는 판결이 나면 보험금은 아이와 그 양육권자에게 지급될 것이다. 제 손으로 야무지게 목을 조르던, 빨갛게 달아오른 아이의 얼굴이 떠올랐다. 엄마의 목을 조르는 아빠의 손을 재연하던 아이. 다시 읽어 보니 아이의 진술은 순서 하나 틀리지 않았다. 엄마가 마지막으로 입었던 옷에 대한 기억까지.

남자의 진술은 판결에 영향을 미칠 만한 게 없었다. 자영업(인테리

어업)이라지만 업장 주소를 보니 주택가 언저리에서 도배나 페인트 칠, 화장실 수리 정도를 하는 구멍가게 수준의 가게 같았다. 홍에 의하면 남자는 전문대를 나왔다는데 그것도 확실한지 모르겠다며, 조카가 무엇에 씌었는지 제 엄마의 극심한 반대를 무릅쓰고 강행한 결혼이라며 혀를 찼다. 행시는 결혼한 후에 합격했는데 그 이후로 장모와는 더욱 틀어졌다고도 했다. 일을 마치고 직원들과 저녁을 먹으면서 소주를 석 잔쯤 마셨고 아홉 시경 귀가. 거실에서 텔레비전을 시청하다 취침. 새벽에 화장실에 갔을 때 문이 잠겨 있어 늘 하던 대로 젓가락을 가져와 열었다. 아이는 그 현장을 보지 못했다. 119에서 온 사람들이 달려오고 소란 통에 일어난 아이는 사람들 틈으로 들것을 본 게 전부다. 현장검증 결과 역시 맥이 빠진다. 실내 어디에도 격한 다툼의 흔적 같은 건 없다. 그렇겠지. 원래 그랬을 수도 있고 정돈해 놓았을 수도 있다. 누가 알겠는가.

눈알이 뻑뻑하다. 서랍에서 인공누액을 찾아 한 방울씩 넣고 휴대폰 문자 메시지를 열어 보았다. 목요일어머니생신엔아무래도못갈것같아잘말씀드려줘. 모레가 엄마 생신이었나. 누나에게 잔소리깨나 듣게 생겼다. 그래도 생신 얘길 하는 거 보면 아직 우리 사이에 희망이 남은 걸까. 돈을 마련해 와, 잡힌 차를 찾아 돌아오는 내내 말 한 마디 않다가, 불을 끄고 누워서 그랬지. 죽어도 못 끊겠어? 내가 잠들면 내 손가락을 끊어 버려. 안 그러면 낼 아침에 법원 홈페이지에 올릴 거야……. 홈페이지에 올리진 않았지만 이제는 제발 그만하라는 말도, 마지막이라는 말도 하지 않는다. 액정을 잠시 들여다보다 문자를 입력하기 시작했다.

내가 잠시 미쳤던 거지. 이제 다시는 그곳에 가지 않을게. ……아직도 나는 이렇게 말할 수가 없어. 그곳에 가는 건 내가 아니니까.

　거기까지 썼다가 다시 한 글자씩 지워 나간다. 25일늦은여섯시교대역갯마을에서친구들아보자. 초등학교 동창회 총무다. 모임에 나간 지 삼 년이 넘었는데 문자는 꾸준히도 온다. 아프리카어린이들이옷도안입고…당신의뜨거운손길기다리고있습니다. 두어 번 간 적이 있는 서울의 룸살롱에서 보내는 문자는 매주 시사성 있는 문구로 업그레이드된다. 그곳에 다녀온 다음 날도 그렇게 생각했지. 술과 웃음과 독한 향수가 뒤섞여 흐르던 그곳에 있었던 건 자신이 아니라고. 다음은 매일 오는 스팸 문자. 연6.7프로제도권에서찾기힘든금리로한도삼천만원마이너스통장가능. 돈 삼천과 판사 자리를 바꾸는 인간은 없을 거라고 믿는 것일까. 모두삭제를 선택하고 잠시 들여다보다 취소 버튼을 누른다. 삼천만 원이라. 일곱 배수의 세계는 어떤 것일까. 햐, 시계가 자체 발광하기에 물어봤더니 일억짜리라데요. 홍은 침으로 무지개를 만들며 떠벌렸다. 갇혀 지낼 날이 창창한 애가 던진 거래라면 믿을 만할 것이다. 구치소 안에서 지내느니 차라리 죽음을 달라고 울고 있을 테니. 안락하고 우아한 일상을 살던 놈들일수록 그 안에서는 단 하룻밤도 못 견뎌 한다. 거기서 벗어날 수만 있다면 가진 것을 전부 내던질 수도 있다는 격한 자세가 되는 것이다. 삼천이라면…… 다섯 배수에만 던져도. 금융법 위반은 전담이 따로 있다. 굳이 남의 명의를 빌릴 필요도 없을 것이다. 아니지, 그래도 이런 일이란 게. 명의를 빌릴 만한 사람들을 떠올려 보다 고개를 저었다. 쌓아 놓은 파일들은 좀체 줄어들지 않는다. 보던 자료를 펼쳐 놓고 복도로 나가 자판기 커피를 한 잔 뽑았다. 뻣뻣한 다리를 좀 움직여 볼 요량이었다. 종이컵을 들고 창가로 가서 밖을 내다보았다. 가로등에 불이 들어왔고 어느새 창은 거울이 되어 있다. 유리창에 떠오른 얼굴이 비난하듯 이쪽을 쳐다보았다. 팔자 주름이 뚜렷한 건 등 뒤에서 비추는 형광등 탓일 것이다. 커피를 홀짝이며 무심코 왼손을 주머니에 찔러 넣자 자동차 키가 손가락에 닿았다. 체온에 데워진 금속을 만지작거리며 서 있는 어느 시점에서 창에 떠오른 자신의 얼굴은 보이지 않았다. 그러니까 삼천. 과욕은 버리고 오 배수에 팔면, 여기저기 걸려 있는 급한 대출들은 정리할 수 있을 것이다. 손바닥이 끈적이는 것 같았다. 창틀에 종이컵을 올려 놓고 긴 복도의 반대편에 있는 화장실로 가서, 손만 씻었다. 물은 미지근했고 세면대의 사기는 미세하게 균열이 가 있었다. 기분은 조금도 나아지지 않는다. 다시 걸어 나오는데 화장실과 창 사이가 무척 멀다는 사실, 그 사실이 어쩐지 마음에 걸린다. 말이 쉽지, 다섯 배란 참. 그렇지만 그 전에, 크거나 작거나, 단 한 번만 맞아떨어지면 그때 이지솔루션을……. 물론 생각은 그렇게 순차적이지도, 논리적이지도 않았다. 점성의 액체가 끓어오르는 솥처럼 생각들은 불쑥 솟구쳐 강을 소스라치게 만들었다.

커피를 단숨에 삼켜 버리고 돌아서서 긴 복도를 빠르게 걸어 나오는 순간 어떤 망설임도 남아 있지 않았다. 층계참에선 난간을 잡고 몸을 획 날렸고 계단을 하나씩 건너짚었다. 차가 세워져 있는 곳까지 달리다시피 했다. 밤이 아닌 듯 자신을 둘러싼 주위가 환하게 빛났다. 가로등 없는 국도는 어두웠으나 이제 눈 감고도 다닐 만큼 굽돌이가 훤했다. 휘어진 모퉁이에서 핸들을 꺾을 때마다 헤드라이트 불빛에 놀란 숲이 팔을 들어 올려 휘청, 얼굴을 가렸다.

“피곤해 보이십니다?”

네가 지난밤 어디 있었는지 안다는 듯, 홍의 목소리는 유난히 은근하다. 다섯 잔째 마시는 커피가 목구멍을 넘어가질 않아 약 삼키듯 용을 쓰는 중이었다. 사우나에 가서 한 삼십 분 눈이라도 붙이고 올까 하던 참이었다. 홍은 책상 위 자판기 커피를 쓰레기통에 버리고는 일층 로비의 커피 전문점 로고가 새겨진 종이박스에서 컵 하나를 꺼내 내려놓고는 제 것도 꺼내 들었다. 그건 뭡니까? 핫초콥니다. 전 그걸로 주세요. 홍이 핫초코를 건네주고 커피를 받아 들었다. 달고 뜨거운 걸 마시니 기분이 한결 낫다. 홍은 한동안 가십거리를 늘어놓았다. 조사부 내의 불륜 커플 이야기를 했지만 그건 정문 경비도 알고 있는 이야기다. 새로 모시게 될 검사가 아무래도 여자가 될 것 같다는 얘기도 했지만 그게 싫다는 말을 할 만큼 어리숙한 인간은 아니다. 얘기 끝에 홍이 물었다.

“참, 그거 어떡하셨어요? 이틀 연속 상한가던데.”

“그래요?”

잊고 있었다는 듯 시큰둥했지만 알고 있었다. 이미 몇 번씩이나 검색을 해 본 참이다. 홍이 안타깝다는 듯 탄식을 했다.

“아! 참 쉽지 않은 기횐데. 저야 그쪽은 잘 모르지만, 아직까지는 타이밍이 아니겠습니까?”

지난 후에야 무슨 말을 못 하겠어. 알 수 없는 건 한 치 앞이지. 홍이 의논하듯 운을 떼었다.

“사실은 저도 들어가 볼까 망설이고 있어요. 솔직히 월급 모아서 어느 세월에 큰 거 한 장 만들겠습니까? 이런 인연 언제 올지 모르고 말입니다. 정기예금 해약하면 천오백은 당장 만들 수 있어요, 근데 마누라가 그러려고 할지.”

“그런 건 몰래 해야죠.”

“처음이 아니거든요. 깡통 되면 이번엔 진짜 죽음이에요.”

“목숨 안 걸고 되는 일 있나요?”

그 말 끝에 둘은 필요 이상 크게 웃었다. 빈 컵을 박스에 챙기며 홍이 한결 나긋하게 속삭인다.

“오후에 심리 있죠? 저쪽에서 추가로 제출한 자료들도 판결에 영향을 끼칠 만한 건 없고요.”

홍의 말이 아니어도 아이의 증언 외엔 판결에 영향을 끼칠 만한 증거는 없었다. 법적으로는 만 십육 세가 되어야 법정선서가 가능하다. 선서를 하지 않고 행한 증언에 대해서는 위증죄를 물을 수도 없다. 열여섯이라니. 요즘 십 대를 너무 우습게 보는 기준이지. 그런데, 겨우 다섯 살. 판례를 보아도 유아의 증언은 연령보다는 지적 수준이나 상황에 따라 차별적으로 인정되곤 했다. 뭐 최근의 일로는 네 살 때 겪은 사건을 여섯 살에 증언한 것을 인정한 예가 있긴 하다. 성추행이었지, 아마. 그보다 한 살 많은 여아의 증언이 채택되지 않은 케이스도 있고. 이런 경우라면 판사의 재량이 클 수밖에 없다. 양형의 기준이 애매한 건일수록 피곤하다. 가끔은 신 내림 받은 무당이 되고 싶을 때도 있다. 생부의 성폭력 같은 경우엔 한쪽은 티 없이 맑은 눈을 깜박이며 아빠가 그랬다 하고, 그 아빠는 미쳐 버리겠다 하고. 그거나 이 건이나.

“아이들이 거짓말을 하는 경우도 드물지 않게 있습니다. 어른들

거짓말보다 판단하긴 더 어렵죠."

주제넘게 밀어붙이는 홍이 얄미워서 꺼낸 소리지만 지어낸 말은
아니다.

"그래요? 이유가 뭘까요?"

"간단하지 않죠. 어떤 이유로든 기억이 왜곡되고 아이들은 그걸
백 프로 믿어 버리니까요. 자신을 보호하기 위해 기억을 왜곡하기도
하고 영향력을 가진 주위 어른이 가짜 기억을 심어 주었을 수도 있
구요. 어떤 아이는 제 부모의 결혼식을 보았다고 우기기도 해요. 촉
각과 후각까지 합쳐진 디테일을 세세히 떠올리면서."

"실제로 그럴 수도 있지 않습니까?"

"속도위반도 아니고 결혼 후에 태어난 아이가 그러는 거죠."

홍이 떨떠름한 표정으로 쳐다보았다.

"애는 어떻답니까?"

"뭐 일관되게…… 그러니까."

"그게 아니라, 정신적으로 별 문제는 없습니까? 해머로 머리를 가
격당한 것보다 더한 충격인데. 아이나 어른이나 보이지 않는 상처가
더 오래갑니다."

무슨 말인지 알아채지 못한 듯 얼버무린다.

"그게 그러니까, 참 마음이 아프죠. 어린것이 어미 없이 자라야 하
니."

남아 있는 가족이 가장 신경 써야 하는 일은 아이에게서 그 기억
을 지우는 게 아닐까. 그게 사실이든 만들어진 기억이든. 아이를 처
음 보았을 때부터 든 생각이지만, 말하지는 않는다. 판사가 하급 수
사관과 나누기엔 부적절한 대화이다. 서쪽 창으로 벌써 햇살 한 자

락이 밀려든다. 강의 기색을 슬쩍 살핀 홍이 살갑게 속삭인다. 저녁
엔 남 사장이 크게 한턱 쏘겠답니다. 지난번 일로 너무 감사하다구
요. 참, 오지영이는 어떻습니까? 입안의 혀처럼 굴지 않으면 말씀하
세요. 제가 아주 똑 떨어지는 애로 바꿔 드리겠습니다. 오지영은 사
무실에서 자잘한 업무를 맡아 하는 여직원이다. 커피 심부름까지 하
지만 엄연한 공무원이다. 홍이 마음대로 할 수 있는 파리 목숨은 아
니었다.

❧

"이거, 오래 할 일은 아니야. 스트레스는 장난이 아닌데 일 자체는
또 그렇게 단순할 수가 없어. 찢고 자르고 꿰매고, 찢고 자르고 꿰매
고……. 내가 수술 기계야."

소주잔을 내려놓으며 구 원장은 고개를 설레설레 저었다. 도내 교
통사고 환자는 모두 그 병원으로 실려 온다니 종일 꿰맨다는 말이
틀리지 않을 것이다. 수술보다는 장기 입원 환자 보험금으로 떼돈
을 번다는 게 소문만은 아닌 듯 엄살과는 달리 병원보다는 골프장
이나 룸살롱에서 보내는 시간이 더 많았다.

"하고 싶은 일만 하면서 사는 사람 있습니까? 죽을 목숨 살리는
일이니 복 받으실 겁니다."

홍이 잔을 채워 주며 연한 배 씹듯 사근거린다. 창밖 바다는 어둠
에 묻혀 보이지 않고 허공에 매단 듯 군데군데 집어등 불빛이 환하
다. 서울에서 고향을 생각할 때면 수와아아 끝없이 밀려드는 파도와
밤바다에서 환하게 흔들리던 집어등 불빛이 늘 먼저 떠올랐다. 발령

받고 와서 지내면서 되레 무심해졌다. 차로 십 분이면 중심가를 한 바퀴 돌 수 있는 소도시의 속내는 오히려 이번에 와서야 속속들이 알게 되었다. 소년의 눈에는 보이지 않던 세계였다.

열일곱 때였나. 집 앞으로 조금만 걸어 나가면 지천으로 들을 수 있는 파도 소리를 녹음하고 싶어 녹음기를 샀었지. 일 년 넘게 용돈을 모았는데. 불을 끈 방 창가에 서서 거기서 흘러나오는 파도 소리를 들으며 검푸른 밤바다 위에 혼령처럼 떠 있는 집어등 불빛을 바라보고 있노라면 그 모든 것이 너무 아름답다는 생각이 들었고 몸이 허공으로 떠오르기라도 할 듯 벅찬 기운이 몸을 가득 채웠지. 싸구려 녹음기에서 흘러나오는 조잡한 파도 소리에도 차가운 물보라와 발바닥 아래로 썰물이 질 때의 어지럼증까지 고스란히 느낄 수 있었는데. 여기 돌아와 근무한 지 일 년. 부러 바닷가에 나간 적도, 파도 소리를 듣고 싶다고 생각한 적도 없었다. 이 사람들과 어울려 바닷가 횟집에서 술을 마실 때도 바다는 늘 같은 자리에서 파도 소리를 배음으로 들려주었겠지만 강의 귀는 그 주파수를 잡지 못했다. 이곳에서의 날들은 처음엔 휴가 같았으나 언제부턴가 이곳을 떠나면 괄호로 남을 것이라는 생각을 하고 있다. 파도 소리는 괄호 속에 남아 더 이상 자신을 따라오지 않을 것이다. 그 예감은 아프지도 허전하지도 않았다. 상 위에서 눈을 번히 뜨고 아가미를 벌떡거리며 칼질된 제 살점을 업고 있는 생선을 아무 연민 없이 내려다볼 수 있게 된 것처럼.

저녁 모임의 멤버는 거의 일정했고 사정에 따라 한두 명이 들어왔다 나가곤 했다. 지역사회에서 내로라하는 이들이 모였지만 좌중의 사람들은 늘 강의 이야기를 듣기 원했다. 사람들은 건설 회사를 하는 최의 현장에서 오늘은 몇 층이나 올라갔는지 알고 싶어 하지 않았다. 시내에서 가장 높은 빌딩을 소유하고 있는 오가 임대료 받아 먹고살기가 얼마나 고달픈지 듣고 싶어 하지도 않았다. 구 원장의 칼끝에서 구사일생 목숨을 건진 중환자의 스토리도 강이 들려줄 수 있는 인간 세상의 파노라마 앞에선 빛을 잃었다. 강이 그런 얘기들을 떠벌리기 좋아한 건 아니다. 왁자한 웃음 끝에 자리가 잠잠하면 누군가 강을 쳐다보며 물었다. 여태 내린 선고 중에 제일 센 게 어떤 거예요? 사형을 때린 적도 있어요? 개인적으로 제일 나쁜 놈이다 싶은 놈은요? 알고 보면 불쌍한 인간도 있을 것 아닙니까? 황당한 건수도 많지요? 제일 웃기는 사건은 어떤 거예요? 이들이 상상할 수 있는 질문은 이 정도로 단순했다. 황당하고 웃기면서 기가 막힌 사례들을 들려주면, 그들은 불행하고 극악하고 운 나쁜 인간들과 자신의 삶이 얼마나 멀리 있나 새삼 재어 보며 안도했다.

처음엔 자신이 담당했던 사건들 얘기를 주로 들려주었다. 그다음엔 크게 화제가 됐던 사건들 얘기를 했다. 판례집에서 읽은 특이한 사례들을 약간 각색해서 들려주기도 한다. 이를테면.

"감당할 수 없는 카드 빚을 진 여자가 있었어요. 남편은 고등학교 교사였어요. 몇 번이나 남편이 빚을 해결해 준 전력이 있는데 또 몇천 빚이 쌓인 거예요. 대학생인 아들을 어떻게 세뇌를 시켜 아버지를 차로 치었는데, 미수에 그쳤어요. 겁에 질린 아이가 죄다 불고 구치소로 들어가고, 상황을 감당할 수 없으니까 여자는 자살을 해 버렸어요. 며칠 사이 십 년을 폭삭 늙은 아비가 탄원서류를 만들어 아는 사람 일일이 찾아다니며 서명을 받아 제출했더군요. 제 어미가 시킨 일이라고, 아들은 아무 죄가 없다고, 그럴 아이가 아니라고."

“하아, 그 마음이……. 마누라 잘 만나야 돼.”

최가 혀를 차며 회를 한 점 입에 넣고 꾹꾹 씹었다.

“아무렴요. 언니야. 여기 와사비 생걸로 좀 갈아 와라. 이분들이 아무거나 드시는 분들이 아니다.”

히말라야의 만년설도 녹일 듯 나긋한 목소리와 술 따르는 타이밍이 기생이 따로 없다. 오징어 같은 놈. 여기저기 촉수를 대고 있는 다리가 열 개는 될 것이다.

“그 얘기도 한번 해 보세요. 숨어 살다 일본에서 송환된 연놈들.”

“그 얘긴 뭐, 더 잘 아시잖아요. 해 보세요.”

홍이 손을 휘휘 저었다.

“아이고, 무슨. 전문가의 한 말씀을 듣고자 하는 것이지. 미천한 제가.”

둘러앉은 사람들이 눈을 빛내며 재촉하듯 강을 쳐다보았다.

“대학 강사가 아내와 제 어린 아들까지 죽이고 일본으로 달아난 사건이 있어요. 연구실에서 같이 지내던 조교와 눈먼 사랑에 빠진 거죠. 둘이 홋카이도 시골구석에서 조그만 식당을 하며 지냈답니다. 우연히 교통사고를 내면서 신분이 드러나 전격 송환이 되었죠. 삼 년 만에.”

귀를 쫑긋하고 얘기를 듣던 남 사장이 불쑥 끼어들었다.

“그렇게 예뻐요?”

“예뻐요.”

강은 잠시 생각하다 고쳐 말했다.

“예쁘다기보다는 몸 전체가 사람을 빨아들이는 듯한 여자였지요. 그러니까, 살면서 말이에요. 한 번뿐인 인생에 그런 여자를 결코 스치지도 말아야 할지 한 번쯤은 만나야 할지, 선택할 수 있는 거라면 갈등하겠더군요.”

“그래요! 참 만나야 할지 말아야 할지.”

모두 그 햄릿적인 고민에 빠져든 듯 눈빛이 아련해졌다. 누군가 그 커플을 위해 건배를 제안했다. 죽어도 좋아! 그러니까! 분위기를 좀 바꾸어 볼까, 싶다.

“꽤나 눈물겨운 사연도 있어요. 얼마 전이죠. 노래방 주인이 잠시 자리를 비운 사이에 현금 삼만 원과 안주 오만 원어치를 훔친 혐의로 들어온 애가 있어요. 눈물이 그렁그렁해서 주인에게 따지더라고요. 마침 화장실에 가려던 참에 손님이 돈을 줘서 무심코 호주머니에 넣었고 화장실 다녀와서 입금시키려던 참이었어요. 글고 그게 무슨 오만 원어치예요. 그때까지 저녁을 못 먹어서 오징어하고 노가리세 마리 뜯어 먹었는데.”

임대료를 밀려도 고소를 하지 않는 자신의 관대함이 지나치지 않나 근심하며 오가 혀를 찼다. 참 쩨쩨한 놈이여.

“노래방 주인이 얼굴이 뻘게져서 외치더군요. 이런 개새끼를 봤나. 그게 그래 뵈도 한치야, 한치.”

제 생각에도 흥분으로 목소리가 갈라진 성대모사는 꽤 그럴싸했다. 말이 끝나기도 전에 사람들은 마지막 숨을 놓으려던 접시 위 광어가 다시 눈알을 또릿거릴 만큼 손바닥으로 상을 치며 웃었다.

이 인간들이, 가장 후회하는 판결이 있느냐고 한 번도 묻지 않은 것은 참 다행이다. 후회인가. 후회라는 표현은 적절한 건가. 소액법정에선 우편물을 배송지별로 분류하는 속도로 사건을 처리해야 했다. 판결문을 쌓아 놓고 선고를 내리면 끝이다. 분개하는 이도 있고 그럴 줄 알았다는 표정을 짓는 이도 있지만, 대체로 법정의 권위를 인정하고 수긍하는 편이었다. 그 판결을 인정하고 수긍할 수 없는 건 자신이었다.

지난주엔 길거리 노점 불법 영업으로 불려온 여자가, 벌금을 한 푼도 낼 수 없다며 난동을 부렸다. 하도 시끄러워 재량껏 깎아 주었는데도 어찌 된 게 깎일 때마다 드센 목소리는 점점 커졌다. 애비란 놈은 어디 가서 엎어져 죽었는지 연락도 없고 연년생으로 애가 셋이에요. 복 쪼가리 없는 새끼들 누운 자리에서 엎어 놔 버릴 걸 내가 미친년이오. 새 새끼처럼 입을 딱 벌리고 밥 내놔라 돈 내놔라 우짖는데 먹고 죽을래도 돈이 없어요. 저 감옥에 보내 주세요. 그사이 새끼들이나 굶어 뒈져 버리면 속이 다 씨원하겠네, 악을 썼다. 법정 정리가 주의를 주었지만 소용이 없었다. 삼백만 원을 결국 칠십까지 깎아 주었지만 판결을 내리면서도 그 칠십만 원 받아서 어디다 써, 싶었다. 후진하다 가게 쇼윈도를 뭉개 버린 트럭 운전사는 대출 잡힌 낡은 트럭 팔아도 물어 줄 돈이 안된다며 왜 거기다 그렇게 비싼 물건을 펼쳐 놨냐고 피를 토했다. 죄 있음과 죄 없음. 그 틈에서 흘러나오는, 판소리 열두 마당이 무색한 드라마가 있지만 그런 얘기는 하지 않는다.

어떻게 살펴보셨습니까? 술자리가 끝나고 나와서 차를 타기 전 담배를 한 대씩 피우고 있을 때 홍이 다가와 물었다. 강은 담배를 피우지 않는다. 그저 담배를 태우고만 있었다. 그나마 여기 와서 시작한 버릇이다. 딱히 말을 하고 싶지 않을 때 이건 참 괜찮은 소도구라는 생각이 든다.

“법이란 게 참 그렇더라구요. 누구 하나 작심하고 봐주겠다 하면 도와주는 조항들이 쏙쏙, 비 온 다음 날 열무 싹 돋아나듯이 여기저기서 나오잖아요. 그게 참 경력이고 능력 아니겠습니까. 저야 뭐 전문가는 아니지만.”

“왜요? 뭐 잘되면 보험금이라도 한 절반 뚝 잘라 주신답니까?”

입 좀 다물라고 한 소리였다.

“인생, 인센티브 아닙니까? 내가 이 사람 통해 무얼 얻을 수 있나, 그거 따라 인간은 움직이는 거지요. 노인네 혼자, 그거 다 어디 쓰겠어요. 어려울 때 도와주신 거 잊으면 사람 아니죠. 살다 보면, 누구나 인생에 한 번은 고비가 오지 않습니까? 판사님도 그러시고…….”

바닷바람 탓인가. 홍의 목소리가 사뭇 까칠하다. 어쩌다 저 인간하고 엮이게 됐지? 언제부턴가 계급장 떼고 만나는 사이가 되어 버렸다. 한번 가까워진 사이는 멀어지지 않고 때가 묻는다.

“이게 쉽지 않네요.”

욱하던 심정이 담배 몇 모금 태우는 사이 눅어진다.

“송사란 게 그래요. 사소할수록 판단이 힘들죠.”

사소한 일인가. 사람 하나 죽은 일이. 그렇긴 해도, 역시 이 일을 업으로 삼는 사람들에겐 사소한 게 사실이긴 하다.

누가 알겠는가. 강에겐 이미 모든 게 사소했다.

강의 마음은 가벼운 화상을 여러 번 입은 손바닥처럼 변해 갔다. 질기고 무디어졌다. 옳지 않은 판결을 했을지도 모른다는 자책은 지속되지 않았다. 켜켜이 쌓이는 공소장 안에서 인생들은 납작해지고 핏물 빠진 육포가 되어 있었다. 그 살점이 얼마나 따스했는지, 아팠는지, 외로왔을지를 마지막으로 헤아려 본 게 언제였더라.

낮에 본 아이 아빠의 첫인상은 유약하면서도 신경질적인 데가 있었다. 공소장 내용을 부인했지만 뚜렷이 반박할 만한 근거도 없었다. 아이의 증언 부분에 대해 질문했을 때 그의 대답은 조금 에둘러갔다.

딸은, 우리보다는 할머니와 지낸 시간이 더 많습니다. 남자는 우리, 라고 말했다. 잠시 머뭇거리더니 자신의 말을 수정했다. 많은 게 아니라 거의 할머니가 키웠습니다. 아이가 좀 자란 후에는 저희가 돌보려고 했는데 할머니가 아이를 보내지 않았습니다. 그러다 딸과 같이 지낸 지가 겨우 삼 개월입니다. 물론 손녀딸을 사랑했겠지만, 그보다는 당신 딸에 대한 집착이 컸습니다. 표현하기는 좀 어렵습니다만, 딸의 성취, 출세, 그런 데 과도하게 집착하는 편이었습니다. 너는 집안일 하지 마라, 너 그런 거 하라고 내가 키우지 않았다, 애 키우는 게 얼마나 뼛골 빠지는 일인데 그렇잖아도 힘든 네가 하겠니, 네가 왜 청소를 하냐, 네가 왜 마늘을 까고 있냐…… 매사에 그런 식이었지요. 집사람의 우울증도 어느 부분은 아이 할머니 때문이라고 생각했습니다. 그분이 진정으로 원하는 게 뭔지 저는 알 수 없었습니다. 딸의 행복인지 불행인지.

차분한 목소리로 진술했지만 중간 중간 목소리가 떨렸다.

저도 압니다. 어린아이를 키우는 일이 얼마나 힘들고 양육자의 전부를 요구하는지. 하지만 그 유세라니요. 아내가 힘들어하는 줄 알면서도 제가 기어이 딸을 데려온 건 그래서였습니다. 할머니 밑에서 그 아이가 똑 제 엄마처럼 자라날까 봐. 세상을 불행과 결핍의 시선으로만 읽게 될까 봐. 결국 주위 사람과 불화하고 피해의식에 시달리고 자신과 옆 사람마저 불행하게 만들고 그리고 마지막엔 저렇게……. 저는 그 사람을 죽이지 않았습니다. 저는 그 누구라도 죽일 수 있는 사람은 아닙니다.

아이의 진술에 대해서 어떻게 생각합니까.

재차 묻자 남자가 울 듯한 표정으로 강을 쳐다보았다.

할머니가 세뇌를 시켰겠지요. 저로서는 절대 이해할 수 없지만. 처음엔, 제 엄마가 그렇게 머릿속에 새겨 놓고 자살해 버린 건 아닐까도 생각했습니다. 아직은 꿈과 현실을 혼동하기도 하는 나이니까요.

자신의 진술을 뒷받침할 만한 증거가 있나요?

죽이지 않았다는 증거라면, 없습니다.

그렇게 말했지만 추가로 제출한 자료 가운데 여자의 다이어리가 있었다. 빨간 스티커가 몇 군데 붙여져 있었다. ……저 인간에게 평생 지고 갈 고통을 줄 수 있다면, 나는 나를 죽일 수도 있겠다. 가장 잔혹한 방식으로. 나를 죽일 수도 있겠다, 는 말은 상대방에 대한 증오가 극대화된 감정적 표현으로 볼 수도 있을 것이다. 동시에 자살의 암시라고 볼 수도 있었다. 그 부분에 대해 남자는 담담하게 대답했다.

그 소리 한 번만 더 들으면 만 번이에요.

만 번. 만 번이라 하는 그 목소리에 담긴 미움이 돌올했다. 결혼한 지 칠 년. 굳이 따지자면 하루에 한 번씩 했다 해도 삼천 번이 되지 않는다. 다이어리의 문구나 만 번이라는 말이나 저울에 달면 똑같은 눈금을 가리키겠지. 저울에 단다 한들 본인 외엔 누가 알겠나. 왜 나는 나를 죽일 수도 있는지. 왜 만 번이라고 말해야 하는지.

모래 기슭이 멀지 않은데 파도 소리는 들리지 않는다. 강은 귀를 기울여 본다. 초록 테이블 위에서 주사위가 구르는 소리, 칩을 쓸어

올 때의 사각거리는 소리, 단순하고 확실한 잣대로 잴 수 있는 세계
가 지어내는 소리. 어둠 저편에서 날아온 소리가 귓바퀴를 돌아 몸
안에서 부드러운 물처럼 찰랑인다. 커다란 비눗방울을 굴리듯 걷던
소녀의 초록색 치맛자락이 살랑인다. 보랏빛 등꽃이 비칠 듯 아른거
리던 뺨도 언젠가는 주름지겠지. 강은 손바닥으로 얼굴을 세게 쓸
었다. 몇 번이나.

　죽거나 죽었거나. 아이의 증언을 인정한다 해도 무리한 판결이라
는 소리는 듣지 않을 판이다. 홍이 짜 놓은 판이라면 초록빛 테이블
이 아니겠는가. 한때는 법전처럼 명징한 것이 없다고 생각했지. 페이
지를 넘기면 세상을 정화하는 시의 세계가 펼쳐졌는데. 인간이라는
기이한 생물을 가두기엔 법이라는 망의 구멍은 너무 성글고 단순했
다. 가령 형법 246조의 그물은 어떠한가. 상습으로 도박을 한 자는
삼 년 이하의 징역, 또는 이천만 원 이하의 벌금. 누군가는 그 그물
을 스스로 들추고 들어간다. 어떤 판결을 내리든 완전한 판결은 없
다고 생각하면 좀 나아질까.

　뒤늦게 나온 구 원장이 옆으로 걸어왔다.

　"요새 롯데 자이언츠는 어때? 잘하고 있어? 우리도 구단 하나 가
져야 되는데."

　홍이 너스레를 떤다.

　"그러게나 말입니다. 걔들은 부침이 심해요. 우리는 원장님께서 창
단하셔야 되지 않겠습니까. 그나저나 시간 나실 때 언제 한번 같이
가서 땡기죠."

　그 실없는 말이 야비하고 집요한 압박처럼 느껴진다. 너무 예민
해진 걸까. 주차장을 사이에 두고 있는 횟집 문이 열리고 한 무리의

손님들이 우르르 나온다. 흥겨운 트로트 가락이 왁자하니 뒤섞여 밀려 나온다. 모든 것이 타 버린 후처럼 검은 재로 내려앉았던 밤의 기운이 훅 밀려 나간다. 저도 모르게 강은 꺾임이 유난한 그 유행가의 후렴구를 중얼중얼 따라 부르고 있었다. 아주 그냥, 죽여어줘요오오. 이마에 닿는 바닷바람이 서늘하다. 낮엔 반소매를 입어도 후덥지근하더니. 무엇보다도, 정 억울하면 항소하겠지. 강은 엄살이라도 떨듯 어깨를 움츠리며 부르르 떨어 보았다.

플러스마이너스

전
아
리

1986년 서울에서 태어났으며 현재 연세대학교 재학 중이다. 중고교 시절부터 다수의 문학상을 수상했고 대학 진학 후에도 창작에 몰두하여 천마문학상, 계명문화상, 토지청년문학상 등을 수상했다. 2008년 『직녀의 일기장』으로 제2회 세계청소년문학상을, 2009년 『구슬똥을 누는 사나이』로 제3회 디지털작가상 대상을 받았다. 소설집 『즐거운 장난』, 장편소설 『시계탑』 『직녀의 일기장』 『구슬똥을 누는 사나이』 『팬이야』 『김종욱 찾기』가 있다.

소년을 피아노 앞에 앉힐 때에는 신중해야 한다. 햇빛이 비추이는 거실 창가에 피아노가 놓여 있을 때는 더더욱 그렇다. 처음 피아노 앞에 앉은 소년은 매끄러운 건반을 내려다보았다. 그리고 악보를 들여다보려 했으나 창문으로 들이친 눈부신 볕이 반사되어 악보는 하얗게 지워져 있었다. 소년은 가만히 건반을 눌렀다. 선명하고 깊은 음이 맑은 공명을 울렸다. 파, 혹은 라였을 것이다. 음이 작은 고막에 가닿는 순간 소년 안에 숨겨져 있던 음표 하나가 물집처럼 툭, 터졌다.

볕에 눈을 찌푸린 채 창밖 마당을 내다보던 소년은 대문이 반쯤 열려 있는 것을 발견했다. 단발머리의 작달막한 소녀가 자기 집 대문 앞을 기웃거리고 있었다. 소년은 소녀를 향해 손짓했다. 호기심 가득한 눈으로 마당을 들여다보던 소녀가 조심스럽게 문을 열고 들어섰다. 화단에는 은방울꽃과 달리아, 물망초가 피어 있었다. 빈자리에 심기 위해 갖다 둔 축축한 알뿌리들과 모종도 구석진 곳 신문지 위에 쌓여 있었다. 소녀는 깨끗한 유리창 가까이로 다가와 피아노 앞에 앉은 소년을 향해 방긋 웃었다. 소년 안에서 무수한 음표들이 장미 열매처럼 다닥다닥 붉어지기 시작했다.

❧

소년이 처음 소녀에게 한 짓은 흙을 먹이는 것이었다. 희고 폭신폭신한 식빵을 떼고 녹은 치즈 위에 흙을 두 스푼 얹어 감추었다. 소녀는 망설임 없이 접시 위로 손을 뻗었다. 샌드위치를 한 입 베어 물자 와작, 흙이 씹혔다.

"개가 똥 싼 자리에서 퍼 온 건데."

소년은 노래를 부르듯 말했다. 소녀는 울상을 지으며 입에 든 빵 조각을 뱉으려 했다.

"삼키지 않으면 네가 개똥을 먹었다고 소문낼 거야."

소녀는 혀 위에 얹은 샌드위치를 이러지도 저러지도 못한 채 울상을 지었다. 소년은 말없이 지켜보았다. 소녀는 남은 샌드위치를 만지작거리다가 굵은 눈물방울을 뚝뚝 떨어뜨렸다. 이윽고 꿀꺽, 빵 조각이 가느다란 목을 부풀리며 넘어갔다.

"너 진짜 개똥을 먹었네. 아, 더러워."

자리에서 벌떡 일어난 소년이 진저리를 치며 소리쳤다. 그는 경멸에 찬 시선으로 소녀를 내려다보더니 샌드위치가 남은 접시를 걷어찼다. 샌드위치가 질펀하게 방바닥 위로 떨어졌다.

"아무한테도 말하지 않겠다고 약속해."

소녀는 엉거주춤 따라 일어서며 말했다. 소년은 매달리는 소녀의 눈동자를 들여다보았다. 그 속에 동그랗고 새까만 음표 한 개가 떠 있었다. 음표는 가늘게 떨리며 반들거렸다.

"그럼 팬티를 벗어 봐."

집에 어른들은 나가고 없었지만 소년은 방문을 잠갔다. 머뭇거리던 소녀가 팬티를 벗고 치마를 들쳐 올렸다. 소년은 소녀의 가랑이를 벌리고 천천히 그 안을 들여다보았다. 봉긋 솟은 둔덕에 투명한 솜털이 소복했다. 소년은 소녀의 성기를 손끝으로 훑었다. 부드럽고 습하고 야릇하면서도 불쾌했다. 소년은 소녀를 뒷마당으로 데리고 가 흙바닥에 오줌을 누게 했다. 화장실 바닥에 누게 했다가는 집안 식구들과는 다른 오줌 냄새가 배어 어른들 중 누군가가 알아챌 것 같았기 때문이다. 소녀는 치맛자락을 모아 쥐고 쭈그려 앉았다. 오줌 줄기가 포물선을 그리며 솟아올랐다. 오줌 줄기는 햇볕에 반짝반짝 빛나며 잘게 부서져 흙바닥을 적셨다. 흙은 비밀을 삼키듯 순식간에 오줌 얼룩을 흡수했다. 소녀가 엉덩이를 털고 일어나려 하자 소년은 어깨를 밀어 넘어뜨렸다. 엉덩방아를 찧은 소녀가 어리둥절한 표정으로 소년을 올려다봤다.

"오줌싸개."

그날 이후 소년은 틈만 나면 소녀를 불러 괴롭혔다. 그는 다른 아이들처럼 부모님께 강아지나 고양이를 사 달라고 조르지 않았다. 소녀는 그 어떤 애완동물보다도 순종적이었고 흥미로웠다. 때로는 지능이 낮은 동물처럼 한없이 둔하기도 했다. 마음껏 쥐어박고 벌을 주다가 조금 측은하다는 생각이 들면 부엌에서 케이크나 도넛 따위를 꺼내 먹이면 그만이었다. 소녀는 언제나 사양하는 법 없이 게걸스럽게 음식을 먹어 치웠다.

246

　초등학교 입학식 날, 친척들에게 둘러싸여 사진을 찍던 소년은 저 멀리 서 있는 소녀를 발견했다. 소녀는 고개를 기우뚱한 채 운동화 코를 바닥에 찧었다. 허리가 구부정하고 비쩍 마른 노파가 소녀의 손을 잡고 있었다. 두 사람은 카메라도 꽃다발도 없이, 자신들의 초라함을 부끄러이 여겨 서둘러 운동장을 빠져나갈 생각도 않은 채 우두커니 서 있었다. 소년은 주변을 두리번거리던 소녀와 눈이 마주쳤다. 아는 체하며 그를 부르려던 소녀는 날벌레가 달려들었는지 돌연 턱을 뒤로 쑥 빼며 얼굴을 찡그렸다. 눈과 입가가 흉하게 일그러졌다. 소녀는 비명을 지르며 노파의 뒤로 몸을 숨겼다. 노파는 공허한 얼굴로 허공을 응시하다가 천천히 소년이 있는 곳을 돌아보았다. 누군가 카메라의 셔터를 눌렀다. 사진에는 소년의 옆모습이 찍혔다. 빛 때문에 표정은 하얗게 지워진 채였다.

　소녀는 뒷산 산책로로 들어섰다. 땀에 젖은 교복 블라우스가 등에 달라붙었다. 뒷산은 동네 사람들도 드나들지 않는 곳이었다. 산책로에는 가스통과 소주병이 굴러다녔다. 무성하게 우거진 나무들 아래로 음습한 어둠이 흘렀다. 소년과 그의 친구인 남학생은 썩은 나무 벤치에 앉아 있었다. 소년이 술을 사 온다며 산을 내려갔다. 남학생이 소녀를 끌어다 벤치 옆자리에 앉혔다. 남학생의 손이 소녀의 가무잡잡한 목덜미를 만지작거렸다. 그는 블라우스 속으로 손을 집어넣었다. 소녀가 몸을 비틀며 거부하자 그가 와락 덤벼드는 통에 둘은 벤치 아래로 굴러떨어졌다. 벤치 뒤편의 쥐똥나무 덤불에서 나

방 몇 마리가 후르륵 날아올랐다. 남학생이 소녀의 배를 후려쳤다. 소녀는 비명을 삼키며 몸을 움츠렸다. 필사적으로 반항하던 몸짓이 멈추었다. 치마 아래로 팬티를 잡아끌어 내리려던 남학생은 여유가 생긴 듯 제 교복 셔츠를 먼저 벗기 시작했다. 문득, 그는 무슨 생각이 떠오른 듯 핸드폰을 찾아 바닥에 떨어진 가방 속을 더듬었다. 그가 쥐똥나무 덤불 아래 떨어진 핸드폰을 줍기 위해 몸을 구부렸을 때였다. 소녀가 냅다 남학생의 등을 떠밀었다. 그는 산책로 옆의 비탈길로 굴러떨어졌다. 비명 소리가 끊기고도 그의 몸이 둔탁하게 굴러가는 소리는 얼마쯤 더 이어졌다.

소녀는 단추가 뜯겨 나간 블라우스 앞자락을 여미며 비탈길을 내려다보았다. 짙은 풀 비린내가 올라오는 산비탈은 어둠에 잠겨 아무것도 보이지 않았다. 소녀는 후들후들 떨리는 무릎을 간신히 맞붙인 채 가방을 주웠다.

"너 지금……."

소녀가 소스라치게 놀라 돌아본 곳에는 소년이 서 있었다. 그는 묵직한 슈퍼마켓 비닐봉지를 들고 있었다.

"무슨 짓을 한 거야?"

소년이 비탈길 밑을 내려다보았다. 그는 술병이 쟁강거리며 맞부딪치는 비닐봉지를 흙바닥에 내려놓았다. 아래를 살피고 오겠다며 산책로 밑으로 내려갔다. 사방에서 울리는 벌레 울음소리가 철조망처럼 서로 얽혀 산을 가두었다. 한참 만에 저 밑에서 소년이 흔드는 핸드폰 불빛이 보였다. 다시 올라온 소년은 땀에 흠뻑 젖어 있었다.

"숨을 안 쉬어."

소년은 갓 태어난 짐승에게서 모락모락 솟아오르는 김처럼 묘한 열기를 뿜어내고 있었다. 그는 산책로 쪽으로 소녀를 밀쳐 냈다.

"시체는 내가 알아서 할 테니까 넌 집에 가 있어. 입도 벙긋하지 말고."

소녀는 비틀거리며 산책로를 내려갔다. 다리에 힘이 풀려 넘어지는 통에 무르팍이 깨진 것도 알아채지 못했다. 산책로 입구의 전구가 깨진 가로등 밑에 다다르자마자 소녀는 미친 듯이 달음박질치기 시작했다.

소년이 소녀를 불러낸 건 다음 날 오후였다. 소년의 왼쪽 팔뚝에는 나뭇가지에 긁힌 듯한 상처가 나 있었다. 소녀는 블라우스 자락을 잡아당겼다. 지난밤 급히 손빨래를 한 블라우스 자락에는 흙 얼룩이 남아 있었다. 얼룩을 문지를수록 손때가 번져 옷자락은 점점 더 지저분해졌다.

"어제는……."

소녀가 창백한 얼굴로 입을 열었다.

"살인자."

소년이 말했다.

"살인자."

소녀가 다시 말했다.

❧

한쪽 다리를 절던 소녀의 할머니는 늦여름 무렵 완전히 거동이 불가능하게 되었다. 소년은 비좁은 골목길 안쪽에 붙은 쪽문을 두드렸다. 젖빛 유리문 너머로 실루엣이 어룽거리더니 소녀가 문을 열었다. 맨발로 현관 타일 바닥을 딛고 선 소녀는 할머니의 오줌 주머니를 들고 있었다. 집 안에는 배설물 냄새와 욕창의 고름 냄새, 사람을 녹지근하게 만드는 병환의 기운이 고여 있었다. 소년은 신발을 벗고 소녀의 집 안으로 들어갔다.

단칸방 이부자리 위에 누운 노파가 퀭한 눈으로 소년을 올려다보았다. 벌어진 입속에 까만 어둠이 바글거렸다. 비쩍 마른 노파는 미라 같았다. 어떻게 사람이 이렇게까지 여윌 수 있지. 소년은 인상을 찌푸린 채 머리카락이 얼마 남지 않은 노파의 건조한 두피를 살폈다. 오줌 주머니를 비우러 나갔던 소녀가 접시를 들고 왔다. 시들시들한 사과 조각 몇 개가 놓여 있었다.

"손은 씻고 깎은 거냐?"

소녀가 고개를 끄덕였다. 소년은 접시 근처에도 가까이 가지 않았다. 소녀가 사과 조각을 집어 조용히 씹었다. 허벅지에 모기 물린 자리가 덧나 부어올라 있었다. 덧난 자리에서 진물이 배어 나온 걸 보자 소년은 욕지기가 치밀었다.

소년은 이때껏 원하는 것이면 무엇이든 손에 넣었다. 부유한 집안에서 태어나 물질적인 어려움이 무언지 알지 못했고, 머리가 좋아 성적도 우수했다. 반듯한 차림새와 외모 때문인지 가끔 여학생들이 얼굴을 붉힌 채 그의 집 근처 길목을 서성이고 있기도 했다. 남학교의 급우들은 그를 좋아하면서도 어려워했다. 소년은 동갑내기 남학생들이 여자에게 호기심을 갖게 되기 오래전부터 이미 소녀의 몸을 제 것처럼 다루어 왔다.

그러나 얼마 전 그는 지금까지와 달리 못 견디게 갖고 싶은 것을 발견했다.

"총을 갖고 싶어."

소녀는 선뜻 그의 말뜻을 이해하지 못한 채 사과를 우물거렸다.

소년은 며칠 전 슈퍼마켓 앞에서 보았던 최 형사를 떠올렸다. 최 형사는 평상 위에 퍼질러 앉아 하드를 먹고 있었다. 소리 내어 하드를 빨아 먹는 입술 밑으로 축 늘어진 턱살과 빛바랜 감색 셔츠 위로 접힌 두툼한 뱃살이 살찐 돼지를 연상시켰다. 최 형사와 눈이 마주친 소년은 예의 바르게 인사했다. 소년의 아버지와 친분이 있는 그가 씨익 웃으며 고개를 끄덕였다. 소년은 최 형사 허리춤의 가죽집에 꽂힌 권총을 흘끗 보았다. 불쑥 솟은 검은 리볼버의 손잡이는 수면을 박차고 하늘로 튀어 오르는 물고기처럼 유연하고 아름다웠다. 집에 돌아온 뒤에도 소년은 권총의 도발적인 자태를 쉽게 잊을 수가 없었다. 그런 매력적인 물건이 지방으로 출렁이는 최 형사의 몸뚱이에 붙어 있다는 것 또한 참을 수가 없었다.

"넌 내가 시키는 대로만 해."

소년의 말에 소녀는 잠자코 대꾸하지 않았다.

"안 그러면 경찰에 다 꼬질러 버릴 테니까."

협박하지 않아도 소녀가 고분고분하게 따르리라는 사실을 알고 있었다. 소년은 몇 달 전 뒷산에서의 일을 빌미로 소녀에게 많은 일을 시켰다. 인터넷 채팅으로 만난 남자와 원조교제를 하고 돈을 받아 오도록 했다. 모텔 밖으로 나온 소녀가 돈을 건넸지만 소년은 바닥에 침을 뱉고 중얼거렸다. 더러운 걸레. 소녀는 그 돈으로 두부와 청국장, 비누와 생리대 등을 샀다. 한번은 동네 여학교의 양아치들과 시비를 붙게 만들어 소녀가 죽도록 얻어맞는 모습을 멀리서 지켜보기도 했다. 소나기가 쏟아지던 어느 날엔 옷을 벗겨 공중화장

실의 좌변기 칸에 온종일 갇혀 있도록 했는데, 밤늦게 찾아갔을 때
소녀는 변기 뚜껑 위에 올라앉은 채 오들오들 떨고 있었다. 소년은
고열이 올라 몸이 불덩이 같은 소녀에게 옷가지를 던져 주었다. 화
장실을 나서려던 소년은 둥근 문손잡이 속에서 거꾸로 매달린 검
은 음표를 보았다. 음표는 금방 흐트러질 물방울처럼 탱글탱글 흔
들렸다.

"오늘은 그냥 가니?"

소년을 배웅하던 소녀가 과일로 끈끈해진 손가락을 옷자락에 닦
으며 물었다. 소년은 힐끗 소녀를 훑어보았다. 허벅지의 불그죽죽한
모기 물린 자국을 보자 소녀의 몸을 만지고 싶은 욕구가 싹 사라졌
다. 지금 소년이 원하는 것은 오직 까맣고 단단한 한 자루의 리볼버
뿐이었다.

최 형사가 평화서점 여자와 그렇고 그런 사이라는 것은 동네 사
람이면 누구나 아는 사실이었다. 서점 여자는 가게 안쪽의 살림집에
서 살았다. 살림집이라고 해 봤자 수도꼭지와 버너 한 개가 전부인
부엌과 화장실, 그에 붙은 쪽방 한 칸이 전부였다. 최 형사는 밤낮
가리지 않고 틈만 나면 서점을 드나들었다. 둘이 쪽방에서 무슨 짓
을 벌이는지는 뻔했다. 가끔 어수룩한 서점 여자의 교성이 옆 건물
의 지물포까지 들려오기도 했다.

"들어가 봐."

소년은 화장실 창문을 가리켰다. 창문은 머리가 간신히 들어갈

정도로 작았고 거미줄에 시커먼 먼지 덩어리가 들러붙어 있었다. 소녀가 쭈뼛거렸다.

"지금 경찰서로 갈까?"

소년이 소녀의 가느다란 손목을 움켜쥐었다. 살빛이 노랗게 질렸다.

소녀는 휴지통을 밟고 창문 안으로 머리를 들이밀었다. 지린내가 훅 풍겼다. 가까스로 배를 걸치자 몸이 기우뚱 앞으로 쏠렸다. 소녀는 아뜩한 현기증을 느끼며 고꾸라졌다. 정신을 차렸을 때는 화장실 타일 바닥이었다. 바닥에 고인 물로 등허리가 축축했다. 입에서 피비린내가 났다. 벽에 붙은 거울을 보자 입술이 터져 턱까지 피범벅이 되어 있었다. 소녀는 조심스럽게 화장실 문을 열고 나왔다. 시멘트 굴 같은 부엌은 후텁지근했다. 버너 위에서 무언가가 부글부글 끓고 있었다. 열린 방문 틈으로 살덩이 맞부딪치는 소리가 들렸다. 소녀는 조심스럽게 방 안을 들여다보았다. 최 형사의 옷가지가 방바닥에 널브러져 있었다. 조금만 손을 뻗으면 닿을 거리였다. 최 형사의 엉덩이가 허공에서 흔들거렸다. 소녀는 조심스럽게 방문을 열고 옷을 끌어당겼다. 바지가 문턱을 넘어설 때였다. 드르르륵. 휴대폰이 진동을 울렸다. 소녀는 움칠하며 옷을 감싸 쥐었다. 다행히 최 형사는 눈치채지 못한 듯했다. 소녀는 총집에 담긴 총을 꺼내 주머니에 넣었다. 주머니가 묵직하게 처졌다.

"밖에 누가 있는 거 같은데."

서점 여자가 끙, 소리를 내며 중얼거렸다. 최 형사가 살을 출렁이며 일어서는 소리가 들려왔다. 몸을 피한다는 것이 바닥에 놓인 양푼을 건드렸다. 쩔그럭, 소리와 함께 소녀의 얼굴에서 핏기가 가셨다. 소녀는 종아리 언저리에 화끈함을 느끼고 비명을 삼켰다. 최 형사의 바짓자락에 버너의 불길이 옮겨 붙었다.

"누구야?"

최 형사가 소리쳤다. 소녀는 안절부절못하다가 바지를 손에 쥔 채 서점으로 도망쳤다. 그사이에도 불길은 옷을 타고 엉금엉금 기어 올라 왔다. 부엌에서 신발을 끌며 서점 쪽으로 나오는 기척이 느껴졌다. 소녀는 들고 있던 옷을 팽개치고 서점 문의 잠금장치를 풀었다. 책 무더기 위로 불길 옮겨 붙는 소리가 후두둑, 새의 날갯짓처럼 들려왔다.

밖으로 나온 소녀는 죽을힘을 다해 달렸다. 젖은 옷자락이 애원하는 짐승처럼 살갗에 감겨 왔다. 걸음을 뗄 때마다 주머니 속의 총이 허벅지를 때렸다. 뜨거운 볕이 정수리를 찌르듯 내리쬐었다. 소녀는 가까운 건물로 숨어들었다. 건물 안은 조용하고 어두침침했다. 계단을 뛰어 올라간 소녀는 창밖을 내다보았다. 저 멀리 평화서점에서 시커먼 연기가 피어올랐다. 사람들이 어수선하게 길가에 모여 서 있었다. 소녀는 입술 위에 말라붙은 피딱지를 잡아 뜯었다. 간신히 멈추었던 피가 다시 미지근하게 흘러내리기 시작했다.

소년은 그날 밤 총을 건네받았다. 총을 코에 갖다 대고 숨을 들이쉬었다. 고지대에 위치한 놀이터 저 아래쪽으로 평화서점이 내려다보였다. 검게 그을린 간판이 죽은 손톱처럼 매달려 있었다. 소년은 소녀를 물끄러미 바라보다가 입을 뗐다.

"악마구나, 너."

악마라는 단어에 매달린 음표 한 개가 교수대를 오르는 죄인처럼 비틀거렸다. 소녀는 이마에 달라붙는 머리카락을 떼어 냈다. 더운 바람이 불어왔다. 얇은 치맛자락이 나부낄 때마다 허벅지에 맺힌 푸른 멍이 드러났다가 사라지곤 했다.

❧

소년은 리볼버를 바라보았다. 총은 꿈틀거리거나 짖지 않았다. 거울 앞에 서서 스스로를 겨누어 보았다. 영화에서 본 것처럼 총구를 입안에 쑤셔 넣어 보기도 했다. 소년은 총을 침대 위로 내던졌다. 아무 일도 일어나지 않았다.

❧

불판 위의 삼겹살이 지글지글 익었다.

이등병인 소년은 부지런히 고기를 구웠다. 함께 외박 나온 선임의 얼굴에는 웃음이 만연했다. 부대에서 미친개라고 불리는 직속 선임이었다. 군대에 오기 전에는 인천에서 꽤 알아주는 건달 생활을 했다고 했다. 자기보다 계급이 높은 선임들과도 말을 트고 지냈으며 주먹을 남발했다. 소년도 그의 구둣발에 수차례 채였다.

선임이 차가운 소주병의 뚜껑을 열었다. 그는 옆에 앉은 소녀의 잔에 술을 채웠다. 한쪽 팔을 소녀의 어깨에 두르고, 군대 오기 전 불법 게임장에서의 어깨 시절 이야기를 늘어놓았다. 소년은 익은 고기를 선임 앞에 놓아 주었다. 마늘과 버섯, 양파도 구웠다. 선임의 손이 소녀의 가슴을 더듬는가 싶더니 과감하게 원피스 속을 파고들어 주물럭거리기 시작했다. 그의 재촉에 못 이겨 술잔을 비우고 난 소녀가 소년을 바라보았다. 소년은 선임 쪽을 턱짓했다.

삼겹살집에서 나온 소년은 슬그머니 자리를 피했다. 선임이 소녀를 끌고 근처 여관으로 들어갔다. 소년은 조금 떨어져 있는 다른 여관에 방을 잡고 잠을 청했다. 다음 날 아침 선임은 소년에게 해장국을 사 주었다.

"어린년이 얼마나 굴러먹었는지 테크닉이 죽이더라."

선임은 까맣게 썩은 앞니를 드러내며 웃었다.

그 뒤로 소녀는 꼬박꼬박 미친개의 면회를 왔다. 미친개는 소년을 친동생처럼 챙겼다. 부대 안의 어느 누구도 소년을 함부로 대하지 않았다.

어느 주말은 선임이 인심을 쓴다며 소년을 데리고 면회실로 갔다. 면회 온 소녀는 분식집에서 사 온 먹을거리들을 플라스틱 테이블에 펼쳐 놓았다. 우엉이 들어간 김밥은 약간 쉬어 있었다. 선임이 화장실에 간 사이 둘은 면회실에 덩그마니 남았다. 나무젓가락으로 육개장을 뒤적이던 소녀가 입을 열었다.

"할머니가 돌아가셨어."

소녀는 새까만 팔 뒤꿈치를 긁적이며 말을 이었다.

"얼마 전에 그 애를 봤어."

면회실 밖에서 화통하게 웃으며 떠드는 선임의 목소리가 들려왔다.

"경식이 말이야."

이경식. 그는 몇 해 전 소녀가 뒷산 산책로에서 밀어 떨어뜨렸던 남학생이었다.

처음 경식과 마주쳤을 때 소녀는 선뜻 그를 알아보지 못했다. 그쪽에서 먼저 다가와 알은체를 해 왔다. 경식은 그날 생긴 상처라며 이마 한 귀퉁이의 갈매기 모양 흉터를 보여 주었다. 그는 그날의 장난을 소녀가 아직까지 알아채지 못하고 있었다는 사실에 경악하는 눈치였다.

"왜 그랬니?"

소녀가 물었다. 입술 언저리에 육개장의 숙주 조각이 묻어 있었다. 소년은 소녀의 아둔함이 혐오스러웠다. 이게 감히 어디서. 자신을 쳐다보는 두 눈이 건방지게 느껴져 뺨이라도 한 대 후려치고 싶었다.

면회실 문이 열리고 선임이 들어왔다. 그는 소녀의 곁에 바짝 붙어 앉아 긴 머리를 쓰다듬었다. 소년은 먼저 자리에서 일어났다.

🌿

소년은 대학교를 졸업한 후 대기업에 취직했다. 친척 어른이 임원직에 있는 회사로, 별 어려움 없이 입사할 수 있었다. 그가 몸담은 전략개발팀의 직원은 대다수가 남자였다. 소년 위로는 족제비같이 생긴 젊은 대리가 있었다. 키가 작고 비쩍 말라서 걸을 때마다 몸 어느 한구석이 위태로워 보이는 남자였다. 그는 툭하면 낙하산이라는 이유로 소년에게 야유를 보냈다. 대리에게는 두 살배기 딸이 있었다. 언젠가 그의 집들이에서 딸아이를 본 적이 있었다. 다행히도 부인을 닮아 눈망울이 크고 인상이 좋았다. 대리의 아내는 체구가 통통한 편이었다. 피부가 하얀 데다 이목구비가 순하게 생겨서, 딱히 도드라지는 얼굴은 아니지만 사람을 편하게 해 주는 인상이었다. 집들이 자리에서 소년은 그녀와 자주 눈이 마주쳤다. 과일을 깎는 그녀의 손을 한참 동안 응시하기도 했다. 흥건히 술에 취한 사람들 사이에서 소년의 시선을 알아챌 때마다 그녀의 얼굴은 약하게 달아올랐다가 가라앉곤 했다.

소년은 자주 월차를 내고 대리의 아내를 만났다. 그녀는 언니에게 아이를 맡기고 나왔다. 소년은 그녀의 티 없이 맑은 얼굴이 죄책감과 옅은 흥분으로 상기되는 모습을 바라보는 것이 못 견디게 좋았다. 소년은 커튼을 친 대낮의 호텔방에서 그녀의 풍만한 몸을 끌어안고 달콤한 꿈에 빠졌다. 만남을 거듭할수록 점점 그녀를 데리고 호텔 밖으로 나가고 싶은 욕구가 솟구쳤다. 이름난 식당을 찾아다니며 식사를 하고, 드라이브를 나가고, 함께 장을 보고, 언젠가는 그녀가 자신의 아이를 낳아 주었으면 하는 데까지 욕심이 미쳤다. 그런 이야기를 할 때마다 여자는 괴로운 표정을 지었다. 힘들어하는 모습마저도 소년의 눈에는 아름답기 그지없었다. 볼품없는 족제비의 곁에 두기에는 여러모로 아까운 여자였다. 헤어질 때가 되면 소년은 몸서리가 쳐질 만큼 아쉬움을 느꼈다. 대리의 아내는 매번 어두운 얼굴로 그의 손을 내려다보며 중얼거렸다.

"오늘이 정말 마지막이에요. 이러면 안 돼요."

소년이 소녀를 찾아간 것은 몇 해 만이었다. 소년이 방문했을 때 소녀는 고추장에 밥을 비벼 뜨거운 물과 함께 먹고 있었다. 단칸방의 천장에 소불알 같은 알전구가 축 처져 있었다. 소녀는 집 근처 기사 식당에 일을 다녔다.

"머리가 그게 뭐냐? 정신 사납게."

소년은 점잖게 핀잔했다. 소녀는 파마가 풀어진 머리칼을 노란

고무줄로 동여 묶었다.

"니가 할 일이 있어."

소녀는 무슨 일이냐고 묻지 않았다. 소년은 간단명료하게 상황을 설명했다. 그는 대리를 잠자리까지 끌고 가 증거물을 남겨 올 것을 요구했다.

"사진도 괜찮지만 기왕이면 동영상이 좋겠군."

얼마 뒤 대리의 아내 앞으로 작은 우편물이 배달되었다. 1기가 용량의 이동식메모리 속에는 대리와 소녀의 동영상이 저장되어 있었다. 대리는 별의별 기괴한 체위를 흉내 내며 이성을 잃다시피 소녀의 위에서 날뛰었다. 흥분을 이기지 못하고 소녀를 때리거나 목을 졸라 대기도 했다. 소녀는 무표정했다. 중간마다 카메라의 렌즈 쪽을 가만히 바라보고 있는 것 같기도 했다. 대리의 아내는 남편의 외도보다도 이제껏 본 적 없는 가학적인 행위에 치를 떨었다. 대리 부부의 이혼은 지지부진하게 진행되었다. 소년은 끈기 있게 그녀를 기다렸다. 이혼이 성사되던 날 여자는 어린 딸을 데리고 소년에게로 왔다. 소년은 그녀의 팔에 안긴 아이의 뺨을 지그시 눌렀다. 성격이 순한 아이는 소년을 향해 배시시 웃었다. 여자도 소년을 향해 웃었다. 그간 마음고생이 심했던 탓인지 통통했던 얼굴이 꽤 수척해져 있었다. 아이를 재운 뒤 소년은 여자를 방으로 데리고 갔다. 둘은 오랜만에 격렬한 시간을 보냈다. 서로의 몸에서 떨어져 나왔을 때는 이미 어둑한 저녁이었다. 창밖에 부슬부슬 비가 내리고 있었다.

"그만 가지?"

소년이 말했다. 여자가 의아한 듯 소년을 돌아보았다.

"시간이 늦었잖아. 그만 가 봐."

여자가 얼굴을 붉히며 서둘러 돌아가고 난 뒤 소년은 침대 시트 위에 남은 구불구불한 털을 발견했다. 그는 시트를 걷어 세탁기 속에 넣었다. 여자가 멋대로 우산을 집어 갔다는 사실을 깨닫고 소년은 나직이 욕을 내뱉었다.

❦

소년이 다시 소녀를 만난 곳은 서울 변두리의 허름한 종합병원이었다. 소녀는 6인용 병실 구석자리에 누워 있었다. 왼쪽 관자놀이 옆으로 머리카락 빠진 자리가 휑했다. 소녀의 눈은 멍이 들어 퉁퉁 부어 있었고 팔뚝에는 대여섯 바늘 꿰맨 자국이 남았다. 소년은 물끄러미 소녀를 바라보다가 중얼거렸다.

"이런 꼴로는 쓸모가 없겠네."

소녀는 옆자리 여자가 건넨 바나나를 먹었다. 이가 부러진 자리를 피해 씹느라 입술을 힘겹게 일그러뜨려야 했다. 그때, 미친개가 병실에 들어섰다. 대낮부터 거나하게 취한 그는 술 냄새를 풍기며 가래를 돋우었다. 미친개는 소녀를 침대에서 쫓아내고 자신이 드러누웠다. 그는 옆에 비껴 선 소년을 발견하지 못한 채 그대로 널브러져 잠들었다. 소녀는 보조침대에 걸터앉아 바닥에 떨어진 바나나 조각을 주워 들었다.

미친개가 소녀를 찾아온 것은 지난가을의 일이었다. 전역 후 트럭에 발이 깔려 절름발이가 된 미친개는 더 이상 날고 기는 건달이 아니었다. 미친개는 매일 그녀가 일하는 식당에 찾아와 뚝배기불고기나 국밥을 먹고 갔다. 가끔은 어울려 다니는 동생들을 데리고 와 늦게까지 술을 마시고 가기도 했다. 그는 매일같이 소녀의 단칸방에 찾아오더니, 어느 날부터인가는 아예 돌아갈 생각을 하지 않았다. 처음 얼마간은 소녀에게 돈을 몇 푼씩 쥐어 주기도 하고, 조잡한 꽃다발을 사다 떠안기기도 했다. 어느 날 그는 친한 동생이라는 젊은 여자를 데리고 왔다. 한바탕 싸움질을 하고 왔는지 갈색 머리 여자는 독이 올라 씩씩거리고 있었다.

"아 씨발 오빠가 말리지만 않았어도 그 자리에서 확 조져 버리는 건데. 내가 그거 모가지 그어 버리려 그랬어. 그런 년은 죽어 봐야 정신을 차리지."

담배에 불을 붙이던 여자는 소녀를 힐끗 돌아보았다. 그녀는 소녀를 향해 손을 휘휘 내저으며 억지로 웃어 보였다.

"언니, 미안해요. 나 신경 쓰지 말구 자요. 집 아늑하니 좋네."

비좁은 단칸방에 미친개와 여자, 소녀까지 셋이 나란히 누웠다. 여자는 나흘을 더 묵었다. 미친개는 더 머물다 가라고 잡았지만 그녀는 쌩하니 떠났다. 미친개가 주먹을 휘두르기 시작한 건 그즈음이었다.

소녀는 긴 호스 위에 매달린 수액병을 바라보았다. 수액병은 2분의 1박자로 맞춰 놓은 메트로놈처럼 느리게 흔들렸다. 소녀는 부어서 잘 떠지지 않는 눈으로 소년을 올려다보았다. 그는 시간을 확인하고는 얼굴을 약간 찡그렸다.

"큰일이네. 너한테 시킬 일이 있었는데."

미친개가 코를 곯기 시작했다. 이런 일이 처음이 아닌 듯 병실 환자들은 서로 눈치만 주고받을 뿐 선뜻 불만을 토로하지 못했다.

"너란 인간은 정말 도움이 안 되는군."

소년이 성가시다는 듯 중얼거렸다.

"왜, 무슨 일이었는데?"

소녀가 목을 가다듬고 물었다. 이가 빠진 자리에 네모난 어둠이 문처럼 뚫려 있었다. 소년은 소녀를 위아래로 한 번 훑어보고 대꾸 없이 돌아서서 병실을 나갔다.

❧

소년은 사진을 들여다보았다. 컴컴한 사진 속에 검은 음표 한 개가 부유하듯 떠다니고 있었다.

"무사히 착상됐어요."

곱슬머리 여의사가 말했다. 소년의 아내는 환한 얼굴로 소년의 손을 잡았다. 소년은 음표를 검지로 힘주어 눌렀다. 순간, 음표가 옆으로 움칠거리며 달아난 듯한 착각이 들었다.

"자기, 뭐 하는 거야?"

소년의 아내가 가볍게 눈을 흘기며 소년의 손에서 사진을 빼냈다. 아내가 화장실에 간 사이 소년은 사진을 꺼내 찢어 버렸다. 음표는 온데간데없이 사라지고 아내의 자궁 내부와 수정란이 잘게 찢긴 채 얌전히 휴지통 안으로 빨려 들어갔다.

❧

커피숍에 앉은 소녀는 접시에 담겨 나온 과자를 집으려다 말고 소년의 눈치를 봤다.

"공짜야. 먹어."

그러자 소녀는 과자의 비닐을 벗기고 쿠키를 부수어 먹었다. 부스스한 머리칼이 흘러내려 과자와 함께 씹히는 것도 알아채지 못했다. 눈 밑이 검게 뜬 소녀는 노파 같았다. 소년은 오래전 쪽방에서 보았던 소녀의 할머니를 떠올렸다. 거죽만 남은 얼굴이며 역한 배설물 냄새 따위보다 선명하게 기억나는 것은 쪽방 방바닥에 깔려 있던 장판 색깔이었다. 멀미를 일으킬 정도로 누랬던 장판.

소녀가 먼저 소년에게 연락을 한 것은 이번이 처음이었다.

"돈 좀 빌려 줄래? 애가 생겼어."

소년의 시선이 소녀의 아랫배로 가닿았다. 홀쭉하게 여윈 몸에 아랫배만 눈에 띄게 불룩이 솟아 있었다.

"더 지나면 못 지운대."

소년은 소파에 등을 기댄 채 창밖을 내다보았다. 따사로운 봄 햇살이 한적한 길가를 내리비추고 있었다.

"낳아야지."

소년이 말했다.

"낳아."

소년이 다시 말했다.

소녀는 고개를 숙인 채 테이블의 유리 위에 흩어진 과자 부스러기를 손으로 눌러 떼어 냈다.

"그럼 말이야."

한참 만에 입을 연 소녀는 잠시 입술을 물다가 말을 이었다.

"혹시 너 그 총 아직 가지고 있으면 나 좀 줄래?"

물끄러미 소녀를 바라보던 소년이 별안간 큰 소리로 웃어 대기 시작했다. 커피숍 안의 사람들이 창가 자리의 두 사람을 돌아보았다.

"실탄도 없는 총을 갖다 뭐에 쓰게. 그거 첨부터 빈총이었어."

소년은 입을 벌리고 자신을 바라보는 소녀를 향해 비아냥거렸다. 소년은 웃음과 섞여 나온 기침을 콜록거리며 커피를 마셨다.

"죽이고 싶은 사람이 있었던 거 아니었어? 그래서 총이 가지고 싶은 거 아니었어?"

소년은 소녀가 당황하는 모습이 꼴사나웠다.

"그래도 줘."

소녀는 보채듯 말했다. 소년이 꿈쩍하지 않자 이번에는 어깨와 가슴을 흔들어 보이며 천박한 애교를 떨어 보였다. 소년은 혐오감을 참지 못하고 유리잔 속의 물을 소녀에게 끼얹었다.

딸랑. 소년이 커피숍을 나가자 문에 매달린 차임종이 짧고 맑게 울렸다.

"어이, 그 아가씨 또 온 거 같은데?"

회사 건물을 나서던 동료가 소년에게 말했다. 회사 로비 한편에서 소녀가 유령처럼 서성이고 있었다. 소년을 발견한 소녀는 몇 미터 간격을 두고 주춤주춤 그를 따라왔다.

커피숍에서의 일이 있은 후로 소녀는 줄기차게 소년의 주변을 맴돌았다. 밤새 아파트 앞 정자에 앉아 소년의 집 베란다를 올려 보는가 하면, 아내와 장을 보러 갈 때도 쫓아와 멀찍이서 소년을 지켜보고 있었다.

외진 골목에 들어선 소년이 소녀의 머리채를 움켜쥐었다. 소녀가 비명을 삼키며 소년의 바짓단을 붙들었다.

"나 그 총 주면 안 돼?"

소년은 집에 돌아와 방문을 잠갔다. 서랍장 저 깊숙한 곳에서 상자를 꺼내 열었다. 그는 리볼버를 주머니에 찔러 넣었다. 총을 건네받은 소녀는 대단한 선물이라도 받은 것처럼 쑥스러워했다.

"앞으로 내 앞에 나타나지 마."

소년은 이마에 땀을 훔치며 말했다. 바닥을 내려다보며 머뭇거리던 소녀가 조심스럽게 입술을 달싹였다.

"항상 날 찾아온 건 너였잖아."

소년이 소녀의 뺨을 후려쳤다. 소녀는 비명도 지르지 않고 풀썩 쓰러졌다.

그날 이후 소년은 불면증에 시달렸다. 처음 최 형사로부터 소녀가 총을 훔쳐 왔을 때부터 리볼버에는 실탄이 들어 있지 않았다. 소년은 이제껏 수차례 거울과 벽, 창밖 사람들을 향해 방아쇠를 당겼었다. 총은 매번 헛바퀴만 돌아갈 뿐이었다.

그럼에도 불구하고 소년은 이상한 두려움에 휩싸였다. 어느 순간 길모퉁이나 문밖에서 소녀가 나타나 자신에게 총을 겨눌지도 모른다는 공포, 단단하고 뜨거운 총알이 튀어나와 뇌를 관통할 것만 같다는 공포, 어쩌면 총에 실탄이 있었을지도 모른다는 공포, 아니 분명히 있었던 것 같다는 공포. 소년은 무언가 몸에 스치기만 해도 얼굴이 파랗게 질렸다. 대낮의 사무실이나 사람이 많은 시내 한복판에서는 주위를 살피느라 신경이 곤두서 있었다. 임신한 아내와 각방을 썼으며 뒷덜미를 건드렸다는 이유로 입사 동기의 멱살을 잡았다.

계속 이렇게 살 순 없다, 고 소년은 생각했다.

❧

단칸방의 문손잡이는 쉽게 돌아갔다. 미친개는 나가고 없는 것 같았다. 집 안에 눅눅하고 비릿한 냄새가 부유했다. 소녀는 보이지 않았다. 소년은 총만 되찾아 돌아갈 생각이었다.

부엌 쪽에서 신음 소리가 들려왔다. 부엌의 시멘트 바닥에 소녀가 뒹굴고 있었다. 물을 끓이려던 중이었는지 양은대야가 가스레인지 위에 놓여 있었다. 고무줄 치마 아래로 드러난 아랫도리는 흠뻑 젖은 채였다. 소녀는 가까스로 팬티를 벗었다.

"애가 나올려나 봐."

소년을 발견한 소녀가 안간힘을 쓰며 말했다. 소년은 문지방을 밟고 서 있었다.

"나올 때가 안됐는데."

소녀가 주먹을 움켜쥐며 부르르 떨었다.

"총 어딨어?"

소년이 부엌의 찬장을 눈으로 더듬으며 물었다. 긴 불면에 시달렸던 소년은 충혈된 눈으로 소녀의 목을 움켜잡았다.

"씨발, 너 누굴 죽이려고 총을 달랜 거야?"

"아냐. 빈총이잖아."

붉게 피가 몰린 소녀의 얼굴에 푸른 혈관이 도드라졌다.

"너 나 죽이려고 그러지?"

소녀의 목을 쥔 손에 힘이 들어갔다. 소녀가 몸서리를 쳤다. 아냐,

아냐.

"그럼 누구야, 미친개? 씨발 미친개를 죽이려고 했던 거야?"

소녀는 고개를 저었다. 그녀는 간신히 바짝 마른 입술을 떼어 입 모양만으로 대답했다.

이윽고 소년은 소녀를 내동댕이치듯 손을 떼고 몸을 일으켰다.

"도와줘. 물 좀 끓여 줘."

소녀가 떨리는 목소리로 말했다.

"네가 낳으라고 했잖아."

소년은 뒷걸음질 쳐 단칸방을 나왔다. 그는 달리지 않았다. 일정한 속도의 걸음걸이로 골목을 내려와 차를 잡아탔다. 소녀의 가랑이 사이에서 떨어져 나온 검은 음표 하나가 소년의 뒤를 따라왔다. 음표는 너무 가볍지도 무겁지도 않았다.

❧

어느 날 저녁 샤워를 마치고 나오던 소년에게로 전화가 한 통 걸려 왔다.

소년은 오래전 야산의 비탈길을 달려 내려가던 무더운 날의 밤을 떠올렸다. 그가 비탈길 아래 다다랐을 때, 풀숲에 나자빠져 있던 경식은 가까스로 몸을 일으키던 중이었다. 그를 내려다보던 소년은 돌연 슬며시 웃고 그의 귓가에 무어라 속삭였다. 피가 흐르는 상처를 누르며 얼굴을 찡그리고 있던 경식도 이내 히죽거리며 고개를 끄덕였다. 소년은 산책로 저 위쪽을 향해 핸드폰 불빛을 흔들어 보였다. 멍청한 계집애가 바들바들 떠는 모습이 어둠 속에서도 훤히 보이는 듯했다.

전화는 경식이의 부고를 전했다.

"총에 맞았냐?"

소년은 친구의 말을 자르고 물었다. 그러자 그는 이 상황에 우스 갯소리가 나오느냐는 듯 정색을 하며 대답했다.

"추락사야. 오피스텔 베란다에서 떨어졌대."

소년은 무심코 벽거울을 들여다보았다. 수화기 너머로 친구의 목소리가 이어졌다.

"현관문이 열려 있었대. 경찰은 누가 뒤에서 떠민 거로 보나 봐."

통화를 하던 소년은 목 뒤에 못 보던 점이 생긴 것을 발견했다. 자그마한 타원형의 점은 물을 쏟아 내기 위해 기울인 접시처럼 비스 듬한 각도로 돌아 있었다. 그는 수화기를 입에서 떼고 아내를 향해 물었다.

"여보, 이 점이 원래 여기 있었나?"

그의 아내는 힐끗 그를 돌아보더니 무심히 되물었다.

"그런 거 아니에요?"

소년은 고개를 끄덕였다.

"넌 뭐 짚이는 것 좀 있냐?"

친구가 물었다. 소년은 활짝 웃듯 입꼬리를 올려 이를 드러냈다. 그는 말끔하고 가지런한 치아 상태를 확인하고는 다시금 무표정한 얼굴로 대답했다.

"나야 모르지."

추천 우수작

열대야에서 온 무지개

한지수

1967년 경기도 평택에서 태어났고, 한신대 국문과와 문창대학원을 졸업했다. 현재 명지대 대학원에 재학 중이다. 2006년 『문학사상』 신인문학상 중·단편소설 부문에 중편 「천사와 미모사」가 당선되어 등단했다. 소설집 『자정의 결혼식』이 있다.

여우는 팔부능선의 전망 좋은 언덕에 굴을 판다.

사이란은 내레이터를 따라 여우라고 발음하면서 티브이 앞에 섰다. 화면 안에서는 은색 빛이 흐르는 여우가 필사적으로 땅을 파헤치고 있다. 여우. 입 모양의 변화도 거의 없고 편안한 것이 그야말로 여우 같은 발음이다. 사이란은 다시 여우, 여우, 하면서 냉장고 문을 열고 양배추를 꺼냈다. 그런데 팔부능선은 누구인가.

사이란은 냉장고에서 꺼낸 양배추 잎을 산모의 유방에 빈틈없이 붙였다. 젖몸살을 가라앉히는 민간요법이다. 산모는 브래지어 후크를 채우는 내내 모국어로 엄마를 부르며 몸을 비틀어 댔다. 매— 매쟈—. 이번 산모는 유난히 엄살이 심하다. 브래지어의 마지막 후크를 채우는데 기다렸다는 듯 신생아가 깨어났다. 아이가 자지러지게 울기 시작하자, 20여 분 동안 지속되던 산모의 신음이 겨우 잦아들었다.

사이란은 미리 짜 두었던 모유의 온도를 맞추고 신생아를 품에 안았다. 그리고 젖꼭지를 물리기 전에 숨을 들이마셨다. 아이의 냄새를 맡기 위해서다. 달착지근한 냄새를 풍기는 이 말캉하고 작은 동물이 본능만으로 젖꼭지를 빨아 대는 모습은 언제나 사이란을 매혹시켰다. 그녀에게 이런 느낌을 처음 주었던 아이는 위라완의 딸이다. 이제 그 아이는 보행기를 밀고 다니지만 아직 이름이 없다. 딸이라는 뜻에서 그냥 '룩사오'라고 부른다.

위라완은 세 명씩 팀을 이루어서 입주 청소를 하러 다닌다. 그럴 때면 사이란에게 룩사오를 맡기곤 했는데 이번 주에는 산후 도우미를 하느라 봐줄 수가 없었다. 룩사오는 아파트 청소 현장으로 엄마를 따라다닌다고 했다. 먼지와 화학약품 냄새가 진동하는 청소 장면을 생각하던 사이란은 저도 모르게 콧등을 찡그렸다. 뒤이어 그 공간에서 보행기를 밀고 다니는 룩사오의 영상이 떠오르자 신생아를 더 바싹 끌어안았다.

지금까지 사이란이 탯줄을 떼 준 아이만 해도 열 명은 더 되었다. 어느 집은 2주의 계약 후에 다시 연장 계약을 거듭하다가 두 달 가까이 도우미를 한 적도 있다. 저녁에 집으로 돌아오려 하면, 품 안에 있던 아이가 사이란에게 찰싹 달라붙는 것이었다. 본능이었다. 산모들도 그녀를 원했다. 외모만큼이나 후덕한 그녀의 성품 때문이기도 했고, 무엇보다 모국어로 허심탄회하게 하소연할 수 있는 대상이기 때문이었다.

사이란 또한 탯줄을 떼어 준 아이들이 하루가 다르게 커 가는 모습을 볼 수 있어 좋았다. 게다가 그들의 집에서는 후덥지근하고도 들척지근한 습도가 느껴졌는데 고향의 냄새 같기도 했다. 지금 자신의 집에서는 전혀 느낄 수 없는 기운이었다. 사이란은 그들 집 안에

감도는 덥고 축축하고 아득한 기운이 분명 아이의 몸에서 나오는 거라는 생각을 하기에 이르렀다.

아이와 산모가 잠들고 나자 집 안에 갑작스러운 고요가 찾아왔다. 사이란은 그제야 한국어 문법 책을 펼쳤다. 운전면허를 취득하려면 한국어능력시험 3급에 합격을 해야 했다. 4년이 다 되어 가도록 아이가 생기지 않는 그녀는 무언가 다른 것에라도 정신을 쏟지 않으면 안 되었다. 행복한이주민센터에 나가 밥을 지으며 봉사를 하고 한글학교와 불교학당에도 드나들었다.

처음 결혼했을 때, 남편인 재석은 일주일에 한 번씩 찾아와서 부식 거리와 생활비를 놓고 돌아갔다. 사이란은 그에게 생활비 영수증들을 건넸다. 재석은 마치 1주일 치의 알리바이를 제공받는 것 같다고 중얼거리다가, 여기는 직장이 아니니 회계장부를 쓰지 않아도 된다고 말했다. 그러나 그다음 주에도 사이란이 영수증을 꺼내 놓자 당장 그것들을 찢으면서 필요 없다는 것을 보여 주었다. 재석은 결혼해서 지금까지 사이란에게 무리한 요구를 하지 않았다. 집에 왔을 때에는 자고 가도 괜찮겠느냐고 물었는데, 그것은 같은 침대에서 자는 일을 말하는 것이었다. 그렇게 해서 그들은 어색해하며 서로를 만졌다. 재석은 그녀 위에서 내려올 때마다 매번 '본능 때문에, 미안하다.'는 말을 흘렸고, 그 중얼거림은 습관처럼 계속되었다. 사이란은 그가 '본능'과 '미안하다'는 말을 화대처럼 지불한다는 생각을 하기에 이르렀고 그 단어를 사전에서 찾아보았다. 본능. *생물이 선천적으로 갖고 있는 동작이나 운동. 동물이 후천적 경험이나 교육에 의하지 않고 외부의 변화에 따라서 나타내는 통일적인 심신의 반응 형식.* 통일적인 심신의 반응이라니. 그녀는 도무지 무슨 말인지

감을 잡을 수가 없었다. 솜땀 같은 맛인가. 시고 매우면서 들척지근하고도 비린? 본능, 본능…… 한동안 본능을 발음하며 지내던 사이란은 어느 날 문득 그 본능이 얼마나 아름다운지를 온몸으로 깨달았다. 여우라는 발음보다 한층 격이 있고, 사랑이라는 표현보다 더 궁극적이고 치명적이며, 헌신이라는 말보다도 훨씬 헌신적이라는 결론에 이른 것이다. 재석은 또 가끔 고맙다는 말을 했는데, 집에 왔을 때 한결같이 반겨 주어서 가슴 한켠이 늘 따뜻하다고 덧붙였고. 그 당시의 사이란은 재석의 말을 다 알아듣지 못했지만 그의 음성과 억양, 눈빛과 몸짓만으로도 그가 전달하고자 하는 표현을 충분히 느낄 수 있었다. 물론 그것이 자신에 대한 애정이 아니라는 것도 알고 있었다. 사이란은 차츰 그를 기다리게 되었고, 그래서 감정을 숨기는 방법도 터득하게 되었다. 남편에게 묻고 싶은 말도 있었다. 결혼을 하고서 같이 살지 않아도 되는 건지, 봉사만 하고 다니는 자신에게 왜 돈을 벌어 오라는 요구를 안 하는지, 가구점 일을 돕겠다고 했을 때 거절한 것은 자신의 얼굴에 흐르는 이국적인 촌스러움 때문은 아닌지, 심지어는 그런 자신을 왜 때리지도 않는지……

주변 사람들은 남편이 그녀를 너무 존중하기 때문에 아이가 생기지 않는 것이라고 입을 모았다. 그럴 때마다 한국인 부부가 사는 앞집의 부산한 소음이 떠올랐다. 그 집에서 벌어지는 일상의 소리들이 복도를 울리며 사이란의 집으로 건너오곤 했는데, 재석이 집에 오지 않는 날이면 유난히 더 크게 들려왔다. 일부러 목청을 돋우기라도 하는 것처럼 들려오는 것이었다. 앞집에는 아들이 둘이나 있었고, 그들은 비슷한 발음으로 불리는 이름을 가지고 있었다. 현관 앞에는 언제나 함부로 뒹구는 두 대의 자전거가 있었다. 문을 열고 나서던 사이란이 자전거에 부딪혀 넘어지기도 했고, 반대로 자전거가 발랑 쓰러지기도 했다. 빌라의 복도는 두 아이들의 함성으로 언제나 시끄러웠고, 그 사이로 부부의 웃음이 섞여서 왁자하게 들려오는 날이 많았다.

매를 맞고 산다는 베트남 여성인 퇘트란은 어떤가. 그녀는 벌써 아이를 셋이나 낳았다…… 퇘트란은 눈만 마주쳐도 애가 들어선다고 손을 내저으며 도리질을 쳤다. 그렇게 말하며 도리질을 치는 퇘트란의 눈에 번뜩이며 지나가는 광채를 사이란은 놓치지 않았다. 어느 날 사이란은 재석에게 말했다. 자기를 때리기라도 했으면 좋겠다고. 재석은 왜 그래야 하느냐며 눈을 휘둥그레 뜨고 한참을 바라보았다. 이제 그녀가 도전할 일은 운전면허를 취득하는 것이었다.

사이란은 신생아가 깨어나 울기 전에 서둘러 페이지를 찾아 책장을 넘겼다. 그러자 책갈피에 꽂혀 있던 색색의 전단지들이 비어져 나왔다. 당신을 하나님의 왕국으로 모십니다, 열한 번째 성인 나이트, 우리 아이는 예술가?, 인터넷 설치하고 현금으로 받으세요, 석사 태권도, 박사 부대찌개…… 학위와 사업의 관련성에 대해서는 알지 못했지만 그녀는 전단지를 모아서 읽고 보고 쓰는 일을 계속하고 있었다.

한국어는 말을 배우기도 힘들었지만 문법은 더욱 어려웠다. 그녀는 한글을 볼 때마다 화폭을 꽉 채운 그림 같다는 생각이 들었다. 자음과 모음이 결합된 글자에 연필로 명암을 넣다 보면 그 자체로 완벽한 데생이 되는 것이었다. 그녀의 한국어 노트에는 그렇게 그림이 된 단어들이 여기저기 눈에 띄었다. 그녀는 '가서'라는 부사를 가지고 데생을 하기 시작했다. ㄱ에는 말갈기처럼 세로로 길게 명암을 넣고, 모음의 기둥 부분을 진하게 칠해 놓고 보니 바람에 나부끼는 고향의 거리가 떠올랐다. 야자나무가 그려진 전단지로 부채질을 하던 오후가 떠오르더니, 그 나른한 오후의 미지근한 바람이 갑자기 그녀의 가슴 바닥에서 뜨겁게 일어섰다.

고향에서 회계사로 일하던 그녀는 불법에 어긋나는 교리 하나가 늘 마음에 걸렸다. 살인하지 말라, 도둑질하지 말라, 간음하지 말라, 그리고 술 마시지 말라는 교리는 철저히 지킬 수 있었다. 그러나 회계장부는 그 자체가 거짓말이었다. 그래도 그녀는 5년간이나 구체적인 거짓말을 했다. 그녀에게는 많은 가족들이 있었다. 늙고 병들었거나, 일하기 싫어하는 가족들이 언제나 그녀만을 바라보고 있었다.

사이란이 한국 남자와 맞선을 보게 된 것은, 대학 때부터 사귀던 첫사랑이 세계를 반 바퀴 돌겠다면서 떠난 후였다. 결혼할 자신이 없다던 그는, 늙고 병들었거나 일하기 싫어하는 사이란의 가족을 원치 않았다. 그녀의 목에 가족이라는 이름의 빨대를 들이대고 피를 빠는 존재들이라며 치를 떨곤 했던 것이다. 그녀는 아무 말도 할 수 없었다. 무지나 가난을 희롱하며 시시덕거리는 것은 옳지 못하지만, 게으름은 비난받기에 충분했다. 공항에서 배웅하던 날도 그는 '빨대'라는 말을 힘주어 뱉었다. 사이란은 그가 탄 비행기가 이륙하고 나서야 목덜미를 더듬고 있는 자신의 손길을 깨달았다. 방금 날아가 버린 첫사랑에 대한 그리움이 구체적으로 밀려오자 이상하게 팔다리가 저려 왔다. 가슴이 저린 게 아니라, 피가 모조리 빠져나간 것처럼 온몸이 저려 오는 것이었다.

스님이 되려 했으나 여자이기 때문에 그럴 수도 없었다. 그때 한국에서 결혼해 잘 살고 있다는 후배의 소식이 들려왔다. 지방의 중소기업에 다니는 남편을 둔 후배는 세 아이와 함께 넓은 아파트에서 살고 있다고 했다. 후배의 남편은 애초에 국제결혼을 원했고, 두 사람 다 초혼이었다. 후배는 예전과 달리 한국 다문화 가정의 70퍼센트가 도시 생활을 하고 있으며 남편들의 직업도 다양하다고 전해 왔다. 그러나 사이란이 군침을 흘리는 건 넓은 아파트나 도회적인 직업이 아니었다. 일상을 넘어서는 어떤 것. 그러니까 고향의 촉촉한 습도나 야자나무 잎에 베인 듯 불분명한 첫사랑의 상처를 덮어 버릴 만큼 낯설고 강력한 사건을 원했다. 그때의 그녀에게 중요한 건, 어딘가에 자신의 마음을 모두 쏟아 내는 일이었다. 논리는 체험 밖의 일이고, 삶은 체험이다. 그러므로 세상은 살아갈 만하다, 언제 어디에서든. 한국으로 오기 전, 왕궁에 가서 기도를 드릴 때 스님이 해 준 말이었다. 스님의 오렌지색 장삼 자락이 더운 바람에 하염없이 나부끼고 있었다. 세상은 살아갈 만했다.

사이란은 대형마트 입구에서 재석을 기다렸다. 오늘은 함께 식료품을 사는 날이다. 요즈음 그는 1주일에 두 번, 혹은 지나가다 들렀다면서 불쑥불쑥 나타나 얼굴을 붉힐 때도 있었다. 재석이 다가오자 그녀는 대뜸 질문부터 했다.

팔부능선이는 누구예요?

능선?

사이란은 티브이에서 들은 말을 재석에게 그대로 들려주었다.

여우는 팔부능선의 전망 좋은 언덕에 굴을 판다.

재석은 얼굴이 빨개지도록 웃었다.

그건 사람이 아니라, 하늘과 산줄기가 맞닿은 것처럼 보이는 선을 말하는 건데…… 그러니까, 산을 넘거나 올라가려면 그 능선에 올라서야 해. 반쯤 오르면 오부능선이라고 말하고, 거의 다 올랐다면 팔부나 구부능선이 되는 거지.

거기까지 말하던 재석은 사이란의 표정을 살피고는 다시 말했다.

쉽게 말하면, 가구점 언덕에 있는 내 집 있지? 그곳을 팔부능선이라고 말할 수 있어.

그러면, 거기가 여우 굴이요?

재석은 소리 내어 웃으며 카트를 가지러 갔다. 그때 지나가던 중년 남자가 사이란을 힐끗거리더니 이내 확신에 찬 표정으로 말했다.

이제 30년만 있어 봐라, 우리나라도 완전 잡종 세상 될 테니. 피가 다 섞여서 말이지, 거 어디야 거기 인도네시아, 뻬트남, 쭝국……

남자는 마트의 왁자한 소음을 다 잠재우고도 남을 만큼 우렁찬 목소리를 가지고 있었다.

우리 반에도 두 명 있어요.

남자의 가족 중 아들로 보이는 아이가 대답했다.

재석이 돌아오자 그들의 대화가 중단되었다. 사이란은 정육 코너로 가자고 재석의 팔을 잡아끌었다. 내일은 돌아오는 길에 위라완의 집에 들를 작정이었다. 룩사오에게 이유식을 만들어 먹일 생각을 하니 다시 기분이 좋아졌다. 사이란은 정육 코너에 진열된 소고기를 한참이나 훑어보다가 재석에게 물었다.

국내산이라고 써 있는 이것과 다른 것이에요? 이거요. 한우라고요, 여기.

같은 소고기야. 국내산이 있고, 한우가 있지. 그러니까 소를 수입해서 3년간 기르면 '국내산'이라고 표기할 수 있어. 하지만, 한우는 이 땅에서 태어나고 자란 소들에게만 '한우'라고 할 수 있는 거야.

재석을 바라보던 사이란이 불쑥 물었다.

3년이요? 그럼, 난 국내산이요?

재석이 잠시 생각하더니 조심스럽게 말했다.

그런, 셈이네? 사이룽, 그러고 보니 당신도 국내산이 다 되었구나.

감탄인지 질문인지 재석은 그렇게 말하면서 눈을 빛냈다. 그녀는 곧 재석의 말을 알아들었다. 주민등록증을 발부받고서 '사이란'이라는 국내산이 되었지만, 아무리 세월이 흘러도 결코 한우가 될 수 없다는 말이었다. 재석은 점점 어두워지고 있는 사이란의 표정을 살피며 물었다.

이번 결혼기념일에는 뭘 사 줄까?

재석은 세 번의 결혼기념일에 사이란에게 가전제품을 선물했다. 첫해에는 오래되어 앓는 소리를 내던 냉장고를 갈아 치웠고, 두 번째 해에는 10킬로그램짜리 드럼세탁기를 사들였으며, 그다음 해에는 먼지 분리통이 따로 달린 청소기를 선물했다. 한국에서의 선물이라는 개념은 집 안의 필요한 물건을 사들이는 거라고 사이란은 생각했다. 더 이상 사들일 가전제품이 없었던지 재석은 선물 목록을 물었다.

사이룽, 뭘 사 줄까?

재석이 다시 묻자, 그녀는 불쑥 솜땀을 먹고 싶다고 했다. 솜땀은 태국인들에게 한국의 김치 같은 것이었다.

솜땀이가 먹어야겠어요.

조사를 헷갈리게 쓸 때는 그녀의 마음이 다른 곳에 있다는 증거였다. 채로 썬 파파야에 산 게를 으깨 넣은 솜땀은, 시고 매우면서 들척지근하고도 비린 맛이 났다. 그야말로 인생의 온갖 맛이 다 들어 있다고 생각하면서 사이란은 저도 모르게 침을 삼켰다.

재석은 미군 부대 정문 앞에 있는 태국 식당으로 사이란을 데려갔다. 식당 앞으로 다양한 국적의 사람들이 잔뜩 움츠린 채 빠르게 지나다녔다. 한국의 겨울은 열대야를 한 번도 벗어난 적이 없는 그녀의 무기력을 흔들어 깨우기에 충분했다. 약간의 더위에 곧 미치기라도 할 것처럼 발광하던 사람들이, 겨울에는 몸을 움츠리면서도 입가에 웃음을 머금고서 춥다는 말을 빠르게 뱉어 내는 것이었다. 눈까지 빛내는 사람들의 표정은 겨우내 그 신선함을 유지하는 것처럼 보였다. 게다가 처음으로 만져 본 눈의 선득한 느낌은 또 어떠한가.

사이룽.

똠얌꿍을 안주 삼아 술을 들이켜던 재석이 그녀의 이름을 다정하게 불렀다. 주민등록증에는 '사이란'으로 기재되어 있지만 재석은 늘 사이룽이라고 불렀다. 물론 사이룽의 발음을 잘못 들은 동사무소 직원의 실수였지만, 정작 그녀는 한국 여자 이름 같아서 아주 흡족했다.

내 참, 꼭 미래의 그녀를 보는 것 같았다니까.

술이 들어가니 재석은 또 맞선 보던 날을 입에 올렸다. 그는 술상을 벌이면 언제나 똑같은 말을 슬며시 꺼내 놓았다.

살이 찌면 딱 그때 당신 얼굴이었을 거야.

재석은 술잔을 내려놓고서 안주를 씹듯이 그 말을 다시 중얼거렸다. 사이란에게 이 장면은 오래된 안주처럼 밍밍하고 지루해서 때로 느꺼움마저 불러일으켰는데, 그럴 때마다 그녀는 자신의 그 느꺼움마저도 거의 한국적이라는 생각을 하면서 미소를 짓곤 했다.

그날 정말 그녀가 나타난 것 같았다니까.

재석이 말하는 그날이란, 어떤 단체에서 주선하는 맞선을 보러 사이란이 한국에 나온 날이었다. 홧김에 서방질한다는 말에 웃었던 재석은 그 맞선 자리가 민망해져서 막 돌아가려던 참이었다. 자기 행동이 딱 그 꼴이었던 것이다.

재석은 도립악단에서 첼로를 담당했다. 사내 연애는 금지였지만 단원들 대다수가 공공연한 연애에 빠져 있었다. 재석 또한 바이올린을 켜는 몸이 가느다란 여자와 연애를 하다가, 사표도 쓰지 않고 악단을 뛰쳐나왔다. 연애 중이던 여자가 악단장과 결혼식을 진행하던 정오였다. 그래서 전 재산을 들이고도 아직 할부를 붓고 있던 첼로만 달랑 남게 되었다. 가느다란 여자는 신부 대기실에서 재석에게 문자 메시지를 보내어 자신의 결혼을 알렸다. 기가 막히는 것은, 그날 아침까지도 그들의 연애가 진행 중이었다는 것이다. 최소한 그는 그렇게 알고 있었다. 물론 그에게도 유혹은 있었다. 나란히 앉아 첼로를 켜던 여섯 살 연상의 미세스 최는 하루 종일 재석의 팔을 꼬집으며 눈을 허옇게 치뜨고는 사시를 만들어 대기 일쑤었다. 틈만 나면 재석의 첼로 줄을 건드려서 낮고 음산한 소리가 울리게 했고, 그 순간을 틈타 최대한 모아 올린 젖가슴을 적나라하게 보여 주었는데 젖가슴이 거의 쇄골로 올라붙을 지경이었다. 더욱 아찔한 것은 바닥에 떨어진 채를 줍는다는 핑계로 그녀의 방대한 엉덩이를 재석의 코앞에 들이대면서 산짐승 같은 사향 냄새를 풍기곤 했던 것이다. 그러나 재석은 단순한 사람이었다. 통장도 하나, 카드도 하나, 애인도 물론 하나여야 했다. 그건 정숙해서라기보다는 복잡한 것을 견디지 못하는, 일종의 게으름이기도 했다. 그러고 보니 그의 곁에 머물던 여자들은 하나같이 3년을 넘긴 적이 없었다. 이색적이고 경이로운 것이 습관이 되어 버릴 때, 그 습관을 서슴없이 버리는 사람들이 있다. 열정의 모든 단계를 거친 남녀에게 남는 것은 그러한 선택인지도 모른다. 습관 아니면 경이로움. 그는 늘 습관을 선택했지만 상대는 그렇지 않았다. 시간이 흘러 서로가 편안해지기 시작할 즈음이면 기다렸다는 듯이 떠나가곤 했는데, 신부 대기실로부터 이별 통보를 받은 것은 그때가 처음이었다. 그는 굳게 다물었던 입술을 떼면서 자신의 이름표가 붙은 테이블을 힐끗 쳐다보았다. 그런데, 빌어먹을 메시지 하나로 간단하게 자신을 버린 여자의 부은 듯한 얼굴이 거기 앉아 있었다. 그 얼굴 또한 땀을 흘리며 민망해하고 있는 것이 아닌가. 저도 모르게 걸음을 멈춘 재석은 그 테이블 앞으로 자석처럼 끌려갔다. 나를 버린 그녀가 살이 찐다면 제기랄, 딱 저 얼굴이 될 거야. 재석은 그 얼굴 앞으로 가서, 다짜고짜 질문을 던졌다. 결혼이 무엇이냐고. 질문을 받은 여자는 '친구'라는 말을 버무리면서 땀을 닦았다. 그러자 재석이 친구처럼 같이 사는 것이냐고 물었고, 통역사의 말을 들은 여자는 세차게 고개를 끄덕였다. 재석은 그녀의 이름표를 보며 소리 내어 읽었다. 사, 이, 룽? 무지개라는 뜻이라고 통역하는 여자가 말해 주었다. 무지개는 해를 등지고 서야만 볼 수 있는 것인데? 재석의 말에 여자는 다시 고개를 끄덕였다. 어쨌든 그 질문과 대답으로 결혼이 결정되었다. 사이란은 세계 반주를 떠난 애인 대신 '친구처럼 사는 결혼'을 선택했다는 말은 하지 않았다. 그녀는 태국으로 돌아가 두 달간 한국어와 한국의 문화 예절에 대해 배웠다. 그 두 달이 그녀의 인생에서는 모든 것의 보류 상태였다. 재석

또한 그녀의 얼굴에서 헤어진 애인의 미래를 보았다는 말은 하지 않았다. 그는 결혼 절차를 밟기 위해 제일 먼저 악기점으로 가서 첼로를 팔고 스물두 평짜리 빌라를 얻었다. 그의 가구점에서 멀지 않은 곳이었다. 그는 가구단지 끝 비탈진 언덕에 나무로 지은 이동식 주택에서 생활하고 있었다. 주소지가 안성으로 되어 있는 가구점은 가구 매장이 모여 있는 단지였다. 돌아가신 아버지가 남긴 가구점에는 진열된 가구 값을 웃도는 채무와 배달 직원 한 명, 1.5톤짜리 트럭이 전부였다. 복잡한 것을 싫어하는 그였지만 처분하기보다는 이끌어 가는 편이 더 유리했다.

재석은 솜땀을 먹고 있는 사이란을 바라보며 주사를 부리듯이 말했다.

그래도, 그날은 대답을 했어야지.

여기에서의 그날이란 결혼식 날을 말하는 것이었다.

리틀엔젤스회관에서 합동결혼식이 진행될 때 사이란은 입술만 옴찔거렸다. 선뜻 대답을 할 수가 없었다. '영원히'라는 말이 그녀의 입을 막아 버린 것이다. 이 한 사람만을 믿고 의지하며 영원히 사랑하겠습니까. 주례를 보는 목사는 그녀를 향해 다시 물었다. 짧은 순간 그녀는 옆에 있는 재석을 돌아보며 생각했다. 몸에 꼭 끼는 턱시도를 입고 어색하게 웃으며 땀을 흘리고 있는 이 남자를 영원히 사랑할 자신은 없다고. 차라리 교리에 어긋나더라도 회계사 일을 계속하는 게 더 낫겠다고. 아니면 관광객들 앞에서 손가락을 꺾으며 민속춤을 추는 무희가 되는 것이 더 편하겠다고 대답하고 싶었다. 그때 재석이 장갑 낀 손으로 이마의 땀을 찍어 냈다. 그 모습을 보던 사이란은 저도 모르게 고개를 끄덕였고, 그것으로 맹세를 대신했다.

훗날 재석은 그때의 사이란에게서 오히려 신뢰를 얻었다는 말을 하곤 했다. 함부로 맹세하지 않으려는 맹세로 보였다는 것이다.

그래도, 대답은 했어야지.

사이란은 먹고 있던 솜땀을 서둘러 삼키고는 미처 하지 못했던 그 맹세에 대해 신중하게 대답했다.

네, 그렇게, 하겠습니다.

사이란이 산후 도우미가 된 것은 6개월 전이었다. 정부에서는 나날이 확산되는 다문화 가정의 산모들을 위해 모국어 산후 도우미를 양성했다. 한국에 온 지 3년이 넘고 한국어를 잘할 줄 아는 사람에게만 주어지는 자격이었다.

사이란의 첫 번째 산모가 위라완이었다. 자그마한 체구를 가진 그녀는 이름보다 훨씬 아름답고 사랑스러웠다. 그러나 그 아름다움이 함부로 쓰이면 크고 작은 비극이 태어난다. 가난과 무지, 특히 자의식이 결여된 아름다움은 때로 독이 되기도 하는 것이다.

위라완은 근로자로 한국에 들어와 박스 공장에서 일하다가 공장의 간부였던 이혼남과 사랑에 빠졌다. 남자와 살림을 차리고 몇 달 후에 그녀는 자기 얼굴을 복사해 놓은 듯 꼭 닮은 딸아이를 낳았다. 그때까지도 그녀는 한국말을 거의 하지 못했다. 임신을 하고 출산을 하는 시간 동안 두 남녀 사이에는 말이 필요 없었을까. 갓난아이처럼 서로의 옹알이만으로도 소통하고 심지어 감탄했는지도 모른다. 그러나 옹알이가 주는 감탄의 시간은 그리 길지 않았다. 위라완은 엄청난 양의 미역국을 다 먹고도 1주일이 더 지나서야, 모녀가 그 단칸방에 버려졌다는 사실을 알게 되었다. 그녀는 아이를 낳고

결혼하자던 남자의 말을 오전 내내 곱씹다가 두 번이나 기절을 했
다. 정신이 돌아오면 이마가 볼록한 신생아를 손가락으로 가리키면
서 다시 무너졌다. 달콤했어, 너무…… 그땐 세상이 전부 내 편이었
다구. 마치 그 세상을 사이란이 빼앗기라도 한 것처럼 그녀를 노려
보며 울부짖는 것이었다.

사이란은 선불로 받았던 도우미 급여를 위라완의 손에 쥐어 주고
남자를 찾아 나섰다. 혼인신고까지는 아니어도 아이는 호적에 올려
야 했다. 한국에서 태어난 한국 사람의 아이였으므로 한국 이름을
가져야 한다는 생각이었다. 수소문 끝에 남자의 아버지가 성직자로
일하고 있는 곳을 알아내어 전화를 걸었다. 칠순이 가까워 온다는
남자의 아버지는 '매우 미안한 일'이라고 말했다. 아이를 호적에 올
려서 이름만이라도 갖게 해 달라고 사정하자, 그는 다시 매우 미안
한 일이지만 자신의 힘으로는 어쩔 수 없다고 말했다. 사이란은 다
급해졌다. 아이가 병원에도 가야 하니 이름이 필요하다고, 더 간곡
한 말을 찾아 더듬거리고 있을 때 전화가 끊어졌다. 다시 전화할 필
요도 없다는 걸 사이란은 이미 알고 있었다. 한 번 아니, 두 번씩이
나 굳게 닫힌 문은 좀처럼 열리지 않는다. 세계를 반 바퀴나 돌겠다
는 첫사랑을 붙잡지 않은 것도 그런 이유에서였다. 결국 룩사오는
한국에서 태어났지만 한국식으로 표기되지 못하고 그저 '딸'이 되었
다. 인간적이라는 말이나 도리라는 것은 논리 속에서 훨씬 빛을 발
하는 행위들이었다. 논리는 체험 밖의 일이므로.

사이란은 산부인과를 가기 위해 오전 일찍 집을 나섰다. 오늘부
터는 배란기를 조정해 보기로 했다. 이제는 수줍거나 떨리지도 않

았다. 입맛이 조금만 없어도 임신을 떠올리며 병원과 약국을 들락거리게 된 것이다. 현관문을 나서자 바닥에 쓰러져 있던 두 대의 자전거가 그녀를 빤히 올려다보았다. 그녀는 가방과 룩사오의 이유식을 내려놓고 쪼그려 앉았다. 그리고 아직 흙이 묻어 있는 자전거 바퀴를 빙그르 돌려 보았다. 기름칠이 제대로 안되었는지 바퀴는 겨우 두 번을 돌다가 멈추었다. 그녀는 자전거 두 대를 일으켜서 앞집 벽에 나란히 붙여 놓고 가방과 이유식을 챙기려다가, 문득 주위를 둘러보았다. 그녀는 다시 자전거 한 대를 자신의 집 현관문에 비스듬히 기대 놓고는 흡족한 표정으로 계단을 내려갔다.

산부인과 대기실은 불편한 구경거리가 많았다. 만삭의 임산부 곁에는 언제나 남편들이 앉아 있고, 그들은 산모수첩을 들추면서 낮게 키득거리는 것이다. 간호사가 그녀의 이름을 길게 불렀다. 사이란니임. 그녀는 얼굴을 붉히면서 진료실 안으로 들어섰다.

의사는 초음파기로 그녀의 난포를 찾았다. 그리고 이마에 주름을 만들면서 난포의 크기를 재 보더니 말했다.

저것이 10원짜리 동전만 해지면 때가 되는 겁니다. 아직 조금 남은 것 같군요.

사이란은 흑백 모니터를 통해 콩알보다 큰 까만 점을 바라보았다. 의사는 까만 점의 지름을 다시 흰 점선으로 그으면서 말했다.

이삼 일 후에 다시 오셔야 합니다. 그날 보고서 결정을 하지요. 결정, 무슨 뜻인지 아시겠지요?

이삼 일 후라면, 재석에게 말을 해야 하나. 진료대 커튼이 치워지고 사이란은 심란해진 몸과 마음을 동시에 일으켰다. 진료 커튼을 잡고 있던 간호사가 막대사탕을 빨고 있다가 그녀와 눈이 마주치자 사탕을 꺼냈다. 아쉽다는 듯 최대한 천천히. 그리고 사이란이 옷을 입고 나오자 막대사탕은 다시 간호사의 입안에 들어가 있었다. 저토록 달콤한가. 그녀는 문득 사탕을 빼앗아 자신의 입에 넣어 보고 싶은 충동에 사로잡혔다. 그 어이없는 충동의 목을 조르듯 가방을 쥔 손에 더욱 힘을 주었다.

산모의 집에 도착하자 신생아는 잠들어 있었다. 사이란을 보는 산모의 얼굴에 화색이 돌았다. 유륜 마사지를 할 시간이 훨씬 지나 있었기 때문이다. 사이란은 룩사오의 이유식을 냉장고에 넣고 서둘러 마사지 기구를 챙겼다. 그때 위라완에게서 전화가 걸려 왔다. 전화를 받자마자 위라완의 거친 목소리가 한 번 튀어나오더니 그다음에는 우느라고 말을 잇지 못했다.

목이 부러졌대, 룩사오가.

그리고 다시 울음소리가 들어찼다. 사이란은 문득 아이가 살아 있느냐고 조용히 물었다.

새파랗게 질렸어. 그런데 이상하지? 애 얼굴에 눈물 한 방울도 없어.

룩사오가 타고 있던 보행기를 밀면서 현관을 벗어났고, 두 개의 계단을 굴러떨어진 후 7층 집 문에 부딪혔다고 했다. 7층 사람이 늘어진 아이를 안고 올라온 후에야 강력한 진공청소기구의 전원이 꺼졌고, 욕실에서 세면도구에 광을 내던 위라완이 불려 나왔던 것이다. 위라완의 울음소리가 점점 높아졌다. 우는 일은 지금 필요한 게 아니라고 말하려던 사이란은 숨을 크게 내쉬었다. 그리고 조금 일찍 병원으로 가겠다고 말하고는 전화를 끊었다.

사이란은 우선 산모에게 유륜 마시지를 해 주고서 자신의 손이 꼭 필요한 일부터 순서를 잡았다. 룩사오의 톡 튀어나온 이마와 빨간 볼이, 일하는 사이란의 손길 어디에나 따라붙었다. 룩사오가 청소 현장에 있었던 것이 자신의 불찰로 여겨지기 시작했다.

위라완은 한 시간이 채 안되어서 다시 전화를 걸어 왔다. 그녀의 목소리는 아까와는 다르게 더 굵고 거칠었으며 완전히 가라앉아 있었다. 룩사오는 이미 이 세상 사람이 아니라고 말하면서도 울지 않았다. 어차피 이렇게 가려고 그렇게 왔는지도 모른다고 담담하게 말했다.

어차피 이름도 없었잖아?

사이란은 기다리라는 말만 겨우 하고는 급히 현관 쪽으로 걸어갔다. 산모는 몸을 반쯤 일으켜서 그녀와 눈인사를 나누었다. 문을 열고 나갔던 사이란이 다시 돌아와 냉장고에서 이유식을 꺼냈다. 그 아이가 남긴 것은 이런 것들이었다. 이유식이나 부서진 보행기, 빨간 볼과 눈웃음, 애증으로부터 시작된 모성애, 부질없는 몇 가닥의 희망 같은 것들…… 사는 일은 체험이었다. 그래서 어쨌든 살아가야 했다.

사이란은 자신이 규칙적인 간격을 두고 눈물을 흘린다는 것을 깨달았다. 생각들이 지나가면 잠시 뒤에 눈물이 뒤따라 나오는 식이었다. 아파트를 빠져나와 택시를 탄 그녀는 목적지를 묻는 기사에게 불쑥 가구단지라고 말했다. 택시를 타기 전까지는 전혀 생각해 보지 않은 일이었다. 눈물이 다시 또르르 흘렀다.

가구단지 입구에서 내린 사이란은 내키지 않는 걸음으로 비칠비

칠 걸었다. 재석의 매장 앞에 도착하자, 배달하는 직원이 밖에 내놓은 가구 옆에 비켜서서 오줌을 누고 있었다. 그는 돌아서려는 사이란에게 들어가 보라는 손짓을 재빨리 해 보였을 뿐 전혀 당황한 기색을 보이지 않았다. 사이란은 최대한 빨리 매장 안으로 들어섰다. 재석의 모습은 보이지 않았다.

매장의 중간에 서 있는 사각기둥에 공책 크기만 한 거울이 걸려 있었다. 그녀는 수은이 벗겨진 거울 앞에 서서 눈물 자국을 지웠다. 살은 많이 내렸지만 여전히 세련된 구석이라곤 찾아볼 수 없었다. 가구점 뒤로 나가는 문 쪽에서 재석의 목소리가 들려왔다. 그녀가 페인트칠이 벗겨진 철문 앞으로 다가서자 이번에는 여자의 말소리가 새어 나왔다.

따로 살고 있다면서? 악단에 소문 다 돌았어.

거기 원래 소문이 많은 곳이잖아. 그중에 쓸 만한 소문은 딱 한 가지였는데 나만 믿지 않았지. 네 결혼.

그건 미안해. 그래도 이 결혼은 좀 그렇다.

나한테, 이 결혼만큼 안정적인 건 이제까지 없었어. 망치지 않으려고 나름대로 애쓰고 있는 중이다.

말도 안 돼…… 재석 씨, 솔직한 사람이잖아?

듣고 싶은 말이 있는 모양이구나, 여기까지 찾아온 걸 보면. …… 그래, 아직 힘들게 살고 있어. 처음엔 너 때문이라고 생각했는데, 내 기질 때문이더라. 그런데 말이야, 그럼에도 불구하고 사이룽을 사랑해.

그럼에도 불구하고?

여자의 목소리가 바이올린의 현처럼 가늘고 팽팽하게 올라갔다.

사이란은 손잡이를 움켜쥔 채 재석의 다음 말을 기다렸다.

내게 잘 보이려고 기를 쓰며 진땀을 흘리는데, 그렇게 나 하나만 바라보는데, 그걸 보면서 어떻게 사랑하지 않을 수 있니? ……짐승이라도 그런 눈으로 바라본다면 마음이 움직이지 않겠니? 물론 넌 아니겠지. 상대가 어떤 눈으로 바라보든 상관하지 않는 사람이지 넌.

재석의 목소리도 한 음이 더 올라가 있었다. 잠시 침묵이 흘렀다. 그리고 다시 그의 목소리가 들려왔다.

네가 날 그런 식으로 버려 준 게 고맙더라. 그렇게라도 널 등질 수 있어서, 정말 다행이었다……

사이란은 문가를 떠나면서 웃고 있었다. 눈물은 여전히 간격을 두고 새어 나왔지만 출처를 분간하기 어려웠다. 룩사오 때문인지 재석의 마음을 얻었기 때문인지 종잡을 수가 없었다. 그런데 재석이 아직 모르는 것이 있다. 사이란 또한 재석의 깊은 눈에서 갈증에 시달리는 짐승의 애처로운 호소를 보았다는 걸.

사이란이 문에서 멀어질수록 방금 들었던 재석의 목소리가 더 가까이 따라붙는 것 같았다. 그럼에도 불구하고 사랑한다? 사이란은 이제 자신이 알고 있는 한국어 중에서 그 단어를 가장 좋아하게 되었다. 복잡하고 까다로워서 발음하기도 어렵지만, 그럼에도 불구하고 신비롭기까지 한 그 긴 접속사를.

사이란이 가구단지를 완전히 빠져나왔을 때 휴대폰 벨이 울렸다. 재석이었다.

나 오늘 보험 들었어. 뭔지 알지? 내가……

재석은 확인하듯이 그녀의 이름을 불렀다.

사이룽, 듣고 있어? 우리 여우 굴에서 살까?

…….

사이룽은 숨소리만 보내면서 침묵했다. 재석은 여전히 들뜬 목소리로 다시 물었다.

이번 결혼기념일에는 무슨 선물을 할까?

사이란은 침을 한 번 삼키고 나서, 또렷한 발음으로 커다랗게 말했다.

한우를 낳고 싶어요.

며칠째 물어 오던 재석의 질문에 그녀는 또 모호한 대답을 했다. 그러고는 자신의 유일한 능력이 그것뿐이라는 듯 눈도 깜박이지 않고 재석의 다음 말을 기다렸다.

기수상작가 자선작

론도

성
석
제

경북 상주에서 태어나고 연세대 법학
과를 졸업했다. 1986년 『문학사상』
시 부문 신인상으로 작품 활동을 시
작했고 1994년 소설집 『그곳에는 어
처구니들이 산다』를 간행하면서 소
설을 쓰기 시작했다. 소설집으로 『내
인생의 마지막 4.5초』『재미나는 인
생』『번쩍하는 황홀한 순간』『홀림』
『황만근은 이렇게 말했다』『인간적이
다』 등이, 장편소설로 『아름다운 날
들』『도망자 이치도』『인간의 힘』 등
이 있다.

Cantabile(노래하듯이)

급히 들어오는 바람에 차 오른쪽 앞바퀴가 주차선을 살짝 넘어섰
다. 옆 차가 문을 열고 닫는 데는 지장이 없어 꼭 다시 주차할 필요
까지는 없었지만 그는 차를 후진시켰다. 공장에서 출고된 지 만 7년,
16만 킬로미터를 달린 차는 근래 들어 후진기어를 넣으면 엔진 아
래쪽에서 '그르르르' 하고 고양이가 목을 굴리는 소리를 냈다. 아니
면 고향 집 여닫이문처럼 드르륵인가. 잠깐 그런 생각을 하면서 그
는 브레이크로 발을 옮겼다. 그 순간 뒤에서 가볍게 뭔가 맞닿는 느
낌이 왔다. 그는 브레이크를 밟고 뒤를 돌아보았다. 주차장에 들어
올 때는 분명히 비어 있던 장애인 주차석 앞에 언제 들어왔는지 낡
은 흰색 승용차가 서 있었다.

주차장 입구에서 가장 가까운 장애인 전용 주차석은 원래 두 자
리 모두 비어 있었다. 그 앞을 지나쳐 이 층까지 올라갔다가 빈자리

가 없어 다시 일 층으로 내려온 참이었다. 장애인 전용 주차석 맞은편에 자리가 났기에 급히 들어가 세웠다. 흰 승용차는 그사이에 장애인 주차석에 들어가 있었던 것 같았다. 그리고 그가 차를 바로 세우려고 후진하자 때맞춰 나온 셈이고.

어떻든 후진했을 때의 속도나 부딪힌 강도, 소리로는 별다른 일이 있을 것 같지 않아서 그는 차를 다시 앞으로 전진시켰다. 운전석 오른쪽 차와의 간격을 조금 더 여유 있게, 반듯하게 차를 세웠다. 엔진을 끄고 차에서 내리는 그의 눈에 '전면주차'라는 팻말이 보였다. 하지만 그의 차 양쪽의 차들은 모두 그의 차와는 반대로 후면주차를 하고 있는 상태였다.

그는 차 뒷문을 열고 종이 상자를 꺼냈다. 상자 속에는 잘 보지 않는 책과 쓰지 않는 토스터기, 사고 나서 한 번도 상자에서 꺼내 본 적도 없는 클래식 CD 전집과 해설책 등이 들어 있었다. 짐 정리하다가 나온 것들로 불우이웃을 돕는 단체에 기증을 하기 위해 들고 나왔다. 택배기사를 집으로 부를까도 했지만 집에 오기까지 시간이 얼마나 걸릴지 알 수 없었고 마침 나가는 길이라 소포로 부치려고 우체국에 들렀던 참이다.

상자를 꺼내면서 그는 자신의 차와 부딪친, 아니 살짝 볼을 서로 붙였다 뗀 차의 운전자가 칠십 대 노인이라는 것을 알게 됐고 그가 미소를 짓고 있다는 느낌을 받았다. 그는 종이 상자를 아기처럼 껴안은 채 손가락 끝으로 자동 잠금키를 눌러 차문을 잠갔다. 흰 승용차는 처음에 그의 차와 맞닿았을 때 그대로, 장애인 주차석에서 절반쯤 차체를 내민 채 서 있었다. 책 때문에 상자가 꽤 무거웠다. 그는 흰색 승용차로 다가가 운전석 옆에 섰다.

"그래 볼일은 다 봤어?"

창문이 열리더니 메마르고 거친 소리가 노인의 목에서 흘러나왔다. 그는 상자를 추슬러 안으며 대답했다.

"죄송합니다. 후진하다가 어르신 차를 못 봤네요. 무슨 문제가 있으신가요?"

노인은 입꼬리를 치켜올렸다. 그게 웃는 것인지, 흥분해서 그러는 것인지, 비웃는 것인지 맥락을 파악하려면 말을 들어 봐야 할 듯했다.

"글쎄 사고를 쳐 놓고 나 몰라라 하고설랑은, 느긋하게 지 볼일 다 보는 사람인 것 같아서 궁금해서 그러는데 정말 볼일 다 봤냐고?"

노인의 흰 셔츠는 차처럼 누렇게 바랬고 낡아 보였다. 목 옆의 깃에 덧댄 갈색 천에는 보풀이 일어나 있었다. 세탁을 하긴 했지만 지워지지 않은 기름 얼룩도 네댓 개 있었다. 노인의 얼굴에 피어 있는 저승 반점처럼 보였다.

"아뇨. 택배 부치러 왔으니까 아직 볼일 다 못 봤습니다. 그런데 아까 제가 차 후진시킬 때 어르신 차를 앞으로 빼신 거예요? 나가시려고요?"

노인은 그를 잠시 올려다보더니 안전벨트를 풀고는 차에서 내렸다. 그보다 오 센티미터쯤 키가 컸다. 테가 굵은 플라스틱 안경 속에서 크고 흐린 눈망울이 그를 내려다보았다.

"왜, 내가 내 차 가지고 나가든 들어오든 말든 뭔 상관이야. 일일이 허락받아야 되나?"

그는 노인의 목에 걸린 휴대전화와 둥그런 보청기를 보았다. 그

때 주차장 안쪽에서 온 차가 나갈 자리를 만들어 달라는 듯 가볍게 경적을 울렸다. 그는 몸을 피하는 시늉을 하며 "일단 소통에 방해가 되니까 차를 빼시죠." 하고는 걸음을 옮기려고 했다. 갑자기 노인이 대나무 낚싯대처럼 마르고 긴 팔을 뻗어 그의 소매를 잡았다.

"야아, 이거 봐라. 사고 쳐 놓고 지 멋대로 가네? 증거를 없애려고? 어림없지, 어림 반 푼어치도 없어. 내가 육이오 때부터 운전만 육십 년 한 사람이야. 안 겪어 본 일이 있는 줄 알아? 새파랗게 젊은 사람이 부주의하게 운전해서 남의 차를 받아 났으면, 어르신 죄송합니다, 잘못했습니다, 어디 다치신 데는 없으십니까, 하고 병원으로 모시고 갈 생각을 해야지, 뭐라고? 소통에 방해가 되니까 너는 차를 빼고 집에나 가라, 나는 내 볼일 보러 간다? 이게 어디서 배워 처먹은 행실이야?"

그는 노인의 손을 뿌리쳐 떼어 낸 뒤 상자를 바닥에 내려놓고 목뼈 관절에서 '따다닥' 소리가 나게 목을 돌렸다. 어쩐지 고양이처럼 '갸르르륵' 소리가 난 것 같았다. 급하지 않은 짐 정리, 하지 않아도 누가 뭐라고 하지 않을 기부, 부치러 오지 않아도 되었을 일, 바로 세우지 않았어도 되었을 주차, 그 모두를 차근차근 자발적으로 수행한 끝에 얻게 된 성과가 접촉 사고이고, 이 사소한 불운의 정점에 노인이 올라앉아 있는 것 같았다.

"어르신, 말씀 한번 참 이상하게 하시네요. 제가 우체국에 잠깐 볼일 보는 동안 제 차 여기 있을 거예요. 어디 안 갑니다. 그리고 제가 부주의해서 받았다고 하시는데 저는 후진했고 어르신은 전진한 거 아네요? 어르신이 전진하면서 나왔으니 후진하는 차를 빤히 봤을 거 아닙니까. 후진하는 거 보고서 한 번 빵빵거리지도 않고 그냥 와서 받아 주기를 기다린 거 아녜요? 아님 일부러 와서 받았거나요. 또 제가 후진해서 차를 주차장 밖으로 빼낼 거라면 몰라도 다시 전진해서 주차할 걸 시속 십 킬로로 가겠습니까, 백 킬로로 가겠습니까? 끽해야 오 킬로예요. 어르신, 범퍼라는 거요, 시속 오 킬로미터 정도로 받아 봐야 표시도 안 나게 만들어서 나온 거예요. 보세요, 차에 무슨 흔적이 있나? 보시라고요. 연세 드셨다고 그렇게 억지를 쓰시면 됩니까?"

노인은 그가 핏대를 세워 말을 늘어놓는 동안 입을 꾹 다물고 보청기를 오른손에 쥐고 있었다. 그의 말이 끝나자 다이얼을 조정하는 시늉을 하더니 전혀 못 들은 것처럼 "뭐라고?" 하고 되물었다. 그는 목이 죄어지는 듯 좁아지는 것을 느꼈다. 그와 노인, 흰 승용차 사이의 좁은 공간으로 차가 빠져나갔다. 또 다른 차가 들어오며 못마땅한 듯 경적을 울렸다.

"무슨 일이세요?"

주차 관리를 맡은 직원인 듯 땅딸막한 몸집에 금테 안경을 쓴 남자가 다가왔다.

"젊은 놈이 내 차를 들이박고도 그냥 튈라고 해서 그러면 안 된다고 타이르고 있는 중이야."

그의 두개골 속에서 겨울철에 저수지에서 얼음이 갈라질 때 나는 소리인 양 쩌어어억 소리가 났다. 그러면서 평소에는 좀체 가동되지 않던 회로가 작동되기 시작했다.

"아니 이 양반이 정말, 말을 막 하네. 놈이라니? 나이 대접 해 주니까 사람을 우습게 아는 거야, 뭐야? 이보쇼! 내가 일부러 내 차를 댁의 차에 갖다가 박았다는 거야? 그러면 증거가 어디 있어요? 박은

296

자국이 있냐고? 어디 대 봐요."

노인은 전혀 흔들림이 없었다. 보청기를 흔들며 "이거 다 녹음되고 있어. 녹음이 다 된다고. 욕질하면 욕질한 거, 잘못했다면 잘못했다는 거. 난 못 알아들어도 상관없어." 했다. 직원이 두 사람 사이에 끼어들었다.

"아무리 사정이 그렇다고 해도 여기서 이러시면 안 되죠. 저 차 어르신 차죠? 일단 원래 있던 자리로 빼세요. 소통을 막으면 안 되거든요. 그러고요, 여기 사고 나도 씨씨티브이로 다 녹화되니까 걱정하지 마세요."

그는 직원의 멱살을 잡기라도 하듯 빠르게 다가가며 물었다.

"확실해요? 카메라로 녹화된다는 거? 잘됐네, 그럼."

그는 빠르게 냉정을 되찾았다. 노인이 차를 원래 있던 장애인 주차석에 가져다 놓으러 간 사이에, 아니 노인이 뭘 하건 간에 무시하는 태도로 상자를 안아 들고 우체국 안으로 들어갔다.

우체국은 우편물이며 택배를 부치려는 사람들로 꽤나 혼잡했다. 그는 번호표를 받아 들고는 아직 삼십여 명의 손님이 앞에 있는 것을 확인한 뒤 상자를 놓아둔 채 밖으로 나왔다. 누가 가져가도 상관없었다. 그의 예상대로 노인과 주차 관리 직원이 나란히 서 있었다. 직원은 유행이 한참 지난 큰 렌즈의 금테 안경을 끼고 있어서 나이가 들어 보였지만 그보다는 네댓 살 젊을 듯했다.

"선생님, 제가 보니까 아무것도 아닌 일인데요. 어르신한테 정중하게 사과만 했으면 끝날 일을 왜 그렇게 크게 만드세요."

그는 선생님이라는 호칭이 공공 기관에서 정해 놓은 규칙에서 나온 것일까 생각하면서 직원에게 대꾸했다.

"제가 사과 안 한 거 아니에요. 저 양반 자기 보청기 가지고 녹음 다 했다니까 확인해 보시라고요. 내가 처음에 분명히 미안하다고 했어요. 그러니까 무슨 봉 잡은 거같이 더 난리를 치는 거예요. 보세요, 접촉 사고가 났으면 무슨 흔적이 남아야 할 텐데 내 차 범퍼는 깨끗하잖습니까."

노인이 몇 걸음을 옮겨서 가까이 왔다.

"당신 차는 깨끗한지 몰라도 내 차를 봐. 저게 정상이냐고."

자기 편한 대로 들었다 안 들었다, 하는 시늉을 하면서 보청기를 조작하는 긴 손가락을 보면서 그는 다시 끓어오르는 전의를 느꼈다. 노인의 차 앞으로 가서 범퍼를 보니 가볍게 충돌한 자국이 예닐곱 군데 있었고 사고마다 다양한 색깔로 역사가 새겨져 있었다.

"보세요. 제 차 범퍼는 검은색이고 어르신 차는 흰색인데 받으면 표시가 검은색으로 나야 할 거 아니에요? 여기 어디에 검은 자국이 있냐고요?"

노인은 다시 보청기를 들어 보이며 "뭐라고?" 하더니 혼잣말처럼 "하여간 요새 젊은것들은 경우도 없고 예의가 없어. 대가리가 나쁜 건지. 박아 놓고도 안 박았다고 박박 우겨 대니, 나 참." 하는 것이었다. 그는 폭발했다.

"좋습니다. 좋아요. 나, 당신 같은 인간하고 더 이야기하고 싶지도 않으니까 경찰 불러서 해결하죠. 여봐요, 선생님. 여기 씨씨티브이 자료 있다고 한 거 잊지 마세요. 나중에 증거로 꼭 제출해 주세요. 있다고 해 놓고 없다고 하면 나중에 경찰이고 검찰이고 간에 다 고발할 겁니다. 알아서 하세요."

그는 우체국 안으로 들어가며 부들부들 떨리는 손으로 휴대전화를 꺼내서 112를 눌러 경찰을 불렀다. 곧 순찰차를 보내겠다는 말을 듣고는 전화를 끊었다. 차례는 여전히 많이 남아 있었다. 그는 기다리면서 흥분을 가라앉혔다. 그가 막 소포를 부치고 나서 화장실에 들어섰을 때 휴대전화 진동음이 울렸다. 경찰이 도착했다는 전화였다.

우체국 주차장에는 경찰 순찰차가 경광등을 번쩍이며 서 있었다. 젊고 나이 든 경찰관 두 사람이 내려서 노인의 말에 귀를 기울이고 있었다. 택배와 우편배달을 하기 위해 들락거리던 우체국 소속 차량의 운전자들이 일을 멈추고 호기심 어린 눈으로 그 광경을 지켜보고 있었다. 그는 어금니를 깨물고 경찰관에게 다가갔다. 경찰관은 그의 신원을 확인했고 그는 주차 관리 직원에게 했던 말을 다시 되풀이했다. 노인은 보청기는 아예 건드리지도 않은 채 서 있다가 그의 말이 채 끝나기도 전에 "저렇게 젊은 사람이 경우가 없어." 하고 했던 말을 되풀이했다.

"이보세요, 접촉 사고에 젊고 늙은 게 무슨 상관이에요! 누구의 경우가 맞는지 안 맞는지는 판가름해 줄 거니까 늙었네 젊었네 그런 말을 하지 말라구요."

"내가 내 입으로 내 말 하는데 세금 내야 돼, 허락받아야 돼? 안 그래요, 젊은 양반?"

그를 제외한 다른 젊은 양반들은 고개를 끄덕이는 시늉을 했다. 울화통이 터진 그는 자신의 차로 다가가 차에 발길질을 하고 주먹을 휘둘렀다. 나이 든 경찰관이 다가와서 그를 말렸다.

"우리는 단순히 순찰 중이라서 교통사고가 나면 어떻게 해 드릴 수가 없습니다. 바로 옆에 경찰서가 있으니 거기 교통계로 가서 판단을 받는 게 빠르겠네요."

"씨씨티브이는요?"

"무슨 큰 인사 사고가 난 것도 아니니까 그런 것까지는 필요 없고요. 교통계 가면 거기 근무하는 분들은 전문가라서 금방 해결됩니다. 지금 출발하세요."

그는 노인에게는 아무 말도 하지 않고 차를 출발시켰다. 노인도 경찰관의 말을 듣고는 고분고분 그의 뒤를 따랐다. 3분도 걸리지 않아 경찰서 앞마당에 차를 세운 그는 노인을 본 체도 하지 않고 교통계를 찾아갔다. 자동차와 오토바이 모형을 모아 둔 상자가 놓인 책상에 다가간 그는 경찰관에게 사정을 이야기했다. 그의 말이 다 끝났을 때 노인이 쭈뼛거리면서 안으로 들어왔다.

"어르신, 오시느라 고생 많으셨지요? 차를 어디다 두셨습니까?"

노인은 사람이 급변한 듯 공손하게 창 너머를 가리켰다. 오십 초반으로 보이는 경찰관은 줄자와 디지털카메라를 들고는 자리에서 일어섰다.

"자, 어디 한번 가 보십시다."

그는 소풍을 가듯 한가롭게 발길을 옮기는 경찰관의 뒤를 따라가면서 비로소 불안감이 들기 시작했다. 그는 그런 경험이 전혀 없는 반면에 다른 사람들은 이런저런 절차에 익숙해 있는 것이 분명했다. 노인은 나이가 들어서 걸음걸이에 힘이 없다는 걸 강조라도 하려는 듯 한참 뒤에서 느릿느릿 걸어오고 있었다. 경찰관이 그에게 말했다.

"종합보험은 들고 계시죠? 사고 낸 적 있나요?"

그는 보험을 들고 15년이 넘었지만 한 번도 사고를 낸 적이 없다고 말했다. 경찰관은 고개를 끄덕거렸다.

“잘됐습니다. 인사 사고 아니고 수리비가 오십만 원을 넘지 않으면 보험회사에서 보험료 할증 없이 그냥 처리해 줍니다. 저 어르신한테 보험 처리해 주겠다고 하세요.”

“그러면 차라리 속 편하겠는데 저 노인네가 너무 억지를 부리니까 화가 나서…….”

“이해하세요. 팔십 노인이 차를 몰고 다니시니까 오죽하시겠어요? 잘잘못 따져서 뭐합니까?”

“보험회사에서 할증하지 않는 거 확실한 거죠?”

“아무 문제 없어요. 아무 문제가아 없답니다아.”

뒷부분은 거의 노래를 부르듯 하면서 경찰관은 다시 걸음을 빨리했다. 차가 서 있는 곳에 가서 형식적으로 차를 살펴본 경찰관은 “아, 이거 저 차가 이 차 살짝 박은 게 맞네, 요기 요기 요 자리.” 하면서 그를 향해 눈을 깜박거렸다. 이어서 그에게 빨리 보험회사로 전화를 하라고 했다. 그는 차로 가서 보험회사의 전화번호를 확인하고는 전화를 걸었다. 경찰관은 노인에게 주차장 담벼락에 메아리가 울릴 정도의 큰 소리로 “어르신, 여기 이 젊은 분이 보험으로 깨끗하게 처리해 주기로 했으니까 마음 푹 놓으세요. 아셨죠? 햇볕 뜨거운데 안에 들어가 계시고요.” 하고는 그에게 다가와 “아무 문제가 없을 겁니이다아아.” 하고 다시 신청하지도 않은 노래를 민요풍으로 불러 주더니 줄자와 디지털카메라를 덜렁거리며 가 버렸다.

보험회사 상담원이 사고 접수를 하고는 상대 차의 번호와 운전자 신원을 알려 달라고 해서 그는 수첩과 볼펜을 들고 노인의 차로 향했다. 그가 차 속에 앉아 있는 노인에게 연락처와 신상에 대해 묻자 노인은 대답을 하지 않고 팔을 뻗어서 그의 팔목을 잡았다. 그는 철사 줄처럼 강인하고 차가운 촉감에 진저리를 치며 팔을 흔들어 노인의 손을 뿌리쳤다.

"또 왜 이러는 거예요?"

"젊은 양반, 나하고 얘기 좀 합시다. 이리 들어와서 좀 앉으슈."

그는 노인에게서 오래된 물건에서 나는 듯한 냄새를 맡았다. 입 냄새 같기도 하고 오줌 냄새 같기도 했다. 노인의 차에 들어가면 그 냄새가 훨씬 더 강해질 것 같았다.

"그냥 거기서 말씀하세요."

"거 무슨 복잡한 거 생각하지 마시라는 게요. 좋은 게 좋은 거라고, 인생이 다 그런 거 아니겠소? 젊은 양반보다 내가 몇 살이라도 더 산 사람이라 경험이 좀 있어 하는 말이오. 매사 빡빡하게 처리할라고 하지 말고 유도리 있게 하자는 말이지. 들어와 앉으시오. 나한테 누이 좋고 매부 좋은 방법이 있소. 현금 박치기."

그는 군대 시절에 듣던 '유도리'라는 말의 뜻을 상기해 보려고 했으나 생각나지 않았다. 그게 타협으로 돌려지던 발길에 돌부리가 되었다. 노인이 오른손 엄지와 검지를 빠르게 비비는 것을 본 그는 윗니로 아랫입술을 한 번 물었다 놓은 뒤에 대답했다.

"싫은데요. 누이도 매부도 하지 않겠습니다. 그냥 혼자 다 하세요."

노인과 헤어지고 나서 십여 분 만에 고속도로 위에 올라선 그에게 보험회사의 직원이 전화를 걸어 왔다. 피해자가 옆에 있냐는 것이었다.

"이보세요. 지금 여기에 피해자 가해자가 어디 있어요? 나 가해자 아니에요. 보험 처리해도 할증 같은 거 없다고 해서 하자는 대로 해 준 거뿐이라고요."

보험회사 직원은 그를 달랬다. 조금만 참아라, 바로 옆에 피해자가 있으면 현금 이십만 원쯤 주면 해결된다. 그러면 그의 계좌로 그 금액만큼 곧바로 입금을 해 주겠다. 영수증도 필요 없다. 그걸로 모든 절차가 끝날 수 있다. 만약에 피해자가 차를 정비 공장에 가져가면 아 반드시 범퍼 전체를 교환하려고 할 것이다. 그러면 경비가 오십만 원이 넘어갈 수 있고 보험료가 할증이 될 수도 있다…….

"정말 일 처리를 그따위 식으로 할 거 같으면 그때는 정식 재판을 청구할 겁니다. 씨씨티브이 자료도 있다니까 내가 과실이 없다는 걸 확실히 입증할 수 있어요. 부당하게 돈을 받아 간 게 밝혀지면 끝까지 추적해서 벌금 물릴 거라고 하세요. 나 젊은 놈이라 시간 많아요. 꼭 그렇게 전해 주세요."

보험회사의 직원은 그의 심정을 충분히 이해한다고 했다. 그렇지만 다음에 같은 사고가 나면 그렇게 쉽게 해결하는 방법이 있다는 것을 알아 두라고, 할증이 없도록 해 보겠노라고 사근사근하게 말하더니 전화를 끊었다.

Marcato(똑똑히 힘주어)

"글쎄 그건 누구를 속이거나 남의 걸 빼앗는 게 아니고 자기 권리를 찾는 거라니까요. 그렇게 오랫동안 무사고 운전을 하셨으면 보험회사한테 얼마나 갖다 바친 거예요. 그동안 경미한 사고를 내고도 몇백 몇천씩 뜯어먹은 운전자들이 또 얼마나 많겠어요. 이제는 사장님 밥상을 찾아 먹을 때도 됐죠.”

본업인 ‘차량 경정비’보다는 ‘덴트’ ‘보험처리’라는 글자를 훨씬 더 크고 화려하게 유리문에 붙여 놓은 정비업체 사장은 몸집이 자그마했다. 안경 너머에서 눈이 반짝거렸고 작은 입술은 빠르고 매끄럽게 움직였다. 그는 매끈하게 치장해 놓은 가게 안 공간에 어울리지 않게 크고 성한 데가 별로 없는 자기 차에 몸을 기댔다.

“글쎄, 보험회사 직원도 그런 말을 하긴 했어요. 쉽게 해결하는 방법이 있다고. 그래도 우리같이 순진한 사람이 그런 걸 할 수 있을까 싶은데.”

그와 나이가 비슷해 보이는 사장은 말을 하면서도 눈과 귀, 손과 발이 쉬는 법이 없었다. 순식간에 그의 차에 새겨진 세월과 부주의의 흔적이 드러났다.

“여기 크게 박은 게 두 군데고 작은 건 네 군데네요. 범퍼는 쌔끈하게 칠해 드리고…… 이거 다 합치면 한 칠팔십만 원 되겠는데요. 제가 보험 할증 안 붙게 오십만 원 내에 맞춰 드릴 테니까 사장님은 보험회사에 전화만 하세요. 주차장에 가만히 세워 놓은 차를 누가 박고 갔다고 하세요. 차 어딨냐고 하면 우리 가게 전화번호 알려 주시고 담당 직원 정해지면 전화하라고 제 번호 가르쳐 주세요. 그다음에 사장님은 싹 빠지시면 됩니다. 나머지는 우리가 다 알아서 합니다. 프로니까요. 척 하면 서로 알아보는 거죠.”

차를 맡긴 그는 걸어서 최대한 천천히 걸어서 십여 분 만에 자신의 거처로 돌아왔다. 접촉 사고 이후 보험회사 직원의 예견대로 노인은 정비 공장을 찾아가서 범퍼 전체를 교환했고 아슬아슬하게 보험료 할증이 없는 상태로 사태는 마무리되었다. 그는 노인과 시비를 벌이는 와중에 화풀이로 차를 발로 차고 주먹질을 한 뒤 생긴 흔적을 포함해서 차에 생긴 크고 작은 상처를 손볼까 싶어서 차량 정비와 외장 수리를 전문으로 한다는 오피스텔 앞 정비업체를 찾았던 것이었다.

보험회사에 전화를 걸자 전과 마찬가지로 "친절하게 모시겠습니다. 파러웨이자동차보험 상담원 김민영입니다. 무엇을 도와 드릴까요?" 하는, 기계음을 닮은 여자의 목소리가 들려왔다. 그는 알레르기 증상이라도 있는 것처럼 기침을 했다.

"제 차를요. 어떤 놈이 살짝 박고 도망을 간 거 같아서요."

"예, 고객님, 정말 상심이 크시겠습니다. 그럼 먼저 고객님의 신원부터 확인하고 도와 드리도록 하겠습니다. 전화번호가 공일오삼하나구일칠삼칠 맞으시나요? 고객님 성함은 박 자, 정 자, 국 자 맞으시죠?"

신원을 확인하고 난 뒤 상담원은 차를 언제, 어디에 어떻게 세워 두었느냐고 물었다. 그가 오피스텔 주차장이라고 대답하자 주차장 몇 층 가운데 몇 층인지, 출입구에서 어느 정도 되는 위치인가도 물었다. 그는 허둥대는 와중에도 혹시 CCTV가 작동했을지도 모른다고 생각해 주차장 바깥에 세워 두었다고 둘러댔다.

"그럼, 몇 월 며칠 몇 시부터 몇 시까지 차를 거기다 세워 두셨습니까."

대화가 진행되면서 처음의 기계 같던 상대의 느낌은 많이 사라졌다. 이십 대 중반쯤이나 되었을까 싶게 앳되고 맑은 목소리에 그는 문득 부끄러움을 느꼈다.

"글쎄 한 시에서 두 시?"

“오전인가요 오후인가요, 고객님?”

“글쎄요. 대리운전을 해 왔던가 싶기도 하고…… 생각이 잘 안 나는데요.”

“생각이 잘 안 나신다는 말씀이시죠, 고객님? 그럼 차의 어느 부분을 얼마나 받고 갔는지 말씀해 주시겠습니까.”

십여 분 넘게 통화를 하고 나서 기진맥진한 그는 침대에 드러누웠다. 삼십여 분을 누워 있다가 겨우 몸을 일으켜 정비업체에 전화를 걸었다.

“아이구 이거 힘들어서 못해 먹겠네요. 이런 일은 확실히 아무나 하는 게 아닌가 봐요.”

정비업체 사장은 보험회사의 보상 담당 직원이 연락을 해 올 텐데 미리 상황을 확실히 만들어 두는 게 좋을 거라고 충고했다. 그의 말대로 삼십 분쯤 뒤에 역시 젊은 목소리의 남자 직원이 전화를 걸어 왔다. 의심스러워하는 기색은 느껴지지 않았다. 그것까지 훈련을 받았을 거라고 그는 판단했다.

“그냥 주차장 밖 길가에 가만히 세워 놓은 차를 툭 건드리고 간 거 같아요. 왼쪽 후미에 찌그러진 게 크고, 오른쪽은 어떤 놈이 발로 차고 주먹으로 친 것처럼 푹 들어간 게 몇 군데 있어요. 뭐 그냥 타고 다녀도 되지만 볼 때마다 마음에 걸릴 것 같아서.”

말이 많아지고 있었다. 보험회사 직원은 더 이상 캐묻지 않았다. 그는 어린 시절로 다시 돌아가 작은 교실에서 작은 책상을 마주하고 작은 의자에 앉아 산수 시험을 보는 것처럼 힘겨웠다.

“아, 사장님. 요새 젊은 애들 무섭네요.”

그의 얼굴을 본 정비업체 사장은 혀를 내두르기부터 했다. 보험회사 직원이 전화를 걸어 와서 사진을 찍어서 이메일로 보내 줬다, 그 걸 보고는 잘 모르겠다, 확인하러 오겠다고 와서는 차를 삼십 분이 나 샅샅이 살피더라는 것이었다. 꼼꼼하게 확인하고 확인하기에 도 저히 없는 일을 있는 것처럼 꾸며 대기가 어려웠다, 그 시간이 고문 같았다고도 했다. 결론적으로 그 직원은 단 한 군데 이십만 원짜리 하나만 사고로 인정해 줄 수 있다고 하더라는 것이었다. 그는 그럼 그렇게 하자고 했다. 그만큼만 고치고 그냥 타고 다니겠다고.

"꼭 젊은 애들 등쳐 먹는 거 같아서 정말 괴롭네요. 걔들이 얼마나 힘들게 직장에 들어갔을 것이며 얼마나 어렵게 돈을 벌 거야. 나 오 늘 반성 많이 했어요."

사장은 식당에서 벌건 육개장에 밥을 말아서 푹푹 퍼먹으며 말했 다. 보험회사가 이십만 원, 자신이 삼십만 원을 부담하고, 정비업체 사장이 이십만 원을 깎아 준 금액으로 전체적인 외장 수리가 진행되 었다. 차를 찾으러 가자 사장은 원래대로 재빠르게 입을 놀렸다.

"만족하시죠? 덴트라는 게 판금하고 도색한 거하고는 다르지만 한 일 년은 끄떡없이 타실 거예요. 이거 코팅도 좀 했어요. 오만 원 짜리로 싸게 하는 코팅인데 잘 쓰면 몇 달은 가요. 혹시 이 차 팔 계 획 있으시면 나중에 다시 코팅 한 번 더 하고 파세요. 전문가들은 알아보지만 인터넷 같은 데 올려서 개인끼리 거래하면 코팅 원가보 다는 잘 받을 수 있어요. 사람 눈이라는 게 원래 부정확하거든요. 속이고 속는 거예요. 인생 다."

선크림을 바른 얼굴처럼 번지르르한 차를 보고 그는 고개를 끄덕 거렸다. 특히 뒷범퍼는 새것을 단 것처럼 말끔하게 수리되어 그 부 분만 도드라져 보였다. 그는 뒷범퍼를 툭툭 차며 말했다.

"왜 그런 사람 있잖아요. 육십이 넘어도 사십밖에 안돼 보이는 인간들. 보톡스 하고 박피해 가지고 말짱하게 얼굴 수리해서 다니는 사람들. 이거 보니까 그 생각 나네. 차도 주인 닮겠지."

그는 웅얼거렸다. 사장이 빠르게 입술을 놀렸다.

"덴트만 그런 거 아니고요. 남성 수술도 있고 성형도 그렇고 라식도 그렇고 임플란트도 뭐 다 그런 세상이니까요."

"맞아요. 세상 다."

그는 노래의 후렴을 하듯 따라 했다.

Molto Maestoso(매우 장려하게)

그는 진동음으로 전화가 걸려 온 것을 깨닫고 눈을 뜬 뒤 머리맡의 창문을 쳐다보았다. 아직 어두웠고 도로변 주황색 가로등 불빛이 비치고 있었다. 시간을 확인하니 새벽 네 시 반이었다. 액정에 낯선 번호가 찍힌 채 그의 휴대전화는 계속 몸을 떨어 대고 있었다. 그는 전화기의 폴더를 열었다. 낮은 음색의 남자 목소리가 흘러나왔다.

"아침 일찍 대단히 죄송합니다. 혹시 오칠팔칠 차 주인 되십니까?"

그가 그렇다고 하자 남자는 지하 주차장에 있던 그의 차와 자신의 차 사이에 접촉 사고가 있었노라고 했다.

"지금 혹시 오피스텔 안에 계십니까? 대단히 죄송하지만 내려오셔서 차량 상태를 확인해 주셨으면 합니다."

그는 알겠노라고 하고는 전화를 끊었다. 자주 입는 트레이닝복이

의자에 걸쳐져 있었다. 그는 습관대로 그 옷을 입으려다가 남자의 목소리를 떠올리고는 옷장에서 신사복 바지를 꺼냈다. 바지에 벨트를 집어넣고는 튀어나오기 시작한 아랫배 위로 올려서 입었다. 전화기와 수첩, 펜, 지갑을 확인하고 나서 카메라를 찾았지만 어디 두었는지 기억이 나지 않았다. 설악산에 무박 산행 간 게 언제더라. 그는 기억을 해 보려다가 포기하고 문을 열었다.

지하 주차장 공기는 텁텁했다. 지어진 지 삼 년이 넘었어도 아직 신축할 때 쓴 화학제품에서 나온 유해 성분이 공기 중에 섞여 있을 거라는 생각을 그는 늘 하고 있었다. 거기다가 차들이 드나들면서 바퀴에 묻혀 온 외부의 먼지와 불순물, 발암물질이 쌓였을 것이다. 그는 엘리베이터를 나와서 어두운 주차장을 가로질러 차를 세워 둔 쪽으로 갔다.

의외로 여러 사람이 모여 있었다. 낯이 익은 수위는 물론이고 관리실에나 가야 볼 수 있던 젊은 설비 수리 전담 기사까지 보였다. 거기다가 남녀 네 사람이 멀고 가까운 곳에 서 있었다. 그의 차 뒷부분은 거대한 강철 손으로 움켜잡아 찌그러뜨린 듯했다. 원래 그가 세웠던 자리에서 옆으로 오십 센티미터쯤 움직여서 기둥을 들이받은 터라 기둥과 충돌한 오른쪽 문짝도 완전히 으스러진 채였다. 그는 나에게도 이런 행운이 찾아올 때도 있구나 싶어 가슴이 떨렸다. 그는 기쁨을 억제하며 일부러 크게 소리를 질렀다.

"아이고, 이거 새로 덴트 한 지 일주일도 안된 건데 돈 들어간 게 흔적도 없네."

그에게 두꺼운 뿔테 안경을 쓰고 양복 정장을 입은 중년 남자가 다가왔다. 남자는 일단 고개를 깊이 숙였다.

"선생님, 이거 정말 죄송하게 됐습니다. 좋은 차를 잘 타시고 계신데 제가 실수를 해서 이렇게 되었네요. 지금 자동차 보험회사에 연락했습니다. 제 차는 벌써 정비 공장에서 차가 와 가지고 견인을 해 가지고 갔는데 선생님 의향이 어떠신지 몰라서 먼저 전화를 드렸습니다. 죄송합니다. 주무시는데 깨워서 또 죄송합니다. 얼마나 놀라셨습니까."

그는 두 손을 모아 공손히 답례라도 하고 싶은 심정이었다.

"별말씀 다 하십니다. 다 같이 운전하는 입장에서 보면 서로 이해할 수 있지요. 그런데 어쩌다가?"

목욕탕 천장의 환기 시설이 고장 났을 때 수리를 해 주러 왔던, 팬을 사 오면 갈아 주겠다고 하던 젊은 기사가 나섰다.

"차주가 여기 사시는 분 맞고요. 삼이공오 넘버 확인했어요. 전화번호도 따 놨어요. 우리도 자다가 소리가 꽝, 하고 나서 나와 봤는데요. 정말 폭탄 터지는 거 같았어요. 사장님 차는 앞에 있던 차가 카바를 해 줘서 상황이 좀 나은 거예요. 그 차 완전 개박살 났어요. 차주분이 폐차해야 되겠다고 하더라고요. 팔 년 된 코란돈데요. 그 차주분 되게 좋아하시면서……"

그는 말을 끊었다.

"아, 나도 칠 년 된 찬데. 그런데 나 차 바꿀라다가 계약금으로 목돈 들어가지, 등록비에 세금 무섭고 해서 좀 더 타자고 바로 얼마 전에 이백만 원 주고 싹 도색하고 내부 고쳐서 타던 건데요. 일주일도 안됐어요."

안쪽에 서 있던 여자들 중 하나가 기침을 했다. 그는 말을 멈추었다. 역시 공기가 안 좋아. 예민한 사람들은 오래 있으면 좋지 않지.

"어떻게 하시겠습니까. 같은 정비 공장에다 견인차를 또 오라고 전화할까요?"

투 버튼 회색 정장에 물방울무늬 넥타이를 맨 중년 남자가 정중하게 그에게 물었다. 그는 이럴 때는 어떻게 하는 게 좋을지 전화를 걸어 물어볼 사람이 있는지 생각해 보았다. 그가 아는 한 주변에 같은 일을 겪은, 아니 그런 행운을 맞이해 본 사람은 없었다. 시간이야 어떻든 간에, 전화를 받은 사람은 아침부터 재수가 없다고 할지도 모른다. 이 세계에는 행운의 총량이 정해져 있는데 한 사람이 행운을 많이 가져가면 남은 것을 나눠 가져야 하는 사람들의 몫이 줄어들기 때문이다. 자신의 몫이 줄어드는 것을 '재수가 없다'고 표현한다.

"일단 차가 움직이는가 한번 볼게요."

그는 차에 올라가 시동을 걸었다. 트렁크 문과 뒷문이 열렸다는 불빛이 들어왔다. 그 외에는 별다른 이상이 없었다. 그는 브레이크를 풀고 차를 후진시켰다. 어디가 닿는지 "퀴릭퀴릭퀴릭" 하는 소리가 나긴 했지만 차는 그럭저럭 굴러갔다. 그는 차에서 내려서 남녀가 모여 있는 곳으로 갔다.

"명함 같은 거 있으세요? 아니 아까 저한테 전화한 핸드폰이 그건가요?"

남자는 명함을 꺼내 주며 자신의 전화가 맞는다고 대답했다. 명함에는 직함이나 직장 주소가 없었고 이름과 연락처, 이메일만 표시되어 있었다. 그는 일행을 슬쩍 살펴보았다. 여자들은 사십 대 정도로 보였고 수면 부족과 허기에 시달리고 있는 듯 초췌했다.

"보험회사는 어딘가요?"

"파러웨이자동차보험입니다. 전화번호는 일오팔팔에……."

"아 예. 저도 거기 가입자예요. 압니다. 아주 잘 알죠."

"그리로 연락하시면 알아서 다 해결해 줄 겁니다. 그럼 견인은 어떻게?"

"아 이거 제가 알아서 할게요. 보험회사 있는데 뭐 걱정할 게 있나요."

"그럼 저희는 올라가서 좀 쉬고 있겠습니다. 밤새 운전을 하고 오느라고 힘들었는지 그만 집에 다 와서 사고를 냈네요. 죄송합니다, 선생님. 제가 잠깐 눈만 붙이고 열 시 전에 전화를 드리겠습니다."

"아이고, 어서 빨리 올라가서 씻고 쉬세요. 이쪽은 제가 알아서 하겠습니다. 그리고요, 저 아침형 인간이거든요. 전혀, 전혀 신경 쓰지 마세요."

그가 차를 운전해서 지상으로 올라왔을 때 지상에 서 있던 시계탑은 다섯 시 삼십 분을 가리키고 있었다. 그 시간에 문을 연 정비공장은 없을 터였다. 그는 나온 김에 해장국을 먹기로 하고 스물네 시간 운영하는 식당으로 향했다. 사람들이 많지 않았고 그의 차에 관심을 가지는 사람도 별로 없었다. 그는 선지해장국에 밥을 말아서 푹푹 떠먹었다. 식당에 있는 하루 지난 조간신문과 경제지, 스포츠신문을 다 읽고 나서 옆에 있는 목욕탕에 들어갔다. 졸음이 와서 목욕탕 바닥에 누워서 자기도 했는데 나와 보니 아홉 시밖에 되지 않았다. 정비업체 겸 덴트 가게는 문을 열지 않고 있었다. 그는 다시 오피스텔로 돌아와서 침대에서 곯아떨어졌다. 깨어 보니 열한 시였다.

그는 전화기를 들고 통화 기록을 살펴보았다. 깨끗했다. 열 시 전에는 연락한다고 하지 않았던가? 그는 정비업체로 전화를 걸었다. 전후 사정을 이야기하자 사장은 곧바로 차를 자신들에게 가지고 오라고 신신당부하다시피 했다.

"거긴 경정비하고 덴트만 하는 거 아닌가요? 차 뒤쪽이 완전히 작살났던데."

"아뇨. 우리도 수리 다 해요. 그리고 사장님, 사장님 차 그거 일급 정비 공장 들어가서 제대로 고쳐야지 중고로 팔 때도 제값 받아요. 동네 카센터에서는 어차피 못하는 거예요."

사장은 자신의 친형이 일급 정비 공장을 운영하고 있다고 두 번 세 번 강조했다.

"나 지난번 덴트 할 때에 말 안 한 거 있는데. 오른쪽 조수석 사이드미러랑 뒷문 오른쪽 유리가 전동이잖아요. 그게 어떨 땐 됐다가 어떨 땐 안 되고 하거든요. 뭐 잘 안 쓰는 거라 큰 문제는 없어도 그거 전동 모터라서 갈려면 돈 좀 들죠?"

사장은 그건 별거 아니라고 이 기회에 차를 완전히 개비하는 수준으로 싹 고쳐서 몇 년은 아무 문제 없이 탈 수 있도록 해 주겠다고 장담했다. 통화를 하면서도 전화가 오지 않을까 싶었지만 전화는 없었다.

그는 열한 시 반에 새벽의 통화 기록을 찾아서 전화를 걸었다. 신호는 가는데 전화는 받지 않았다. 다시 걸었다. 받지 않았다. 네 번을 걸어서 한 번에 삼사십 번씩 신호가 울렸는데도 받지 않았다. 그는 일반 전화기의 수화기를 들었다. 전화번호를 입력하고 세 번쯤 신호가 울렸을 때 상대가 전화를 받았다.

"여보세요? 저 오늘 새벽에 주차장에서 사고 났던 차 주인……."

종이를 구겨서 집어던지는 듯한 소리가 나더니 전화가 끊겼다. 그러고는 아무리 전화를 걸어도 전화를 받지 않았다. 그는 관리실로 전화를 했다. 아침에 만난 수리 기사는 일을 나갔다고 했다. 수위를 찾자 그마저 교대를 하고 집으로 갔다는 것이었다.

"혹시 씨씨티브이 기록 같은 거 있어요?"

"있긴 있는데요. 장비가 고장이 나서 녹화가 됐다 안 됐다 하거든요. 봐야 알겠습니다."

그는 기사가 돌아오면 전화를 해 달라고 하고는 보험회사로 전화를 걸었다. 여자 상담원이 인사를 마치기를 기다려 이 지역에서 접수된 사고가 있는지 물었다. 상담원은 상냥한 목소리로 그런 일은 없었다고 대답했다.

"차를 두 대나 견인해 갔다는데 기록이 없어요? 거기 파러웨이보험 맞는 거죠?"

"맞습니다, 고객님. 다시 한 번 확인해 보시고 연락주시기 바랍니다."

그는 불안해져서 정비업체에 다시 전화를 했다. 사장은 어쨌든 보험회사에서 처리를 해 줄 거라면서, 최악의 경우 그가 아주 일부의 비용을 부담하게 될지도 모르지만 큰 문제는 아니다, 빨리 차부터 가지고 오라고 했다. 확인을 해 보기 위해 그는 통화 기록을 뒤져서 지난번 우체국 주차장 사건을 처리한 보험회사 직원에게 전화를 걸었다.

"별문제 아닐 거예요. 가해자가 자고 있을 수도 있고요. 거기 사는 분은 확실하댔죠? 그럼 조금 기다려 보세요."

자신의 일이 아니어서 그런지 직원의 응대는 만족스럽지 않았다.

그는 이번에는 자신의 차 외장 수리를 담당한 젊은 직원에게 전화를 걸기 전에 '가해자'라고 불릴 사람에게 다시 전화를 했다. 여전히 전화를 받지 않았다.

"사고가 잦으시네요, 고객님. 마음이 많이 상하셨겠어요. 그런데 고객님, 보험 처리가 되더라도 수리비가 많아지면 고객님 내년 보험료가 할증이 될 수 있으세요. 잘 알아보시고 금액이 많지 않으면 자부담으로 처리하는 게 좋으실 거예요."

"이번 사고는 진짜라니까. 지난번 사고가 가짜라는 게 아니고. 차 뒤쪽이 개박살 났어요. 일이백으로는 해결이 안 될 것 같은데. 이러면 경찰에 신고해야 하는 거예요?"

"고객님. 잠시만 더 기다려 보시고요. 정 연락이 안 오고 차를 쓰셔야 한다면 저희 상담원한테 먼저 연락을 주세요. 그럼 오늘도 멋진 운행……."

통화 중 전화가 왔다는 신호음이 울리는 걸 알고는 그는 잽싸게 전화를 받았다. 관리실의 수리 기사였다. 수리 기사는 태평한 어조로 사고 낸 사람이 아마 자고 있을 거라고 했다.

"혹시 그 사람들 음주 운전으로 그렇게 된 거 아녜요? 보험회사에 신고도 안 되어 있다잖아요. 새벽에 그쪽에서 이런저런 이야기 안 했으면 그 자리에서 해결을 봤을 텐데 사람이 여기 산다, 녹화가 됐다는 바람에 믿고 보낸 거 아녜요? 그 자식 사고 내고 도망갔으면 어떡할 건데?"

기사는 비로소 자신에게 차주의 전화번호가 있으니 직접 연락을 해 보겠노라고 했다. 그가 빵으로 점심을 때우고 난 참에 전화가 걸려 왔다. 여자였고 당황한 목소리였다. 자신이 차주라고 했다. 이런 사고가 났을 때 어찌해야 하는지 몰라 아는 사람을 불렀는데 아는 사람이 형부라는 것이었고 지금 오고 있다고 했다.

"보험회사에 연락을 하셨나요?"

여자는 그런 것에 관해서는 전혀 모른다고 했다.

"오늘 새벽에 주차장에 계셨던 분인가요? 운전은 누가 했습니까?"

여자는 자신은 잘 모른다고 형부가 오는 대로 조치를 하겠노라고 하고는 전화를 끊었다. 그는 한결 느긋해진 마음으로 차를 끌고 정비업체로 갔다. 사장은 물론이고 차를 수리하던 종업원, 세차하고 왁스칠을 하던 사람들까지 모두 나와서 강강수월래라도 하듯 그의 차를 에워쌌다.

"와우, 견적 빵빵하게 나오겠는데. 사장님 완전히 차 싹 바꾸셔도 되겠네요."

그는 이런 경우 폐차를 해도 되느냐고 물었다. 그들은 얼굴을 마주 보더니 고개를 저었다.

"엔진을 건드린 것도 아닌데요, 뭘. 요새는 차가 잘 나와서 잘 손봐 가면서 타면 오십만 킬로도 타요."

"그래도 벌써 얘 나이가 몇 살인데. 사람으로 치면 내 나이가 훨씬 넘었을걸?"

"사장님 연식이 얼만데요?"

"나? 여기 사장님하고 동갑이잖아."

"오호, 육팔년식?"

이윽고 여자에게서 다시 전화가 걸려 왔다. 보험회사에 정식으로 접수를 했다면서 번호를 알려 주었고 연락이 갈 거라고 했다. 그로부터 일사천리로 일이 진행되었다. 그의 차는 수리를 하기 위해 정비 공장으로 갔으며 수리 기간 동안 그가 탈 차로 최신형 렌트카가 배정되었다. 그 비용도 모두 보험회사에서 부담하는 것이었다. 렌트카를 가지고 온 사람은 젊은 여자였고 백화점 종업원의 제복처럼 생긴 옷을 입고 있었으며 말끝마다 '고객님'을 달았다. 그는 여자가 내민 서류에 사인을 하고 나서 특별히 갈 데도 없으면서 신이 나서 차를 몰고 큰길로 나갔다. 크기가 익숙하지 않은 차를 세우다가 주차장 기둥을 받고 말았다. 그가 차를 가지고 정비업체로 가자 사장은 한숨을 쉬면서 렌트카 회사에서 알면 돈을 많이 달라고 할 터이니 자신이 원가만 받고 감쪽같이 손질해 놓겠다, 이십만 원만 내라고 했다.

이틀 뒤 저녁 그에게 전화가 걸려 왔다. 경찰서였다. 보험회사에서 신고가 들어왔으며 피해자 조사를 해야 하니 경찰서로 나와 달라는 것이었다.

"보험사기 같은 건가요?"

"형사로 사건 될 만한 일은 아니고, 운전자를 바꿔서 신고한 거 같아요. 이런 건 보험회사에서 할 일인데 우리한테 의뢰를 하니, 참. 선생님 차 고치는 데는 아무 상관 없어요. 사고 낸 당사자가 물든지 보험회사에서 먼저 물고 그 사람한테 청구하든지 하겠죠."

조서를 작성하면서 경찰관은 싹싹하게 말했다. 일곱 시가 지났는데도 끊임없이 전화벨이 울어 댔다. 버스와 승용차가 충돌한 대형 사고가 난 지 얼마 안되었다고 했다. 버스 기사가 피 묻은 옷을 입고 맨발에 슬리퍼를 신은 채 부들부들 떨며 의자에 앉아 있었고 그의 아내인 듯한 중년 여자가 종이컵에 든 인스턴트커피를 어린아이에게 감기약 먹이듯 마시게 하고 있었다.

"아, 요놈들. 좀만 기다리라니까. 벌써 피자를 시켰네."

경찰관은 서류를 정리하다 말고 문자 메시지를 확인하더니 답장을 보냈다.

"아이들인가요?"

경찰관의 얼굴이 환해졌다.

"연년생으로 아들만 둘인데요. 제 엄마가 일을 나가니까 저희들이 알아서 저녁을 해결하네요."

"좋겠어요. 애들 피자하고 치킨 시켜 먹을 줄 알면 다 큰 거예요. 혼자 놔둬도 돼요."

경찰관은 서류를 그에게 내밀며 지장을 찍게 했다.

"이걸로 끝입니까?"

"만날 되풀이되는 일인데요. 돌아가면 또 돌아오고 돌아가면 또 돌아와요. 선생님은 끝인지 몰라도."

수상작가 문학적 자전

수상소감

심사평

작가론 강유정

동거

내가 쓴 최초의 글은 아마도 내가 쓴 것이 아닐 것이다. 열 살이 되기 전까지, 내 글의 작가는 윤고은이 아니라 엄마 윤경빈이었다. 여덟 살 때인가, 무슨 대회에서 상을 받은 기록을 보면 '아이다운 깜찍한 발상과 표현'이라는 심사평이 있는데, 깜찍한 발상과 표현을 했던 그 아이는 내가 아니라 엄마였다. 엄마는 글을 쓰고 나는 상을 타는 재미가 쏠쏠했다. 3학년 때, 백일장에 학교 대표로 나가기 전까지 나는 아무런 문제의식도 갖고 있지 않았다. 엄마가 글을 쓸 때 어쨌거나 나도 연필을 들고 칸칸이 창문 같던 원고지 앞에 앉아 있었으니까. 그래도 초고는 내가 썼겠지, 아니면 몇 줄이라도 내가 썼겠지, 라고 막연히 믿고는 있다.

지금도 백일장 대회에 나가기 전의 그 밤이 기억난다. 대회장 안에 엄마가 들어갈 수 없고, 나에게만 온전히 시간과 종이가 주어지며, 내가 학교 대표로 나가야 한다는 사실이 무겁게 다가왔던 그 밤. 사실이 폭로되면 나의 사회적인 체면이 어찌 될 것인가, 하는 불안감으로 가득했던 그 밤. 불안이 너무 컸던 나머지 대회 아침부터 나는 몹시 아팠다.

　주제가 무엇이었는지 정확히 기억나지는 않지만, 파브르의 곤충 이야기가 재료로 등장했던 것 같다. 나는 곤충에 아무런 관심이 없었지만, 원고지 앞에서는 곤충에 대해 지대한 관심을 가진 아이로 변했다. 친구들의 이야기, 부모님의 어린 시절 이야기, 그리고 내가 무관심하게 지나쳤던 몇 순간들이 조합되어 곤충에 대한 글을 썼고, 마침내 나는 곤충의 한 종류가 되었다. 두통이 원고지 벽을 간헐적으로 두드리는 몇 시간 동안. 그리고 상을 탔다. 진짜 내가 겪은 일만을 쓴 것이 아니었으므로 나는 여전히 죄책감을 떨쳐 버리지는 못했다. 주변 사람들의 경험담을 다 끌어모았던 것을 들키면 어쩌나 조마조마했다. 그것이 도둑질이 아니었음을 알게 된 것은 한참 후였다. 단지 그것은 내가 쓴 최초의 소설이었다.

　칭찬받는 것이 좋아서, 혹은 아무도 칭찬해 주지 않는 것이 미워서 글을 썼다. 그리고 지금도 글을 쓰고 있다. 그러나 아직도 '온전히' 내 힘으로 글을 쓴다는 말을 쓰기는 어렵다. 내 뒤에는 많은 사람들의 경험담과 생각과 나에게 미친 영향력이 안개처럼 깔려 있기 때문이다. 내가 소설가가 되었다면, 그것은 아주 많은 부분, 엄마의 공이다.

　조금 더 거슬러 올라가면, 엄마가 자주 해 주셨던 그 요리가 떠오른다. 모든 것은 거기서부터 시작된 건지도 모른다. 내 키가 지금의 3분의 1만 했을 때, 밥상 위에 늘 빠지지 않던 반찬이었다. 양배추를 채 쳐서 마요네즈와 버무린, 요즘 식으로 말하자면 양배추샐러드. 그러나 그때는 한 젓가락에 한 번씩, 이름이 달라지는 음식이었다. 나는 엄마가 젓가락으로 양배추샐러드를 한 움큼 집어 내 앞으로 내밀 때마다 물었다. 엄마 이건 뭐야?

신데렐라, 백설공주, 난장이1, 난장이2, 난장이3……. 샐러드의 이름은 월트디즈니의 동화 속을 순회한 후, 콩쥐팥쥐나 떡 하나만 주면 안 잡아먹지를 반복하던 호랑이로 흘러갔고, 전래동화를 다 거친 후에는 동식물로도 흘러갔다. "이거 뭐야?"의 답이 좀처럼 흥미롭지 않으면 입을 벌리지 않던 아이 때문에 엄마는 세상의 모든 이름들을 후보에 올려놓아야만 했다.

젓가락으로 양배추샐러드를 집는 것은 젓가락으로 김치나 달걀말이를 집는 것과는 달라서 변신에 용이했다. 평범한 양배추샐러드도 젓가락으로 많이 집느냐 적게 집느냐, 에 따라서 정말 백설공주나 신데렐라에 적합하게 보이기도 했고 때로는 그렇지 않기도 했다. 백설공주나 신데렐라는 가장 많이 등장하는 이름들이었는데, 만족스럽게 입을 벌려 그들을 잡아먹은 적보다는 "또 그거야?"라며 입을 꾹 다무는 경우가 많았기 때문에 엄마는 늘 바빴다. 나는 엄마의 입에서 새로운 이름들이 등장할 때마다 들떴고, 어린 제비처럼 입을 벌렸다. 그리고 금방 신이 나서 다음 젓가락의 이름을 보챘다. 엄마 이건 또 뭐야?

보통 한 번 식사에 여섯 명 정도, 혹은 일곱 명 정도, 그들을 잡아먹었다. 때로는 동생과 나란히 앉아 서로 경쟁하듯이, 경매하듯이 젓가락 끝을 탐내기도 했다. 신기한 것은 그것을 백설공주라고 부르면, 정말 백설공주 맛이 났고, 홍길동이라고 부르면 정말 홍길동 맛이 났다는 사실이다. 그것은 음식인 동시에 대화였고, 현실의 대화인 동시에 상상 속의 대화였다. 누군가와 함께 먹지 않으면, 누군가가 먹여 주고 받아먹는 관계가 아니면 느낄 수 없는 맛이었다. 그리고 그 맛은 지금도 유효하다. 이제는 양배추샐러드를 한 젓가락 단위로 정의하면서 먹지 않지만, 그 놀이가 끝난 것은 아니다. 퀴즈쇼가 식탁 밖으로 확대된 것뿐이다. 어떤 사물도 젓가락 끝에 매달린 양배추샐러드처럼 보이는 순간을 피할 수는 없다. 그때 사물들은 새로운 명찰을 달고 내 소설 속으로 들어온다.

언젠가 살사댄스 동호회에 나간 적이 있다. 이십 명쯤 되는 사람들이 한 명씩 일어나 자기소개를 하기 시작했는데—주로 나이와 직업, 모임에 등록한 계기 등—나는 잠시 고민했다. 직업을 소설가라고 말했다가 말이 길어진 경험이 몇 차례 있었기 때문이다.

"프리랜서예요."

그렇게 말하면 간단할 줄 알았으나, 스무고개 하듯 이어진 몇 개의 질문이 내 운신의 폭을 좁혔고, 결국 나는 글을 쓰며, 소설을 쓴다는 말까지 하고 말았다. 꼬리에 꼬리를 물듯, 어떤 소설을 쓰느냐, 서점에 나온 책이 있느냐, 하는 질문들이 이어졌다. 이럴 바에야 처음부터 소설 쓴다고 말을 할 걸 그랬다고, 나는 뒤늦은 후회를 했다. 서점에 나온 책이 있느냐고 누군가가 재차 물었다.

"네, 건배! 이제 다른 얘기 하죠."

내게 맥주잔은 일종의 방패와 같았는데, 내 앞에 있던 한 남자는 그 방패를 청량한 건배 소리로 치워 버렸다. 그리고 좀 더 커진 목소리로 물었다.

"서점에 판다구요? 오호, 제목이 뭔데요, 제목이?"

"나중에 말할게요. 나중에. 오늘은 처음인데."

내 테이블에는 네 명의 사람들이 있었고, 나는 우리의 대화가 양옆에 있는 다른 테이블들로 확대되는 것을 원치 않았다. 오, 제발, 원치 않았다. 나는 그저 오늘 처음 춤을 배우러 온 동호회 신참일 뿐이다. 여기서 '1인용 식탁'이란 제목을 말하기란 참으로 어색하고 민망했다.

"제목이 뭐냐고요."

그는 집요했고, 나도 괜한 오기가 생겨서 계속 나중에 말하겠다고 우기기 시작했다. 그러자 그는 완전히 나를 향해 자세를 고쳐 잡고 이렇게 압박해 왔다.

"왜 제목을 말을 못 해요? 자기가 책 낸 게 부끄러워? 부끄럽냐고요."

아뇨, 나는 댁이 내 앞에서 이러는 게 부끄러워요.

"누가 부끄럽대요? 일인용 식탁!"

재빨라서, 그는 잘 듣지 못했다.

"뭐라고요? 아니, 좀 크게 말해 봐요. 천천히."

"으아! 일, 인, 용, 식, 탁."

그것으로 일단락될 줄 알았으나, 내 말이 끝나자마자 그는 벌떡 일어섰다. 그리고 양옆에 있던 4인용 테이블 네 개를 향해 외쳤다.

"자자, 여러분. 주목해 주세요. 우리 모임에 소설가가 있어요. 책 제목이 일인용 식탁이라고 합니다. 서점에 팔고 있고요. 기억해 주세요. 일인용 식."

탁! 아아아. 나는 얼굴이 빨개졌다. 그 사람이 일어서라고 하는 바람에, 양옆 사람들이 일으켜 세우는 바람에 일어서기까지 했다. 박수를 받았고, 그건 참 고마운 일이었지만 분명 민망한 일이었다. 누군가는 작가라면 어휘력이 굉장히 풍부하겠다고 말을 했고, 그 말을 들은 순간부터 나는 꿀 먹은 벙어리가 되었다. 누군가는 내게 혹시 살사댄스에 대한 소설을 쓰려고 하느냐고 물어보았다. 내가 자리에 앉자마자, 그 집요한 남자가 말했다.

"자, 우리 모임에 작가님이 계시니, 걱정 하나 덜었습니다. 강습 후기를 올려 주세요. 작가님이시니까 뭐가 달라도 다르겠죠."

강습 후기? 나는 한 번도 그런 걸 써 본 적이 없노라고 이야기하자, 몇 사람이 대략의 양식을 알려 주었다. 주로 첫 모임 후기는 한 사람 한 사람 닉네임을 나열하고, 그에 대한 첫인상이나 에피소드를 늘어놓으면 되는 것이었다. 그 때문에 나는 20명의 닉네임을 하나씩 외우기 시작했고, 결국 강습 후기를 올렸고, 매회 올려야 하는 강습 후기에 대한 부담감 때문에 동호회를 더는 나가지 못했다. 사람들의 기대와는 다르게, 나는 후기를 쓰는 작업이 힘에 부쳤고, 나아가 내 후기가 다른 사람들의 후기에 비해 구성이나 문체나 뭐나 다 재미없다는 자괴감에 빠지기에 이르렀다.

그 이후 나는 또래 작가들을 만나서 당신이 누구인지 전혀 모르는 사람들 앞에서 당신을 소개해야 할 때 직업이 작가라는 것을 밝히느냐고 물었고, 대답은 거의 아니요, 였다. 그들도 둔갑하고 있었다. 어느 시인은 소개팅 때 시인이라고 말했다가 내내 알 수 없는 문학 이야기만 했다고 한다. 작가가 호기심을 불러일으키는 재미있는 직업임에는 분명하나, 가끔 그 때문에 단체에게 할당된 시간이 내 앞에서 정체되고 있음을 느끼면 민망해지기도 한다. 깔끔한 것은 역시 둔갑이다.

가장 무난한 것은 학생. 내 거짓말이 가장 대담하고 화려해지는 순간은 야밤의 택시 안이다. 물론 택시 기사분이 직업을 물었을 경우에 한해서. 내가 궁금했던, 혹은 전혀 궁금하지 않았던 다채로운 직업들로 둔갑했고, 곧 전혀 다른 성격, 전혀 다른 가치관의 소유자가 된다. 어느 즈음에 가서는 내가 이 택시 안에서 속이지 않은 것은 내 집이 분명한 목적지, 그 주소 하나뿐이 된다.

그런데 요즘에는 내가 글 쓰는 사람임을 밝히는 데 살짝 재미가 들려 있다. 글 쓰는 사람이라고 하면, 조금 더 많은 이야기와 만나게 되기 때문이다. 소설을 쓴다고 말하면 더욱더 그렇다. 미용실에서나 스포츠센터, 카페나 옷 가게 같은 곳에서 갑작스레 당신 책은 무슨 내용인가요, 하고 물어 오면 제대로 횡설수설하는 내 모습을 볼 수 있을 것이다. 아직도 나는 내 이야기를 몇 마디로 요약하기가 힘든데, 재미있는 것은 나는 대략 넘어가려고 간단히 이야기를 해도 상대방들은 정성스레 그 이야기를 듣고 나름의 느낌과 정의를 말한다는 것이다. 주로 기차나 미용실, 역 대합실, 택시와 같이 아주 잠깐 스쳐 지나갈 사이라고 생각했던 사람들에게서 내가 한 수 배우는 경우가 많다. 의례적으로 직업을 묻다가 내가 소설을 쓰고 있다고 말하면, 말이 많아지는 것은 이제 내가 아니라 상대방이다. 한 사람 한 사람이 품고 있는 이야기들이 더 많이 나를 찾아오는 느낌이다. 종종 사람들은 소설이 무엇인지에 대해서도 말해 준다. 최근에는 삼겹살이 구워진 불판이 소설이라는 정의도 들었다. 불판의 철사가 가로세로 얽혀 있는 모양새가 정말 원고지 칸칸 같기도 했다. "사람들이 이렇게 모여서 어울리는 거, 그게 소설이다."는 정의가 그 순간 모두를 소설의 한 페이지로 엮어 놓았다. 그런 순간들이 나는 즐겁다.

얼마 전, 우체국에서 택배가 왔고, 나는 그 물건을 받아 들었다. 아주 평범한 어느 오전의 풍경이었는데, 대뜸 우체부 아저씨가 이렇게 묻는 것이었다.

"혹시 윤고은 씨도 같이 사시나요?"

순간 나는 속으로 혼자 웃었는데, 우체부 아저씨가 보는 나는 방금 전에 택배를 받은 고○○ 씨고, 이 집 주소로 윤고은의 택배가 하나 더 왔으니 나와 같이 사는 사람이냐고 물어본 것이다. 내 필명과 본명이 다른 탓이었다.

이런 경험은 종종 있었다. 윤고은이라는 이름으로 우체국 등기를 보냈다가 반송되어서 우체국에 찾으러 갔을 때, 당연한 절차로 윤고은의 신분증이 필요했는데, 내게는 윤고은의 신분증은 없었다. 당연히도, 그건 어떤 서류상의 절차도 밟지 않은, 그냥 내 필명이기 때문이다. 나는 윤고은이 내 이름이라고 주장했지만, 증거가 필요했고, 택배를 뜯어서 그 속의 사진이 나와 동일함을 증명해야 하나 고민하던 중, 상황은 싱겁게 풀렸다. 우체국에서는 보내는이로 등록되어 있던 윤고은의 전화번호로 전화를 걸었고, 내 손에 들려 있던 휴대폰이 냉큼 울렸다.

"아, 윤고은 씨 맞네요. 왜 이름을 두 개 쓰고 그래요."

그때도 재미있는 경험이라 생각했는데, 이번에도 비슷한, 그러니까 내가 둘로 분리되는 상황이 온 것이다. 아니, 이번에는 윤고은 씨가 내 동거인이 되었다. 나는 그렇다고 대답했고, 우체부 아저씨는 윤고은 씨 앞으로 온 택배도 내게 전해 주었다. 윤고은 씨도 같이 사시냐는 그 말이 너무도 신선하게 다가온 나머지, 나는 정말 그 택배를 뜯어보지도 못하고 윤고은 씨의 책상 위에 올려 두었다. 윤고은 씨가 책상 앞에 앉으면 전해 줄 생각으로.

그 이후 나는 종종 윤고은과 윤고은 동거인으로 분리되는데, 윤고은 동거인으로만 너무 오래 살고 있을 때마다 그 문장 하나가 자꾸 찾아와서 벽을 탕탕 두드린다. 윤고은 씨도 사시나요, 그 집에? 그 몸에? 그 영혼에? 그렇게 운신의 폭을 좁혀 오는 바람에, 나는 영영 벗어날 수가 없을 것 같다.

즐거운 우연

봉평에 볼일이 있었다. 이효석의 소설 「메밀꽃 필 무렵」의 배경지를 찾아다니는 일이었다. 굳이 그날 봉평에 간 것은 단지 우연이었다. 봉평장과 물레방앗간을 돌아보고 이효석문학관과 그의 이름을 딴 숲을 돌아보았다. 그날 저녁, 봉평의 어느 숙소에서 바비큐를 준비하고 있을 때 전화가 걸려 왔다. 이효석문학관이라고 해서 그날 낮의 내 업무에 관한 전화인 줄만 알았다. 그런데 당선 소식이라니. 더군다나 이효석문학상이라니. 그 전화를 받고 나서 숙소 1층에 붙어 있던 정육점에서 고기를 한 근 더 샀다.

수상 소식이 주는 기쁨 중 하나는 고마웠던 사람들의 이름을 지면에 적어 볼 수 있다는 것이다. 나열할 이름은 끝도 없다. 가족, 친구, 스승, 때로는 지나가며 몇 마디씩을 툭 던져 주던 행인들까지도. 그중에서도 「해마, 날다」를 쓰는 동안 이상민, 조현진, 김덕희, 박경아, 네 사람의 도움을 많이 받았다.

　이상민. 그는 내게 무한한 이야기를 제공한다. 500원으로는 과자 한 봉지도 못 사 먹는 시기에 그에게서 500원으로 이야기를 살 수 있다. 물론 그마저도 직접 지불한 적은 없다. 단지 내가 "어? 그거 탐나는데." 하면, 그가 "500원!"이라고 외치고, 나는 500원을 달아 놓으라고 말하는 게 전부다. 물론 어느 시점에 가서 그 외상값이 거대하게 불어나 있을지도 모르지만, 아직 1만 원은 넘지 않은 것 같다. 그리고 그는 "500원!"이라고 외치는 것만으로 기쁨을 느끼는 듯하다. 나는 그에게 빚을 질수록, 그는 내게 빚을 내줄수록, 우리는 둘 다 즐겁다.

　조현진. 500원보다는 조금 더 받고, 실제로 지불해야 한다. 밥값으로. 내가 기분이 좋을 때는 스테이크를 사지만, 우리가 자주 가는 스테이크집은 분위기에 비해 가격이 그리 비싸지 않다. 물론 그 스테이크집이 얼마 전에 문을 닫았다는 소식을 현진에게서 전해 들었다. 아무래도 가격을 너무 싸게 받았던 게 폐점의 이유인 듯. 그 가게에도 감사 인사를 전하며, 이제 나는 새 아지트를 찾아야 한다.

　김덕희와 박경아. 내가 그들의 경험을 소설에 넣어도 되겠느냐고 물으면 오히려 의아하게 생각하는 사람들이다. 덕희 선배는 "그걸 뭘 묻냐. 일단 글로 써 버리면 되지."라고 말하고, 경아는 "그럼 저도 언니 얘기 쓰기 전에 물어봐야 돼요?"라고 묻는다. 같이 글 쓰는 사이에, 니 꺼 내 꺼 없는 이런 분위기가 참 좋고 불안하다.

　고맙다는 말을 그들에게. 그리고 더 많은, 나를 아는 사람들에게.

미처 다 언급하지 못한, 그러나 감사한 순간들은 머릿속 해마에 담아 두기로 한다. 가끔 사라졌기 때문에 오히려 인식할 수 있었던, 내 해마에게도 감사를.

이효석문학상은 등단 15년 이내의 젊은 작가들을 대상으로 하고 있다. 그런데 나의 심사 소감은 한마디로 말해서 대상 작품들 대부분이 감동이 별로 없다는 것이다.

어느 시대를 막론하고 당대 문학 판의 주류는 젊은 문학이다. 인생의 꽃이 젊음이듯이, 젊은 작가들이야말로 문단의 꽃이요, 주역이라고 할 수 있다. 독서계에서도 젊은 독자들이 압도적 다수를 차지하고 있어서, 주요 관심 대상은 언제나 젊은 작가들이다. 그런데 지난 1980년대와 달리, 젊은 문학을 애호했던 독자들이 영화·대중음악과 같은 엔터테인먼트물 쪽으로 대거 옮아가 버렸다. 그래서 문학의 입지가 매우 협소해져 버렸다. 독자의 변심을 탓해선 안 되고, 안일한 작가 정신이 문제가 아닌지 반성할 필요가 있다. 문학이 주는 감동은 엔터테인먼트처럼 감각에 영합하는 가벼운 것이 아니라, 인간 정신에 호소하는 진실한 감동이어야 하는데, 요즘의 젊은 문학에는 그 감동이 실종해 있는 것이다. 감동이 없는 문학이 과연 문학일 수 있을까? 소설 쓰기에 미니멀리즘의 풍조도 있는가 본데, 주제의

식도 박약하고 서사도 없이 사소한 것들을 지리멸렬하게 나열한, 감동 없는 작품이 어떻게 좋은 작품일 수 있겠는가.

최종심에 오른 열 편의 작품들은 무시할 수 없는 나름의 개성적인 작품들이어서 칭찬받을 만하지만, 문학의 가장 중요하고 영원한 기능인 감동의 창출에 좀 더 노력을 기울여 주었으면 한다. 당선작인 윤고은의 작품은 그동안 한국문학이 소홀한 지적인 글쓰기의 훌륭한 성취를 보여 주고 있지만, 너무 아이디어(착상)와 재치에 의존하고 있지 않나 하는 생각이다.

—현기영 · 소설가

윤고은의 「해마, 날다」는 현대인의 내면에 바야흐로 불붙어 오르기 시작한 서사 욕망에 관한 이야기로 읽힌다. 『아라비안나이트』 시대에는 이야기 듣는 사람이 권력자였지만 누구나 자기 이야기를 할 수 있는 민주주의 시대에는 이야기 들어 주는 사람이 권력자가 되어 있다. 세상은 이야기하고자 하는 욕구로 넘치고, 사람들은 저마다 자기 이야기를 들어 달라고 아우성치고, 어떤 사람들은 그들의 욕구를 이용해 돈을 번다.

소설은 돈을 지불해야만 자기표현이 허용되는 시대, 아무리 많은 말을 해도 의미가 소통되지 않는 시대, 뜻 없는 언어들이 파편화 되어 허공에 흩뿌려지는 시대를 눈앞에 잡힐 듯 잘 그려 내고 있다. 허공에 떠도는 언어를 주워 마음 위에 옷처럼 껴입으면 그 언어가 바야흐로 새 정체성이 될 수도 있다고 말한다. 현실의 한 지점을 잘 포착하고 있는 점, 그것을 인물의 삶 속에 적절히 녹여 내는 방식, 그러면서도 조금만 이야기하고 슬그머니 빠지는 기술이 아름다워 보인다.

—김형경·소설가

소설 쓰는 솜씨에 대한 언급은 따로 필요 없겠다. 부럽도록 다들 잘 썼으니까. 느낌만 적는다.

김숨의 「막차」는 참 막막한 소설이다. 그래서 좋았다. 아무나, 막막한 것을 그토록 막막하게 그릴 수 있는 건 아니다 싶었으니까. 인생 막바지에 이른 노인이 막막한 막차를 탔다. 내용이 그렇다. 그렇다고 이 소설이 노인용이거나 노인 취향의 것은 아니다. 나이와 상관없이, 존재란 모두 문득문득 막막함에 놓인다. 그럴 때 막막함은 존재를 비추는 거울의 한 훌륭한 형식이 된다. 수상작으로 손색없다고 생각했다.

전아리의 「플러스마이너스」는 어딘가 아카데믹한 냄새가 나서 글쎄…… 머리를 갸웃했다. 띄어쓰기하지 않은 제목부터가 주문注文으로 보이니까. 그런데 읽다 보니 쏙 빠졌다. 인문학적 상상력이긴 했으나 상상력 쪽이 훨씬, 기분 좋게 승했다. 날렵한 감성이 제대로 한몫했다. 서늘한 뒷맛이 잠시 여름 더위를 잊게 했다. 역시 수상작으로 손색없다고 생각했다.

윤고은의 「해마, 날다」는 어, 참, 이런 회사가 있다면 정말 좋겠는걸, 하며 읽었다. 음주 통화 서비스업체. 있을 리 없는 회사지만 소설에선 그런 회사가 공간이고 배경이다. 그만큼 아이디어가 매력적이다. 매력의 힘이 나중에는 고용과 관련된 자본주의적 생존 시스템의 피로한 풍경으로 은근슬쩍 옮아가 이어진다. 그 '은근슬쩍'한 토스마저 매력적이다.

셋 다 상을 받아도 괜찮겠다고 생각했지만 상은 한 사람에게만 주어지는 거라서, 투표의 결과를 따랐다.

—구효서·소설가

세상에 '이야기'란 것이 왜 필요한지, 또 사람들은 어떤 이야기를 필요로 하고 있으며, 자신이 해 줄 수 있고 하고 싶은 이야기는 어떤 것인지를 끊임없이 궁구하는 사람들이 아마도 작가일 것이다. 그리고 저마다 방향과 깊이를 달리하는 그런 이야기들의 범주가 서로 맞물리거나 한데 얽히는 지점을 어떻게 마련할까 하는 고민이, 우리가 흔히 말하는 상상력이라는 것의 정체일 것이다. 젊은 작가가 그런 자신만의 상상력을, 그 통로를 마련하기란 쉽지 않다. 하지만 언제까지 초심자라는 것을 이유로 그런 통로를 마련하는 것을 유예시킬 수도 없는 노릇이다. 그것은 성인이 되어 피우는 어리광과 다를 바 없을 것이기 때문이다.

그런 의미에서 윤고은의 상상력은 사 줄 만하다. 무엇보다 그녀의 소설은, 상상력이라는 것이 근거 없는 공상이 아니라 이 땅에서 벌어지고 있는 삶을 어떻게 이해할 것인가, 라고 하는 절박한 인식의 방법임을 분명히 보여 주고 있기 때문이다. 소통과 대화의 부재로 인한 인간의 근원적인 외로움을 그리되, 그것을 청년 실업과 명퇴, 정규직과 비정규직의 계급적 간극, 그리고 다문화 가정의 사상누각 같은 함정에 대한 인식 같은 것들이 한데 뒤섞인 현실의 면모를 통해 전달하는 「해마, 날다」는, 그녀의 상상력이 점차 지상에 안전하게 뿌리내리고 있다는 것을 입증해 주는 작품이다. 간혹 그녀가 빠져드는 소설적 '서정성'에의 유혹을 잘 제어한다면, 그녀의 소설은 우리

335

소설의 새로운 패러다임이 될 수 있을 것이다.

—김경수·문학평론가, 서강대 국어국문학과 교수

윤고은 씨의 「해마, 날다」는 뚜렷한 주제, 긴장감 있는 서사 구조, 개성적인 언어 표현 등 몇 가지 점에서 특히 호감이 가는 작품이었다.

「해마, 날다」는, 심야 음주자 통화 서비스업체('해마005')에 취직한 젊은 여주인공의 시선을 통해, 거리를 떠돌며 삶의 괴로움을 달래고자 밤늦게까지 술을 마시고 이 통화업체에 접속하는 익명의 실업자 젊은이들의 삶의 갖가지 사연과 고민, 그리고 그들이 현재 직면한 절박한 생존의 문제를 제기하고 있는 작품이다. '심야 음주자 통화업체'라는 서비스업체의 설정은 다분히 가상적, 작위적이지만, 이 작품이 전하고자 하는 주제는 현실적이다. 청년 실업 문제, 실업으로 인한 젊은이들의 방황, 좌절, 소외, 그리고 그들의 가족이 겪는 고통 등, 이 소설이 다루고 있는 문제는 그대로 우리 시대의 중요한 사회적 이슈의 하나이다. 여주인공과 가족—심야 음주자 통화 회사—밤늦게 거리를 떠도는 익명의 젊은이들 등 이야기의 세 가지 축을 오가는 여러 에피소드들은 단편적이지만, 그 메시지는 설득력이 있다. 여주인공이 바라보는 시야는 제한적이고 좁지만, 그녀를 둘러싼 가족, 회사, 사회는 그대로 우리 사회를 비추는 하나의 축도라 할 만하다.

이 작품의 매력은 우리 시대의 사회문제의 하나인 청년 실업이라는 사회문제를, 제한된 시야 속에서나마 소설 속에 끌어들여, 이를 성공적으로 문학적으로 조형해 내고 있다는 점이다. 그러나 인물들,

에피소드들을 둘러싸고 있는 서사적 시간의 깊이가 얕고 이야기가 현장적, 현상적인 것에 머물러, 결과적으로 작품이 밋밋한 세태 소설적인 수준에 머물고 있다는 문제점도 없지 않다. 이 작품의 젊은 이들은 사회화 과정(취업)에서 부딪치는 좌절과 불안 속에서 나날의 삶을 영위하고 있다. 그래서 시간은 흘러가지만 그 시간 속에서 성장할 수 있는 기회를 얻지 못하고 있다. 작가는 바로 생활 비슷한, 이런 불안한 단계에 머물고 있는 이 젊은이들의 처지야말로 취업난 시대, 우리 시대의 청춘의 진실이라고 말하고 싶어 하는 것 같다. 그렇기는 하지만, 소설은 시간 의식의 성숙과 함께하는 성숙한 어른의 이야기가 아닐까.

윤고은 씨의 작품은 몇 가지 문제점을 지니고 있지만, 작가로서의 문제의식과 언어 표현력 양면에서 앞으로 더욱 성장할 수 있는 잠재력을 간직하고 있다고 생각된다. 윤고은 씨의 「해마, 날다」의 이효석 문학상 당선을 축하하며, 앞으로의 문학적 진전을 기대한다.

—서준섭·문학평론가, 강원대 국어교육과 교수

단편소설의 세계는 장편소설과는 달리 압축적인 생의 단면을 그린다. 따라서 산문적이라기보다는 시적이라는 생각도 하게 된다. 이럴수록 소설을 어떤 문장과 짜임새로 구성하는가 그리고 소설이 어떤 상상력을 담고 있는가가 작품의 탄탄함을 결정하는 거멀못이 된다. 후보에 오른 작가들의 경우 작품의 짜임새에 대해 말하자면 거의 모든 분들이 이미 경지에 올라 있다고 생각된다. 그러나 좁게는 상상력, 좀 폭넓게 말하자면 새로운 사유의 차원은 차이가 있게 마련이다. 그 차이란 미세한 것이지만 대개의 경우 단편 특유의 문장과 형식의 힘에 맡겨 이 상상력과 사유를 유발시켜 보려 한다. 작가 윤고은 씨가 앞선 부분은 이 상상력을, 작가가 구성과 형식의 힘에 내맡기지 않고 좀 더 적극적으로 개입하여 그려 낸 점에 있다고 생각한다.

—서경석·문학평론가, 한양대 국어국문학과 교수

문학상의 심사 기준은 무엇인가? 특히 단편소설 한 편을 심사 대상으로 하는 이효석문학상의 경우에 무엇을 심사 기준으로 할 것인가에 대한 고민은 새삼스럽지만 진지할 수밖에 없다. 이번에 본심에 올라온 총 열세 편의 단편소설은 개별 작품 하나하나만으로 모두 나름의 문학적 역량과 문학성의 기준을 통과한 것으로 볼 수 있다. 그렇다면 지금의 문학적 성과가 있기까지의 성과를 심사 기준에 더해서 평가할 것인가, 아니면 앞으로의 발전 가능성을 심사 기준에 더할 것인가? 이번 심사는 이 두 가지 판단 기준의 쟁투였다고 해도 과언이 아니다. 여러 논의들이 오갔지만 결국 지금까지 이효석문학상은 새롭고 참신한, 그래서 앞으로가 더 기대되는 작가에게 주어졌다는 점을 고려하여 윤고은의 「해마, 날다」에 돌아갔다. 이로써 이효석문학상은 문단 내에서 오래 쌓아 온 작가적 권위나 경력보다는 작품 자체의 참신함과 기대감을 중요한 상의 기준으로 삼는다는 것이 분명하게 입증된 셈이다. 그리하여 이제 우리는 해를 거듭할수록 더욱 젊고 새로워질 문학상 하나를 갖게 되었다. 다시 한 번 수상자에게 축하의 인사를 보낸다.

—심진경·문학평론가

공간의 계급경제학

1. 미안하지만, 환상은 아니다.

우리는 말했다. "나는 소비한다. 고로 존재한다."라고. 후기자본주의의 보이지 않는 매트릭스를 차용해서 우리는 나름의 후기자본주의를 노래할 라임을 완성했다. 아니, 그렇다고 믿었다. 하지만 이제 이 코기토도 완전하지 않다. 소비하면 존재하겠지만, 아무나 소비할 수 없다. 파티션으로 나뉘어 있든, 멋진 독립 사무실이 있든, 연구실이나 작업실이 있든 간에 자기 '자리'가 있는 사람에게나 소비는 가능하다. 자리를 증명해 줄 갑종근로소득세가 소비의 조건이 된다. 자기 '자리'가 없는 사람은 소비할 권리도 없다.

욕망이 소비를 통해 차등적 계급을 형성하듯이 공간은 계급에 의해 분할되고 독점된다. 이제 공간은 계급 문제이다. 윤고은의 소설을 관통하는 핵심적 개념 역시 '공간'이다. 윤고은은 계급이 된 바로 이 '공간'을 문제시한다. 좀 더 노골적으로 말해 보자. 윤고은은 후기자본주의 사회의 '자리'에 대해서 말하고 있다. 가령, 윤고은의 『무중력증후군』에는 재개발 부지를 파는 비정규직 노동자가 등장한다. 표면적으로 재개발이 눈길을 끌지만 이 소박한 소재를 차별화해 주는 것은 일 년 새 여덟 번이나 바뀐 비정규직 노동자의 ‘자리’이다. 세상에 자리를 잡지 못한 사람들은 ‘무중력증후군’을 호소하며 다른 궤도, 다른 우주를 요구한다. 비정규직 노동자인 ‘노시보’나 만년 고시 준비생인 그의 형에게 지구의 ‘중력’은 엄혹한 세상의 법칙에 다름없다. 중요한 것은 중력의 실체가 바로 ‘자리’라는 것이다. 형은 ‘사’ 자로 끝나는 자리를 얻기 위해 전전긍긍하고 ‘나’는 4대 보험에 연금 보장이 되는 자리를 얻으려 애쓴다. 계급이 사회적 지위와 관련 있다면 윤고은은 그 추상성을 자리로 구체화한다.

우리는 윤고은의 소설에서 환상을 본다고 말한다. 하지만 2010년의 대한민국, 서울에서 이런 자리 뺏기 싸움에 대한 이야기가 환상에 그치는 것일까? 서울이라는 메가 시티mega city는 성장과 번영의 중심에서 재개발의 공간으로 급부상하고 있다. 자본은 노후된 공간을 빼앗아 또 다른 경제를 창출한다. 구직과 실직, 취업난은 또 다른 의미의 비공식 경제에 바쳐진다. 이십 대의 절반가량은 미숙련, 저임금의 비공식 경제로 몰려든다. 분명, 프티부르주아의 외양을 띠고 있지만 어느새 그들은 프롤레타리아와 더 닮아 있다. 그들은 수동적으로 프롤레타리아가 되어 잉여인간의 처리장에 집하된다.

만일 윤고은이 그려 내고 조형해 내는 상상이 불완전한 현실을 대체해 준다면 그것은 환상이라 불러도 충분할 것이다. 하지만 윤고은이 보여 주는 세상의 풍경이 불합리한 현실의 왜상歪象이라면 그 상상을 환상이라 부르는 데 만족해서는 안 된다. 사실, 이는 이미 작가가 그의 실질적 데뷔작이라고 할 수 있을 『무중력증후군』의 소설 끄트머리에 못 박아 둔 사항이기도 하다. 그가 고백했듯, 이 기괴하고 이상한 세상 풍경은 이념idea에서 태어난 상상이 아니라 현미경 너머에 있는 실재real이다.

> 현미경으로 양파의 단면을 들여다보던 순간을 기억한다. 확대된 양파의 단면에는 양파 아닌 것들이 가득했다. (중략) 그 안에서 양파는 마치 동물처럼 웅크리고 있었다.
> 그것은 내가 본 최초의 이야기다. 현미경의 친절함은 곧 노련한 거짓말이다. 렌즈의 배율이 높아질수록 사실은 과장되고, 사실 아닌 것은 뚜렷해진다. 렌즈에 눈을 갖다 댄 순간 양파는 사라지고 새로운 무대가 나타난다. 이쯤 되면 현미경이 아니라 요술경이다. (『무중력증후군』, 한겨레출판, 2008, 291쪽)

그러니까, 우리는 환상적 포즈가 아니라 환상의 심연을 들여다봐야 한다. 현미경 앞이 아닌 현미경 너머의 세상, 도시의 생태와 자본의 폐경을 그려 낸 작가의 시선에 대해 이야기해야 한다. 그러니, 미안하지만, 이건 환상이 아니다. 그것은 환상이다, 라고 말하는 것은 쉽다. 하지만 우리는 환상의 근원을 찾아야 한다. 윤고은은 지독한 현실을 무대 삼아 초-현실적 퍼포먼스를 기획 중이다. 환상이라는 유보감을 거둬 낼 때 비로소 윤고은이 추구하는 '1인용 공간'의 진정한 의미가 드러날 수 있을 것이라는 의미이다.

2. 신흥 프롤레타리아의 자리경제학

윤고은의 소설에 등장하는 실직 문자야말로 사실은 자리경제학
이다. 소설「인베이더 그래픽」에 등장하는 소설가는 소설 쓸 공간이
없어서 대형 백화점의 남성 전문복 매장 화장실을 이용한다. 그녀에
게는 화장실이 작업실이 된다. 도시에서 비정규직 노동자로 살아간
다는 것은 자신에게 부여된 고유한 자리가 없다는 것을 뜻한다. 소
설가에게는 최소한 콘센트와 책상, 언제든 손을 씻을 물이 필요하
다. 아니, 이런 것들이 마련된 공간이 필요하다. 그런데, 공교롭게도
이 모든 작업 환경이 완비된 '자리'는 백화점 한 귀퉁이에 있다. 하
지만 그곳은 나만의 고유한 장소가 아니다. 그녀가 쓰는 소설에 등
장하는 김균 역시도 자리 때문에 골머리를 앓는다. 비록 증권회사에
조그만 '자리'가 있는 직장인이지만 이 네모진 파티션 속 공간도 매
일 바뀌는 '순위順位' 때문에 사라질 위기에 놓여 있다.

하남시에 살면서 강남의 유기농 문화를 추종하는「홍도야 울지
마라」의 엄마에게도 그리고 돈이 부족해 매일 더 작은 방으로 옮길
수밖에 없는「로드킬」의 남자에게도 다 '자리'가 문제이다. 홍도의
엄마는 하남이 아닌 진짜 강남에 '집'을 마련하고 싶고,「로드킬」의
남자는 좀 더 편히 누울 잠자리를 원한다. 20세기 신경향파 소설 속
인물들이 먹는 문제로 시달렸다면 21세기 윤고은의 소설 속 인물들
은 자리 때문에 괴롭다. 21세기의 자본이 허락하지 않는 것은 바로
공간이다. 자본은 이제 공간을 통해 개인을 통제한다. 아니, 자본은
이런 치졸한 먹이사슬을 게임이라고 부른다.

윤고은 소설의 독특한 점이라면 바로 이 부분이다. 윤고은은 자

본의 문제를 공간적으로 사유한다. 말하자면 공간이야말로 후기자본주의 사회의 최종 교착점이라는 것이다. 계급은 일차적으로 생산관계 속에서 규정된다지만 후기자본주의 사회에서 계급은 오히려 문화나 교육 소비, 여가 등의 재생산 영역을 통해 구체화되었다. 그런데, 윤고은은 소비 행태나 교육, 결혼을 통한 계급의 규정 역시 이미 옛날 일이라고 말한다. 동년배 작가 김애란은 '이빨'이 계급을 드러낸다고 했지만 윤고은이 생각하기엔 외모나 패션은 위장이 가능하다. 계급은, 위장 불가능한 근본적 차별성에 따라, 재규정된다. 윤고은의 말에 따르자면, 계급은 '주거'에 의해 규정된다. 홍도 엄마처럼 우리는 강남식 유기농 식사는 따라 할 수 있다. 하지만 주거지를 강남으로 옮길 수는 없다. 홍도 엄마는 한강 남쪽은 다 강남이라 우기지만 유기농 식사로 계급이 위장되지는 않는다. 강남은 너무 많은 비용을 요구한다. 정이현의 소설에서처럼 가짜 '명품'을 살 수는 있지만 가짜 주거지는 살 수 없으니 말이다. 주거와 공간이야말로 2010년 계급을 결정하는 주요한 재생산 영역이다.

결국 또 문제는 '자리'다. 「해마, 날다」에서 '해마'가 기억하는 기능이 아니라 기억이 입력되는 공간이듯이 공간은 기억을 통해 특별해진다. 「타임캡슐 1994」에 등장하는 두 인물들의 기억이 사라진 까닭도 그들이 주로 "재개발과 복원에 시끄러운" 공간을 다녔기 때문이며, 재개발이란 억지로 개발할 '자리'를 만드는 것이고, 실직은 자리 없음의 곤란이다.

자리 문제는 오래된 직업, 소설가에게도 예외는 아니다. "가장 저렴하게 글을 쓸 수 있는 공간은 집이겠지만, 집에는 내가 낮 동안 어디라도 다녀오길 바라는 가족들이 있다."(『무중력증후군』, 99쪽) 그래서 '나'는 집을 나서 작업실을 찾아 백화점에 간다. 21세기의 작가는 작업 공간과 거주 공간 혹은 생산 공간과 소비 공간을 나누는 후기 자본주의 가운데 놓여 있다.

그런 의미에서, 「로드킬」은 윤고은이 생각하는 대한민국, 서울의 상징적 조감도임에 분명하다. 주인공은 벤딩머신만으로 운용되는 외딴 무인 호텔에 '판타스틱 러브'라는 제품을 납품한다. 물건을 채워 주러 간 어느 날, 그는 호텔에 고립되고 만다. 그는 현금, 신용카드, 개인정보를 팔아 방을 구입한다. 하지만 점점 그의 기호적 가치는 줄어들고 그가 기거하는 방은 낮아지고 작아진다. 벤딩머신으로 유지되는 고립된 무인 호텔은 컨베이어 벨트처럼 움직이는 후기자본주의 사회를 압축적으로 보여 준다. 말하자면, 사회는 "누군가 움직인 듯도 한데 자신만 빼고 모두들 시치미를 떼"는 술래놀이와 같다. "아무리 걸어도 구조를 파악할 수 없는 기이한 건물, 이정표로 삼을 만한 것이 어디에도 없"는 호텔은 바로 우리 사회이다. 점점 더 작은 방으로 옮겨 가는 고리오 영감처럼 그에게 허락된 방은 점점 작아진다. 심지어 몸은 방에 맞게 재조립되기도 한다. 그것이 진화인지 퇴화인지 알 수 없지만 말이다.

3. 21세기 잉여인간

윤고은의 소설에는 유달리 실직자 혹은 구직자들이 자주 등장한다. 두 가지 이유가 있을 것이다. 하나는 윤고은이 1980년생 이제 갓 삼십에 진입했다는 점일 테다. 윤고은은 온갖 흉흉한 소문과 함께 이십 대를 보냈다. 두 번째는 실직 문제야말로 2010년 대한민국의 가장 핵심적 실제일 수 있다는 점이다. 실직, 실업이야 말로 한국 사회의 중핵이다.

엄밀히 말하자면, 실직이나 실업은 단순히 2010년만의 문제는 아니다. 이상의 「날개」 이후로 한국의 소설에는 수많은 실직자들이 주인공으로 얼굴을 내비쳤다. 차별성은 지금의 실업 문제가 과잉 도시화의 잔여물에서 비롯되었다는 점에 있다. 김승옥이 소설을 쓰던 1960년대엔 도시와 농촌 사이의 개발 격차가 문제였지만 1990년대 이후엔 도시 안의 상대적 부와 그로 인한 새로운 계급이 문제가 되었다.

윤고은이 다루고 있는 실직이나 실업은 앞선 세대들과는 전혀 다른 문제로 구체화된다. 이전 세대에게 직업이 생존의 문제였다면 지금 그것은 상대적 계급을 완성한다. 이에 21세기의 대중은 제자리를 갖지 못하고 불완전 고용된 이십 대 잔여 노동력으로 구성된다. 아마도 맑스는 억압받는 합법적 프롤레타리아가 아니라 법의 지배 밖에 있는 비정규직 노동자들이 21세기 대중을 구성하리라고는 상상도 못했을 것이다.

지금, 이십 대들은 경제적 호모 사케르라고 할 수 있다. 죽이는 것이 범죄는 아니지만 종교적 제물로도 쓰일 수 없는 호모 사케르처럼 그들에게 일은 주어지지만 안정적 ‘자리’를 주지는 않는다. 그들은 공식 경제가 돌아가기 위해서는 없어서는 안 될, 하지만 공식 경제에 노출돼서는 안 될 비공식 프롤레타리아로서 시장을 떠돈다. 그들은 유목민으로 서성댄다.

「해마, 날다」의 주인공은 해마 업체에 취직해 ‘해마8’로 일한다. 해마란 기억이 저장되는 뇌 속의 일부 공간으로서 해마들의 일은 술 취한 사람과 대화를 나누는 것이다. 술만 마시면 지인들에게 전화를 걸어 '끊긴 필름'의 일부를 현상하는 사람들을 위해 이 사업은 고안되었다. 세상에 그런 직업이 있기나 할까? 하지만 상황을 좀 다르게 생각해 보자. 만일 당신이 면접을 '68번'이나 봤던 사람이라면, 일 년 사이 여덟 번이나 직장을 옮겨야 했던 대학 졸업자라면, 아무리 이상하다 해도 취직을 마다할 수 있을까?

『무중력증후군』의 '노시보'가 일하는 공간 역시 이상하기는 마찬가지이다. 윤고은의 소설에 등장하는 인물들은 종종 4대 보험은커녕 사업자번호나 등록되어 있을까 싶은 이상한 직종에 종사한다. 중요한 것은 68번의 면접과 8번의 이직이 이 모든 기괴한 상황들을 개연성 있게 만들어 준다는 점이다. 이 숫자들은 윤고은 소설의 이상한 세상을 핍진하진 않지만 개연성 있는 공간으로 만들어 준다. 환상이라고 단순히 괄호 쳐 둘 수 없는 현실의 중핵을 건드리고 있다는 말이다.

당신은 광고 회사에서 일한다고 말한다. 당신은 모른다. 당신 자신이 다음 열찻간에 운 좋게 탑승해 있다는 사실을. 초등학교-중학교-고등학교-대학교로 칙칙폭폭 흘러가는 열차들에 대해, 당신은 아마 한 번도 의심해 본 적이 없을 것이다. 다음 칸으로 넘어가기 위해 객실 문을 벌컥 열었는데 다음 객실은커녕, 암흑 같은 어둠만 꼬리처럼 따라붙는 그런 상황을, 본 적이 없는지도 모른다. 당신이 그런 막연함을 누린 적이 있는지 없는지는 그다지 중요하지 않다. 확실한 건 당신은 지금 취업난을 기껏 비유의 도구로 사용할 만큼 여유가 있고, 나는 그런 당신의 화법이 사치스럽게 느껴진다는 사실이다. (「해마, 날다」, 『세계

의문학』, 민음사, 2010년 여름호, 121쪽)

　문제는 상대성이다. 그래서, 광고 회사에 ‘자기 자리’를 가지고 있는 ‘당신’은 “될 놈은 다 되고 있다고” 말한다. ‘당신’은 단숨에 ‘나’를 잉여인간으로 만든다. 관건은 당신에게 주어진 ‘객석’이 내게는 없다는 것이다. 심지어 ‘다음 칸’조차 없다. 당신은, 세상은, 나를 잉여적 존재로 분류한다. 더욱 심각한 것은 ‘내’가 없어도 사회는 굴러가고 심지어 더 잘 움직이기까지 한다는 것일 테다. 쓸모없는 사람에게 자리가 주어지지 않는 게 아니라 자리가 없는 사람은 쓸모없다. 쓸모는 자리가 만들어 낸다. 그렇다면, 자리가 없는 인간들은 어디로 가야 할까? 지그문트 바우어의 말처럼 쓸모없는 것들은 모두 쓰레기장에 가야 한다면 자리 없는 인간들 역시 인간쓰레기로 분류되어야 하는 것인가? 그렇다면, 잉여인간들이 모일 게토는 어디일까? 아니, 게토가 될 만한 집하장을 찾을 수나 있을까?

　이에 대해, 사회는 특별히 까다롭게 굴지 말고, 직업에 너무 많은 기대를 갖지 말고, 자리가 나면 너무 많은 것을 묻지 말고 그대로 받아들이라 충고하며 일하는 동안만큼은 그것을 즐길 수 있는 기회로 삼으라 충고한다. ‘자기 계발’의 문제라며 잉여인간을 더 주눅 들게 한다. 공익광고는 “작게 시작해서 크게 키우라.”며 개인의 다짐이 사회의 구조적 전망 부재를 대신할 수 있다 말한다. 그러니 얼마나 사실적인가? 윤고은의 소설 속 인물들은 술 취한 사람과 대화해 주는 ‘이상한’ 직업도 마다않고, 월급만 나온다면 보이스 피싱도 서슴지 않는다. 자리를 못 잡으면 ‘인간 끈끈이’가 돼서라도 쓸모를 찾아야 한다. 그레고르 잠자는 어느 날 갑자기 벌레가 되지만 21세기의 잉여인간은 자발적으로 인간 끈끈이로서의 쓸모를 찾아낸다. 「달콤한 휴가」는 이 지독한 현실 끝에 서 있다.

「달콤한 휴가」는 엉뚱하게도 '빈대' 이야기로 시작한다. "21세기에 웬 빈대?". 그런데, 빈대 역시 '거주지' 싸움의 일부이다. "빈대를 퇴치하려면 자신의 영역을 먼저 지켜야만 하는 것이다."(「달콤한 휴가」, 『1인용 식탁』, 문학과지성사, 50쪽) 엄밀히 말하자면 이 소설은 한 남자의 실직에서 시작된다. 그는 퇴직금으로 커피메이커를 사고, 유럽 여행을 가며, 그로 인해 빈대의 존재를 알게 된다. 시작은 빈대가 아니라 바로 실직이었던 셈이다.

21세기에 등장한 빈대는 유럽을 뉴욕을 그리고 드디어 서울의 신촌 부근을 엄습한다. 마침내 빈대는 주인공이 살고 있는 다세대 주택을 침입하고 세대원들은 빈대 퇴치에 골머리를 앓는다. "주택 공동의 문제"라며 고민하던 주민들은 마침내 최후의 방법으로 인간 숙주를 생각해 낸다. 인간 숙주란 다세대 주택의 모든 빈대를 몸에 붙이고 사라져 주는 희생양을 지칭한다. 주목해야 할 것은 인간 숙주의 요건이다. 인간 숙주는 "출근하지 않으면 안 될 회사가 없고, 특별히 돌보아야 할 아이가 없으며, 피부는 적당히 두껍고, 겨울이 끝날 때까지 시간적 여유가 있는" 사람으로 제한된다. 쉽게 말해, 직업이 없고 건강한 젊은이가 빈대의 미끼로 적합하다. 그의 잉여성은 드디어 쓸모를 인증받는다.

주인공은 '인간 끈끈이'가 되어 온몸에 빈대를 달고 서울을 빠져나간다. 서울은 이제 안도감에 빠져든다. 그런데 과연 도시는 빈대의 퇴출에 안도를 느낀 것일까, 아니면 쓸모없는 인간, 잉여인간의 처리에 안도하는 것일까? 윤고은은 인간 끈끈이가 된 한 남자의 기이한 운명을 통해 우리 사회의 이상한 시스템을 드러내는 데 성공한다. 정말 이상한 건 빈대의 출현도, 인간 숙주도 아닌 이런 상상이 개연성을 갖춘 동시대인 셈이다.

그렇다면 이쯤에서 우리는 미뤄 두었던 질문을 해야 할 것이다. 갓 서른 살이 된 젊은 작가, 윤고은은 이 이상한 사회 시스템을 드러냄으로써 어떤 이야기를 하고 싶은 것일까? 윤고은은 그저 이 험악한 세상을 환상적 기법을 통해 그려 내고 싶은 것일까? 작가의 재치는 개연성 있는 환상과 발랄한 상상을 통해 규명되지만 작가의 미래는 전언을 통해 가늠될 것이다. 이는 작가 윤고은이 그려 내고 있는 낯선 세계의 동시대적 의미를 탐사하는 일이기도 하다. 윤고은이라는 작가의 차별성과 전언에 대한 진단과 평가가 요구된다는 뜻이다.

4. 신흥 프롤레타리아의 1인용 공간

대답부터 하자면, 윤고은은 이 지독한 세상에서 '1인용 공간'을 조형해 내고자 한다. 윤고은이 정박하고 싶은 곳(topos)은 바로 무수한 1인용 공간으로 채워진 세계이다. 장소를 뜻하는 고대 그리스어 'topos'는 주제를 의미하는 'topic'과 어원을 공유한다. 윤고은이 추구하는 1인용 공간은 윤고은이 도달하고자 하는 주제이기도 하다. 장소이자 주제인 '1인용 공간'의 실체는 작품집의 표제작이기도 한 「1인용 식탁」을 통해 유추해 볼 만하다.

얼핏 보기에 「1인용 식탁」은 혼자 밥도 먹지 못해 그것을 학원까지 다니며 연마하는 나약한 현대인을 그려 낸 듯싶다. 하지만 좀 더

꼼꼼히 살펴보면 윤고은이 갖고 싶은 '1인용 식탁'은 훨씬 더 근원적이다. 이는 소설 속 인물이 '1인용 식탁'을 찾아 헤매는 과정을 통해 짐작할 수 있다. 우선, '나'는 '타인의 시선'을 견뎌야 한다. 두 번째, 자신만의 박자를 찾아야 한다. 세 번째, 더 이상 '우리'라고 부를 만한 소속에 연연하지 말아야 한다. 타인의 시선과 박자, 질서에 구애받지 않는 철저한 나만의 공간, 그것을 통해 1인용 식탁은 마련된다. 말하자면 '1인용 식탁'은 세상을 지배하는 중력의 질서가 아닌 오로지 나만의 리듬으로 운용되는 독자적 공간인 셈이다.

배고픔의 해소는 인간이 가진 최소한의, 최초의 욕구이다. 식사는 욕망이 아닌 욕구를 해소해 준다. 욕구가 욕망이 되는 것은 배고픔이 식탁을 만나는 순간이다. 질서와 문화, 도구가 개입하는 식탁은 더 이상 욕구의 영역이 아니다. 1인용 식탁에 대한 바람은 그러므로 1인용 공간과 문화에 대한 욕망이라고 할 수 있다. 그 누구와 타협하지 않고, 자신만의 욕구와 욕망에 따라 의사 결정된 메뉴를 선택하는 것, 인간이 최소한도로 요구할 수 있을 자기 권리, 그것이 바로 1인용 식탁의 실체인 셈이다.

윤고은은 개인을 몰개성화하고, 계급으로 재규정하는 이 사회는 이미 식탁마저 점령했다고 말한다. 개인들은 최소한의 공간도 갖지 못한다. 최소 문화 공간인 식탁마저도 질서나 시선에 의해 이미 영토화 되었다. 혁명은 영토화 된 식탁을 개인 각자에게 돌려주는 데서 시작될 수 있을 것이다. 어쩌면 윤고은이 바라는 세상은 달이 두 개, 세 개, 일곱 개씩 늘어나는 환상적 사건이 아니라 각자 자신의 취향에 따라 소박한 식탁을 마련할 수 있는 순간을 통해 생성될 것이다. 직장이 제공한 자리, 결혼이 마련해 준 자리, 부모가 정해 준 자리가 아니라 자기 자신이 만들어 낸 고유한 자리, 이 공간을 갖는 것 그것이 곧 질서의 전복이며 혁명 아닐까? 수많은 혁명가들이 먼저 섹스를 해방하라고 말했다면 윤고은은 식탁을 해방하라고 말하고 있다. 이 기발한 상상의 전회와 위트야말로 작가 윤고은의 작가적 재능이자 감각일 것이다.

각기 자신만의 언어로 말하고, 자신만의 취향으로 옷을 입고, 자신만의 식성으로 음식을 선택한다면, 외양이나 패션, 주거를 통한 계급의 규정 따위는 우스워질 것이다. 아니, 더 이상 질서나 세계도 존재하지 않을 것이다. 그래서 중력 따위가 우스워지면, 엄마는 아빠와 아들을 두고 집을 나갈 수 있고, 고시생 형은 요리사가 될 수 있다. 그래서 더더욱 백화점 한 귀퉁이에 놓인 작가의 작업실이 더 애틋해진다. 자본이라는 거대한 건축물 가운데서 2010년 작가가 쓸 수 있는 공간은 아마도 화장실 정도일 것이다. 하지만, 이 공간을 통해 자본의 질서는 무중력 상태에 빠지기도 하고, 인베이더 그래픽으로 전도되기도 한다. 이 자리는 후기자본주의 사회가 잉여 혹은 쓸모로 구분하는 제도화된 컨베이어 벨트 혹은 무인 호텔 시스템 속에 있지만 소극적 공간만은 아닐 것이다.

그래서 다시 인베이더 그래픽으로 돌아와 본다면, 결국, 이 재개발 난국의 현실에서 살아남고 생존해 간다는 것은 바로 인베이더 그래픽을 남기는 것일 테다. 그래픽 작가는 재개발되기 어려운 건물만을 골라 가며 그래픽을 남긴다지만 역설적으로 말하자면 인베이더 그래픽이 철거와 재개발을 막을 수도 있다. 자본의 잔혹한 중력이 윤고은의 상상력을 낳았지만 윤고은의 상상력이 적어도 세상의 난개발은 막을 수 있을지도 모른다. 만일, 윤고은의 기이한 소설 공간에서 잔혹한 현실 이외의 전망을 읽는다면, 아마도 이 가능성 속에 있을 것이다. 현미경을 통해 들여다본 세상이 균열이 될 때, 환상은 선언이 될 것이다. 이것이 바로 윤고은 소설의 힘이다.